周永康垮台
驚天內幕
暗殺習近平另有圖謀

I0661438

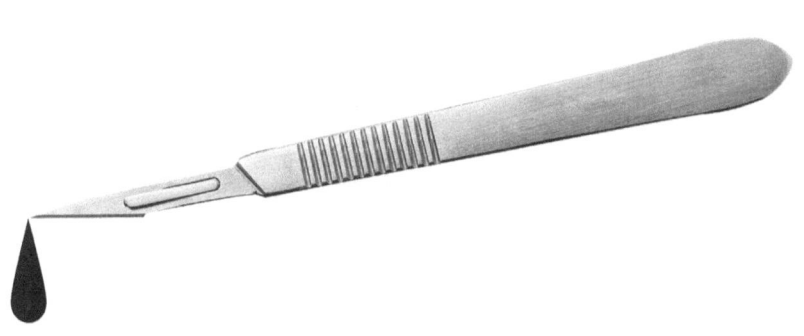

新紀元周刊編輯部

目錄

■第一章 拜登對習近平發出警告 7

　第一節 雙規周永康與拜登訪華 8

　第二節 拜登曾「救」過習近平的命 15

　第三節 「危險的不只周，還有習。」 20

　第四節 百萬人聯合國簽名 蓋不住了 27

■第二章 周永康的最大罪行 35

　第一節 撕開周永康的祕密殺人網 36

　第二節 李長春向「追查國際」供出周永康 50

　第三節 兒童被挖眼 大陸人怕器官被盜 56

■第三章 周永康發跡內幕 63

　第一節 頂著大慶人光環 64

　第二節 殺妻後進了江家門 71

　第三節 兩位公安部長的祕密 76

■第四章 江澤民最後悔的事 81

　第一節 江澤民自認一生做的兩大蠢事 82

　第二節 「4‧25」萬人上訪真相 86

　第三節 江澤民與「4‧25」................... 95

■第五章 羅幹的罪惡祕密 107

　第一節 自焚騙局驚全球 108

　第二節 央視製片人暴亡 113

　第三節 撕開謊言那一夜 117

　第四節 收購鐵鈷礦黑幕 124

■第六章 周薄第一次軍變 137
　第一節 薄熙來當庭自曝周薄政變 138
　第二節 周薄圖謀兵變 被胡溫先行察覺 145
　第三節 「谷歌退出中國」驚人黑幕 152
　第四節 薄谷開來是聯絡人 江曾才是政變主謀 162

■第七章 溫家寶決戰周永康 167
　第一節 「只為留命」溫家寶力壓周永康 168
　第二節 陳光誠出逃 周恐怖活動大曝光 171
　第三節 「奧巴馬十常委」揭祕中美談判細節 178
　第四節 周永康讓中美談判失效 胡奧都出醜 185
　第五節 美國大使駱家輝辭職內幕 192

■第八章 全國十佳律師生死劫 197
　第一節 高智晟成了兩派生死爭鬥的焦點 198
　第二節 周永康總是嫁禍胡溫 204
　第三節 高智晟的坎坷人生 209

■第九章 周永康猛咬溫家寶 215
　第一節 《紐時》炸彈令中南海進退兩難 216
　第二節 溫家寶與周永康勢不兩立 223

■第十章 周永康的第二次軍變 233
　第一節 法拉利車禍與周永康殺人 234
　第二節 車禍是國安屢試不爽的謀殺手段 243
　第三節 中紀委書記多次遭暗殺 249
　第四節 李旺陽案元凶 253
　第五節 為保周 江派不惜搞核恐嚇 258

■第十一章 周永康的三隻猛虎變死蟲................................265
　　第一節 三個「打黑英雄」與周永康的恩仇錄........266
　　第二節 文強死前供出周永康................................268
　　第三節 文強與王立軍的交易................................278
　　第四節 鄭少東供出 57 個高官..............................288

■第十二章 周永康是中國最大黑領................................293
　　第一節 以法亂法 集權亂政................................294
　　第二節 周永康親自監斬了楊佳............................301
　　第三節 鄧玉嬌殺淫官案....................................312
　　第四節 東洲、烏坎案..322

■第十三章 周斌貪腐數百億並殺人................................329
　　第一節 周永康家族的兩大金庫曝光........................330
　　第二節 惠生工程幕後的兩隻大老虎........................336
　　第三節 周斌在澳洲賭場的享樂祕聞........................340
　　第四節 周斌調包殺人 每個獲利千萬........................344

■第十四章 色情淫亂大曝光..349
　　第一節 「公共情婦」湯燦為周薄政變拉皮條............350
　　第二節 中石油 AV 女優門的台前幕後....................358
　　第三節 色情治國 政法委書記多養情婦....................364

■第十五章 接死亡威脅 習拿下周永康............................373
　　第一節 接死亡威脅後 習決定拿下周永康................374
　　第二節 震驚中南海的手印事件開庭........................384
　　第三節 風暴降臨 習江都在做最後準備....................389

周永康垮台驚天內幕　暗殺習近平另有圖謀

第一章

拜登對習近平發出警告

18大之前即失去權力並被軟禁的周永康，目前「被逮捕」消息是中共自己在內政危機時有意放料來試探水溫，試探國際及國內反應，企圖斷尾求生，安撫和收買民心。

第一節

雙規周永康與拜登訪華

藉民間渠道宣布逮捕周永康

2013 年 12 月 2 日，就在美國副總統拜登（Joe Biden）按照事先預定的出訪計畫而展開亞洲之行的第一天，中共採取慣用的「出口轉內銷」的信息發布方式，讓一些人把中南海高層作出的決定，通過海外媒體發布在網路上，然後再逐步傳回大陸，以便為其某項決定的正式出台事先做好輿論鋪墊，也讓信息閉鎖的大陸人思想上有個緩衝適應期。

上次中共在抓捕審判薄熙來時，就是採用了這種海外放風、逐級傳播的渠道，這次逮捕周永康，也走了同樣的老路。不過知情人都知道，一旦逮捕審判周永康這個前政治局常委，等於是打破了中共長期以來制定的「刑不上常委級大夫」的潛規則，等於是從「中共金字塔」結構中，對最頂端的幾個人中抓出了一個「大壞蛋」，其政治衝擊力之大，是前所未有的。

　　12 月 2 日凌晨，中共北京通過非官方渠道，對海外媒體釋放關於周永康被抓的消息：「中共前政治局常委、中央政法委書記周永康昨天被中紀委拘捕，罪名是貪污腐敗。」周永康是中共 1989 年後首位落馬的政治局常委，打破「刑不上常委」的不成文慣例。報導援引北京消息人士的話稱中共作出這個決定是艱難的，其產生的後續震動會很大。

　　2 日以及隨後幾天，台灣媒體、海外華人媒體、還有國際主流媒體，快速密集地發布了很多有關周永康被雙規、被抓捕的細節報導。有的說，12 月 1 日，由中共總書記習近平拍板正式收網，七名政治局常委以投票方式表決，一致同意對周永康採取進一步特別措施，限制自由，以便進一步開展調查。

　　也有的說，12 月 1 日黃昏，中共中央辦公廳主任栗戰書，代表中南海對周永康宣布了雙規。雖然說，周永康對自己的前途早有預感，但聽畢栗戰書宣讀後，仍然承受不住「巨大打擊」，癱倒在地，被人架上床。周永康的祕書譚紅、警衛和司機都在當晚被中共中紀委帶走。

　　12 月 4 日，海外多家消息透露，中共中紀委書記王岐山在 3 日召開的政治局會議上，向政治局常委通報了對周永康的調查情況。中南海放出消息說：調查前政治局常委、政法委書記周永康的專案組（簡稱「二號專案組」）證實，周永康曾與薄熙來串謀，推翻中共 17 大已確定由習近平在 18 大接班任總書記、李克強任總理的決定，在 18 大時推薄入常委，然後再發動中南海政變，刺殺習近平，由薄熙來做總書記。

　　北京消息形容，隨著調查深入，越來越多證據顯示周的問題嚴重程度是中共歷史上所罕見，周永康的問題不但超出法律底線，甚至超出人之常倫。周永康在中南海多年，已建立了「周家黨」，由腐敗的官員組

成，他們來自中共中央、地方、公安、武警和國有央企。

北京引述一位退休的前常委形容：周永康在位十多年，在其勢力範圍內成為一個中共有史以來最大的黑幫、罪犯和有組織犯罪的頭目。

也有媒體放風說，周永康被抓，主要是因為其貪腐。還有的說，是因為政變和暗殺。據說在 2012 年 8 月北戴河會議前後，周永康至少兩次試圖暗殺習近平：一次是在會議室置放定時炸彈，另外一次是趁習近平在 301 醫院進行體檢時施打毒針。

儘管各家媒體說法不一，但有一點是相同的：薄熙來案引發了周永康案，但兩者相比，周永康事件的嚴重程度與涉及面之廣，遠遠超過了薄熙來事件。很多人預測，周永康下場要比薄熙來更慘。

最早預測習近平將要抓捕周永康的書籍，是新紀元出版社在 2012年 9 月 7 日出版的《中南海政治海嘯全程大揭祕（上）》，當時人們還在猜測薄熙來是否會東山再起，是否會平安著陸，而《新紀元》卻根據時局的發展，預測薄熙來一定會被抓捕與審判，而且薄案一定會擴散，到時周永康也一定會被抓。一年多後，這個預測實現了。

2013 年 12 月 5 日當人們震驚於周永康被抓後，與《新紀元》同屬於大紀元新聞集團的《大紀元》新聞網，開始分析為何在美國副總編拜登訪華之際，中共抓捕周永康。為什麼要選在這個時候呢？按理說，客人來訪，大家忙於應付客人，家務事暫時放一邊，等應付完這位美國不速之客後，再處理家中敗類，這不更符合常理嗎？莫非拜登和周永康之間存在什麼特別的聯繫？

下面就讓我們先來看看中共為何要搞出一個外交風波來刺激國際社會？為何在這個時候外交與內政同時動手？雙管齊下？習近平到底面臨什麼樣的國內與國際環境？

東海防空區引來國際對抗

2013 年 11 月 23 日，中共宣布在大部分東海海域上空設立「東海防空識別區」，要求在該區域內航行的所有國家的航空器，都得向中國通報飛行計畫，對不配合識別或拒不服從指令的航空器，中國武裝力量「將採取防禦性緊急處置措施」。中國東海防空識別區與部分日本、部分南韓的防空識別區重疊，且涵蓋了中韓爭議的蘇岩礁和中日爭議的釣魚島。23 日中共空軍還派出兩架大型偵察機到釣魚島附近上空巡邏，以示主權。

防空識別區（Air Defense Identification Zone，簡稱 ADIZ）一般是指一國基於空防需要，單方面所劃定的空域，以利軍方迅速定位管制。航空識別區最先由美國提出，而且與「飛航情報區」概念不同，所劃定的區域也不一定相同。中共官方稱此舉是對日本在 2013 年 5 月向中國方向擴張防空識別圈的反制。

在中共公布識別區後，多個國家均對其主張不予承認。美國曾派出 B52 轟炸機進入中共劃定的防空識別區飛行而並沒有通報中共；日本派 F-15J 軍機跟進；澳洲不承認中共劃定的東海識別區，並曾召見中共駐澳大使以示抗議；歐盟和法國認為，中共的聲明將加劇地區緊張局勢的因素，呼籲各方冷靜克制；菲律賓認為中共此舉損害國際領空航行自由並破壞民航安全；南韓國防部公開表示不承認中共單方面劃定的識別區；台灣重申：「台灣享有釣魚台列嶼主權。」一句話：中共此舉招致全球的一致反對，弄得很尷尬、很被動。

對於中共突然提出設立防空識別區，一些西方學者和政策分析人士認為，這是中共試圖將美國軍事力量趕出西太平洋，並在該地區形成支配力的大戰略之一。一場新的冷戰可能正在亞洲醞釀，軍備擴張已經展

開，全球增長最快的地區正面臨長期不穩定的風險。

但也有人相信，中共沒有那麼多的算計，只是想收回其所謂的固有領土，包括南中國海（中國稱南海）的部分島嶼和岩礁。許多軍事分析師認為，由於四個國家的空軍戰機飛馳在東海上方擁擠的天空中、發生碰撞事故的概率很高。如果這些事故發生在當前的敵對氣氛中，在民族主義情緒的激發下，局勢升級的風險很高。

就在此背景下，美國副總統拜登開始安排他的亞洲之行：2013 年 12 月 2 日訪問日本東京，4 日到訪北京，6 日訪問韓國首爾。按照慣例，在正式外交出訪前，彼此各國的外交部都會互相通氣，就會見人員、談話題目，以及各自觀點作出初步交涉和安排。

拜登是美國外交界的老手，曾先後擔任美國參議院外交委員會主席一職近 10 年，他對中東問題和國際熱點問題都有深刻的了解，特別是歷來主張和中國對話。他反對將中國視作敵人或盟友的單向思維，主張接觸和共融。《華爾街日報》評論說，拜登對華政策相對務實，立場溫和，是中國方面可以或者說願意與之打交道的美國政治家。因而在奧巴馬暫時沒能在習李當政後訪華的背景下，拜登此行也說明美國對中國的重視和積極接觸的姿態。

拜登「不想給習添麻煩」

12 月 2 日上午，拜登在美國駐日大使館內與日本副首相兼財相麻生太郎進行會談，陪同出席的還有日本自民黨幹事長石破茂。當晚拜登與日本首相安倍進行會面。隨後安倍在記者會上，宣布了與拜登應對中共的東海防空識別區問題上達成的四項共識，包括：雙方不能默認中方單方面設立防空識別區；將強化日美兩國之間的相互合作共同應對中國；

日美不會因這個識別區而改變在這一空域的聯合行動；絕不容許中國對民航客機的飛行安全構成威脅。

美國媒體論說，在公開場合日本領導人稱讚拜登的亞洲之行取得成功，對中共最新在地區炫耀武力的行為，美日兩國結成統一戰線。但私底下許多日本官員和安全專家感到，美國對中共越來越強硬立場的反應模稜兩可，他們對此備感沮喪。

的確。仔細分析美日達成的四項共識，大多是無關痛癢的空話和場面話，只是美方為彌補東京的外交辭令。關鍵問題是，美方拒絕與日本發表共同聲明，不願刺激或得罪於中共；而拜登也沒有親口說出要求北京撤銷空識區的呼籲，只用「不能默認」這類曖昧言詞帶過。大陸媒體更是高調宣稱，美國拒絕了日方提出發表一份「共同聲明」的要求；拒絕了希望美國贊同日本主張的「中國必須撤回防空識別區」的要求。

而且據媒體報導，拜登 3 日上午會見在野的日本民主黨主席海江田萬里時透露心跡：「習近平主席正處於事業起步的艱難時期，我不能給他添麻煩。」這是拜登在日本行事的根本出發點。

12 月 4 日中午拜登抵達北京後，「意外地」出現在美國駐北京大使館外，與排隊等候申請美國簽證的中國公民交談。面對申請者大多是年輕人，拜登對他們願意前往美國表示感謝，同時告訴他們：「只有在能自由呼吸的地方，才有可能創新。」

拜登說：「美國的孩子敢於挑戰現狀，會受到褒獎，而不是懲罰。要創新，必須打破陳舊模式。」這位副總統似乎在暗指中國的專制政體。「我希望你們到了美國後會觀察到這一點。」拜登在大使駱家輝（Garry Locke）的陪同下說道：「我們的國家從一開始就不斷有新移民、新文化、新創意、新宗教湧進來，使美國的精神不斷復興。」

拜登也對中國的教育制度提出一定程度的稱讚，在此前一天公布的

一項全球中學生評比顯示，美國學生再次落後於亞洲和歐洲的同齡人，而上海學生在各項測試中遙遙領先。拜登說：「即便有些國家的教育制度優於美國，特別在小學階段，但有一樣東西卻牢牢地印在每一個美國人的基因裡，無論他們是否出生在美國，那就是反對權威。」

4 日下午，拜登先後與中共國家副主席李源潮、國家主席習近平舉行會晤，表示美中應擴大務實合作，結出成果。拜登稱，美中關係將影響 21 世紀進程。「像所有複雜的關係一樣，它需要持續的、高級別的努力。」5 日在離開北京之前，拜登與美國商界代表舉行早餐會，並與中共總理李克強會晤。

據媒體報導，拜登與習近平的會談，原計畫是 45 分鍾，但實際進行了大約兩小時。兩人在會後共同會見記者時，雙方都未提到東海防空識別區，儘管這一話題無疑是兩人會談的重點。

拜登對記者談了他對習近平的看法，稱習近平是一個「坦率和富於建設性的人」，而這些素質「在發展中美新關係過程中是很需要的。」拜登還表示，如果美中兩國能處理好雙邊關係，「機會是無限的」。

第二節

拜登曾「救」過習近平的命

拜登與習近平私交很好

《華爾街日報》報導說，儘管人生經歷大不相同，拜登和習近平的私交卻很好。前者生於美國中產階級工薪家庭，父親經營二手車生意，後者長在北京中南海紅內，是所謂的特權太子黨。「但在過去幾年裡，拜登與習近平似乎建立了相當深厚的私交。周三（4日）訪問北京期間，拜登將有機會與習近平敘舊。而在中國新劃設的東海防空識別區引發美國、日本和韓國的抵制並造成地區緊張局勢加劇之際，這種私誼也可能起到非常重要的作用。」

文章還說：「在以往涉及中美的事件中，儘管兩國高層有熱線聯繫，白宮卻往往找不到與中國最高領導人溝通的途徑。拜登在 2011 年訪華時曾對記者說，當雙方發生誤解時，領導人之間的私交有切實的好處。」

事實上，拜登可以說是美國政府內部和習近平接觸最多、也最頻繁

的高層人物。2011 年 8 月，應時任中共國家副主席習近平的邀請，拜登對中國進行了為期六天的訪問，除了與習近平親切友好會晤之外，拜登甚至還獲得了在習近平的陪同下訪問四川的「殊榮」。

其後根據中美制定的互訪計畫，2012 年 2 月，習近平以中共國家副主席的身分回訪美國。在為期五天的訪問中，拜登幾乎全程陪同。雙方在一來一往中建立了比較深厚的個人關係與友誼。也正是在這次訪問中，中美「新型大國關係」的提法才更加廣為人知。可以說習近平在與拜登的「磨合」中，增加了發展中美關係的信心。

拜登和習近平上一次會面是在 2012 年，地點是洛杉磯。當時習近平以觀看一場籃球賽和簽訂一份好萊塢商業協議結束了美國的訪問。在那次訪美中，國際媒體稱習近平給人的印象是頗具風度、平易近人、腳踏實地，引發有關中國領導層將更加開明的預期。

但執政一年後，習近平讓人們對他有了更全面的了解。曾與習近平接觸過的一位亞洲高級外交人士稱，儘管習近平在國內是經濟改革的擁護者，但他的外交政策卻被充滿民族主義和軍事象徵意義的「中國夢」所主導。不過一些中國問題專家認為，習近平對中國在亞洲的領土主張的追求是為了滿足中共軍隊的要求以及鞏固他掌握權力。

中國問題專家石藏山表示，中共防空識別區是中共面臨巨大的危機下，轉嫁危機的辦法。事實上中共的本意並不是針對美國和日本，而是針對國內危機，激起民眾狂熱的愛國主義，在中共非常危機的關鍵時刻，是保政權、迫於內政需要。因此拜登與習近平會面後，有關這一部分不會有結果。目前習近平受到各方面的威脅與壓力，不只是來自江派，還有來自太子黨同盟。

拜登曾變相幫助習逃命

2012 年 2 月 13 至 17 日，習近平以國家副主席的身分正式訪問美國進行。在這五天內，拜登一直和習近平形影不離。儘管美國給予了這位中共準高官非常高的禮遇，但還是無法抹去習近平心中的陰影，因為在此一周前的 2 月 6 日，原重慶公安局局長王立軍剛從薄熙來的監控下，逃進美國駐成都領事館，尋求政治庇護。

美國權衡再三後，宣布拒絕了王立軍的避難申請，因為在美國人眼裡，王立軍這個中共「打黑英雄」，實際上是「人權惡棍」、是「劊子手」（美國國務卿希拉里幾年後的評語），同時為了避免習近平訪美的難堪，美國拒絕了王立軍，但同意保護王立軍安全逃出薄熙來的控制。

2 月 15 日，華盛頓「美國自由燈塔」網站發表資深媒體人比爾・戈茨（Bill Gertz）的文章，《華盛頓時報》也引用兩名美國高級官員的話稱，王立軍闖進美國領事館，提供美國情報機構不少「意外」並非常有價值的材料，包括有關重慶市委書記薄熙來的材料。其中一名官員還明確說，王立軍掌握的中國高層權力鬥爭的情況極其珍貴，涉及政治局常委周永康，還有薄熙來這些強硬派如何想整垮習近平，不讓他順利接班。

儘管美國報導說得很含蓄，但翻譯成白話，就是王立軍曝光了周永康與薄熙來企圖推翻習近平的政變計畫。據說拜登作為美方代表，也曾就王立軍上交的材料為習近平做了更為詳細的解釋。

《新紀元》在 2012 年 6 月 28 日出刊的第 281 期文章《震驚！獨家曝光王立軍交給美國的材料》中透露說，王立軍交給美國政府的材料主要包括下面六方面的內容。括號內是《新紀元》當時為讀者的解讀。

「一、薄熙來及其家屬的貪腐證據。（目前僅從英國商人尼爾・海伍德（Neil Heywood）案中已經得知，薄熙來和其妻子薄谷開來，轉移

到國外的資金就高達 60 億美金。）

　　二、薄熙來到任重慶後收買軍隊高層的證據。（黃奇帆在倒戈後，揭發出來的薄熙來罪行之一就是，薄聲稱至少可以調動兩個軍。中共國防部長梁光烈、原成都軍區政委張海陽，是薄熙來在軍中的支持者。）

　　三、薄熙來指示處死文強等重慶高官，及下令逮捕李莊的證據。

　　四、薄熙來、周永康聯手搞掉習近平密謀奪權的計畫與證據。薄熙來把計畫透露給王立軍，並告訴王整個計畫是得到『老頭子』的支持的。（老頭子是指江澤民。薄周要奪習近平的權，正是江澤民和曾慶紅一手安排的：江澤民原定的 18 大繼承人是薄，而不是習。習只是江為了讓薄有時間爬上位的過渡人物。）

　　五、薄熙來入政治局常委掌握實權後，計畫製造民意把重慶模式推向全國，以胡溫派系、民間資本家、異議人士、宗教異議者為清洗對象，開展一次『文革』式的政治運動，『不惜犧牲 50 萬人，也要確保紅色江山不變天』。（這就是王立軍事件發生後，薄熙來為什麼要冒天下之大不韙包圍美國駐成都領館，甚至向黃奇帆下達命令『不惜一切代價讓王立軍消聲』的根本原因。『烏有之鄉』的人早在 2011 年就公開提出恢復反漢奸法，企圖把清洗對象歸為漢奸而加以屠殺。）

　　六、薄熙來指示及參與活體摘取法輪功學員器官的相關證據（錄音、密件等）及政法系統下達的對法輪功及異議人士的鎮壓文件。（這是中共網路封鎖及過濾的最高級別的關鍵詞、親共媒體最忌諱的敏感內容。）」

　　《新紀元》2012 年 3 月 22 日出刊的第 267 期封面故事《習近平：倒薄真正推手》的獨家報導說，「北京一位極為可靠的消息來源近日對《新紀元》透露，原前重慶市副市長、公安局長王立軍攜帶機密材料進入美國領事館事件發生之後，中共政治局常委對如何處理事件發生了分歧。直到 3 月 14 日最後一次的常委會上，才在習近平的表態後，最終

對薄熙來做出了免職處分。

在 2 月份的兩次會議上，溫家寶認為王立軍事件是現任重慶市委過去幾年工作中有『明顯的問題』的反應，並且認為中央應該對重慶近年的工作進行徹底調查。賀國強和李克強基本同意溫家寶的意見。而周永康認為王立軍進入美領館是孤立事件，不能因為王立軍而否定最近幾年薄熙來在重慶取得的成績。李長春和賈慶林基本同意周的意見。

胡錦濤對如何處理重慶的問題保持沉默。有趣的是，吳邦國也沒有表態。而習近平的態度，從開始的中立隨後轉向支持溫家寶。

在 3 月 13 日最後一次的常委碰頭會上，習近平做出表態，贊成中央對重慶的問題進行『全面實事求是的調查』。隨後，吳邦國表態支持，因此才有 3 月 14 日溫家寶記者會上的講話，以及 15 日薄熙來被解除重慶市委書記職務的宣布。」

習近平和薄熙來從小熟識，在周永康、李長春、賈慶林以及背後的江澤民、曾慶紅都力保薄熙來，胡錦濤又沒有表態，吳邦國也沒說話，習近平選擇站到團派溫家寶、李克強和賀國強一邊，若是沒有什麼大事發生，他不太可能幹出這種比較出格之事。

王立軍出逃前，中共內部基本上是同意讓薄熙來在 18 大進入政治局常委，接替周永康總管政法委。當時中共政治局好幾個常委都去過重慶，主管人事安排的組織部長李源潮都去了重慶，習近平本人也去過重慶以示對薄熙來的支持，怎麼習近平最後同意處理薄熙來呢？

現在想來答案很簡單：習近平訪美時，很可能拜登把王立軍上交的一些機密告訴了他，讓他知道了薄熙來、周永康正在實施的政變計畫，從而堅定了他除去周薄隱患的決心。

從這個角度看，拜登和習近平之所以私交好，就是因為當習近平面臨危險時，拜登曾經幫過他，變相救了習的命。

第三節

「危險的不只周，還有習。」

　　為何拜登在 2013 年 12 月 2 日訪問日本時主動說，「不想給習近平添麻煩」呢？言外之意，似乎拜登非常清楚習近平面臨大麻煩。

　　其實從王立軍出逃的 2012 年 2 月起，拜登就知道習近平在內政上有麻煩，從那時起，他這個外國人就知道周永康是習近平的政治死敵，不處理周永康，習近平就沒有安全可言，中美兩國之間也就難以建成安全牢固的雙邊關係。試想，假如習近平真的被周永康、薄熙來之流的政變分子給暗殺了，中國政局一定會大亂，由此給世界局勢以及美國的安全都帶來威脅。政變分子可是不講規矩的，什麼壞事都可能幹得出來。

　　也就是說，早在 2012 年 2 月，拜登就知道了習近平面臨的危險局面，特別是後來又發生了陳光誠出逃美國北京大使館事件，周永康的狠毒，拜登也是領教過的。當時人們戲稱，奧巴馬快成了中共的第十個常委了，因為中共的很多機密，通過王立軍事件，奧巴馬都知道了，連暗殺習近平的計畫他都知道了。

習近平到底有什麼麻煩呢？按照大陸百姓的想法，習近平現在是中國權力最大的人，黨政軍三個集權都被他掌控著，他還怕誰呢？誰還敢給他製造麻煩呢？

習近平的死敵很多

中共 18 大後，當《新紀元》推出中國政局系列叢書時，一些信息不太靈通的讀者還不太理解。比如《習近平元年殺機四伏》、《胡錦濤全退布局與令計劃的復仇》、《習近平對江澤民亮殺手鐧》、《習近平面對的死敵》、《王岐山與習近平攻守同盟》等書籍，講述的都是習近平不得不面對的麻煩，準確地說，是習近平不得不面對的生死決鬥，而想要置習近平於死地的，就是江澤民派系，表現出來就是薄熙來、周永康、劉雲山等人的政變行動或抵制行為。

也就是說，江派不斷給習近平製造事端，就像當初給胡錦濤製造事端一樣。據高層透露，江澤民曾多次安排暗殺胡錦濤，對習近平雖然還沒有到直接動手的地步，但雙方矛盾之尖銳，是普通百姓根本想像不到的。普遍百姓還以為江澤民、曾慶紅、羅幹退休之後，就再也沒有參與國事了。而且江派系控制收買的華文媒體還不斷製造謊言說，江澤民如何支持習近平、如何幫助習近平。其實江澤民才是企圖推翻習近平的最大幕後主使。詳細情況請看本書後面的解釋。

2013 年 11 月底，在青島中石油輸油管道發生大爆炸後，習近平到現場視察，隨後到山東幾個地方調研。海外論壇上流傳一篇據說是旅居德國的政治社會學博士彭濤的文章，從中可以看出大陸知識分子對中共政局的一點看法。

「前不久，與國內『知識人』朋友聊天，向其提出一個發問：『習

總考察孔子舊居謂：國無德不興，人無德不立。老兄你怎麼看？』朋友的一位朋友對此問做了一個很有趣的回應，特將此發表如下，以饗讀者：

『國無德不興，人無德不立。』我覺得這是新皇從心底發出的感慨。新中國 64 年來倒行逆施，在國際上聲名狼藉。新中國的官員寡廉鮮恥，為國內外民眾所不齒。對於這種社會現實，從小就養尊處優，高高在上，享受烈士子女優待，仕途一帆風順的江澤民、李鵬也許沒有自知之明。但作為曾被貶入社會最底層，歷盡坎坷的習近平未必不清楚。

新皇在登基之前就通過黨校的《學習時報》宣稱，通過廣納天下英才，建立一套廉潔、透明的現代化管理體系，來維護父兄危機四伏的基業。

登基前後，新皇曾想通過召喚女兒回國，動員皇后交還原配發房產，為朝廷大員做個廉潔愛國的表率。後來雖然女兒拒絕回國。認為國內根本不具備做學問，幹事業的環境，但皇后卻遵命交還了總政配發的房產。對於新皇這一舉措，權臣們反應冷漠。（按：習的女兒確實回國了。）

新皇登基後首要任務是固權，左右都不宜開罪。新皇一方面高舉旗幟，安撫左派。一方面在暗中磨刀霍霍。其中最重要的一張牌是指派王岐山大規模地收集黨內高級官員及其親屬貪腐的證據，鑄造箝制黨內不同派別的工具。

王早年以平民子弟的身分入贅豪門，其中的酸甜苦辣不足與外人道。在豪門忍辱負重多年使得姚對於權貴階層的子弟並沒有太多的好感，王在新皇的支持下，調查收集貪腐證據毫無忌憚。連劉雲山的兒子，李長春的女兒都敢查。拿到王的調查結果，新皇沒有採取大規模，六親不認的肅貪行動，僅在外圍有選擇地打了幾條豺狗，敲山震虎，威懾黨內各位大佬，逐步排除障礙，安插親信，鞏固自己的權位。

今年（2013）年中，各路經濟權貴聯手製造出了錢荒的局面，變相要求新皇加印鈔票。加印鈔票無異飲鴆止渴。胡溫兩個包衣奴才頂不住權貴階層的壓力，十年間增發鈔票十倍，樓市價格也漲了十倍。權貴階層賺得滿盆滿缽。新皇登基，權貴階層需要通過金融理財和樓市暴漲繼續掠奪民財。在新皇的暗中支持下，宰相出面要求盤活存量，拒絕大規模加印鈔票。新皇想擠出權貴階層從事金融投機的資金，投向實業。

新皇斷人財路之舉引發眾怒，各路權貴私下串聯，準備以不堅持社會主義道路為名，在即將召開的北戴河會議上彈劾新皇。形勢波譎雲詭，新皇一度移居西山軍事指揮中心，以防不測。同時利用王岐山收集來的證據，威脅利誘，分化打擊反對派，總算化解了危機。

為了穩定局面，化解反對情緒，新皇放寬限制，一時間反憲政的輿論鋪天蓋地而來。新皇一面裝出捍衛旗幟的樣子，不給政敵以攻擊自己的口實，一方面緊鑼密鼓地籌備三中全會，全面實施自己的計畫。在三中全會上，經濟大鱷與各地的諸侯強烈反對新皇遏制國有企業，扶植民營企業，建立廉潔透明政治管理體制，放鬆對民間控制的舉措，有些人在發言陳述反對理由時，情不自禁地高呼毛主席萬歲。三中全會上反對聲浪之激烈，使得中央電視台居然拿不出分組討論，熱烈擁護新皇的畫面。

在新皇反腐利器的威懾下，各路諸侯雖然不敢公開與新皇作對，但不滿情緒溢於言表。所以三中全會公報是個四平八穩的宣言。但爾後陸續公布的所謂具體決定，確是刀刀見血，砍得權貴階層齜牙咧嘴。其中包括房地產網上登記，向民眾公開等原來各路諸侯堅決反對的具體措施。

現在是新皇高唱左調，讓反對者無懈可擊。宰相一路高歌猛進，全力削藩。與此同時，王岐山的偵騎四出，到處收集諸侯們及其家人的貪

腐證據，威懾所有潛在的反對派，以確保新皇改革計畫的順利推展。」

　　拜登說不想給習近平增添麻煩，習近平到底面臨什麼危險呢？從2013 年 12 月 6 日一篇江派故意放風的威脅文章中就可以看出來。這篇署名看山、發表在美國論壇上的文章標題叫：《危險的不只周永康，還有習近平》，直截了當地公開威脅習近平進行。

　　文章說：「最近一段時間，關於習近平的傳聞不斷。又是貼身保鏢大換班，又是一度移居西山軍事指揮中心，種種傳說，勾勒出一幅山雨欲來、如履薄冰的險象。空穴來風，未必無因，實際上，筆者認為唯有如此才符合現實的政治邏輯：你上台不過一年，抓抓作風，不讓下面的官員公款吃喝、公車私用、公費旅遊、出國，也就罷了，現在還要搞到最高層，直接捅破天，又是集權，又是反腐，招招動到人家的飯碗裡，甚至要斷人生路，人家焉能不與你拚命？這可是中國最有能量的一幫人呵，他們如果決心拚命，習近平又豈能有好日子過？」

　　在渲染習近平沒有威信、沒有實權之後，文章說：「在習近平上任之初，另一隻靴子還沒有落地，大家都紛紛觀望，看這個人究竟要幹什麼；同時又爭相展露善意，因為即使是再有能量的權勢和利益集團，也希望習近平站在自己這邊，至少不成為死敵。現在，習近平的面目已經清晰，有些人已經發現：較量不可避免，而且後果殘酷，與其被動地等習近平各個擊破，不如聯手主動出擊。於是有了今年北戴河會議和此前三中全會激鬥、習遭圍攻的傳言。電視鏡頭上，習近平無法掩飾的疲憊，似乎也印證了局勢險惡。當然，最公開展露險兆的，是美國副總統拜登一句話。這位剛剛與習近平單獨會談一個多小時的美國政客，一到日本就說：『習近平主席正處於事業起步的艱難時期，我不能給習近平添麻煩』——表面上站在幫習近平的立場上，實際上卻暗放冷箭。這句話等於吹響了中國國內反習派的『集結號』，告訴他們：習現在很脆弱，遠

沒有外面表現的那麼強大，你們有足夠的機會打倒他。」

接下來文章還編造謊言說，「江澤民是堅決支持習近平拿下周永康立威的，恰如其時的藉基辛格之口盛讚習近平，就是確證。但周永康畢竟是江的嫡系大員（據傳二人曾為姻親），怎麼打倒、何時打倒，大有講究。」

江胡鬥變成了江習鬥

其實所謂江澤民支持習近平，就跟當初江澤民支持胡錦濤一樣。我們先拋開政治上的大事不談，只談幾件小事。時光拉回到 2002 年，當時的胡錦濤也像 2012 年的習近平那樣，以副主席的身分訪問美國，接待胡的是美國副總統切尼。當時美國也是高規格接待胡錦濤，但由於胡錦濤知道自己的「王儲」位置並不穩，江澤民一直虎視眈眈、千方百計地要找出胡錦濤幹出的任何錯事，然後一舉廢掉「胡太子」。

於是胡錦濤不得不非常小心謹慎地處理一切事情，特別是出訪美國，他給人的印象十分拘謹，表情和動作都很僵硬，任何回答絕不超越事前的談話大綱，過程中像一碗白開水，聽他說話和看「紅頭文件」沒有什麼兩樣。切尼知道，要想了解他的真實想法，必須是一對一的單獨談話。

於是，午宴過後，切尼把胡錦濤請進書房，客套話還沒說完，房門忽然開了，江澤民提拔的親信、中共外交部副部長李肇星闖了進來。切尼的幕僚事後沮喪地說，自己曾禮貌的試圖阻止李肇星，並解釋說這是一對一的會談。可正因為是一對一的談話，李肇星才會硬闖進去，否則他還不去呢。

2002 年後，江澤民由於迫害法輪功，被海外法輪功起訴的案子一

個接一個，令江澤民非常驚恐不安。2003 年 3 月兩會，失去「總統豁免權」的江把最信任的李肇星提拔成外交部部長，就是為了讓他隨時監視「訴江案」的案情發展和應對。每一次胡錦濤出訪，李肇星就要求大使館、領事館花錢組織大量的當地華人華僑以及留學生組成「歡迎隊伍」，專門展現暴力，對法輪功和平請願隊伍下手，毆打、肆意辱罵，用中共國旗擋住法輪功的橫幅，進而搶奪、撕破法輪功的橫幅標語等。李肇星要求場面越混亂、暴力越好，他赤裸裸地說，表面是保護胡錦濤，實質是達到整治胡錦濤的目的，削弱胡錦濤在外國政府心中的影響力。

等到了 2004 年初，江澤民還占坐軍委主席位置時，美國副總統切尼訪問北京。當時美國總統布希請切尼私下祕密傳達一項敏感信息給中共國家主席胡錦濤。於是，胡錦濤與切尼在一個房間裡舉行了一對一的會談，期間沒有受到任何人的騷擾，切尼大大地鬆了一口氣，認為自己圓滿完成了總統交付的任務。哪知當切尼滿臉堆笑的走出會議室後，幕僚悄悄告訴他，就在隔壁房間裡，一堆中國人聚在一個音箱旁，聚精會神地傾聽他與胡錦濤會談內容，「私人會談」變成了「現場直播」。而下令竊聽胡錦濤的就是江澤民。

如今「江胡鬥」的政治劇目進入了後半場，習近平替下胡錦濤，江派人馬也從過去的周永康，換成了劉雲山之流，不過幕後的曾慶紅還在實際操控江派，為各種反撲行動出主意支招。

第四節

百萬人聯合國簽名 蓋不住了

從 2012 年 7 月開始的全球簽名，呼籲聯合國立即制止中共活摘法輪功學員器官，立即對參與活摘器官的罪人，諸如周永康之流，進行進一步審查和起訴，立刻停止迫害法輪功等等。目前民眾簽名已超過百萬。

很多人在問，習近平為何要選在拜登訪問中國時雙規周永康呢？自從薄熙來被查後，周永康就被管制監控起來了，以後周永康的幾次露面都是經過批准的，而且都是為了給外界一種中共政局穩定，團結配合的假象。其實周永康早就被變相雙規了，何早不採用實際行動呢？為何不早不晚，非要選在這個時候呢？

外交和內政雙重困境決定了雙規時機

一方面是轉移話題，分散關注力。2013 年 11 月中共單方面推出

東海防空識別區時，自負的中共高層和軍中少壯派們沒有想到，美國、日本和國際社會會採取這麼強硬的方式回應，致使習近平很尷尬被動。

在和美國私下溝通後，美國為了給習近平面子，於是在故意出動軍機飛越中共防空區而不打招呼之後，又故意宣布美國的民航飛機將遵從中共的防空區管理，主動向中共方面報告。其實民航一般都不需要向當地所在國報告的，美國這樣做，只是為了幫習近平挽回一點面子。毫無疑問，這是拜登出訪前準備工作的一部分：出訪前中美高層就已經開始採取措施了。

《新紀元》此前也多次報導，外交都是跟隨內政而動的，中共強勢外交都是其弱勢內政的變態外延。表面上習近平對外採取了強硬的態度，這都是習的軍中太子黨盟軍的壓力所促成的，習的本意並不想搞出一個不能實現的防空區來刺激美國、日本和韓國，但為了換取軍隊的支持，習近平不得不演戲，中共官方的強硬只是表演給老百姓看的。

中共在喪失民心之後，唯一能夠把中國人的思想統一在一起的，就只剩下愛國主義了。民族主義這張牌，中共已經用了幾十年，到現在已經是越來越不管用了，當初那些愛國主義的「憤青們」現在都開始成熟了，都不再容易被官方忽悠了。從中共軍隊的實力、國際大環境、中國發展、民眾的心願等方方面面可看到，除非中共瘋了，否則中共軍隊絕對不敢和其他任何一個大國打仗，包括所謂「武力解放台灣」，那也是中共臆想出來而絕對不可能的事。

另一方面，雙規周永康，也是中共 18 屆三中全會之後，由於江派既得利益的阻撓，李克強推不動經濟改革，於是不得不拿出反腐的殺手鐧來開路，而周永康是薄熙來下台後最容易打的大老虎。

　　早在 2013 年 8 月 22 日，中共 18 屆三中全會召開前兩個月，當時很多江派媒體故意放風說，習近平和李克強如何反目，王岐山想要奪習近平的權之類的各種流言，《新紀元》在 340 期中就報導了《李克強經濟受阻 習李王三權聯盟成型》的文章。《新紀元》認為，中共政權之所以沒有馬上倒塌，唯一支撐點就是老百姓還能認同經濟發展，一旦大陸出現經濟危機，中共政局立馬就會倒台，因為民眾對共產黨的不滿和怨恨早就達到臨界點了。

　　習近平要坐穩位置，就必須全力支持李克強，習李兩人必須緊密結盟。然而李克強搞經濟改革，首先就得從江派既得利益集團中，取回部分利益分給老百姓，這就動了江派的乳酪，江派便阻撓甚至反擊，習李的經濟改革就走不下去。而經濟改革走不下去，中共馬上就得垮台，為了推遲滅亡時間，習近平就必須利用王岐山來反腐，這也是為何習近平把王岐山這個銀行金融專家調到中紀委反腐的初衷：凡是阻撓習李經濟改革的，習王就利用反腐來打倒他，於是，習李王結成了牢固的三權聯盟。

　　體現在具體行動上，就如《新紀元》所說，「李克強與習近平、王岐山結成三權聯盟，互相支撐，但他們三人的處世態度和行事方式卻大不相同，習近平是『光說不做』，王岐山是『又說又做』，而李克強是『光做不說』。」2013 年 11 月中共 18 屆三中全會後的政局改變，中紀委擴權，李克強要扶持民權分解國企，這些政策都印證了當初《新紀元》的預測。

　　不過 18 屆三中全會後，習李王的很多改革措施根本無法推行，各省地方諸侯和中央大型國企不斷抵制，陽奉陰違地拖著不辦，為了打破這個僵局，於是藉拜登訪華期間，習近平決定把周永康拋出來調查。

難以繼續掩蓋周永康的罪行了

據北京高層人士向《新紀元》透露，除了轉移軍事外交風波和轉移經濟矛盾之外，拜登還把上次兩人在美國見面時遭遇的王立軍出逃後的後續情況和習近平進行了交流，這就是為什麼原定 45 分鐘的會談，結果談了兩多小時。外界一直猜測拜登和習近平到底密談了什麼。拜登的這次亞洲之行是早就安排的，在中共自行設立東海防空識別區之前就定好了的，原定主題是貿易，所以不談防空區也是合理的。

上次拜登和習近平見面是在 2012 年 2 月，一年零十個月後兩人見面，當然不可避免的要談及周永康、薄熙來之流的敵對派企圖推翻、暗殺習近平之事。而且這一年多發生了許多事，比如審判薄谷開來、薄熙來等，讓雙方對江派的政變計畫有了更深的了解。

時間往前看，中共逕自宣布劃定東海空識區是 2013 年 11 月 23 日，前一天 22 日，青島發生了中石化輸油管線特大爆炸案，這是中共 18 屆三中全會《決定》出台後，有關國企重大改革具體細節頻頻釋放之際，第一起死傷慘烈的重大公安事故，導致中國國內輿情再度民怨沸騰，民間社會又見動盪不安。

時間往後看，防空區爭議在中共官方（外交部、國防部、軍方）與官媒刻意渲染並於國際發酵後，同時伴有海內外媒體釋出周永康之子周斌被查的訊息，此波更提到涉及曾慶紅的姪女。

然後在習拜會談前一天，12 月 3 日，習近平主持召開中共中央政治局會議，官媒對外宣稱會議主題是「分析研究 2014 年經濟工作」，但見官媒通稿最後一句：「會議還研究了其他事項」。18 大後，是凡「還研究了其他事項」的局會議召開後，隨即都會出現高層人事大震盪的訊息。果然，隔天 4 日，周永康被雙規的大量消息，在習拜會談當天正式出籠。

　　據美國媒體以及權威華府記者揭露，2012 年 2 月，夜奔美領館的王立軍，把薄熙來、周永康等迫害法輪功以及活摘器官罪行的證據全交給了美國。隨後習近平訪美，拜登就將相關證據，當然也包含江澤民派系，即周永康、曾慶紅等要以薄熙來取代習近平的政變計畫透露給習近平。這次兩人見面不可避免的要再次談及活摘器官和政變話題。

　　關於政變局勢，雖然薄熙來被關進了牢籠，但江派薄黨不斷製造事端，為薄熙來喊冤的聲音還不時出現，這就是為什麼拜登說不想給習近平再添麻煩的原因。而對於活摘器官，拜登也得知了更多消息，如美國國會就中共活摘法輪功學員器官舉辦過多次聽證會，國際社會相繼出版了很多書籍，揭露王立軍、薄熙來、周永康等人直接參與活摘器官的罪行，如《血腥的活摘器官》、《國家器官》等，特別是從 2012 年 7 月開始的全球簽名，呼籲聯合國立即制止中共活摘法輪功學員器官，立即對參與活摘器官的罪人，諸如周永康之流，進行進一步審查和起訴，立刻停止迫害法輪功等等。民眾簽名已超過百萬。

美國拒絕參與強制性器官移植者入境

　　儘管美國沒有對中共活摘法輪學員器官提出正式表態，但如今凡是申請過到美國旅遊、探親、留學、商務、工作等非移民簽證的人，都經歷過填寫 DS-160 表格。在回答多項諸如個人醫療健康情況、犯罪背景等問題外，在「安全背景資訊」類問題中，申請人會被問及是否參與過恐怖分子、間諜活動、政治謀殺、群體滅絕、迫害宗教自由、強迫墮胎節育、煽動或執行酷刑等罪行，而其中新加的一項則是：你是否曾經直接參與強制性移植人體器官或身體組織？（Have you ever been directly involved in the coercive transplantation of human organs or bodily tissue？）

　　經《新紀元》記者向美國國務院查核，其發言人告知：這一攸關國家安全的問答源自 2002 年 9 月 30 日由美國國會通過、布希總統簽署的「對外關係授權法案」（Foreign Relations Authorization Act）第 232 條規定：中國和其他國籍國民曾涉及強制性器官或身體組織移植者將被拒入境美國（Sec. 232. Denial of entry into United States of Chinese and other nationals engaged in coerced organ or bodily tissue transplantation.）。這條規定也被列入美國法典 8 U.S.C.1182f。

　　美國國會法案（Act of Congress）總統簽署後即完成立法，正式成為聯邦法律。

　　國務院發言人表示，這條法律生效後一直被執行著。因為近兩年才將 DS-160 表格改成線上電子形式，可讓美國方面問的問題比較詳細，不像過去受限於單張表格的篇幅。

　　不僅美國訂定了拒絕涉及強迫移植這類罪犯入境美國，早在 2004 年，加拿大皇家騎警已將 45 名迫害法輪功的中共高官列入監視名單，可以拒絕他們進入加拿大、遣返或起訴等，名單中包括江澤民、羅幹、劉京、周永康、薄熙來等人，對活體摘取法輪功學員器官的罪行都難辭其咎。

　　目前，江澤民、羅幹、周永康、薄熙來等 50 餘名中共高官，因為血腥迫害法輪功，已在世界 50 多個國家被以「反人類罪」或「群體滅絕罪」告上了法庭。據維基解密，中共高官出訪國外時，最恐懼的就是在美國被法輪功學員訴諸法庭。

　　拜登這樣的西方政治家都知道，殺人偷盜器官這樣重大的反人類罪行，是無法再隱瞞的，如果說國際社會過去有人一直在壓制、掩蓋和拖延對活摘器官罪行的調查，那現在這個國際大環境下，再也壓不住了，

蓋不住了，與其被動被查，不如主動出手。像周永康這樣的惡人必須受到懲罰，誰要不懲罰，誰要再隱瞞，誰就會被歷史恥笑，被民眾唾棄。

　　這個道理習近平當然懂了，無論是從個人安危，還是國家利益，以及國際形象來看，無論找什麼樣的藉口，打倒周永康已經成了必然。

　　於是，在外交、內政、權謀和道義、實惠和利益等各方面來看，打落周永康也就成了必然。

周永康塌台驚天內幕　暗殺習近平另有圖謀

第二章

周永康的最大罪行

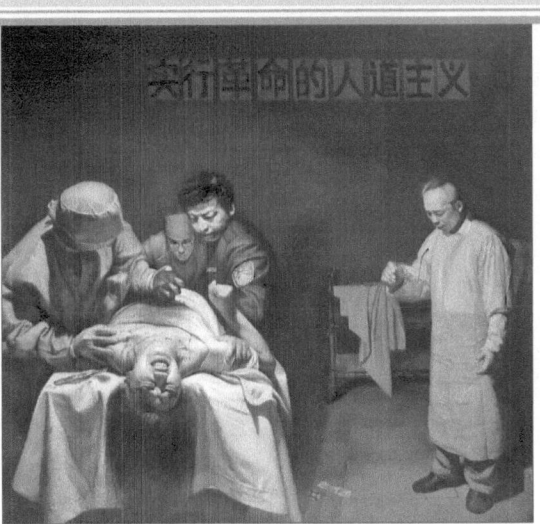

中共從 1999 年打壓法輪功至今，一直以活體摘取法輪功學員的器官牟取暴利，是這個星球前所未有的邪惡。據追查國際組織的調查錄音顯示，李長春親口證實周永康具體管活摘法輪功學員器官一事。圖為畫家童錫強油畫作品《蘇家屯的罪惡》。

第一節

撕開周永康的祕密殺人網

大衛‧喬高（左）與大衛‧麥塔斯（右）2011 年 6 月 28 日在台灣立法院舉行《血腥的活摘器官》中文版新書發表會，揭發這個星球上前所未有的邪惡，並提出制止暴行的建言。

國際暢銷書裡面的鐵證

2006 年 3 月 17 日，一位化名安妮的女士對《大紀元時報》說：「我的一名家人參與了摘取法輪功學員器官的手術。這給我們的家庭帶來了巨大的痛苦。」

安妮所言是否屬實，引發了爭議。中共對安妮所言之事全盤否認。另有人根據安妮的話做了一些初步調查後斷定，法輪功學員是活摘器官的受害者，覆蓋面遍及全中國。

這是《血腥的活摘器官》一書的引言開頭。作者是加拿大資深律師

大衛・麥塔斯（David Matas）和加拿大前內閣成員及亞太司司長大衛・喬高（David Kilgour），這兩位 2010 年諾貝爾和平獎候選人對此一駭人聽聞的罪惡做了非常專業嚴謹的調查核實。作為著名人權活動家，他們在收到「法輪功受迫害真相聯合調查團」主席約翰・卓博士（John Jaw, Ph.D.）的請求報告後，向中共提出進入中國大陸獨立調查的請求。毫無懸念地被拒絕後，他們自費奔走聯合國和幾十個國家，竭盡全力為法輪功群體和受害者伸張正義，促使這一「人類歷史上前所未有的罪惡」全面曝光，引發了全球震動。

《血腥的活摘器官》一書也幾次登上知名售書網排行榜榜首。該書厚達數百頁，為使讀者能在有限的時間裡了解其驚人內容，下面選摘編輯了其中最重要的證據部分，用無可辯駁的事實，揭露了中共政權認可的、包括眾多醫院在內的中國公安、監獄、軍隊、法院等聯合參與的這一喪盡天良的邪惡罪行。

證人的恐怖經歷

2008 年 7 月，大衛・麥塔斯採訪了一位曾經在中國坐過監獄的證人藍尼（化名）。他講述了一段駭人的經歷。

藍尼曾被關押在多處牢房，每個牢房平均關押 20 個犯人。藍尼曾和死刑犯共處一室超過 10 次，因此熟悉他們被執行死刑的方式。死刑前幾日，一個身穿白大褂的人會從死刑犯身上提取血樣。處決當天，四、五個身著白大褂、戴白手套的人會把犯人帶走。透過監獄的窗子，可以看到外面有一輛帶紅十字標誌的白色救護車等在那裡。

一次藍尼被提審時，看到一位住同號的死刑犯就在隔壁，脖子上插著一支注射器，注射器中有半罐液體。一小時後，人還在，但注射器

空了。藍尼從牢頭那裡得知，死刑犯要被活摘器官。死刑執行日期由監獄和附近一家醫院協定，當醫院需要器官時，即是對犯人行刑的日子。器官移植所獲利潤由醫院和獄警對半平分。關於插在脖子上的注射器，牢頭解釋說那是一管麻藥，用來麻醉死刑犯並維持他的器官，直到被割取。

2006 年 11 月，藍尼在江蘇省無錫市第一監獄被轉移到 311 號監室。獄警要求他在一份聲明上簽字，證明 311 號在押犯人陳啟東死於疾病。該聲明將出示給陳的家屬。而陳啟東在藍尼到來前幾天死亡。因從未見過陳，藍尼拒絕在死因聲明上簽字，住同號的其他犯人都簽了字。

311 號的牢頭王耀虎和其他七、八個同號犯人告訴藍尼，陳是一位法輪功學員，拒絕「轉化」，在關押期間堅持打坐煉功，獄警為此毆打並折磨他。陳絕食抗議，獄警於是對他強行灌食，將管子插進他的喉嚨並灌進熱粥。粥溫度過高灼傷了陳的消化系統，陳發起了高燒。當時，穿白大褂的人來提取了陳的血樣。幾天之後，陳被四個穿白大褂、戴白手套的人帶走，一去不返。牢頭告訴藍尼，陳被割取了器官。為了掩蓋罪行，獄警編造「疾病死亡」的證據，銷贓滅跡。

《血腥的活摘器官》作者說：「我們的調查報告最終是獨立的。我們不要求人們因我們的身分而相信我們，只是請求人們考慮我們的報告，並做出自己的判斷。調查工作開始時，我們對於該指控的真偽毫無見解。這些指控太怵目驚心，幾乎令人無法相信。我們曾更情願得出『這些指控是不實的』結論。因為如果指控是真的話，將揭示出我們這個星球上前所未有的令人深惡痛絕的邪惡行徑，凌駕於人類曾經目睹的一切罪惡。正是這種恐怖使我們在難以置信中躊躇。但不可置信並不意味著這些指控是不實的。

如果摘取法輪功學員器官的罪行確實發生了，那麼現場人員要麼是

行凶者，要麼是受害者，不存在旁觀者。因為受害者被謀殺後焚化，找不到任何屍體，無法驗屍。沒有倖存者來講述自身遭遇。行凶者不大可能坦白自己犯下的反人類罪。但經過調查，我們還是收集了數量驚人的承認證詞。

我們的結論是，大規模強行掠奪法輪功學員器官的行為已經發生，而且現在仍然在繼續。我們斷定，自 1999 年以來，中共及其分布在全國各地的機構，尤其是醫院，還有拘留所和『人民法院』，已處死了大量法輪功良心犯，但具體數目不詳。他們的重要器官，包括腎臟、肝臟、眼角膜和心臟，都被強行摘取並高價出售，有時出售給外國人，這些外國人在自己本國往往要長期等待有人自願捐獻此類器官。」

書中寫道，在押法輪功學員被有系統進行血液核對總和器官檢查。非法輪功的其他犯人，則沒有被進行這樣的檢測。血液檢驗是器官移植的先決條件：供體的血液必須與受體的相匹配。

●**法國巴黎陳穎的證詞：**

我三次被非法關押，每次都被迫接受身體檢查。那時我不明白為什麼要檢查身體，警察的答案是：「例行程序」。但每次他們檢查的方式卻讓我感到並不是真正為我的身體健康考慮，而是想從我們的檢查結果中弄出什麼名堂。

有一天我被惡警喊出去，戴上沉重的手銬腳鐐，還有一名沒講名字的學員。惡警讓我們上車，開到一所醫院。進了醫院我感到裡面很靜，有點奇怪，惡警帶我進行了全面的身體檢查，做了心臟、心電圖、驗血、視力等檢查。

●**加拿大蒙特利爾王曉華的證詞：**

2002 年 1 月，我被投入雲南省第二勞教所（又謂雲南省春風學校），所部醫院（相當一個縣級醫院）非常意外地專門針對每個法輪

功學員進行了一次全面的體檢，包括心電圖、全身 X 光透視、肝功能檢測、腎檢測和驗血等，而勞教所裡非法輪功學員的犯人卻無需進行這樣的體檢。

●加拿大多倫多甘娜的證詞：

從 2001 年 4 月 6 日到 9 月 6 日，我被非法關押在北京新安女子勞教所五大隊，這個大隊約有 125 名法輪功學員和五、六名非法輪功學員。我和其他法輪功學員被武警帶到附近的警察醫院進行了全身徹底的體檢，項目包括驗血、照 X 光、驗尿和眼科檢測等。這個舉動在勞教所是不正常的，我很想知道他們到底想做什麼。我們在勞教所裡被百般折磨，怎麼他們突然會對我們的健康狀況感興趣？

●加拿大溫哥華王玉芝的證詞：

2000 到 2001 年末中共政權將我綁架三次。2001 年 10 月到 2002 年 4 月期間，「610 辦公室」人員帶我去過哈爾濱的四家醫院做全面體檢。這四家醫院分別是：哈爾濱公安醫院、黑龍江省第二醫院、哈爾濱第一醫院、哈爾濱第二醫院。每家醫院都對我抽血檢查。他們說我的血型是 AB 型，比較少見。我因為抵制和拒絕體檢而遭到毒打。警察命令醫生給我注射不明藥物，讓我失去知覺。我在哈爾濱第一醫院等待最後的體檢結果。醫生說，各個醫院都懷疑我身體器官有問題，因此診斷我的機體屬「廢人」。

說是給我治療，醫院要我家裡拿出五萬元人民幣。但是「610 辦公室」突然對我失去了興趣，因為醫院說，即使我恢復了，也是一個「會走路的死人」。最後，我設法從醫院逃脫。

●美國亞特蘭大周雪菲的證詞：

2003 年我被關押在廣東省三水婦女勞教所二大隊。二大隊關押的都是法輪功學員。那年春天，我和其他法輪功學員被帶到勞教所門診部

去體檢。我看見二大隊副隊長唐湘萍和其他警察站在那裡，他們的臉上掛著詭祕的表情。非法輪功學員的犯人則不用做檢查。體檢的項目有幾項，包括心電圖和驗血。體檢做完後，沒有人再提起這件事，比如體檢的結果報告。看起來更像一個臨場測試。

被虐殺並摘取器官案例

王斌，男性；家庭住址：黑龍江省大慶市；拘押地點：大慶市東風新村勞教所；死亡日期：2000 年 10 月 4 日。

2000 年 5 月底，王斌為了維護修煉法輪功的權利到北京向中共請願被抓，關押在東風新村勞教所期間死亡。

王斌死後，兩個醫生在沒有得到他家人同意的情況下取走了他的心臟和大腦。照片顯示他的身體被切開取走器官後又被粗陋縫合。毆打造成王斌的頸動脈和主要血管破裂。而且導致他扁桃體被損，淋巴結被壓碎，還有多處骨折。他的手背和鼻孔內側有香煙灼傷痕跡。他的全身遍布瘀傷。甚至在他瀕臨死亡的前夜，又一次被酷刑摧殘。在受害人器官被取走之後也沒有誰見過屍體解剖報告。將王斌屍體上的縫線解釋為屍體解剖是站不住腳的。

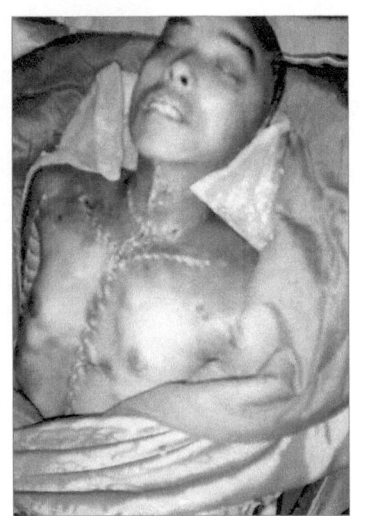

黑龍江省法輪功學員王斌
在勞教所被警察殘暴毒打
致死，器官被摘。

　　楊忠芳，女性；家庭住址：四川成都；拘押地點：延吉市建工派出所；死亡日期：2002 年 7 月 1 日。

　　2002 年 7 月 1 日早晨六時，楊忠芳家被延吉市建工派出所警察包圍，37 歲的楊忠芳連同不修煉的兒子、女兒、丈夫一同被抓。當天晚上，楊忠芳被毆打致死。等楊忠芳的家人和親屬趕到派出所時，體內的器官已經被取走，遺體被強行送去火葬場了。檢測結果出來後，官方的說法是楊死於「十幾種急性疾病」。但從每年的體檢結果來看，楊忠芳的身體狀況非常健康。

吉林省延吉市楊忠芳一夜之間被延吉市建工派出所警察活打死，體內的器官被取走。

　　張延超，男性；家庭住址：黑龍江省五常市拉林鎮；拘押地點：哈爾濱市警察局 7 處；死亡日期：2002 年 4 月 30 日。

　　2002 年 4 月，法輪功學員張延超被紅旗村派出所警察逮捕和拘押。幾天後，哈爾濱市警察局來人把張延超帶走。4 月 30 日，張延超的家人接到通知，說他在警察那裡死了。在哈爾濱市荒山嘴子火化場，張延超的家人見到了他的屍體，幾乎無法辨認，身體完全變形了：一條腿被打斷，一個眼珠不見了，眼眶塌進了一個大坑，他的頭上、臉上和大部分的身體幾乎沒有皮膚，嘴裡整排下牙被打掉，一個沒剩。衣褲沒了。整個身體到處傷痕累累。胸部開了一個大長口子又給縫上，明顯塌了下去。頭蓋骨被打開，一部分大腦不見了。體內的器官也不見了。

　　張的家人到達火化場時，有 60 多名武警把守。他們警告說誰要為張延超申冤，就馬上逮捕，當作「反革命」處理。據火化廠內部職工講，張延超在哈爾濱警察局七處被關在行刑室折磨，使用了 40 多種刑具。他在被折磨一天一夜後死去。

黑龍江省五常市法輪功學員張延超 2002 年 4 月遭哈爾濱警察虐殺，家屬見到張的遺體滿身傷痕，眼球被挖走一個，內臟被部分切除。

　　任鵬武，男性；家庭住址：黑龍江省哈爾濱市；拘押地點：呼蘭縣第二看守所；死亡日期：2001 年 2 月 21 日。

　　2001 年 2 月 16 日，因為散發天安門自焚偽案的真相資料，任鵬武被呼蘭縣警察非法抓捕。之後被關押於呼蘭縣第二看守所。2001 年 2 月 21 日凌晨，任鵬武被迫害致死。官方聲稱任鵬武死於心臟病。有很多目擊者證實：在任鵬武被關押期間，警察對他進行了多次長時間的毒打及殘忍的強行灌食。在遭到警察殘酷的毒打後，任鵬武在 2001 年 2 月 21 日凌晨出現生命危險。同倉的在押人員見狀立即向警察報告。但警察在接到報告四個小時後才準備把任鵬武送往醫院，結果，在開車送往醫院的途中，任鵬武離開了人世。

哈爾濱市第三火力發電廠技術員任鵬武被呼蘭縣警察非法抓捕，僅僅四天就被迫害致死，所有身體器官全部割除之後強行火化。

　　警察不允許任鵬武的家屬對其已經嚴重變形的屍體拍照。未經家屬同意，當局下令將任鵬武身體上從咽喉處至小便處的所有身體器官全部摘除，然後強行將屍體火化。

　　朱向和，男性；家庭住址：江蘇省徐州市睢寧縣官山鄉吳木屯村；拘押地點：睢寧縣蘇塘洗腦班；死亡日期：2005 年 4 月 20 日。

　　朱向和於 2005 年 4 月 1 日左右在家幹活時，被鄉派出所不法警察無辜抓走。然後他被帶到了睢寧縣蘇塘洗腦班，在那裡他被活活打死。有一個目擊證人說，朱的手指腳趾全部變黑。他的家人發現，朱的眼睛被挖去，內臟被掏去，慘不忍睹。為了堵住朱家人的嘴，縣「610」及公安局給了其家人 1.5 萬元喪葬費，並給朱向和的妻子每月 150 元生活費，隨後將朱向和遺體火化。

接受移植者證詞

　　據器官接受者及其家人透露，器官移植手術進行得極其隱密，彷彿在掩蓋一樁犯罪。醫院盡可能對他們隱瞞資訊。病人從未被告知捐獻者的身分，也沒被出示任何捐獻者或其家屬的書面認可。海外病人親友或隨行醫護一概被拒絕進入手術室。

　　手術醫生和助手的身分也經常不予透露。往往臨近手術開始才通知病人和親友。手術有時在半夜進行。整個過程貫穿著「不要發問，無可奉告」這一潛規則。

　　當人鬼祟行事時，就有理由懷疑他們心懷鬼胎。既然摘取死刑犯器官已廣為人知，甚至被中共認可，醫院沒有理由去掩飾。隱情是什麼呢？

　　作為始作俑者，軍方對強摘器官的介入，已延伸到民用醫院，甚

至在民用醫院進行移植，做手術的也是軍醫。只有軍醫院或軍醫大夫能方便獲得器官。軍方有許可權支配監獄和犯人，運作比地方政府更為隱密。他們不受法律約束。以下選取書中八個案例中的四個。

● RZ 女士

1986 年 RZ 被診斷為慢性腎功能不全，並逐步惡化。2004 年 12 月 17 日，捐客帶她的血樣到中國大陸。兩天後，捐客通知已經找到適合的供體，她可以立刻至廣州接受移植。醫院是廣州經濟技術開發區醫院。地點偏僻、荒涼，主治醫生是移植科主任林民專。當時至少有另外 10 位病人等待移植或在術後康復。RZ 看到有台灣人、馬來西亞人、印尼人等。

手術費是 2 萬 7000 美元。術前將美元現鈔交給林民專主任的弟弟（行政主管）。收款時並未開收據，後來在 RZ 丈夫的要求下，出具了一張便條顯示 2 萬 7000 美元已付。12 月 30 日下午五時，RZ 進手術室。當天早上醫院職員從別處拿來腎臟。手術在半身麻醉下進行，耗時約四小時。當天還有其他四位病人也接受腎臟移植手術。

沒有醫生向她透露過器官的來源。捐客告訴 RZ 器官來自被處決的死刑犯。廣州經濟技術開發區醫院不是軍隊醫院，但主治醫生林民專同時也在第一軍醫大學附屬珠江醫院移植科任職。

● C 先生

C 先生來自亞洲。2005 年 8 月初，C 先生在中國旅遊時因腹痛住進北京市中日友好醫院。診斷發現肝腫瘤，他聽從醫生建議在 2005 年 9 月 7 日做了手術。手術後狀況嚴重。醫院院長建議病人轉移到北京武警醫院做肝臟移植。在 C 同意轉院的 24 小時內找到了適配肝臟，移植手術隨即進行。病人術後四天死亡。

● JC 先生

JC 於 2005 年被診斷為急性腎衰竭。10 月 26 日，八個病人組團抵達深圳武警廣東邊防總隊醫院。當晚由高偉教授舉行手術前說明會，並收取手術費現金 15 萬元港幣。有病人詢問死刑犯是怎麼執行死刑的，高醫生表示不是槍決，而是注射兩針，一針麻醉劑，再一針止痛劑，然後把器官摘下。

JC 支付了房費、藥費、透析費、手術費等，約合 2 萬 9000 美元，全部以港幣現金通過中間人交付。在中國只待了三天就做了移植手術。據 JC 所言，中國大陸器官移植醫院不提供醫療費收據。

10 月 28 日下午約二時十分，護士乘坐救護車帶來了保存在冷藏盒中的八個新摘腎臟。JC 下午四時進入手術室，約八時 30 分出來。手術後八人一起住在監護室，家屬不能進入。JC 於 11 月 4 日出院回家。

該院醫生全是軍醫。醫療證書出於 Auxing 集團 Junhui 公司名下，並註冊為自負盈虧的地方醫院。JC 說他們走後，下一個團從新加坡來這家醫院做器官移植。

● KZ 先生

KZ 手術死亡時 40 多歲。2005 年 6 月 27 日，KZ 病情惡化，被轉移到台灣大學附屬醫院做肝移植評估並等待換肝。他需要等到出現能提供肝藏的腦死亡病人，一直等到 8 月，KZ 病情惡化，其家人決定到中國大陸做肝移植。

KZ 於 2005 年 8 月 11 日前往上海華山醫院。主治大夫是錢健民主任。KZ 被要求付押金 20 萬人民幣。交付後，KZ 夫婦被告知當時沒有肝臟。錢醫生告訴 KZ，法令禁止他們為台、港、澳及外籍人士做器官移植，有關肝移植的所有細節只能私下討論。其實，所有醫院員工和其他病人都知道他是來換肝的台灣人。醫院通知 KZ 夫婦支付包括設備費

在內的醫藥費。每天都有不必要的設備拿來，卻仍要他們買單，包括體溫表。醫生們說他腎臟功能也不好，問是否在換肝時連腎臟一起換了。KZ 夫婦覺得在為換肝保命而任人宰割。到了星期一，錢主任告訴她，醫院找不到供體，並且暗示，他需要錢來打通肝源管道。KZ 太太給了他一萬元人民幣。

星期二仍然沒有供體器官，錢主任建議 KZ 轉到一個叫長征醫院的軍隊醫院。後來，通過一位在大陸做生意的朋友聯繫到了長征醫院的王醫生。王醫生表示能夠找到供體器官。星期三夫妻倆到了那裡，了解到住在長征醫院九樓的所有病人都在等待換肝，也意識到只有軍隊醫院才能方便拿到器官。當天下午二時，醫院拿到了供體器官（A 型肝臟），接著 KZ 接受移植手術。晚上 12 時，KZ 太太得知丈夫死亡。全部花費約 80 萬元人民幣。與 KZ 本次旅行相關的文件及證明都沒有提及肝臟移植。

殺人的醫院和醫生

大衛在《血腥的活摘器官》中寫道：中國的醫院已經在源源不斷地從器官移植手術中牟取暴利。他們把短時等候作為賣點兜售，然後炫耀所得利潤。出售非自願者的器官是貪婪與仇恨相結合的產物。

遭非人化待遇的法輪功，其數量巨大的被關押人群以及匿名法輪功學員的弱勢無助，意味著他們成了被牟取器官的下一個資源。數萬法輪功學員被屠殺以把他們的器官出售給外國人，由此滋生了一個為中國賺取上百億利潤的行業。

中國許多移植中心和綜合醫院是軍方機構。軍方醫院獨立運作，不歸衛生部管轄。它們從器官移植中賺到的錢遠遠超過這些機構的成本。

北京武警總醫院明目張膽地宣稱：「移植中心是我部重點效益科室，2003 年毛收入 1607 萬元，2004 年 1 至 6 月份為 1357 萬元，今年（2004 年）有望突破 3000 萬元。」

器官移植的接受者在中國等候的時間比其他任何地方都少得多。中國國際移植支援中心網站說：「尋找匹配的（腎臟）捐獻人可能只需要一周，最長不過一個月。」該網站進一步說：「如果捐獻人的器官有什麼問題，那麼在一周內病者可得到另一器官，並在一周內重做手術。」相比之下，加拿大 2003 年的腎臟等候時間的中間值是 32.5 個月，而在卑詩省更長達 52.5 個月。腎藏的存活期是 24 至 48 小時，而肝臟是大約 12 小時。器官移植中心能向顧客保證如此短的等候時間，唯一途徑就是存在一個大型的活體肝腎「捐獻者」儲備庫。

在 2006 年 6 月的最後一個星期，仍能在網路上見到驚人數量的這類自我檢舉的材料：國際移植（中國）網路支援中心網站（瀋陽）宣稱，「臟器（字典上的一個定義是，柔軟的內臟器官……包括大腦、肺、心等）提供者能即刻找到！」「……全國每年腎移植手術的數量至少 5000 宗。能完成如此數量的移植手術，與中國政府的支持分不開的。最高法院、最高檢察院、公安部、司法部、衛生部以及民政部聯合頒布法律，確立提供臟器是一項政府支援行為。這可謂世界絕無僅有。」

在中國，我們可以從付錢病人開始，跟蹤資金流向實施手術的醫院，但我們無法知道誰拿了醫院收的錢。是否參與器官割售犯罪的醫生和護士獲得了高昂報酬？

2006 年 4 月 25 日之前，移植獲利的額度可從國際移植（中國）網路支援中心網站的價格表中一窺：

調查任何涉及金錢轉手的刑事指控的一個標準方法，就是追蹤錢的去向。但對中國來說，它緊閉的大門意味著追蹤錢的去向是不可能的。

不知道錢的去向證實不了任何事實，但也駁斥不了任何事實，包括那些指控。

數字透露的訊息

據《中國日報》的數據，中國 2005 年的器官移植多達兩萬例，手術量在全球排名第二，僅次於美國。儘管多年來中國一直在使用被處決死刑犯的器官，但一直到 2005 年，中共才供認這一點。中共政權對售賣「國家敵人」的器官的行為從未有過任何限制。

根據公開的報導，1994 至 1999 年六年間中國的器官移植為 1 萬 8500 例。中國醫療器官移植協會（China Medical Organ Transplant Association）副主席石炳毅說，到 2005 年為止，中國共有大約九萬例器官移植。也就是說，中國器官移植在迫害法輪功之前的六年，總計 1 萬 8500 例，開始迫害法輪功後的六年，總計六萬例。因為被處決的死刑犯總量是不變的，那 2000 年到 2005 年間增加的 4 萬 1500 例移植器官，只能解釋為來源於法輪功修煉者。

中共對穩定的器官來源肯定是有把握的，知道存在著一群現在還活著但明天會死去的人可以提供器官。那麼這些人是誰呢？龐大的被監禁法輪功人群為此提供了答案。

2012 年 9 月 12 日，美國國會就活摘器官舉行聽證會，資深調查記者伊森・葛特曼（Ethan Gutmann）說：「我估計在 2000 至 2008 年期間，有 6 萬 5000 名法輪功修煉者因器官移植的需求而在中國被謀殺。對於這一數字是如何考證的，我在《國家器官》一書中有詳細的說明。」

第二節

李長春向「追查國際」
供出周永康

　　2013 年 9 月 11 日，獨立的非政府國際人權組織「追查迫害法輪功國際組織（簡稱：追查國際）」發表了 1.5 萬字的獨家報導：《追查國際關於中共活體摘取法輪功學員器官證據專輯》，裡面詳細列舉了 19 個電話調查錄音和一些書面證據，充分證實了中共從 1999 年打壓法輪功至今，一直以活體摘取法輪功學員的器官牟取暴利，徹底毀滅了人類的道德底線，是這個星球有史以來最大的邪惡。

　　由於篇幅有限，下面僅摘取部分摘要，詳情請見追查國際網站，網址：http://www.zhuichaguoji.org/node/35848。

　　報告稱，2006 年 3 月 9 日以來，追查國際針對中國大陸 30 個省、直轄市、自治區的中共司法系統和軍隊、武警、地方等醫院器官移植部門進行了持續的調查，獲取大量的證據。這些證據證實了中共活體摘取法輪功學員器官及從事活人人體實驗的罪惡是真實存在的。

　　這些零散的證據存在著一種內在的聯繫，指向一個驚人的事實，即

這些活體摘取法輪功學員器官的事件，不是個別的、局部的偶然發生的民間謀財害命的殺人事件，而是由江澤民、周永康等中共最高當局利用國家機器統一組織下的大規模的涉及全中國範圍的群體滅絕性大屠殺，是在官方的組織和保護下，由司法系統和軍隊、武警、地方等醫療機構聯合進行的系統犯罪。實施犯罪中，軍隊、武警醫院和器官移植中心為活體摘取法輪功學員器官的主要場所。

這些證據之間相互應證、互為補充。這種內在邏輯關係，體現出來的系統犯罪事實有助於了解整個案情的邪惡性質和程度，超出人類的正常思維。

本組織獲得證據可以證明，涉嫌參與犯罪的至少有 23 個省市自治區相關醫院和器官移植中心：北京、天津、上海、河北、河南、山東、遼寧、吉林、黑龍江、安徽、湖南、湖北，江蘇、浙江、廣州、廣西、福建、四川、雲南、貴州、陝西、甘肅、新疆等。

這種駭人聽聞的群體滅絕犯罪自 2000 年開始，至今仍在繼續！這是人類社會絕對不能容忍的。追查國際提請國際社會立即行動，制止並徹查中共對法輪功修煉者的群體滅絕迫害！

■調查錄音 10
廣東軍區總醫院主任表示有法輪功腎源

問：請問是廣東軍區總醫院朱主任吧？

答：哎，我是。

問：我是北京 304 醫院的，我有兩個親戚在 304 醫院，腎源上現在不太夠，2001、2002、2003 年我們是大量做……

答：對，對。

問：我們發現一個是年輕的，另外還有一個就是法輪功犯人這個的腎源比較好，你們這邊怎麼樣？這方面法輪功犯人的腎源……

答：我們法輪功很少。

問：還是有一些這樣的？

答：B 型不難，你要願意過來的話，你過來我們可以很快，5 月 1 號之前肯定可以安排。

問：「五一」之前有一批嗎？

答：好幾批。

問：「五一」之後還有沒有？

答：「五一」之後可能要到 5 月 20 幾號了。

問：如果你這個期間的話，如果能得到法輪功這樣的腎源，你還是跟我再打聲招呼，好吧。

答：喔，可以，那你過來……

■調查錄音 16
羅幹祕書沒有否認活體摘取學員器官

下面是追查國際的調查員對原中共中央政法委書記羅幹的于祕書對話的部分錄音。

于祕書：喂。

調查員：喂，你好，是政法委書記羅幹的于祕書嗎？

于祕書：你哪裡？

調查員：噢，我是國家安全部第七局啊，我們有一個緊急的情況需要你們配合一下，我們調查一件洩密事件，我們得到確切的情報，就是中央政法委的工作人員裡有人要跟這個境外的情報部門聯繫出賣有關國

家機密情報。在政法委機構裡頭都有誰接觸過就是對在押的法輪功人員活體摘取器官的國家機密啊？有哪些部門、哪些人員接觸過這個？

于祕書：這個，你是，你用的是普通電話，你這個⋯⋯

調查員：我知道，因為我們現在是在辦案的現場，所以我們得縮小這個範圍。我們必須得知道有誰接觸過這個機密，啊？

于祕書：你打電話，打到我這個地方啊。

調查員：啊。

于祕書：我們在外地。

調查員：啊。

于祕書：一個是我們在外地，再一個電話打到我這個地方呢，我這一下也不能給你講清楚。你是需要我們怎麼做，還是需要，你能不能有具體的什麼東西啊？

調查員：啊，就是這個⋯⋯

于祕書：你能不能從我部裡面給我打「紅機」（保密電話）啊，了解這個情況，或者有什麼正式的文，什麼的？

調查員：但是，那就都得明天了，現在這個事情實在是緊急，如果要是等到明天⋯⋯

于祕書：紅機啊（保密電話）。

調查員：啊？

于祕書：我這有紅機，啊，你可以通過部裡面給我打紅機，啊。

■調查錄音 17
原政法委辦公室副主任承認活摘器官

調查員：是中央政法委的魏主任嗎？

魏建榮：你哪裡？

調查員：我還是國家安全部。……主要就是像我剛才說的，主要是想了解一下

魏建榮：這事已經很早了，我跟你講我的判斷啊。

調查員：啊……

魏建榮：這個事關於你剛才說的這件事情，事情這很早了，現在來的這些人都不了解。第二，這個人肯定不是我們這兒的人，這是肯定的，咱們單位的人肯定不會有這樣的人，這是個基本的概念。要縮小範圍，怎麼個弄法，那麼你可能就要到單位來查一下原底子，現在誰說也說不清楚。

調查員：就是這個活體摘取在押法輪功人員器官的事情是很早的事情嗎？

魏建榮：對，對，對，很早的事。

■調查錄音 19
李長春：周永康具體管這個事

追查國際調查員以「原中共中央政治局常委、中央政法委書記羅幹辦公室張主任」的身分與李長春（中共中央政治局常委）的對話。

調查員：喂，是李長春同志嗎？

李長春：啊，是啊。

調查員：我是羅幹辦公室的張主任，我們羅幹同志睡覺了，他有幾句話讓我轉告您一下。

李長春：啊。

調查員：他們好像是說，我們得到消息說，想在您這個離開期間還

有咱們賈慶林離開期間，用這個摘取在押法輪功練習者的器官做器官移植手術這件事給薄熙來他們定罪，這當時⋯⋯

李長春：你問周永康。

調查員：嗯，當時⋯⋯

李長春：周永康具體管這個事，他知道。好了，讓我的祕書接著跟你說。

第三節

兒童被挖眼 大陸人怕器官被盜

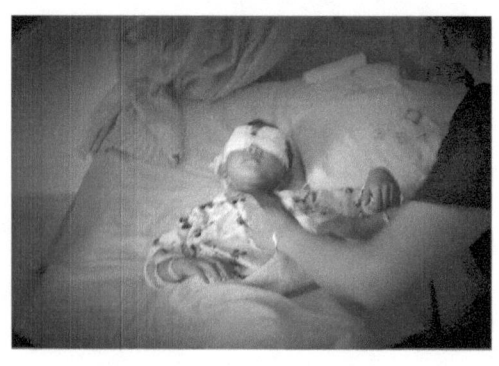

由於一本萬利，加上供不應求，如今中共活摘法輪功學員器官的黑手已伸向了普遍百姓。圖為 2013 年 8 月 24 日，江西汾西六歲童小斌斌被挖眼盜摘眼角膜。（新紀元資料室）

　　薄熙來被公審，但官方刻意迴避了薄熙來最大的罪行：涉及活摘法輪功學員器官。從 1999 年到 2013 年，14 年過去了，由於中共封鎖消息，拒絕國際社會調查，讓人無法知道到底有多少萬法輪功學員被活摘了器官，但看得見的是，中國從鎮壓法輪功後，一躍成為全球移植大國，全國 300 多家醫院都能從所謂死刑犯那裡找來器官做移植手術。

　　由於一本萬利，加上供不應求，如今中共的黑手不光是壓在被祕密關押的法輪功學員身上，近年來還迅速伸向了普遍百姓，就如馬三家勞教所的酷刑最早施用在法輪功學員身上，現在卻實施在每一個被關押的上訪民眾和普通公民身上。

江西汾西六歲童被挖眼

　　2013 年 8 月 24 日，就在薄熙來案在濟南中院庭審官方掩蓋活摘器

官罪行的同時，山西汾西縣傳出一個駭人聽聞的慘案：一個六歲的男童小斌斌傍晚在屋外玩耍時，被人下藥導致昏迷，等家人發現他時，他已經滿臉鮮血地躺在地上，雙眼被人挖去。警方在案發現場找回小童眼珠，但眼角膜則被人偷走了。

無論官方如何編造或講述了男童姑母害人、並跳井自殺的事，有一點官方解釋不清：為何要把小孩的眼球挖下來後專門把眼角膜取走？一般農民哪裡知道如何摘取眼角膜？即使知道，可能也是連著整個眼球一起拿走，而為何單單取走了眼角膜？無論這前面有什麼鬼附體的故事，背後一定牽扯到器官移植黑幕。

當時也有人關注，為何大陸媒體會在審判薄熙來期間高調報導此事？人體器官的地下買賣在中國大陸十分猖獗，官方媒體都做了大量報導。比如 2013 年 7 月的一則報導說，有人指控甚至中國紅十字會的一些地方分支機構也與人體器官的非法交易有牽連，中國紅會否認了這一指控。中國一名人體器官販子 2010 年曾對新浪網說，兒童器官通常能賣較高的價錢，因為大多數人認為，器官來源人的年紀越小，器官的質量就越好。

在大陸，「角膜盲人」占全部盲人總數的四分之一，人數約為 800萬，在這些患者中，絕大多數是九歲以下的兒童以及 40 至 69 歲的青壯年人，而復明的唯一手段就是角膜移植手術。但是由於眼角膜的捐獻者太少，全國各大醫院每年可以完成的角膜移植手術只有 2000 至3000 例，不到 800 萬需求者的零頭，絕大多數的失明者只能在黑暗中苦苦地等待。

由於眼角膜本身不含血管，處於「免疫赦免」地位，使角膜移植的成功率位於其他同種異體器官移植之首。半歲至 60 歲、角膜健康者均可捐獻眼角膜。一般情況下，在人死後六小時以內、冬季在死後 12 小

時以內摘取的角膜都可以用於移植，如果將新鮮角膜經保存液或深低溫特殊處理，則可保持數天或數周後待用。由於捐獻者少，大陸角膜的黑市價達到了 30 萬人民幣。

河南禹州九歲童被挖眼拋屍

當人們還沒有從小斌斌那句「天怎麼還不亮？」的悲痛中解脫出來時，9 月 20 日，就在薄熙來被宣判無期徒刑的兩天前，在距離江西汾西 835 公里的河南禹州，再次發生了孩子被人偷盜器官的慘案。

據《大河報》報導，2013 年 9 月 20 日，河南禹州一九歲男童劉某走親戚時，遭歹徒劫持，身中 100 多刀，被挖右眼並拋屍湖中。

死者的父親劉海洋表示，九歲的兒子 20 日下午四時左右跟著母親到禹州市韓城辦事處第八居民區姥姥家串親戚。18 時多家屬發現劉某不見了，趕忙四處尋找。直至晚上十時，其家屬在小區的監控錄像中發現，男童劉某被一青年男子帶入該小區一住戶家中後再也沒有出來。

男童的家屬根據此線索立即趕到該住戶家中，在男童家屬的再三追問下，該青年男子的父親終於交代，是其兒子將男童帶到家中殘忍殺害，並租了一輛三輪車將屍體運走。

最後在一名三輪車主的帶領下，於凌晨三時找到孩子屍體。當孩子的母親看到白天還活蹦亂跳的兒子遍體鱗傷，失去右眼，躺在自己面前時，當場精神失常。

「孩子身中 100 多刀，面部幾乎被毀容，右眼眼角膜不見了。」男童父親哽咽著說。案發不久後凶手耿某已被緝拿歸案。

民眾稱，這又是一起盜賣器官的案子，為了錢財，喪盡天良，活活害死了一個孩子。更有民眾總結稱，中共的貪腐及獨裁統治必然會導致

中國亂象叢生，校長可以性侵女童，為發財可以活摘器官，當官的貪污上億可以不死，可以玩弄女性，可以包養七奶、八奶，學校幼兒園頻頻發生兒童傷亡事件，毒奶、毒食品更是防不勝防，貪官污吏橫行禍國殃民，這樣的世道還能讓人正常活下去嗎？

夏俊峰、藥家鑫的器官哪去了？

2013 年 9 月 24 日，就在薄熙來被判無期徒刑的兩天後，大陸不少媒體人以直接或隱晦的方式放出消息：備受關注的夏俊峰案已核準死刑，即將執行。夏俊峰的妻子張晶則毫不知情，直到 9 月 25 日凌晨五時，一行人敲開她的家門，要求她去和丈夫見最後一面。

媒體人還披露了中共宣傳部門的禁令：「遼寧夏俊峰故意殺人案死刑覆核已審結，將於 9 月 25 日執行，各媒體如作報導一律依據法院發布的權威消息刊播，不評論不鏈接、不渲染炒作。」

9 月 25 日下午三時 55 分，張晶在微博發布消息：「剛接的法院電話通知，夏俊峰已火化，明天九時去領取骨灰。」

大陸擁有大量粉絲的微博帳戶「染香姐姐」質疑：為什麼夏俊峰也只有一捧骨灰還給家屬？此犯並非無人認領屍體，為何也只交還骨灰？執法機關什麼時候有屍體處置權？家屬連屍體的處置權都沒有？器官到底可以賣多少錢？不會 301 有領導躺床上等著配型成功的器官所以才急吼吼的殺人吧？

網友吳淑平也表示：剛才無意中看了藥家鑫之父藥慶衛的微博，才知道藥家鑫被執行死刑，其家人居然連屍體都見不到。無論藥家鑫如何罪大惡極，屍體總該讓其父母看一眼吧？如果法律和執法者這樣殘忍，與殺人又有何區別呢？這不是刀刀殺到其父、其母的胸口上嗎？

曾成杰被滅口槍決

中共強行摘取死刑犯的器官，已經是公開的祕密罪行了。就在 2013 年薄案審理過程中，就至少發生了幾起器官被摘取案。

7 月 12 日，涉嫌集資的湘商曾成杰，被湖南省長沙市中級法院「祕密處決」，引爆大範圍的民怨。

曾成杰之女在微博上披露：「這是 7 月 14 日中午，在我父親執行死刑兩天後（我們）才接到長沙中院的死刑執行通知。郵寄郵戳時間是 7 月 13 日，簽發時間是我父親被槍決的 12 日。難道長沙中院唐學平法官不知道刑訴法解釋 423 條的法理以及犯人臨終告別權和親屬臨終會面權的人道嗎？死刑也由注射改為槍決。人權何在？法理何在？天道何在？」

民眾紛紛質疑：曾成杰不但慘遭「滅口」，器官很可能亦遭摘取。大陸記者何光偉表示：請長沙中院出示錄音、錄像自證清白，否則我們有理由懷疑曾臨刑前被虐待、器官缺失、還有他是不是被處決的？這些貴院必須出示所有監控自證清白。

法學教授賀衛方：生前最後的見面可以由犯人提出，也可以由家屬提出，兩者都必須得到尊重。從基本的人道出發，甚至在相關人員沒有提出此要求的情況下，司法當局也應努力促成這種會見。還有，行刑後的屍體也應經其家人驗證後火化，否則死者器官是否完整不得而知。

偷盜器官從法輪功學員身上開始

加拿大人權律師麥塔斯（David Matas）與加拿大前亞太司司長、資深國會議員喬高（David Kilgour）共同著有《血腥的活摘器官》（Bloody

Harvest）一書，該書於 2007 年出版，是有關中共活摘法輪功學員器官的調查報告。

作為獨立第三者，麥塔斯和喬高發現，中共對遭非法關押的法輪功學員大規模強行摘取器官。調查報告指出：「他們的重要器官，包括心臟、腎臟、肝臟和眼角膜等，被強行摘取並以高價出售，有時候賣給原本在自己的國家須長久等待自願器官捐贈的外國人。」

2013 年 7 月，美國著名作家、資深調查記者伊森‧葛特曼（Ethan Gutmann）撰文《展出中的遺體》，揭露了薄熙來為撈取政治資本，以活摘器官和塑化加工屍體推動、實施江澤民對法輪功學員「在肉體上消滅」政策的黑幕。曾對中國勞教所做過大量研究工作的葛特曼說，他經過獨立調查發現，摘取器官的罪行在 2006 年達到高潮，現在仍然在繼續。到 2008 年，最少有 6 萬 5000 名法輪功學員因為被摘取器官而死亡。其他團體的人士如西藏人、維吾爾人和一些基督教團體人士也成為中共活體摘取器官罪行的受害者，只是數量沒有法輪功學員那麼多。

然而令他吃驚的是，活摘器官的暴行如此迅速地擴散到了普通中國人身上，如今孩子出門玩耍可能就被偷盜器官了，假如活摘器官罪行不從源頭上、從根本上消除，誰能保證這樣的厄運不降落在我們自己身上呢？

周永康培台驚天內幕　暗殺習近平另有圖謀

第三章

周永康發跡內幕

提起中共頭號特務頭子周永康，大陸高層的人多嗤之以鼻，對他
口服心不服。北京一位圈內人對《新紀元》表示：「周永康？說
到底不就是個打手嘛！既沒腦子又沒謀略，靠裙帶關係上來的。
不過他夠狠的，什麼事都敢幹。」（AFP）

第一節

頂著大慶人光環

　　周永康 1942 年 12 月出生在江蘇無錫，早年的家庭情況在大陸很難查到，這與周永康後來成為中共頭號特務頭子有關，他有足夠的特權封鎖一切他不想百姓知道的事。翻開周永康的簡歷，56 歲前都很平常：1966 年 9 月北京石油學院勘探系畢業後，他不願到野外吃苦，留校等待分配。一年後才到大慶油田地質隊當了名技術實習員。由於他擁有文憑，又善於討好巴結人，41 歲時當上了遼河石油勘探局局長、遼寧省盤錦市委副書記、市長，1985 年當了石油工業部副部長，並出任中國石油天然氣總公司總經理，成為正部級國有企業高官。

　　周永康與胡錦濤同年同月出生，都是 1942 年 12 月。胡錦濤出生在安徽績溪，周永康出生在江蘇無錫；胡 1964 年 4 月加入中共，周是 1964 年 11 月；兩人都有大學文憑，後來都當上了高級工程師；兩人都趕上了「文革」後中共由於權力鬥爭而產生的青黃不接，鄧小平不得不大量提拔年輕人以壯大自己的隊伍，搞所謂第三梯隊培養。

　　溫家寶也是他們的同齡人。溫家寶 1942 年 9 月出生在天津，1965年 4 月加入中共，南開大學畢業後到了甘肅地質局。年輕的讀者可能不太明白，為何中共上一屆高層很多都是搞地質礦產等「偏僻」專業的，這與 1960 年代中國的大環境有關。在當時這些專業是最「熱門」的專業，因為當時中國出於亟待建設開發時期，中共一再號召「開發祖國大好資源」，把「美帝國主義和蘇修特務比下去」。

　　所以那個時候在中國的石油地質領域，匯聚了一批具有潛在政治抱負與野心之人，這也是後來石油地質幫能夠產生的因素之一，幾十年內，在中共政壇上冒出頭的不少是這一幫人，除了胡錦濤、溫家寶、周永康之外，還有羅幹、曾慶紅、張高麗等人。

　　周永康從 1967 年大學畢業起，很長時間一直在石油領域打滾。從魚米之鄉長大的他，生活在東北冰天雪地中，從大慶油田 673 廠地質隊的技術員幹起，後來轉到遼河石油會戰指揮部，憑藉江南人特有的聰明，周永康逐級晉升。他還兼任過這些石油企業所在地的地方主管，例如 1983 年在擔任遼河石油勘探局局長、黨委副書記的時候，兼任遼寧盤錦市委副書記、市長。就是在這個時候，周永康認識了時任盤錦公安局長的王立軍，命運就這樣把兩人綁在一起。後來薄熙來在重慶搞「唱紅打黑」時，推薦王立軍去重慶的，就是周永康。

　　在那個全國人民都要「工業學大慶」的年代，身為「大慶人」，給周永康增添了不少光環。1985 年中共新老交替時期，剛剛過完 43 歲生日的周永康被調北京，當上了石油工業部副部長、黨組成員。1988 年春，第七屆全國人大第一次會議批准國務院機構改革方案，撤銷石油工業部，組建中國石油天然氣總公司，於是周永康成了石油天然氣總公司的副總經理、黨組副書記，當時的總經理是王濤。那時官方把石油天然氣總公司歸屬為相當於部級的全民所有制國家公司，其職能是「依據政

府授權，負責規劃、組織、管理和經營陸上石油、天然氣資源勘探、開發、生產建設以及與油氣共生或鑽遇的其他礦藏開採、利用。」

官方簡歷顯示，周永康在擔任石油天然氣副總經理時，還在 1989 年 3 月被任命兼任新疆塔里木石油會戰指揮部任總指揮、臨時黨委書記；幾個月後他又被交叉任命地處山東的勝利石油管理局黨委書記、局長，並同時兼任政企合一的山東東營市委書記。這兩個地方，一個遠在東邊的渤海之濱，一個在西邊的天山腳下，東西相隔數千里，香港媒體評論說，「也不知當時的中石油委何以手中幹部如此之稀缺，竟要周永康一人頂三人地『重用』？」據說周永康有兩年時間沒怎麼在北京的總公司露面。從那時起，周永康就在山東、新疆布下了很多人脈，為日後他以這兩個地方為根據地，大搞政法委的專權統治做了鋪墊。

有香港媒體報導說，周永康的竄起與「石油王」康世恩有關。康世恩是大慶油田的主要開創者，中國石油工業的創始人之一，後官至國務院副總理。不過有消息說，1990 年後，康世恩的身體越來越差，1992 年因心臟病住院。為了討好「大領導」，周永康成立了後勤服務組，自己擔任組長，經常利用公款給這些領導送醫送藥，送菜送肉，問寒問暖。善於巴結領導，是周永康比石油天然氣公司其他副職和技術幹部的最大不同。

1996 年 12 月，石油部的最後一位部長、又是中石油公司的首任總經理兼黨組書記王濤，因年齡到線而退休，一直跟著他的周永康終於被扶正，擔任這個龐大企業的總經理兼黨組書記。由於是掌管這個巨型國企的正部級高官，1997 年，周永康順理成章地成為 15 屆中共中央委員。

1998 年朱鎔基擔任總理組閣時，主持國務院機構改革，周永康以「黑馬」姿態獲得重用，擔任了好幾個機構合併而成的國土資源部部長、黨組書記。國土資源部主要負責土地、礦產、海洋等自然資源的規劃、

管理、保護與合理利用。周永康在大學的專業就是地球物理勘探，在幾十年的實踐中又積累了不少經驗，出任國土資源部長，也算專業對口。

然而周永康在國土資源部部長的交椅上僅僅坐了一年九個月，便於1999年12月調往四川接替65歲的謝世杰，擔任省委書記，此時的周永康57歲。

江派媒體放風說，當時國務院正在進行機構人事改革，在撤銷相當一批國務院的生產管理部門的同時，把這些部門年富力強的主要領導安排到地方省委及省政府，周永康正在他們的視野之內。也有民間舉報說，在周管轄石油系統的13年裡，是石油部最腐敗的時期，周永康帶頭貪污，經常出入夜生活場所，生活極度腐化。據說周永康最早的發跡是從搞房地產開始的，他把中石油管轄的很多土地賣了搞行賄，花了13億行賄才當上了四川省委書記。

總結周永康的仕途軌跡，接下來的事就出人意料了：在四川剛待了兩年多，一屆還沒幹滿，周永康就一下「改行」搞起了公安，2002年周永康不但當上了公安部部長，黨委書記，還當上了政法委副書記，而且還進入了政治局，成為中央書記處書記。

什麼原因讓周永康突然高升呢？這背後有什麼祕密呢？

這就不得不談到一位被稱為當代中國最大的「陰謀家」、周永康的把兄弟：曾慶紅。

曾慶紅1939年7月出生在江西吉安，比周永康大三歲。其父曾山是中共最早的特務頭子，其母鄧六金在延安時期開辦了一個托兒院，負責照顧中共高官的子女，那些孩子們都管她叫「鄧媽媽」，由於這層關係，曾慶紅在太子黨中很有人脈。

曾慶紅畢業於北京工業學院自動化控制系，21歲時加入中共，大學畢業後參軍，在中共解放軍743部隊當技術員，1965年調到主管航

天工業的七機部當技術員。在國防部門工作一段時間後，1979年曾慶紅開始當余秋里的祕書。

余秋里（1914年～1999年）也是江西吉安人，1955年曾被授予解放軍中將軍銜。1958年2月出任石油工業部部長，1964年12月在國家計畫委員會工作。「文革」時，余秋里並沒有被解除職務，1975年1月還出任國務院副總理兼國家計畫委員會主任。

由於這個老鄉的幫助，曾慶紅1979年到了國家計委辦公廳當祕書，三年後被余秋里提拔到國家能源委員會辦公廳副處長，1982年調到石油部外事局聯絡部工作。1983年曾慶紅到新成立的中國海洋石油總公司當聯絡部副經理、石油部外事局副局長、南黃海石油公司黨委書記。就是在這期間，曾慶紅與周永康相識。兩人由於年齡相近，愛好相似，很快成為關係密切的鐵哥們、把兄弟。

1984年曾慶紅被調到上海市委組織部擔任副部長後不久，就認識了1985年擔任上海市長的江澤民。當時江澤民冒充中共革命烈士後代，得到了國家主席李先念的提拔。據說李先念的一個小老婆住在上海，江澤民為了討好其小老婆，在她過生日時去送蛋糕，結果在雪地上站了幾個小時。憑藉這種「超常」的討好巴結能力，江澤民這個「二奸二假」（投靠日本人的漢奸、充當克格勃間諜的俄奸，假黨員、假烈士後代）最終坐到了中共黨魁的最高位置。

就是在上海期間，曾慶紅得到了江澤民的賞識，從而當上了上海市委副書記，負責宣傳。1989年學生運動爆發後，就是曾慶紅給江澤民出主意，鐵腕鎮壓敢言的上海報紙《21世紀經濟導報》。正是這個鐵腕態度，與鄧小平等軍頭的鎮壓行動相吻合，江澤民被老軍頭們看中，成為了取代趙紫陽的傀儡。當江澤民踏著「六四」學生的鮮血爬上中共總書記位置時，曾慶紅也雞犬升天，被江帶到了北京。1989年至1993

年曾慶紅在中央辦公廳當副主任，1993 年到 1997 年被提拔成中央辦公廳主任。

1989 年後，沒有能力、沒有根基的江澤民之所以能在中共黨魁位置上坐穩，這都是曾慶紅的「功勞」。北京高層的人都知道，江澤民就是一個戲子，一個花架子，除了說幾句美國人都聽不懂的英文外，就是喜歡吹拉彈唱，幹正事的能力還不如地方一個科長，但妒嫉心強得不行，心眼小得不行。電影女星劉曉慶就是因為說了幾句諷刺江澤民大肚皮的話，而被江報復性地關進了監獄。

由於無能和抵制改革，1992 年鄧小平南巡時，差點廢掉江澤民，而幫助江澤民坐穩位置的就是曾慶紅。曾慶紅不但用離間計把楊尚昆、楊白冰的楊家將搞了下去，還趁機撈取了軍中實權，使後來鄧家兒女不得不求江澤民饒命。被稱為陰謀家、狗頭軍師，曾慶紅當之無愧。

從地域和派系來劃分，曾慶紅屬於「上海幫」，但從出身上看，又可歸為「太子黨」，若從實際利益上看，曾慶紅是中共「石油幫」的幫主。曾慶紅在石油行業經營了很多年，人脈豐厚。

有人評論說，石油界第一代的余秋里和康世恩，官至副總理，是曾慶紅侍奉的前輩；第二代的陳錦華、盛華仁等人，官至全國政協副主席和全國人大副委員長，是曾慶紅當時以江澤民幕僚的身分而美言推薦的；石油幫的第三代以後，多是他「庇蔭栽培」的，這其中包括中海油總裁衛留成後來當了海南省長，中石化總裁李毅中接管了國資委，周永康當上了政法委書記，而中石化的陳同海假如不因案發，也會進一步高升。這些都是石油幫幫主曾慶紅幕後發力的結果。

體現在周永康身上就是，2002 年後周的仕途軌跡突然發生巨變。網上有消息說，周永康年輕時作風生硬，幹勁很足，性慾也強過常人，素有「百雞王」之稱。石油系統中不時傳出他與女性的緋聞，上級也不

時收到舉報，說他玩弄婦女、強姦婦女。但由於得到「石油王」康世恩的庇護，周永康在石油部門的仕途一直安然無恙。不過因為這些事，周永康的妻子、周斌的母親，與他鬧翻並分居。等到了四川之後，好色的周永康更是多次強姦婦女，連身邊的工作人員和賓館服務員都不放過，鬧得滿城風雨。

周永康的這些醜聞之所以沒有阻擋他的官運，最根本原因還是在這期間，周永康殺了一個女人，娶了一個女人，從而帶來仕途大轉折。

這個女人是誰呢？

第二節

殺妻後進了江家門

　　被殺的女人就是周永康的原配妻子、周斌的母親。不過由於消息封鎖，人們不知她的名字。有的說她是被周永康的外遇氣死的，有的說是病死的，但更多說法是她是被周永康利用特務手法以車禍方式謀殺而死。

　　而周永康再娶的女人叫賈曉燁。據泛華網報導，賈曉燁是江澤民妻子王冶坪妹妹的小女兒，生於 1970 年，比周永康小 28 歲。賈曉燁北京大學畢業後不久，即到中央電視台二台財經頻道供職。當時的央視二台是一個綜合頻道，賈曉燁作編輯，與王小丫在一起工作。

　　1990 年代末期，中央電視台的副台長李東生、央視文藝節目中心副主任兼文藝部主任導演趙安，與曾慶紅的弟弟曾慶淮大搞美女外交，將旗下的美女主播介紹給政界要員，以擴大自己的影響力。常常參加他們小型聚會的女人包括宋祖英、湯燦、王小丫、蔣梅和賈曉燁等。參與聚會的中共官員主要是曾慶紅的關係網和羅幹等政法系統的人。

　　據說曾慶紅表示每天在家裡看那一堆肉已經夠刺激了，唱明要他弟弟搞一些「小蠻腰」、苗條又懂風情的女人來。這些人中，最終宋祖英先是跟隨了曾慶紅，後來被江澤民看中，又跟上了江；王小丫嫁給了最高法院副院長曹建明；蔣梅嫁給了曾慶紅的兒子曾偉；而湯燦最終成了公共情婦。

　　當時周永康正準備從中央轉任地方，出任四川省委書記。由於曾慶紅是周永康的把兄弟，兩人都喜歡玩弄女人，共同的愛好使兩人臭味相投。通過曾慶紅的關係，曾慶淮和李東生將賈曉燁介紹給了周永康。當時李東生是希望湯燦可以跟隨周永康，但顯然周永康對賈曉燁與江澤民的親戚關係更有興趣。

　　當周永康與賈曉燁搞上後，不久就傳來周永康分居的妻子在一次神祕車禍中喪生的消息。了解此事內情的原中國人民公安大學法律系資深法學專家趙遠明堅稱，周妻是被周永康謀殺的。泛華網報導說，另有渠道消息證實，在車禍發生之前，賈曉燁確實已經逼婚，對周永康謊稱說自己已經懷孕，必須馬上結婚，要周永康立刻離婚。人們猜測由於周妻拒絕離婚，於是周動了殺機。

　　內幕人士說，賈曉燁當年搞定周永康的就是靠一篇小文《一個人的晚餐》。在周永康擔任政法委書記後，網上有關賈曉燁的資料全部被刪除一空，包括賈曉燁那篇據說讓人非常動情的《一個人的晚餐》。被刪除一空的還包括賈曉燁的所有照片，後來網上流轉的賈曉燁的照片並非周永康的小妻，而是同名同姓、畢業於北京電影學院 2005 級表演高職五班的演員賈曉燁。

　　儘管不愁吃穿，賈曉燁仍利用周永康的權勢幫人升官而撈取了 15 億元的中介費用。

　　周永康由於有曾慶紅拜把及江澤民外甥女婿的雙重關係，外加小聚

會上的特殊網絡，周很快建立了與羅幹的親密關係，並最終成了羅幹政法委書記的接班人。加上江澤民的點名，周永康先是升任國務委員兼公安部長，再是政治局委員，最後是政治局常委兼中央政法委員會書記。而從中拉皮條的中央電視台副台長李東生，最終也從宣傳系統轉入政法系統，官拜公安部副部長。

2013 年 12 月 5 日，民間廣泛流傳周永康被抓後，明鏡網引述北京消息人士的話稱，周永康前祕書、曾任四川省副省長郭永祥，曾策劃殺死了周永康的前妻。郭永祥當時指使兩名司機，分別駕駛汽車以逆向方式撞死了周永康前妻，兩名司機被判刑，服刑三至四年後低調出獄。周永康二兒子周寒深信父親殺害了母親。周寒現居四川成都經營書店維生，周永康曾造訪想看看小孫子，但周寒拒絕開門，說永遠不想見「畜生父親」，不過，這個說法未得到更多渠道的證實。

江澤民看中了周永康的凶狠

2001 年賈曉燁和周永康結婚時，兩人相差 28 歲，據說周永康大兒子周斌開始也非常反對其父娶一個和自己兒子同齡的人。其他媒體都沒有報導為何江澤民會同意把自己的外甥女嫁給周永康。這裡面就有一個政治聯姻的「陽謀」在裡面，也就是說，這場相差 28 年的老少戀，不但是色情催生的惡果，更是政治交易的孽種。

也有江派媒體放風說，周永康的原配妻子才是江澤民的外甥女，賈曉樺與江家沒有關係。不過民間很多人證實，賈曉樺就是王冶坪的外甥女。不過即使周永康與江澤民沒有親屬關係，江澤民為什麼要提拔周永康，這裡面也是大有文章的，其根本原因概括起來就是三個字：法輪功。

1999 年江澤民不顧中共政治局所有其他常委的反對，一意孤行發

動了對法輪功的鎮壓。法輪功 1992 年從吉林長春傳出後，由於在祛病健身和提升道德水平方面具有神奇效果，很快人傳人、心傳心的在大陸民間流傳開來。很多人自己受益後，介紹給親朋好友，到 1998 年底，政法委書記羅幹下令公安部內部調查，發現有 7000 多萬人在學煉法輪功，這個人數超過了當時中共黨員人數。

羅幹出於想被中央重視以便找機會往上爬的心理，向江澤民報告，而江澤民則出於妒嫉心和權術陰謀的考慮，正想搞一次政治運動，為自己毫無本事、全憑迎合鄧小平「六四」屠殺政策而爬上高位的最高黨魁「增加威信」，於是江澤民發動了一場新「文革」，想藉鎮壓「打不還手、罵不還口」的法輪功群眾為自己樹威。

但由於法輪功教人按照「真善忍」的佛家修煉原則做好人，在民眾心目中威望很高，結果江的鎮壓政策推行不下去，地方官員都對鎮壓採取不執行的拖延政策，眼看自己原本想立威的政治運動搞不下去，江澤民著急了，到處拉攏尋找能幫他推行鎮壓政策的地方諸侯。時任大連市長的薄熙來就是那時被江澤民看中，並開始扶持起來的，因為薄熙來同意為江澤民鎮壓法輪功充當馬前卒。隨後，遼寧不但成了酷刑折磨法輪功的「先進」，也是活體摘取器官、販賣屍體的「源頭」。有關薄熙來的祕密發家史，詳見新紀元書籍《被掩蓋的王立軍、薄熙來案》。

到 2000 年，1935 年出生的羅幹已經 65 歲，眼看就得退休了，假如不能找一個政法委書記，繼續羅幹的鎮壓政策，江澤民發動的這場政治運動就得以失敗告終。不甘心失敗的江澤民急於為迫害政策找到接班人。於是，江澤民看中了周永康，他心狠手毒並忠於自己。只要把周永康拉進江家門，也就確保了統管公檢法這個和平時期暴力機器的政法系統徹底聽命於江了，這不但充實了江澤民在任時的權力，也為江退休後繼續掌控實權做下了鋪墊。

　　據知情人告訴《新紀元》，這也是曾慶紅為江澤民布置的長遠計畫。也就是說，周永康和薄熙來一樣，都是因為積極跟隨江澤民鎮壓法輪功，從而被江澤民選中成了接班人。目前其他媒體只報導了薄熙來和周永康想搞政變，推翻習近平，其實最根本原因，是江澤民因為鎮壓法輪功而害怕喪失權力，因為他一旦失權，在鎮壓法輪功運動中欠下的驚天血債，以及在經濟上搞出的巨大黑洞，便有可能被曝光。那一刻，江澤民就會被送上斷頭台。

第三節

兩位公安部長的祕密

　　周永康到四川後，任意拿媒體開刀。2000 年周永康下令封殺民主人士黃琦的「天網」網站，開了封殺網站的惡例，黃琦被判五年徒刑。2001 年《天府早報》頭版文章將「熱烈慶祝西藏自治區成立 50 周年」中「成立」兩字誤寫成「獨立」，被勒令停刊。同年，成都發行量最大的《成都商報》報導了一宗縣委書記撞死人後逃走事件，竟然觸怒了周，認為此報導抹黑政府，為此親自寫信給四川省委宣傳部，要當局「堅持正確輿論導向」，結果《成都商報》被迫公開檢討，記者陳清則被報社開除。

　　2002 年，《華西都市報》登了一篇批評超級二奶宋祖英的文章，也惹得周大怒，報社總編被迫道歉，記者被開除。周在四川三年，四川的大部分媒體都被他整肅過。

　　在周擔任四川省委書記期間，四川共發生了六起開槍殘害民眾的案件，其中四川南充地區曾發生一起開槍屠殺 300 多人的血案，動用的都

是公安部隊。周還多次在重要場合推動全省對法輪功學員的迫害，當時四川省是全中國迫害致死法輪功學員人數最多的省份之一。

周永康進江澤民家門之前剛剛當上中央委員，一進江家門，周就被江提升為中央政治局委員、中央書記處書記。光有黨內職位還不行，江又把公安部老部長賈春旺踢到最高檢察院，讓周永康低調「兼任公安部主要領導」，當時江還沒敢說是讓周永康擔任「公安部長」，怕反彈太大，2002 年 12 月 7 日先在《人民公安報》這麼個不起眼的小報上透透風兒，看看反應。

江澤民為何非要把周永康安插到公安部呢？這還是因為法輪功的關係。

14 屆中央政法委書記尉健行與江澤民關係並不好，所以被暗殺了多次，但還算安全退休了。15 屆中央政法委書記羅幹雖然後來和江澤民一起鎮壓法輪功，但開始時，羅幹也是個不好管的人，讓江澤民非常頭疼。不過，兩人在鎮壓法輪功問題上找到了共同點。

「文革」結束後，經歷過多次反反覆覆的今天打倒這個，明天打倒那個的一系列政治運動的折騰後，無論是普通中國人，還是中共官員，對政治運動都從心底裡反感，誰都厭惡那種整人的折騰方式。當時中國大環境就是搞經濟建設，同時搞法制建設，要求法院、檢察院、公安局司法獨立等，這就使政法委書記羅幹覺得遭到了冷遇，政法委開始坐冷板凳了。上班沒事幹，也就沒有任何政績作為往上爬的資本了。

然而羅幹是個不甘寂寞的人，於是他無事生非，總想搞出個什麼敵對分子的破壞活動，藉此讓中央重視他這個政法委書記。只有搞類似於「唱紅打黑」的政治運動，政法委書記才會顯出其「重要性」。於是羅幹從 1996 年開始，就故意拿法輪功開刀，非要把群眾的強身健體，上綱上線說成是「階級鬥爭新動向」，目的就是趁機撈取往上爬

的政治資本。

為了實現這個目的，羅幹讓他的一擔挑兒（連襟，兩人妻子是親姐妹）、科學院院士何祚庥，從輿論上大力挑動生事。而這時，江澤民也想通過鎮壓法輪功來樹立自己的政治威望，於是兩人一拍即合。當時江澤民預定的計畫是三個月消滅法輪功。

而到了 2002 年中共就要召開 16 大了，其實從 2001 年中共就開始動手籌備 16 大，政治局為讓江澤民下台，按照鄧小平的指示讓隔代指定的接班人胡錦濤上台，單為此事就召開了五次會議，一致決定江下胡上。

儘管江澤民用各種理由抵抗，但卻不能不著手做最壞情況下的安排。政治局常委尉健行退下，替代他的肯定是政治局委員羅幹，所以江澤民唯有在公安部長、武警第一政委等職位上動腦筋、安插自己人。於是，江澤民把自己信得過的周永康，從四川省委書記位置調到北京，接任羅幹的公安部長職務。

2007 年羅幹退下後，江澤民把周永康又推到政法委書記位子上，這時他還需要再次安排一個人來接任公安部長。這次江澤民準備找一個不那麼炸刺兒、不那麼強悍，周永康指東、他不堅持往西的人做公安部長，只有這樣才能讓周永康繼續控制公安部。而且這個人還得讓胡溫認可。經過把所有地方諸侯的名單排列研究後，江周都認為江西省委書記、舞迷孟建柱最合適。

有評論說，16 大周永康偷偷當上公安部長時，一夜之間從中央委員拔成政治局委員，而 17 大孟建柱被公開任命為公安部長，卻還是個中央委員，級別沒動彈。政治局委員全黨只有 24 名，而中央委員好幾百口子，是不是江家人，這待遇可差的太遠了。

孟建柱接任周永康後，那時連公安部基層的人都知道，孟部長是個

空架子。他們說：「周永康當部長時，想幹啥就幹啥，現在可好，孟部長什麼事都得事先向上請示，否則再好的計畫，周永康也不批准。」「現在咱們的部長純粹是聾子的耳朵！」

從江澤民安排兩任公安部長來看，江的目的就是要讓自己人牢牢掌握實權。16 大時，讓一點不懂司法的周永康當上了公安部長，為的就是要鎮壓法輪功；17 大時，讓一個文弱的孟建柱當公安部長，還是為了讓周永康繼續強化鎮壓法輪功。一切安排都是圍繞法輪功。

那為什麼江澤民這麼害怕法輪功呢？法輪功到底是怎麼回事呢？

周永康垮台驚天內幕 暗殺習近平另有圖謀

第四章

江澤民最後悔的事

江澤民自知死期不遠，2010 年起至少兩次對身邊的人談到，這一輩子做過兩件愚蠢之事：一是美國轟炸南斯拉夫時，下令中共大使館不能撤退；蠢事之二則是鎮壓法輪功。（AFP）

第一節

江澤民自認一生做的兩大蠢事

　　2011 年 2 月，香港《前哨》雜誌刊出大陸報導欄目中的頭條精選文章，作者嚴大明揭示了中共前黨魁江澤民的自認告白，文章題目是《江澤民終生後悔的兩大事件》。江澤民自知死期不遠，2010 年起至少兩次對身邊的人談到，這一輩子做過兩件愚蠢之事：蠢事之一是美國轟炸南斯拉夫時，下令中共大使館不能撤退；蠢事之二則是鎮壓法輪功。江澤民鎮壓法輪功，為自己平添了幾千萬對立面，這是他自認為一輩子中所做的第二件大蠢事。前一件蠢事不需置評，就知道是為了掩蓋真正的第二件大蠢事。

　　不管江澤民出於什麼目的，江澤民在殘燭之年的這種自認鎮壓法輪功是後悔終身的大「蠢事」的罪惡感的流露，對那些還在繼續參與迫害法輪功的人，和那些上當受騙誤解仇恨法輪功的人，無疑是一個極大的諷刺和愚弄，連發動鎮壓法輪功的元凶都自認鎮壓是一件終身後悔的大蠢事了，那些還在詛咒謾罵法輪功的人，更需要深思和反省。

　　不過，有人把江澤民後悔的消息傳播出來，結合周永康的被逮捕，這也是江派幕後主使曾慶紅斷臂求生伎倆的體現：把酷吏周永康拋出來，目的是掩蓋江澤民和自己的罪行。

　　當初鎮壓法輪功的決定從一開始就在中央政治局常委內部引起爭議。朱鎔基、李瑞環認為，對於一種「氣功」完全沒有必要大動干戈，更沒必要搞成巨大的運動。江澤民還在自己的家裡遇到了反對，因為他的妻子王冶坪、孫子江志成都曾經修煉過法輪功。但江的理由是，在共產黨控制下的中國，不能容忍一個不受共產黨控制的組織發展到如此規模，否則，他們終有一天會取代共產黨。當時李瑞環說，「你這種擔心是不是你自己高抬氣功了？」但江澤民出於妒嫉和極端的權力欲，強壓政治局通過了鎮壓的決議。

　　自從江澤民喪失了最高權力後，江澤民的反思結果是，當年法輪功修煉者人數眾多的問題，就算是一場危機的話，也完全可以用另外一種方式化解。事到如今，法輪功在海外繼續發揚壯大，在國內外，不公開修煉法輪功的人數並沒有減少，大陸法輪功學員的和平抗爭成為揭露中共罪行的一支最有實力的群體。中共官員到哪裡訪問，都會遇到海外法輪功修煉者如影隨形的反迫害活動，許多追隨江澤民積極迫害法輪功的官員遭到起訴，出訪期間面臨被拘捕法辦的處境。其他官員似乎沒有人願意背這個鎮壓、迫害的惡名，所以江氏集團一夥在此事上顯得很孤立。江澤民鎮壓法輪功，為自己平添了幾千萬所謂的敵人，他自己承認這是一輩子中所做的最大蠢事。

　　然而江澤民鎮壓法輪功的罪行，哪是一件「蠢事」就能輕描淡寫定性的！

　　正如原中共中央黨校理論研究室副主任杜光曾經說過：這場毫無法律依據的迫害是中國的一場悲劇，不僅給法輪功學員及其家人帶來苦

難，而且對中國社會造成了極大的危害，對中國社會的進步起著阻礙作用。「法輪功學員應當享有信仰自由的權利，在社會上，和其他公民一樣，享有各種應當享有的權利、享有平等的自由的生活權利。」「他們行使自己的自由權利，都應得到尊重。」「剝奪他們的信仰權利是非常錯誤的，當年的這場錯誤應該被糾正。」

十多年來，因為江澤民鎮壓法輪功直接導致了成千上萬的法輪功學員被殘酷迫害致死，無數家庭支離破碎，老人無人撫養，妻兒無人照顧，無數善良的普通民眾無家可歸、流離失所。多少個家庭在血淚中、痛苦中、骨肉分離中承受著無盡的折磨，以及它對中國文化道德信仰的破壞和造成中國社會的極大對立等等，受害者不僅僅是上億的法輪功學員和家人，那些參與迫害的人，受它矇騙的普通民眾，也都是這場浩劫的受害者，這豈能以一句後悔的「蠢事」就能一筆勾銷得了的？江澤民所犯下的罪已經是罪大無邊、天理不容。他的罪惡終將償還，在不久的將來，就可看到他可悲、可恥的下場，江澤民的惡行也注定會成為一個罪大惡極的歷史罪人的反面教材，給後世人留下深刻教訓。

不過，連發動鎮壓的元凶江澤民都自認鎮壓法輪功是件大「蠢事」了，對於那些還在參與迫害法輪功的人，大概應該感到羞愧、諷刺和無地自容，特別是今天的周永康以及其周圍的人，也會「終身後悔」，悔不該當初利慾薰心上了江澤民的當，充當江的鎮壓打手。如今江澤民、曾慶紅卸磨殺驢，把周永康拿出來當了犧牲品，現在周家人再後悔也來不及了。

人活在世間，苦短人生幾十年，難免會做錯事，做了小的錯事可以吸取教訓、悔改補過，做了大的壞事，也還有立大功補大過的機會，正所謂：「知錯能改，善莫大焉。」但是，一個人一旦犯下了天理不容的大罪惡，窮其所有也無法彌補所犯下的罪孽，那就是十惡不赦了。江澤

民、周永康走到今天這一步，其下場早已被注定了：人間有法律嚴懲，法律懲治不了的，還有天懲，還有地獄的懲治——人死並非一了百了，更不是一句後悔就能勾銷的。

對於廣大中國民眾來說，由於中共和江澤民對法輪功極盡全力的造謠誣陷，過去十多年裡，很多人都或多或少聽信了江澤民集團的謊言，對法輪功和法輪功學員產生了誤解甚至仇恨，面對當今中國的核心政治問題，了解法輪功真相也就成了每個清醒者的當務之急。

第二節

「4·25」萬人上訪真相

1999 年 4 月 25 日，萬名法輪功學員去北京中南海附近的信訪辦上訪，要求政府還給法輪功學員一個合法的煉功環境。儘管人數眾多，卻秩序井然安靜，街道乾淨，彰顯了煉功人特有的修養和內涵。（明慧網）

1999 年 4 月 25 日爆發了震驚世界的法輪功萬人上訪事件。

那一天，一萬多名法輪大法修煉者從四面八方來到北京國務院信訪辦公室所在地——中南海西門附近和平請願。從清晨到夜晚，歷時十多個小時，無暴力、無口號、無擾民、無垃圾，善意平靜，創造了在中共幾十年極權統治下不曾有過的官民成功對話、圓滿解決問題的獨有範例，也為世界輿論所驚歎和稱頌。

那一天也成為中共黨魁江澤民陰謀鎮壓中國修煉「真善忍」的法輪功學員的起始。在以後的十多年歲月裡，江澤民邪惡集團調動中共所有國家機器，耗費國庫天文數字的財力，對法輪功學員實施了曠日持久的殘酷迫害。以酷刑屠殺了數千名學員，至今在看守所、勞教所、監獄、洗腦班、戒毒所、精神病院關押著數十萬名學員，甚至以令人髮指的手段，令其祕密殺人網活體摘取法輪功學員器官賣錢，並焚屍滅跡……

14 年來，法輪大法不僅沒有被江澤民流氓集團鎮壓下去，反而洪傳世界 140 多個國家和地區，被世界人民所認同。

羅幹、何祚庥挑起事端

1999 年 4 月 11 日，天津教育學院的雜誌發表了一篇《我不贊成青少年練氣功》的文章，其作者就是中共政法委書記羅幹的連襟何祚庥。對於這個不搞研究，專門靠投機鑽營、打棍子、被中共黨媒《紅旗》雜誌推薦當上的院士，很多人鄙之為「科痞」。

何幾十年跟風鑽營，打壓真正的科學家，抹黑他們的科學成果，到了晚年看到氣功、特別是法輪功深受群眾喜愛，更是觸動了小人的嫉恨神經，便又瘋狂起來，到處投稿，攻擊氣功是「偽科學」。

1999 年 2 月，美國權威雜誌《美國新聞與世界報導》（US News and World Report）發表文章談到了法輪功在健身方面的好處：「國家體育總局局長說：『法輪功和其他氣功可以使每人每年節省醫藥費 1000 元。如果煉功人是一億，就可以節省 1000 億元。朱鎔基對此非常高興。國家可以更好地使用這筆錢。』」

後來，因為法輪功學員以親身經歷，善意的對媒體講真相，使何祚庥無法繼續在北京刊登誣衊法輪功的文章，便跑到天津搞事，於是就出現了那篇惡意文章。其暗示讀者修煉法輪功會出大問題，甚至危言聳聽稱會導致亡國。

何誹謗法輪功、誤導輿論，誣陷之意明顯。於是數千名天津法輪功學員陸續前往編輯部澄清事實。雜誌負責人了解事實真相後，正準備發聲明更正，不料 4 月 23 日，天津當局突然出動 300 多名防暴警察，毆打並逮捕了 45 名法輪功學員。還對請願的法輪功學員說，鎮壓是北京

的命令，可去北京反映情況。

天津警方的暴力「執法」，突顯了中共政法委書記羅幹的旨意。羅幹幾年來一直企圖找出法輪功的問題，以便羅織罪名，加以鎮壓。

其實，法輪大法的平和、奇效廣傳於世，包括江澤民在內的中共高層不僅早就知曉，而且其家屬們學煉也不是祕密。1996 年以前，北京紫竹院地區就有一位法輪功學員親自到江澤民的家裡教其妻子王冶坪學法輪功。因為法輪大法沒有祕密，一切都是公開的，不管職位高低，人生幾十年，誰不願意有個健康的身體呢？誰會反感一部教人向善的佛法呢？因此，在北京各個法輪功煉功點上，中央機關、國家部委、幹休所的大批在職高官、離退休老幹部比比皆是，不管其何種資歷、級別，學員們都為李洪志先生的高深大法所折服，而公檢法系統的幹部學煉也不在少數。但是，以暴力起家的中共，特別是掌管專政系統的羅幹之流，卻對這一高德大法僅僅數年間就迅速發展到上億人，日益惶恐不安，便一直視為全國的監控對象。

1997 年初，羅幹指使公安部在全國進行調查，網羅罪證欲定法輪功為「邪教」。而全國公安廳局充分調查後均上報稱「尚未發現問題」。1998 年 7 月公安部一局發出公政 [1998] 第 555 號《關於對法輪功開展調查的通知》，先把法輪功定罪為「邪教」，接著又提出：要掌握活動內幕情況，發現其違法犯罪的證據。

當時陸續有公安、統戰部和特工到法輪功的煉功點上臥底學功。但沒想到法輪功無底可臥，學員一切活動都是公開的，而且來去自由，既沒有人員登記，也沒有會費。很多臥底人員倒因讀了《轉法輪》，而對法輪功有深刻了解，反而成為堅定的學員。令羅幹吃驚的是，全國各地的上報材料中，都沒搜集到任何法輪功的罪證。

1998 年下半年，以喬石為首的部分全國人大離退休老幹部，根據

大量群眾來信反映公安非法對待法輪功的問題，進行了詳細調查和研究，最後得出「法輪功於國於民有百利而無一害」的結論，並於年底向政治局提交了調查報告。

史無前例的成功請願

從各種跡象看，何祚庥發文抹黑法輪功和天津公安對法輪功學員施暴事件，顯然來自北京方面的指使。海外媒體更直指始作俑者羅幹。

消息迅速傳遍全國。成千上萬的學員得知後，都認為直轄市這樣做是個很不好的信號，應該向國家領導人和平表達訴求。此前，雖然很多任職國家機關的學員都聽說了羅幹指使公安羅織罪名，企圖加害法輪功，但他們都善良的認為，做好人沒有錯，法輪功促使社會道德回升，人心向善，領導人怎麼會看不見呢？而且法輪功沒有任何把柄可抓，雖然公安常有騷擾，也無法釀出大的構陷事件。人們低估了羅幹們的罪惡企圖。天津事件讓全國法輪功學員感受到某些掌權者又要舉起階級鬥爭的大棒。

於是，法輪功學員相約而來。結果，那天緊鄰中南海的國家信訪局外請願人群達到一萬餘人，這就是震驚中外的「4‧25和平請願事件」。

「文革」後，中共面對民怨，不得已建立了上訪制度。個人或集體上訪受到中國憲法和法律的保護，無需申請和報批。從某種意義上說這是個進步，至少承認了類似古代百姓攔轎喊冤的形式合法。

1999年4月25日，上萬名法輪功學員匯集到府右街國家信訪局附近。儘管人數眾多，卻秩序井然，出奇地安靜。有附近居民外出才發現道邊站滿了人，之前在家並沒聽到眾人發出任何噪音，於是讚賞煉功人的素養。

　　警察開始也很緊張，因為中國有個詞叫「聚眾鬧事」，看著望不到邊的人群，總覺得隨時會出事。不過一會兒他們就發現了不同。一是人們面目祥和，沒有任何敵意和過激舉動；二是有一半的老人、婦女；三是大家都在專心看一本同樣的書——《轉法輪》。好像這群人不是來告狀的，是來集體讀書的。人們累了也不抱怨，坐到後排去休息、煉功，前排的卻始終保持端正的站姿。

　　因此警察覺得沒什麼事可以「執法」，就開始閒聊、喝水、抽煙，特別是看到隊伍裡還站著穿警服、軍服的警官、軍官，他們更加驚奇。其實他們不知道，一萬多人裡有更多沒穿制服的公安、國安警官、法官、檢察官、稅務官、國家機關高中級幹部。

　　後來在江澤民的抹黑宣傳中，一再出現「衝擊中南海」等誣衊之詞，無非是想將法輪功和平請願與暴徒扯上關係，煽動民眾認同其鎮壓合法化。而央視播出的畫面和現場照片就是最好的例證，上萬群眾沒有一人企圖「衝擊」中南海。試想，如果群眾為製造事端有備而來，一萬多人要衝，多少兵能擋住？

　　據當時在場的法輪功學員回憶，整條街都秩序井然，路口有學員自動疏通道路，勸自行車和行人不要停留，以免阻礙交通。請願學員也不扎推交談。有路人停下來問是怎麼回事，大家也只是微笑，勸其不要停留。因為一交談就會圍上來一堆人，事情就會起變化……，一句說不清楚就容易被壞人利用。

　　一萬多人就地吃過兩頓飯，可沒有一個人亂扔垃圾，全留在自己的包裡。還有學員拎著塑膠袋揀大家不慎掉下的垃圾，沒人組織，全是自覺自願。一天下來，地上沒有一張紙片、一點髒物。彰顯了煉功人特有的修養和內涵。

　　當天，時任中共總理朱鎔基接見了學員代表。據法輪功學員、原

中國廣東省政協委員、華南理工學院輕工食品學院院長高大維回憶，10時多朱鎔基總理去機場送外賓，看到街上那麼多學員，就叫工作人員去了解情況。後來帶話說，他送完外賓回來接見學員代表，了解情況。接見時學員代表提出三點訴求：第一是釋放被非法抓捕的天津學員；第二是為廣大法輪功群眾提供一個合法、合理的修煉環境；第三就是允許出版法輪功的有關書籍。

朱鎔基馬上下令天津公安局放人，並且重申國家不會干涉群眾煉功的政策。為了能讓朱鎔基了解法輪功，學員代表還送給他一本《轉法輪》。

學員代表與國務院信訪辦人員會談時，上萬學員一直在外靜靜等候。晚上八點多會談完畢，得知天津公安已經釋放法輪功學員後，信訪辦前的學員很快散去。離開時，地上清理得乾乾淨淨，一片碎紙都沒有留下，連警察扔下的煙頭都撿走了。整個離去過程平靜祥和，秩序井然。一個當時維持秩序的警察對周圍的人說：「你們看看，這就是德！」

「4‧25」撼天動地

當年荷蘭媒體曾報導說：「我們荷蘭有一個記者在『4‧25』當天親自到中南海採訪法輪功學員。在採訪上訪法輪功學員的時候他寫道：這是一支品德高尚的隊伍，並把《轉法輪》稱為藍色經書，他在後面寫道，他們（法輪功學員）有神的紀律，走後地上沒有留下任何髒東西。」

法輪功學員真誠、善良和高度的克制，消弭了羅幹等人蓄意製造的潛在衝突。「4‧25」事件的和平解決，開創了中共建政 50 年來，平民通過和平理性的方式，與政府通過對話解決矛盾的先例，也震動了全世界。國際媒體對此給予了高度評價。不少人由此對中國社會產生了新的

希望。人們也開始注意到法輪功這個由最基本群眾組成的修煉群體是如此的不同凡響。

　　一位在美國從事科學研究的華人聽聞此事後表示：「中國這個民族是一個順民、暴民的民族，他不當順民就當暴民。在中國歷史上沒有和平解決問題的，沒有非暴力運動解決問題的事情。所以說事實上這一天的行動已經證明了，中國人是願意走非暴力的道路的。事實上法輪功已經改變了中國的民族性……」

上訪不是搞政治

　　從 1999 年 4 月 25 日開始，法輪功學員的上訪，一直持續發生著，從法輪功學員的上訪，到全國民眾的維權抗暴，一直延續到今天中共高層的博奕中。

　　不了解修煉的無神論者常問道：既然法輪功是佛家修煉，為何不像廟裡的和尚、尼姑那樣，自己修自己的，幹嘛要站出來講真相呢？這不是和共產黨爭奪群眾了嗎？這不是搞政治嗎？

　　不過再深入思考便能了解，其實這是有關境界、胸懷以及使命的問題。小乘佛教講自我解脫，就好比我們在常人社會中得到一個好東西了，獨自享用，沒有與人分享的願望。但大乘佛教講普度眾生，得到好東西了總想與人同享，就好比中國古代的仁人志士所說：「安得廣廈千萬間，大庇天下寒士盡歡顏。」在他們眼裡，他人的痛苦就是我的痛苦，要先天下之憂而憂，後天下之樂而樂。

　　法輪功是中華傳統文化的精華結晶，探索的是宇宙的規律，以「真善忍」為心法在日常生活中去實踐。法輪功的修煉不同於佛教，但法輪功學員大多具備這樣的胸懷：得到好東西了總想與人分享，特別是當有

人非要把白的說成是黑的以便欺騙他人時，本著對人負責的道義良知，修善的法輪功學員自會站出來告訴不知情者事情的真相。

這就是 1999 年 4 月 25 日以來，法輪功學員不斷上訪的根本原因：為你而來，為你提供事實的真相，分辨善惡。他們知道，一個社會道德崩潰的開始，正是從社會的每個成員放棄善惡原則開始的，看見邪惡逞凶而袖手旁觀或麻木不仁，如果人人都認同強權就是真理，把現實利益當作行為準則，那這個社會就失去了道義良知，同時也失去了公道和希望。

也就是說，江澤民集團表面上是在迫害法輪功，實質是在迫害每個中國人，因為每個中國人都被剝奪了了解真相、獨立判斷的權利，這場迫害真正受害的是那些聽信了中共的謠言誹謗、對法輪功抱有敵視態度的人。

當一個社會對信奉「真善忍」價值觀的好人肆意摧殘、甚至活體摘取他們的器官以謀求暴利時，這個社會無形中就在宣揚「真善忍」的對立面：「假惡暴」。事實也正是如此。江澤民利用「法外機構」——「610」肆意踐踏法律，利用政法委的獨裁徹底摧毀了剛建立的公檢法系統，從而使中共公安成為今日的真正土匪。由於道德的淪喪，中國迅速黑社會化，今日中國到處是誠信的喪失、良知的麻木，這可以說是江澤民最大的罪過。

十多年來，堅守道義良知的法輪功學員鼓舞了中國百姓，很多人走上了維權的道路，還原事實、堅持道義的這種精神也延續到了今天，體現在方方面面。比如在《大紀元》退黨網站上公開聲明三退的人，他們都想在精神領域堅守善念，遠離和抵制邪惡。

在人性善惡的基礎上，世上每個人都需對上蒼交出答卷。何去何從，如何表態，最根本的是取決於人的良知善念，因為在人間之上，畢

竟還有老天爺存在，天理昭彰，法網疏而不漏。

　　人在做，天在看，十多年前法輪功學員上訪的正氣，正在鼓勵每個中國人：「守住你的善，這是做人的關鍵。」

第三節

江澤民與「４・25」

江澤民開始鎮壓法輪功，始於 1999 年 4 月 25 日的晚上。那天，當江從防彈車裡看到上萬名法輪功學員安靜祥和、秩序井然地站在國家信訪辦外的人行道上，看到他們樸實厚道、坦蕩無畏的態度，特別是看到幾十位肩上有軍銜的軍人也在上訪隊伍中時，江積累已久的妒嫉怨恨之心終於在邪惡的指使下爆發了，當時他就決意要抹黑法輪功創始人李洪志大師，並想在三個月內消滅法輪功。

江後來謊稱，他是在「４・25」萬人上訪之後才聽說法輪功的，其實他早在此三、四年前就曾與李洪志大師以及不少法輪功學員接觸過，江的妻子還學煉法輪功，江本人也不斷模仿李大師，但等到江鎮壓法輪功之後，江卻多次想謀殺李大師……

法輪功是從中國主流社會傳開的

法輪功是李洪志大師從 1992 年 5 月 13 日在長春傳出的，在李大師

親自舉辦的 56 期面授班中，北京占了 13 個，而長春只有七個，而且李大師傳授法輪功是在總部設在北京的中國氣功研究會的批准管理下進行的，一切都嚴格符合國家規定。

　　1992 年 6 月 25 日北京第一期班在國家建材局禮堂舉行，二期是 1992 年 7 月 15 日在解放軍二炮禮堂舉辦。參加傳法班的學員大多是中國最菁英的上流社會，很多學員是國家各大部委的部長、省長乃至中央級別的高官，還有政治局七個常委的妻子。當時北京主流社會的人都知道有位「李大師」，非常了不起，是全國最著名的氣功大師，不管什麼疑難雜症，只要求得李大師的幫助，保證立馬就能治好。

　　那時中共中央很多退休高官學煉法輪功後，親身經歷讓他們感歎法輪功在祛病健身和提高道德方面的神奇效果，於是想讓更多的人受益。法輪功憑藉人傳人、心傳心的方式，迅速在中國大陸傳開，到 1999 年初，大陸看過《轉法輪》的民眾超過一億，他們大多是中國主流社會的成員。

　　比如，後來參與迫害法輪功的李嵐清，他在外經貿部當部長時的一名老下級就是法輪功學員，兩人關係不錯，早在 1995 年他就向李嵐清推薦法輪功，還送給李一本《轉法輪》。最先挑起法輪功迫害的政法委書記羅幹，也是在 1995 年就從他在機械科學院的老上級和老同事那裡知道了法輪大法。當時從部長、副總理到人大委員長、副委員長、政協主席、副主席，幾乎人人都看過《轉法輪》，比如當時的公安部部長王芳就學煉法輪功，李鵬也看過《轉法輪》，是電力工業部的一位副部長送給他的。由於中南海裡江住李鵬隔壁，李鵬也送了一本《轉法輪》給江澤民。

胡錦濤：親眼見證法輪功的神奇

胡錦濤至少在 1998 年就了解了法輪功，是他清華同學張孟業介紹的。胡錦濤和妻子劉永清以及張孟業，1959 年一起考入了清華大學，三人同窗了六、七年，都是班幹部，關係很近。

被同學們稱為「小廣東」的張孟業，讀書時身體就不好，還病休了一年，後來他還得了肝硬化、肝腹水，面色青黑浮腫，被醫院判了死刑，修煉法輪功後才起死回生。清華校友聚會時，張孟業在 1998、1999 年兩度到北京當面向胡錦濤介紹他的親身經歷，並寄給劉永清很多法輪功書籍，劉永清還回寄明信卡以表謝意。

據張孟業回憶：「4·25」上訪的前一天，「1999 年 4 月 24 日，我們在北京水利電力科學院的禮堂慶祝清華大學水利系 59 級入學 40 周年。會上胡錦濤表示：『不是我胡錦濤有多大本事，是歷史把我推上了這個位子。』那天下午我也站起來發了言。當大家看到我這個因疾病而『仕途不順』的學友，現在紅光滿面、神采奕奕地站在那，都被震撼了，都為我奇蹟般地康復感到高興。我發言結束時，坐在第一排的劉永清帶頭鼓掌，並特地轉過身向我夫人羅慕欒致意。當時在場的同學們都很激動，大家熱烈鼓掌，會場上充滿了由衷的喜悅，我夫人被感動得哭了。」

據說後來劉永清也學煉法輪功了。胡錦濤得到《轉法輪》這本書時還說：「這是本修佛的書，不能隨便放，要放在書架的最頂上。」「4·25」的第二天，在得知江澤民要鎮壓法輪功後，劉永清通過在北京的同班同學轉告了正在南下火車上的張孟業，提醒他注意。

1999 年 10 月張孟業還寫了一篇 17 頁的信《我對法輪功的了解和認識》，託人轉交給劉永清。不過，後來江澤民故意把張孟業抓起來，

使張成為在廣東第一個被判刑的法輪功學員,讓胡錦濤背黑鍋,無法在老同學面前交代。

喬石:法輪功有百利而無一害

由於喬石無論在才幹和資歷方面都遠遠超過江澤民,江一直都很嫉恨喬石,而且是喬石把鄧小平指定胡錦濤為第四代領導核心的祕密向全世界公開的,這等於公開宣判了江澤民到 16 大後必須退休,而且只能傳位給胡錦濤,讓江「絕了後」,「後繼無人」。於是凡是喬石支持的,江澤民就故意反對,就像當年楊尚昆兄弟提拔的 100 名中高級將領,江上任軍委主席後,把這些人全都降級了。江藉此用升官發財的辦法給自己籠絡親信,在軍隊勾結了一大批靠溜鬚拍馬而爬上來的貪官、庸官。

1998 年以喬石為代表的人大常委,對法輪功進行了專門的調查,得出的結論是:「法輪功於國於民有百利而無一害」,在給中央的報告中,喬石還特意提醒說:「得民心者得天下,失民心者失天下。」不過江看後大為不悅,當即批示說:「寫得玄玄乎乎,我看不懂。」並把報告推給了羅幹,羅幹領會江的意圖,就以「法輪功有國外政治背景」的謊言為由,不斷製造事端,嫁禍法輪功,最後引發了「4·25」萬人上訪。當時支持法輪功的還有李瑞環,不過李瑞環的話江澤民從來不理睬。

江澤民:連我老婆都信李洪志了,誰還信我?

早在 1993 年,江澤民就常常聽別人說起李大師。據說,江身邊有人對法輪功很感興趣,也時不時地對江透露點法輪功消息,如誰誰得了什麼病給煉好了,誰誰參加李大師的面授班,躺著抬進來、站著走出去

等等。他偶爾也會說起李大師提及某些高層領導人前世的事情，江於是很想知道自己的前世。一天江正躺在床上閉目養神，一聽到那人來了，一骨碌從床上爬起來，急切地問：「李大師說到我沒有？有沒有說我是誰轉生的？」那人說沒有，江澤民滿臉的失望和惱怒給在場人留下了非常深刻的印象。

1994 年左右，江澤民的妻子王冶坪專門請人到她在中南海的家裡教她學煉法輪功，學會後她就在家裡煉。一天晚上，她正閉目煉功，突然感覺旁邊有人在動，她睜開眼一看，原來江澤民正在旁邊偷偷地學著比比劃劃，練完後兩隻手也交叉在腹前、疊扣小腹。看見王冶坪發現了，江澤民惱羞成怒，命令老婆以後不許再煉。他的說法是：「連我老婆都信李洪志了，誰還來信我這個總書記！」

儘管如此，江澤民那個時候還是非常喜歡模仿李大師的手勢和動作。以前江發表講話時，手沒地方擱，就向身體兩側直直地伸著，後來他發現李大師總是兩手疊扣在小腹前，於是江也開始跟著學。

1995 年江澤民的手下人幫他搞出來個「三講」理論，於是江憑藉權力強行推廣，全國上上下下都是「認認真真走過場」，但江自己都知道，他那點三講理論純粹是拼湊的，沒有任何內涵，人們根本就不讀也不看。

然而李洪志大師把講法班上的錄音整理成書就非常暢銷。1993 年4 月，初級本《中國法輪功》由軍事誼文出版社出版；1994 年 12 月，李洪志大師的主要著作《轉法輪》由國務院廣播電視部下屬中國廣播電視出版社出版發行，該書在 1996 年被禁之前，多次被評為「最受民眾歡迎的暢銷書」，修煉法輪功後身心受益的人們對李大師的尊敬和感恩是語言無法形容的，而且時不時總有人在江的耳邊說起李大師的高風亮節，欽佩之情溢於言表。這些都讓妒嫉心極強的江澤民感覺很不舒服。

他們怎麼都是法輪功學員？

　　1998 年長江流域發生洪災。大陸媒體稱這是場「百年一遇」的「特大洪水」，但水利專家根據最大洪峰流量判定這不過是五年一遇的小洪水，但由於防治措施錯誤，導致了長達兩個多月的「高水位，重災情」，官方內部統計證實：洪水受災人口近四億，死亡近 5000 人，直接經濟損失 3000 多億元。

　　當時專家提出荊江分洪方案，被江澤民否定了。因為一位風水師告訴江，若從荊江分洪，主動決堤，就等於挖斷了江的「龍脈」。1998 年是虎年，是江上台後的第一個本命年，於是江出於個人私利，在 1998 年 8 月 16 日 18 時 20 分，當溫家寶還在聽取專家意見時，江就搶先發布命令，動員數百萬軍人全部上堤，「嚴防死守、人在堤在」，最後人為導致了「百年不遇」的大災難。

　　當時江澤民來到了堤壩前。當他看到一群人一直在那埋頭苦幹，江很得意，對手下說：這些人一定是共產黨員。叫過來一問，結果回答說是煉法輪功的學員。江當時就妒火中燒，陰著臉掉頭走了。

　　江澤民在武漢熱工所的老上級也煉法輪功，聚會時，很多老同事也給他當面介紹過法輪功；1996 年江去視察中央電視台，看見一個工作人員桌子上有一本《轉法輪》，還對這位工作人員說：「《轉法輪》這本書挺不錯。」可是到了 1999 年 4 月 25 日，當江澤民看到上萬名法輪功學員上訪後，他心底最邪惡的東西都翻出來了：為了一己之私，他不惜拿億萬人開刀。

　　這彷彿印證了中共建政後逢「九」必亂的規律：1949 年亂中奪取了政權；1959 年鎮壓西藏「叛亂」並與印度開戰；1969 年和蘇聯打了一仗；1979 年有中越戰爭；1989 年先是鎮壓了西藏「騷亂」，接著就

是「六四」屠城；1999年則鎮壓法輪功。如果說「六四」欲爭取的是政治自由，現在風起雲湧的群體抗暴大多為的是自身權益，那法輪功的「4‧25」上訪則是為了信仰自由，為了讓每個中國人都有按照「真善忍」做好人的自由。

打壓法輪功只為樹立江的個人權威

踏著「六四」血跡爬上位的江澤民，既無才又無德，他也怕擔責任，每逢大事都要政治局常委集體討論通過。江自知很多人對他不服氣，於是一直在盤算發動一場運動，像「文革」表忠心那樣，像趙高的「指鹿為馬」那樣，強迫每個人表態支持他，從而變相樹立自己的權威。

「4‧25」之後，江在中央會議上公然聲稱：「中央鑒於蘇聯社會主義制度消亡的歷史教訓，一直決心在意識形態領域進行一次消毒，法輪功鼓吹『真善忍』，給了我們動手『消毒』的機會，我們的打擊工作可放手進行，以後利用其經驗可有效運用於其他氣功組織。」從中可看出，江澤民鎮壓法輪功的根本原因只是因為法輪功講「真、善、忍」，「打不還手，罵不還口」，所以「好欺負」，鎮壓這樣的團體沒有任何風險。如果江在所謂的「危難時刻挽救了黨」，那無疑是企圖為自己撈取最大的政治資本，是戰勝其他黨內競爭者的最有力手段。

人們發現，江這樣盤算時，全然沒有考慮這個團體是否應該鎮壓，他衡量事物的標準不是道義良知，而只是他的個人得失。

靠誣陷 江要用無神論挑戰法輪功

於是1999年4月25日當晚，江澤民第一次在沒有徵求任何人意

見的情況下，模仿毛澤東「炮打司令部」的做法，給政治局全體人員寫了一封信。江在信中說：「難道我們共產黨人所具有的馬克思主義理論，所信奉的唯物論、無神論，還戰勝不了法輪功所宣揚的那一套東西嗎？」這封信隨後被中辦作為通知印發，並特別註明：是要「學習貫徹落實，不是徵求意見、或討論研究。」

在政治局七個常委會上，除了江澤民之外，其他六人都明確表態反對鎮壓法輪功。朱鎔基說：「法輪功的學員以中老年人居多，婦女居多，他們最大願望無非就是健身而已。一位法輪功學員說：『現在工作單位對生病又不報銷醫藥費，而法輪功可以強身健體，有何不好？再說現在下崗工人那麼多，法輪功可以增進道德品質，群眾從不鬧事，比先進模範還先進模範，這麼好的活動，政府為什麼不支持。』所以我覺得，說這些人有政治企圖，講不過去。另外，我們不能再用搞運動的方式解決思想問題，這樣不利於經濟建設這個大前提，更不利於國家對外開放的形象。法輪功中如果有害群之馬，我們要處理，至於普通煉功群眾，就讓他們煉去吧！」

江澤民一下子蹦起來，指著朱鎔基的鼻子大聲狂喊道：「糊塗！糊塗！糊塗！亡黨亡國啊！」江的這種激烈態度，把周圍的人都嚇住了。曾經因為一句話就被打成右派而飽受痛苦近20年的朱鎔基，見識過中共專政機器對待異議人士的鐵拳，於是他不再作聲。

「那總書記說怎麼辦？」羅幹小心翼翼地問道。「滅掉！滅掉！堅決滅掉！」江澤民揮著雙手、聲嘶力竭地喊道。整個會議期間，江又跳又叫，其他人見他這樣，也都沉默了。

為了脅迫其他常委同意，江還事先跟主管中共特務機關——國家安全局的曾慶紅編造了一個陰謀：讓國安部在美國的特工送來一個假情報，誣稱：法輪功創始人後面有美國中央情報局（CIA）的支持，CIA

給法輪功提供了數千萬美元的經費等等。江把這個所謂「重大敵情」通報給中央，政治局其他常委難辨真假，也只好默不作聲了。

其實這種陷害方式江澤民早在 1992 年 14 大之前除掉楊尚昆、楊白冰兄弟時就用過了。當時江澤民和曾慶紅叫人在北京四處散發謠言，說楊家兄弟要「奪軍權」和「平反六四」，於是鄧小平被騙了，等鄧醒悟過來時已經晚了。這次江、曾二人再度狼狽為奸、故伎重演。

江設立第二權力中央：成立「610」 怕留證據 下密令不落款

儘管朱鎔基和平理性地處理了「4.25」法輪功學員的上訪，並獲得國際、國內一片讚譽，中共對外也一直宣稱：從未剝奪法輪功群眾煉功的自由，國家對此不加干涉和限制。但實際上從 1999 年 4 月 25 日開始，江澤民就對上億法輪功學員舉起了屠刀，那些不鎮壓的謊言只是為鎮壓爭取時間做準備的陽謀而已。

1999 年 6 月 10 日，即江澤民在中央政治局會議上講話三天後，中共成立了「處理法輪功問題領導小組」，簡稱「610 辦公室」，李嵐清任組長，羅幹任副組長。這個隸屬黨務部門的政法委機構，就跟「文革」時「中央文革小組」或德國希特勒時代的「蓋世太保」一樣，具有超越法律的特種特權。由於黨務部門直接插手行政事務，名不正言不順，於是在 2000 年 9 月，江下令成立了「防範和處理邪教問題辦公室」，名義上屬政府部門，實質就是「610 辦公室」「同一機構、兩塊牌子」而已。儘管中共一直在海外否認「610 辦公室」的存在，但凌駕於公檢法之上的「610」，卻成了江澤民為了一己之私而迫害法輪功的最得力工具。江是「610」的總頭目，所有重大密令都是由江傳達下去。不過江怕留下證據，送出的密令從來不落款，但「610 辦公室」的人員見到此類「白

條」就會立刻執行。

江親自制定打壓法輪功的方針政策和措施

　　為了給打壓法輪功製造「法律依據」，江叫人大在 1999 年 10 月 30 日制定了一個所謂反邪教法，但對於什麼是邪教卻沒有清楚的定義。江還違背最根本的「罪行法定」和「不追溯」原則，重新立法「追究」立法前的「法律責任」，整個徹底破壞了剛剛恢復的中國法制制度。

　　在打壓法輪功的整體布署上，江制定了「名譽上搞臭、經濟上搞垮、肉體上消滅」，即用毀書、封鎖真相、媒體造謠的方式在輿論上抹黑法輪功；在經濟上大搞罰款、開除、抄家、騷擾法輪功學員經商等；肉體上消滅則包括毒打、酷刑、虐待、「打死算自殺」、「不查身源，直接火化」、活摘法輪功學員人體器官等。

　　為煽動仇恨，江澤民指使羅幹導演了 2001 年「天安門自焚」偽劇，並通過新華社以從未有過的速度向全世界散播，嫁禍法輪功。這場鬧劇，後被包括服務於聯合國的國際教育發展組織（IED）在內的多個國際組織認定為虛假編造。在面對質詢的時候，一名參與製作電視節目的工作人員辯稱，中央電視台所播放的部分鏡頭，是「事後補拍」的。

江下令搞暗殺　改變政治局結構

　　除此之外，江澤民還下令成立「特別行動小組」實施暗殺法輪功創始人的計畫，指示說：「要加強行動，設計多種預……」「保證刺殺行動萬無一失……」

　　江還不惜掏空國庫，不惜毀掉中國人的道德底線，不惜葬送中共的

前程，非要殘酷迫害修佛的法輪功學員，以至於江成為歷史上第一個在任期內就被民眾送上法庭宣判有罪的中共最高領導人。

為了竭力避免被起訴後對所欠下的數萬命債負責任，為避免被正義清算，江澤民在 2002 年下台前安插了大量親信，目的就是阻止胡錦濤改變對法輪功的政策。比如江在 17 大把原來政治局常委的七人結構，強行改成九人結構，硬塞入的第八個人李長春，主要負責反法輪功宣傳；第九個人羅幹，則負責暴力鎮壓法輪功。同時江澤民取消了胡錦濤類似「江核心」的稱謂，美其名曰「集體領導」、「寡頭政治」，九個常委各管一攤，實則是剝奪了胡錦濤過問李長春和羅幹的權力。

周永康塌台驚天內幕 暗殺習近平另有圖謀

第五章

羅幹的罪惡祕密

為了撈取政治資本，羅幹、周永康等人緊隨江澤民對上億法輪功學員進行全面的邪惡鎮壓，鋪天蓋地的造謠迫害，大有天塌之勢。最典型的抹黑例子就是 2001 年大年三十，羅幹下令從河南找來幾個根本不修煉法輪功的人到天安門廣場上演一齣自焚偽案，挑起仇恨。（AFP）

第一節

自焚騙局驚全球

2001 年 1 月 23 日，北京天安門廣場發生了一起自焚案件，據說有五人在天安門廣場往自己身上倒上汽油並點火自焚。雖然在場公安警察迅速將火撲滅，但仍有一名叫劉春玲的女子死亡，其他四人，包括劉春玲 12 歲的女兒劉思影，被嚴重燒傷。

新華社在事發兩小時後就向全世界發布了英語新聞，認定他們是法輪功學員。通常新華社的每一篇報導都需經過上級的層層批准，而這次對這等罕見大事的報導卻異常迅速。一周以後，新華社報導突然把當初的五人自焚變成了七人。

這一震驚世人的報導，致使許多人對「法輪功」產生了仇視心理。然而，很多專家在仔細分析中央電視台的自焚節目錄像後，發現了重重疑點。

自焚者是不是法輪功學員？

自焚者之一的王進東自稱從 1996 年開始煉法輪功，自焚時已經修煉五年了，可中央電視台自焚節目錄像中「王進東」的煉功動作卻完全是一個門外漢。

盤腿動作：法輪功要求的是雙盤，至少也得是單盤。而「王進東」連散盤都把腿翹得高高的。

結印動作：法輪功要求兩拇指指尖接觸，而王進東卻是兩個拇指上下重疊在一起。「結印」是法輪功基本的煉功動作，是任何一個新入門的學員都會做的，自稱修煉多年的王進東卻連這個最基本的法輪功動作都不會。

另一自焚者劉春玲在自焚中死去，她是一名法輪功修煉者嗎？這個問題也出現了疑點。據美國《華盛頓郵報》記者菲力蒲·潘（Phillip. Pan）的報導，他親自到劉春玲的家鄉開封進行實地調查，鄰居們說從來沒有人看見過劉春玲煉法輪功。

真假王進東？

官方提供王進東自焚前的照片，臉頰消瘦、小骨架，而自焚的「王進東」卻是大臉盤、大骨架，齊刷刷的頭髮邊緣，比例失調的面部像是帶了假髮

兩個真假王進東。

或面具；仔細看看兩個人的耳朵，一個王進東是長耳朵，而另一個王進東是圓耳朵，難道有真假兩個王進東？

是被燒死？還是被打死的？

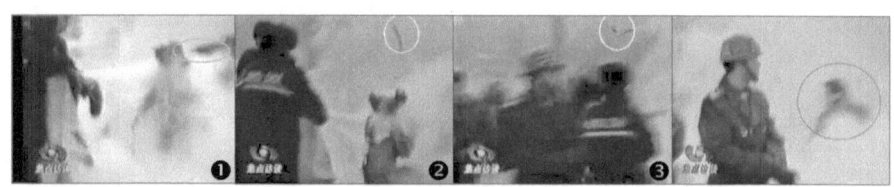

1. 凶手猛擊劉的頭部；2. 一條狀物彈起；3. 重物逆著滅火器噴射流飛向警察；4. 凶手保持用力姿勢。

　　新華社說劉春玲自焚死亡，她是死於燃燒的火焰還是其他原因？如果把鏡頭放慢，幾乎可以看見當她正在火焰中掙扎，有人從背後用物體猛擊她的後腦，劉春玲立即 180 度轉身後倒地，打擊用的物體反彈，從死者腦後飛出數米遠，以極快的速度從空中落下，沒有飄動感，不像是衣物等，看上去是一件重物。那麼誰是凶手呢？如果把那一時刻鏡頭止住，可以看見揮動的手臂接近劉春玲的頭部，一位身穿軍大衣的警察正好站在出手打擊的方位，而在另一側站立的警察恰好把落下的重物接住，收入一個口袋中，好像事先就做好了安排。

是滅火？還是演戲？

警察拿著滅火毯與王進東一起悠閒擺拍，王兩腿中間盛汽油的塑料雪碧瓶完好無損。

　　新華社報導，王進東首先點燃火焰，「四名警察立即取出滅火器」、「不到一分鐘，迅速撲滅了火焰」。在天安門自焚，史無前例，廣場上的警察也不會背著滅火器巡邏。怎麼可能四個人立即拿出數個滅火器。說明警察事先做好了準備。

　　如果自焚是突發事件，要拍到那麼及時和全面的鏡頭根本沒可能，尤其在天安門廣場上。電視上遠焦、近焦、特寫、跟蹤的鏡頭都有，一應俱全，一個幾分鐘的突發事件，哪個攝影師在現場能做到這一點？而且警察從發現、反應過來，找到滅火器、再跑過去滅火，這需要一個相當的時間差；而電視上那邊剛一點火，這邊馬上十幾台滅火器就噴上了。

　　王進東右邊拿著滅火毯的警察像是為了拍照而擺好的姿勢，沒有緊急撲火的運動感，顯得很悠閒。他拿著的滅火毯是靜止下垂的，只是個照相的道具而不是滅火的工具。這樣的鏡頭場面發生在整個突發事件的一兩分鐘以內，說明攝影記者和警察事先準備好，是在演戲。

燒不破的盛汽油塑料雪碧瓶？

　　自焚後的王進東兩腿中間還放著盛汽油的塑料雪碧瓶。官方報導說王進東被嚴重燒傷，但是電視上他兩腿中間盛過汽油的塑料雪碧瓶居然完好無損，瓶子還那麼綠，連顏色都沒變。如果不是玻璃鋼製作的，就是擺放在那裡的道具。

王進東真燒傷了嗎？

　　新華社報導王進東嚴重燒傷，可他聲音洪亮，底氣十足，哪有燒傷的樣子！看王進東的臉，被燒成了灰色，在醫院裡的鏡頭還故意顯示他的臉還有被植皮的痕跡，可見臉部「嚴重燒傷」。人的頭髮，眉毛很容易被火燒著，而且燒的速度非常快，可從中央電視台的錄像看，王進東的頭髮竟完好無損，而且他的頭髮邊緣整整齊齊，這是怎麼回事呢？是在表演電影特技嗎？

醫院違反醫學常識？

新華社報導 12 歲的劉思影「全身燒傷面積達 40%，頭、面部四度燒傷，雙眼瞼外翻，呼吸困難，顏面、雙手基本損毀⋯⋯」可是在醫院裡，她全身被包裹在厚厚的紗布裡，而有燒傷醫護常識的人都知道，燒傷處應保持通風、乾燥，這樣全身蒙住，讓人懷疑是否在隱瞞什麼。

劉思影作了氣管切開手術，還能聲音清脆、底氣十足地接受採訪，而且還能唱一首歌，令醫學專家感到費解。

「自焚升天」是誰的說法？

法輪功教人以「真善忍」為生活的準則，是一種修煉，有精神信仰的成分，最終達到圓滿的境界。但是圓滿與去死是兩回事。用自殺升天來栽贓法輪功的確很惡毒。其實類似圓滿升天的說法在各個宗教中都有，如佛教的涅槃，西方宗教講的上天堂，西藏喇嘛教的虹化，都相當於圓滿升天，但沒有人講要自殺。

法輪功的書籍明確寫著禁止殺生，自殺是有罪的。法輪功自 1992 年傳出，弘傳世界上百個國家，在大陸被鎮壓以前的七年裡從沒有法輪功學員自焚，在海外任何一個地區也從來沒有法輪功學員自焚。

造假雖然表面上天衣無逢，但往往會留下破綻。聯合國教育發展署根據自焚錄像分析，於 2001 年 8 月正式聲明，天安門自焚事件是由中國政府一手導演的。

2002 年 1 月由北美新唐人電視台製作的分析天安門自焚事件的影片《偽火》（False Fire），系統地分析了這些漏洞，使真相大白於天下。該片於 2003 年獲第 51 屆哥倫布國際電影電視節榮譽獎。

第二節

央視製片人暴亡

誰給我飯吃
我就給誰賣命

中共導演和製造的世紀偽案發生在 2001 年 1 月 23 日除夕下午，並利用所有喉舌，鋪天蓋地的謊稱這五人是法輪功學員。不過過去十多年裡，天安門自焚偽案的真相已被越來越多的民眾所認知。為什麼中共要導演這齣栽贓陷害的醜劇呢？用中共官員的話說，那也是騎虎難下後不得不採取的無奈下策，「不過，羅幹也做得太蠢了！」

中國民主黨國內負責人之一林春水曾經向海外透露，公安部一名高級官員 2001 年 1 月 28 日向他提供的消息稱：王進東 23 日「自焚」，時任公安部長賈春旺 22 日就知道消息。他還表示，在中央政法委會議上，羅幹曾經說過：「根據掌握的情況，即使我們王進東不自焚，也會有張進東、李進東等跳出來表演。」

法輪功是佛家功法，絕對禁止殺生，包括禁止自殺。國際社會也很快認定，天安門自焚「整個事件是由中共政府一手導演的」騙局，參與造假的各種人員，都被國際人權組織「追查國際」追蹤調查，從此不敢

再踏進自由民主國家的土地。

誣陷法輪功 陳虻遭報應

中央電視台的陳虻就在被追查之列。他是《焦點訪談》欄目天安門自焚偽案的製片人，他積極主動地參與製作這支毒害億萬人的影片。當這位 47 歲的副處級幹部暴死後，他的骨灰之所以能擠進八寶山，主要就是因為他在誣陷法輪功方面充當了「先進」。當時連中共兩任總書記趙紫陽和解放軍前副總參謀長兼海軍政委李作鵬的骨灰都沒獲准進入八寶山。

知情人議論說，陳虻之所以「先進」了墳墓，就是因為他在鎮壓法輪功上太「先進」了。1961 年出生的陳虻，原名陳小兵，畢業於哈爾濱工業大學光學工程專業。兩年後因其母關係，調到中央電視台當記者，並改名陳虻，取義伏尼契的小說《牛虻》。牛虻這位紅衣大主教的私生子，具有「革命者」的熱情。美國書評稱該書「對年輕人相當有害」，因為「書中充滿了不恭和對神明的褻瀆」。

陳虻被初戀女歌星拋棄後，發誓「如不出人頭地，誓不為人！」他不惜一切想出人頭地。他拚命工作，2001 年 1 月擔任新聞評論部副主任，負責《實話實說》、《新聞調查》等欄目，在製作天安門自焚偽案後的 10 月，就升任為《東方時空》主管。不過這些晉升都是建立在出賣良知的基礎上。正如 2001 年陳虻在加州一個研討會上所說：「新聞在我看來並沒有什麼真實性」，「誰給我飯吃，我就給誰賣命。」沒想到一語成讖，決定了他未來的命運。

2008 年 12 月 23 日，正想官位往上爬的陳虻，在發現胃癌的九個月後，痛苦地死在北京腫瘤醫院，死時 47 歲。同事們都很驚訝，滴酒

不沾的陳虻怎麼會得胃癌？在胃癌治療中，又發現癌細胞轉移到肝部，隨後的肝癌更是疼得他死去活來。最後連他自己都不想再活了，儘管他身後還有個沒有工作的妻子和一個 11 歲的兒子。在被痛苦折磨了 300 多天後死亡，死前已沒有了人樣。

當時跟陳虻一起在北京腫瘤醫院作伴的，還有央視新聞聯播的標誌性人物羅京。羅京充當中共喉舌，很多誣陷法輪功的謊言都是通過他的口中傳出。羅京得了淋巴癌，在治療後基本恢複健康。不過他一心想回去繼續充當謊言喉舌，結果一夜間病情惡化，當時羅京口腔潰瘍最為嚴重，靠麻醉藥漱口吃藥，連吃飯、喝水、說話都疼得要命。醫院知情人私下議論說，羅京靠嘴騙人，結果讓他嘴爛成那樣，真是報應啊！死時只有 48 歲，比陳虻多一歲。

陳虻的死給其央視同行和各類迫害參與者敲響了警鐘。不過被名利支配得喪失良心的人，依然繼續配合中共作惡，他們還沒有意識到，為中共效力，今日能撈到一些好處，但過不了多久，替中共當陪葬、把命真的賣給中共，那就成了必然結局。正如信奉撒旦教的馬克思所說：「到地獄裡跟我做伴。」

很多人相信，陳虻等人拍攝製作的「天安門自焚案」，將會和中共的「反右陽謀」、「畝產萬斤」、「叛徒、內奸、工賊」、「非典」等謊言一樣，成為後人研究中共造假歷史的好標本。

前車之鑒 警醒他人

2011 年 1 月 20 日，江澤民親信李長春控制的新聞喉舌，再次在胡錦濤出訪美國時，拋出採訪所謂自焚案受害者的報導。有人感到很奇怪，為什麼不等到 1 月 23 日剛好十年的日子做個新聞性強的報導呢？

原來胡錦濤 21 日就從芝加哥返回中國。海外人士評論說，這是江派對胡出訪放暗箭，讓胡在美國遭到更多的譴責和唾棄，也替鎮壓法輪功的元凶江澤民、羅幹、周永康、劉京背黑鍋。

十年前的謊言都騙不了人，今天再炒自焚冷飯，只能讓人更倒胃口罷了。

那些還在繼續為迫害塗脂抹粉、鼓譟欺騙之人，已經很危險了。不過今天在神州大地上演的是一場千古大戲，主角並不是當今檯面上的人物，而是每一個中國人；每個人如何在這場善惡大戲中擺放自己的位置，這才是大戲的主題。而像陳虻、羅京這樣的反面小配角，只是用來警醒世人，那些首惡更是會留到最後，讓人類見證作惡者如何遭到法律的制裁，從而再塑人間正義。

第三節

撕開謊言那一夜

被國際媒體稱為「法輪功最為大無畏行動之一」的「305 長春電視插播」事件，撕開中共謊言黑幕。圖為因 3.5 長春插播被迫害致死的法輪功學員劉成軍、梁振興、雷明。

　　2002 年 3 月 5 日晚八時許，夜幕低垂，長春亞泰大街與三道街相交處的一家便利店裡，人們震驚地圍著電視，專注地看著、興奮地議論著。電視裡正播放關於法輪功的節目，然而與人們前幾年慣常看到的內容卻完全不同：節目主持人正在對央視《焦點訪談》節目錄像的解析，說明「天安門自焚」是一把偽火，一個徹頭徹尾的騙局，是江澤民一手導演的以犧牲鮮活生命構陷法輪功的世紀偽案。

　　這時一個身材瘦削的中年男子推門而入。見到陌生人，店主馬上緊張地轉換頻道，然而連換幾個頻道，都播著相同節目。中年男子盯著屏幕說，這節目很好，就看這個吧。人們繼續觀看節目，接下來的內容是法輪大法傳世界、法輪大法創始人李洪志先生和法輪大法受到各國政府和機構褒獎等歷史鏡頭和視頻……

　　「劉成軍他們插播電視成功了！」中年男子壓抑著內心的激動與喜悅。他叫張忠余，是一位法輪功學員，中共迫害法輪功之前原是中共吉

林省機關的副處級幹部，《蘭台內外》雜誌的副總編。看著電視，享受著人們的激動，他雙眼濕潤了：為四天前被捕的好同修梁振興在酷刑下的堅韌承受，為同修們不顧個人安危的巨大付出，為籠罩在謊言黑幕下的父老鄉親終於看到法輪功的真實情況……過往發生的一幕幕又浮現在他的腦海。

自從「自焚」偽案發生後，人心被謊言煽起的仇恨與恐懼所扭曲，這不斷升級的迫害摧毀著社會賴以存在的基石，給人帶來滅頂之災。可所有正常發聲渠道都被堵死，法輪功學員只得在公共場合發資料、噴寫標語、掛條幅、喇叭、放氣球、盡一切可能澄清真相，制止迫害。可相比中共喉舌鋪天蓋地的造謠宣傳，這聲音太微弱了。

2001 年年末，看到海外明慧網有關電視插播的報導，梁振興等長春法輪功學員開始著手本地插播。就在插播前四天，梁振興不幸被捕，劉成軍繼續協調同伴們最終將計畫付諸實施。參與者都深知中共的殘暴，意識到可能會付出生命的代價，他們不想當英雄，可為了喚醒世人，還是捨家撇業、前仆後繼。如同當年對希特勒屠殺猶太人暴行的揭露，法輪功學員和平利用電視插播曝光中共的謊言與虐殺，是真正的正義之舉。

20 多分鐘後，電視信號被切斷，插播終止。此次法輪功真相在長春八個頻道插播了約 50 分鐘，覆蓋了 30 萬有線電視用戶，人們相互致電轉告親友，消息迅速傳開，積聚了上百萬觀眾。同時，在離長春不到 200 公里的松原市，幾萬有線電視用戶也看到了相同訊息。

「禁令結束了！」「法輪功平反了！」人們在熱議、傳播著這不同於黨的喉舌的聲音。在料峭的春寒中，甚至有人上街慶祝，在長春文化廣場附近，幾個法輪功學員在公開發資料，鄰居、陌生人，甚至戴紅袖標的老太太都向他們道賀：「法輪功，好樣的！」

整個長春被震撼了，密不透風的謊言黑幕被真相之光撕開了一道裂縫。

這就是被國際媒體稱為「法輪功最為大無畏行動之一」的「305 長春電視插播」事件。七年後的 2007 年 9 月 5 日，亞太人權基金會在澳洲新南威爾士省議會大廈，將 2007 年度人權獎「丹心汗青獎」頒發給此次插播主要參與者劉成軍。

大搜捕

然而，就在長春還沉浸在震撼與喜悅之中，一名法輪功學員接到軍中朋友來電：「馬上離開！」他們已收到對法輪功學員全城大搜捕的命令。當夜，街上到處停著警車，滿是軍警監視盤查路人。

出於對真相曝光的恐懼，惱羞成怒的江氏下達了對插播者「殺無赦」的密令，企圖扼止真相進一步傳播。中央「610」主任、中共公安部副部長劉京親赴長春督辦限期破案。短短幾天中，不計其數的法輪功學員被迫流離失所，約 5000 人被捕，至少七人被活活打死。

3 月 11 日晚，張忠余在長春綠園區醫院醫生、法輪功學員劉海波家，被持槍破門而入的警察一併綁架。警察當著劉妻和驚恐大哭的兩歲幼子的面前，用槍柄將張忠余砸得頭破血流，打斷了劉海波的腳踝，將兩人戴上黑頭套拖下樓，塞入警車，呼嘯而去……

酷刑與虐殺

在寬城區公安分局，張忠余和劉海波被分開兩處，幾個警察一起下手，用高壓電棍電，用木棒暴打……十多年後，那夢魘般的經歷仍令張

忠余不忍回首：

「他們將我下身褲子剝光，用電棍電擊我的生殖器等部位，我整個身體被強大電流擊打得彈起，他們就在我身上壓上凳子，可坐人上去強壓都壓不住……警察用棍棒專打我雙腿的迎面骨、腳踝骨和腳趾，再像擀麵一樣，在我血肉模糊的雙腿迎面骨上用木棍來回擀……每隔一會兒就有人用拖布擦地上我傷口流出的血。漸漸地，我連掙扎的力氣都沒了。」

「兩個多小時後，有人進屋說：『劉海波心跳已沒了！』接著有人打電話：『市醫院嗎？趕緊來輛救護車，到寬城公安分局來，這兒有個叫劉海波的已沒心跳了。』」

後來一位逃到美國的寬城分局的霍姓警察披露：兩個警察毒打劉海波，打斷了好幾根方木；他們將他全身衣服扒光，用最長的高壓電棍從肛門插入體內電擊其內臟……事後寬城區分局將其遺體祕密火化，對外謊稱其死於心臟病。

四天後，被折磨得命懸一線的張忠余被送進吉林省監獄管理中心醫院。在這裡，他遇到奄奄一息的梁振興和劉成軍等人，他們後來被各種形式的「治療」奪走生命。

對長春插播的發起者梁振興，張忠余非常熟悉，迫害前他們常在省機關宿舍附近的煉功點一起煉功、交流，迫害後在多個傳播真相項目上常有配合。這次插播，他們也深入交流過，張忠余很遺憾自己當時因其他工作繁重而無法抽身參與。

精明能幹的梁振興是位成功的地產商，到 1990 年代就擁有幾十萬個人資產、兩部轎車，過著優越生活。1998 年，梁振興修煉法輪功以後，明白了人生的意義，戒掉了在生意場上沾染的花天酒地、夜不歸宿的惡習，瀕臨破裂的家庭重歸於好。見其巨變，他的妻女也走入修煉，一家

人過著清靜簡單、和睦愉悅的日子。他愛這個家，愛他的小女兒。

在梁振興被捕到插播前的一百多個小時，他承受了什麼不得而知，但可以肯定的是，使盡一切毒招的警察沒能從他口中得到關於插播的一絲一毫。

之後他被非法判刑 19 年，在輾轉關押的多所監獄，他受到極其慘烈的迫害。張忠余聽曾與梁振興同監號的人講，市公安局一處的惡警常常「夜審」梁振興，每次都是遍體鱗傷抬著回來，他一個乳頭都被警察用電棍電焦、電掉了。在生不如死的煎熬中，他生命存在每一分鐘的意義，都為告訴他所遇到的每一個人：「法輪大法好！」

當張忠余在監獄醫院再見到梁振興，與迫害前相比，他被折磨得已判若兩人了。

2010 年 5 月 1 日，梁振興在公主嶺監獄辭世——他絕食抗議迫害，被獄警將灌食管插入肺中害死，時年 46 歲。

梁振興被捕後，劉成軍繼續協調團隊成功地在長春和松源兩地完成了插播。張忠余見劉成軍最後一面是在 2003 年 12 月中旬：「在吉林監獄管理局中心醫院，他已被折磨得脫像了，原本魁梧的身軀抽縮得很小，瘦到皮包骨頭，被兩『犯護』用擔架抬著。」

之前，他們曾一同連夜製作過曝光當地迫害的資料。對這位身材魁梧的農安縣糧庫幹部，張忠余早有耳聞：他修煉前很「霸氣」，修煉後變得和善、通情達理。他不辭辛勞地往來於長春及周邊地區，用大卡車傳送真相資料，被朋友們尊稱為「大卡車」。插播前，被迫流離失所的劉成軍曾把自己五、六歲的兒子帶到與朋友共用的住處住了一宿。夜裡，輕撫著兒子的頭哄他入睡，劉成軍眼中含淚，充滿對稚子的憐愛與不捨。

插播三周後的 3 月 24 日，劉成軍不幸被捕，警察在將其全身大面

積燒傷後，還在他腿上連打兩槍。之後，他被綁在老虎凳上 52 天，被戴著腳鐐連續多日銬在「死人床」上，被無所不用其極地毒打，牙都被打掉了⋯⋯

經過 21 個月的煉獄摧殘，劉成軍全身是傷，器官重度衰竭。在 2003 年 12 月 26 日，被轉到長春中日聯誼醫院的第二天，家人最後見到劉成軍時，他七竅流血，身上全是血，腿上脈管像拉開了，滿地是血。時年 32 歲的劉成軍就這樣走了。之前，幾乎發不出聲的他還艱難地指指看護他的犯人，對家人說：「他，端屎、端尿，我走了，你們要善待他、救度他。」在場者無不動容落淚。

還有被「610」懸賞五萬加晉升二級搜捕的侯明凱，8 月 21 日在長春被捕，第二天這個連警察都認為「很有鋼」的 35 歲青年被酷刑虐殺，永遠離開了自己深愛的妻女；插播團隊的小兄弟、「飛毛腿」雷明在被長春公安局一處及吉林監獄酷刑致腿殘後，於 2006 年 8 月去世；2003 年 10 月，魏修山在吉林監獄被折磨得生命垂危後拉去醫院，就再也沒回來⋯⋯

15 位當年被非法判刑 4 至 20 年的插播參與者，目前至少已有八人被虐致死，餘下的還在獄中受煎熬，處境危艱：

孫長軍，一個清廉的優秀公務員、遠近聞名的孝子，被判 17 年，他肋骨被打斷、雙肺空洞、胸腹積水、腹脹如鼓，生命垂危；雲慶斌，在吉林監獄被折磨得精神失常；從大法修煉中重獲新生的退休女工周潤君，被誣判 20 年，她肋骨被打折，心臟嚴重衰竭；被重判 20 年的劉偉明，這個團隊中的技術骨幹，還有文靜、靦腆的張聞，一個鉗子玩得溜轉的電工，他們都義無反顧地為父老鄉親奉獻出自己的青春和所學⋯⋯

不滅的真相之光

然而令江氏惡黨始料未及的是，這真相之光一直沒被湮滅，法輪功學員沒被酷刑、虐殺嚇倒，電視插播真相反在全國鋪開。

2002年9月6日晚，在甘肅白銀市白銀公司有線電視插播一刻鐘，覆蓋十萬職工及家屬；10月19日晚，在西南某市有線電視插播約兩個小時；2003年8月，通過無線發射，在華南地區大面積播放半個多小時……

從插播電視，到建立起數十萬個家庭資料點，中國國內的法輪大法弟子令真相遍地開花；從創辦講真話的自由媒體、研發突破網路封鎖軟體，到在全球巡迴演出神韻晚會，海外法輪功學員將真相傳遍全世界。迄今，逾1億5000萬中國民眾明真相後在海外《大紀元》網站聲明「三退」（退出中共黨、團、隊），擺脫了這個迫害正信、即將受到天譴的邪黨，為自己選擇了美好未來。

回顧十幾年來經歷的風風雨雨，張忠余感言：恐怖高壓阻隔不斷人對真理的渴求，謊言與暴虐改變不了人心。儘管14年的血雨腥風使無數人身心受到摧殘，令千萬個家庭破碎，但自古以來，迫害正信者從來都沒有成功過，中共在自毀中走向分崩離析，而法輪大法弘傳世界100多個國家和地區，帶給世界希望與光明。

第四節

收購鐵鈷礦黑幕

提起稀有金屬「鈷」，人們首先想到的是醫院用來做放射性照射以殺死癌細胞的鈷 60。鈷 60 還能作為輻射育種、無損探傷、輻射消毒等民用工業上，而其軍事用途更是引人矚目。若將鈷 60 用於軍事武器上，它的危害性與製造核武器的「鈾」不相上下，因為鈷 60 能被用來製作「骯髒炸彈」，給人類帶來巨大災害。

能毀滅世界的鈷 60

骯髒炸彈不同於核彈或原子彈，是屬於具有放射性但非核武器的「輻射散布型」炸彈。它的體積小，可隨身攜帶，其製造方式主要是在炸藥外包裹鈷 60、銫 137 或鍶 90 等輻射物質，引爆時，由於炸彈的巨大爆炸力，會將鈷 60 等強輻射性物質散布到空氣和環境中，造成類似原子彈爆炸的核放射性塵埃污染，從而帶來生態災難，不僅生物的罹癌

率大增，只要一經污染，任何東西都難於再使用，影響國力、民生甚鉅。自「911」恐怖攻擊事件之後，西方政府最擔心的就是恐怖分子利用髒彈襲擊人口稠密區。

鈷炸彈最初由猶太裔美籍物理學家西拉德（Leo Szilard）在 1950年 2 月公布，他聲稱不久的將來可以製造出一個可以毀滅地球上所有生命的武器。鈷 60 的半衰期為 5.27 年，它會透過 β 衰變放出能量高達 315 keV 的高速電子成為鎳 60，同時會放出兩束伽馬射線，鈷 60 能在十年內保持非常強的輻射力，被鈷污染的地區至少有要等 15 至 20 年後才能居住。

很多科幻小說常把鈷炸彈作為世界末日的原因，好萊塢 1964 年 9月推出 007 影片《金手指》，裡面虛構了中共製造出骯髒的核武器，其釋放的放射性鈷和碘讓美國國庫裡儲存的金條 57 年後都還具有放射性。說來有趣，好萊塢好像有預測功能或消息特別靈通，中共是在一個月之後的 1964 年 10 月才試爆其第一個核子武器。

讓鈷炸彈「聞名於世」的是冷戰時期的好萊塢影片《決戰星球》（又譯為《人間浩劫》）。2005 年 7 月網路上流傳中共鷹派的好戰叫囂，大搞「超限戰」、「核威脅」，甚至有傳言，遲浩田、朱成虎等揚言，哪怕犧牲西安以東地區，也不惜發動核戰爭，讓美國化成焦土，再過 20 年，躲在防空洞裡面的中國人又能繁衍興盛起來，而那時，「美帝國主義及其走狗」已經徹底被消滅了。

2006 年美國公開懷疑中共正在發展精密生化武器，主管評估與確認遵守武器管制與不擴散協議事務的助理國務卿德薩特（Paula DeSutter）表示：「我們對某些中共公司的持續擴散行為仍然感到失望，我們對中共對不擴散義務的承諾仍然極度關切。」近年來美國更關心中共協助伊朗、北韓製造大規模毀滅性武器的可能性。

中共設計 強硬購阿根廷最大鐵鈷礦

　　鈷也是製作多種合金的重要原料。鈷合金具有耐熱、硬質、防腐、磁性等多種功能，被廣泛用於航空航太、電器機械、化學陶瓷工業的一種重要的戰略物資。中國鈷金屬資源量約為 140 萬噸，但由於鈷礦品位低，生產工藝複雜，生產成本很高。近幾年中國鈷的年消費量穩定在 1200 噸左右，其中一半需要進口。

　　自然界中鈷主要有三種存在方式：一、獨立鈷礦物；二、呈類質同象或包裹體存在於某一礦物中；三、呈吸附形式存在於某些礦物表面，其中以第二種存在形式最為普遍。以類質同象或顯微包裹體存在於輝石、橄欖石、磁鐵礦和鉻鐵礦中的鈷不能利用，而附存於黃鐵礦和磁黃鐵礦中者則可以利用。金屬鈷的冶煉一般是從煉鐵或煉鎳的廢渣中提煉，目前甘肅金川有色金屬公司從煉鎳煉鐵的廢渣中電解製取鈷的產量已占全中國總產量的 70％以上。

　　2004 年 10 月，位於阿根廷東南部的南美最大的鐵礦向全球招標出售，這個西班牙文叫 Sierra Grande 的大山脈礦區（以下簡稱 SG），位於阿根廷南部風景秀麗的黑河省（Río Negro），大陸官方翻譯為里奧內格羅省，這裡也是小瑞士之稱的巴里洛切市（Bariloche）所在地。

　　這個南美最大的鐵礦是 1944 年被發現的，1969 年由阿根廷政府開發成為全拉丁美洲最大的鐵礦。鐵區距離大西洋海岸 30 公里，礦藏分布延綿 96 公里，礦層厚度 500 米。除含大量鐵礦外，還含有大量的磷礦和鈷礦，其鈷礦含量在全球也算比較高的。

　　1991 年，因經濟政策變動，阿根廷政府關閉了該礦區，失業的礦工紛紛遷往外地，只剩不到 5000 名的居民，SG 礦區幾乎成為荒鎮。但專家測定，大山脈礦區還有巨大的開發潛力，單鐵礦至少還可再開發

100 年以上，估計至少還有 2.5 億噸鐵礦儲存量。

2004 年 10 月，阿根廷政府在全球招標出售 SG 礦區，包括整個大山脈礦區的無限量礦區開採權，連帶著的地面各類採礦輔助設備，一個由地方政府負責修建的直達礦區的公路和碼頭，還包括一個設備完善的地下實驗室。

據悉，該實驗室由阿根廷軍方於 1994 年 5 月建成，實驗室位於地下 380 米深處的隧道中，是為核子物理、微粒物理、天體物理等研究，特別是尋找確定暗物質的存在而特別設計的世界一流實驗室。

鮮為人知的是，阿根廷擁有高水準的核子科研能力。阿根廷的國家核子委員會和 INVAP 公司（Investigaciones Aplicadas），具有生產商業化核反應爐的能力，他們生產的科研用核反應爐、鈷鞠坋、重水、及人造衛星等，已出口澳洲、祕魯、埃及等許多國家。

為什麼阿根廷政府要出賣這麼大的一個家業呢？這不得不談到阿根廷最近 20 多年來連續遭遇的近十次經濟危機。當時的阿根廷與今日的希臘好有一比。

從上世紀 80 年代以來，阿根廷經濟就不斷遭遇金融、貿易和經濟危機。比如 2001 年 11 月 2 日，阿根廷證券市場梅爾瓦股票指數比前一個交易日下降 284％，貨幣市場利率急劇飆升，以致銀行間隔夜拆借利率竟高達 250 ～ 300％。阿根廷國家風險指數一度突破了 2500 點大關，創歷史紀錄。

2001 年 12 月 5 日，國際貨幣基金組織拒絕向債務累累的阿根廷提供 13 億美元緊急援助貸款，從而使該國面臨歷史上最大的一次債務危機。最後阿根廷債務違約，導致其貨幣劇烈貶值，阿根廷經濟陷於極度動盪中。不過由於地廣人少，資源豐富，恢復也比較快，但政府官員的腐敗現象非常嚴重，都趁亂中大撈一把，那時只要行賄，幾乎沒有幹不

成的事。

不斷變換面孔的神祕中方投資人

阿政府原定在 2004 年 10 月向全球公開投標出售 SG 礦山，感興趣的人很多，其中也有中國人。不過，2004 年 11 月 11 日阿根廷律師 Olegario Conejo Marino 代表註冊在山東省的新汶礦業集團物資供銷有限責任公司（Xinwen Mining Group Material Supply and Sell Co.），申請投標緩期 30 天，理由是中國的投標者「來不及簽證」。令其他投標者不解的是，招標公告發出後仍有 40 天的投標期，中國團要來阿根廷投資，40 天的時間辦簽證還不夠嗎？莫非中方要搞什麼名堂？

然而，里奧內格羅省法院同意了這一延期申請。在一系列幕後故事之後的 2005 年 2 月，一個背景神祕的中資企業，僅以 640 萬美元買下了南美最大的鐵礦和附屬的地下研究室。阿根廷投資界普遍認為，中國公司利用延長的時間，對阿根廷各級政府官員行賄，方能以如此優惠的價格成交。

據阿根廷媒體報導，來自中國的神祕投資人，先以一個山東公司新汶礦業集團物資供銷有限責任公司的名義參加投標，後來變成了上海的 Leng Cheng Steel China 公司，最後成交的是 Leng Cheng 在美國的子公司：A Grade Trading Usa（美國 A 級貿易公司）。Leng Cheng 有美國 A 級貿易公司 52％的股份，A 級貿易公司美國公司擁有其阿根廷公司 98％的股份，另外 2％是個人的，因為阿根廷法律需要至少有兩個股東。該子公司在阿根廷的註冊名稱叫：Compañía Minera Sierra Grande。網上有一篇 Brons & Salas 律師事務的 SebastiAN Vedoya 律師代表 A 級貿易公司對 SG 的訪問。

A Grade Trading Usa 是註冊在美國加利福尼亞的美國公司，有兩個股東，大股東 Ling Chen Mining Limited，另外的股東是一個跟 Ling Chen Mining 家屬有關係的個人。公司完全由 Ling Chen Mining Limited 控制，所有的技術及財政由中國的總公司提供。

公司受雇阿根廷經理是位墨西哥人 Jaime Brown，但實際管理人員，據當地報紙介紹說，是「中共高級官員和中共軍方」。中方神祕投資人不斷變換的面孔已經讓人感到不解了，最後證實是中共最高級別的官員，還有中共軍方介入，這裡面的故事就熱鬧了。

《新紀元》調查發現，最早投標的山東 Xinwen Mining Group Material Supply and Sell Co., Ltd，中文名叫新汶礦業集團物資供銷有限責任公司，是新汶礦業集團的全資子公司，中國 500 強企業之一，以生產經營煤礦物資為主，2006 至 2010 年連續五年列名全中國物流百強企業。按理說，中國這樣的大型國有企業來購買阿根廷最大的鐵礦，也算門當戶對。不過為什麼後來不是以新汶的國企名義購買，而是一家上海的私人公司呢？這家國有企業主動放棄了，還是被更有背景的上海私人公司排擠出局了？

《新紀元》記者在網上沒有查到 Leng Cheng Steel China，或 A Grade Trading USA 的更多信息，不過這家中資私人公司很特別。據阿根廷媒體報導，在購買合同中，他們還要求阿根廷政府向中國開放移民政策，讓中國人很容易的就可來到阿根廷南部。

一家私人公司卻提出有關國與國的移民政策，讓人感到其背景非同一般。那以後，果真不少中國富人，主要是貪官及家屬以移民的方式來到阿根廷，使整個物產豐富風景優美的南美寶地成了中共貪官的新樂園。

中方收購的五大特點

據當地投資界評論，這宗生意有幾大特別之處：一是買賣大，二是買主神祕，三是招標過程奇異，四是成交價位低廉，五是進展過程奇怪。

2005 年阿根廷報紙報導說，當地政府官員一個勁的宣傳中國的投資將帶給大山脈礦區繁榮的未來，以致交接典禮時很多當地居民哭了，人們興奮地期待中方投資給當地帶來繁榮，給個人帶來就業機會。以前鐵礦雇用了當地數千職工，但據中國工程師向阿根廷媒體透露，礦區開始只準備雇用 700 名工人，在四年內增加到 1500 名，並且大部分工人將從中國來。

從 2005 年 2 月合同成交，到 2006 年 10 月，一年半過去了，礦區項目還未開工。中方的理由是「還在等特別構造的巨型卡車」，因為中方要將所提取的礦物裝載到卡車裡，直接運到碼頭的船上，中間不經過外部的任何檢查處理。

2006 年 4 月 12 日，這家中資公司開始了第一次公開對外行動：把在海灘上已堆集了 17 年的、煉鐵後剩下的廢渣裝上了大輪船。這艘船將從阿根廷開往中國，奇怪的是，船上掛的卻是巴拿馬的國旗。這也許是為了防止海盜襲擊，不過這無意中也說明，中方真正感興趣的是 SG 的鈷礦，他們想從鐵礦的廢渣中提取鈷。這也能說明為什麼中方只派了幾百人來這裡開礦，中方想要的不是鐵，而是鈷。

胡錦濤也被拉去作虎旗

據阿根廷媒體介紹，這筆買賣受到中共的高度重視，中共國家主席胡錦濤在 2004 年 11 月去美國的聖地亞哥參加亞太經濟合作組織 APEC

領導人非正式會議前，不但對巴西、智利、古巴進行了國事訪問，還去了阿根廷。此前五個月，阿根廷總統基什內爾（Nestor Kirchner）剛結束了對中國的訪問，兩國就民航、衛生、文化、投資和農業合作達成協定。胡錦濤對阿根廷的訪問，成了 2001 年底阿根廷發生金融危機之後，第一位重要國家元首的到訪。

新華社在《胡錦濤在阿根廷里奧內格羅省訪問》一文中介紹說，胡錦濤會見了里奧內格羅省省長賽斯和巴里洛切市市長伊卡雷，還參觀了位於巴里洛切市郊的英泛波 INVAP 應用技術公司。英泛波公司是阿根廷著名的高技術企業，主要從事核能、核醫藥和衛星的開發和研製工作。

胡錦濤在訪問中許諾，中共近期將在阿根廷投資 20 億美元。於是當大山脈礦區出售時，阿根廷人都期待是中共的大手筆投資。不過當大山脈的中方買主從山東國營企業變成上海私營企業的子公司時，人們都覺得希望落空了，特別是成交價只有 640 萬美金，比人們預期的售價低了很多。

種種跡象顯示，很可能本來是由山東新汶集團購買大山脈礦區的，不過後來出現了變化，但至少胡錦濤對這筆買賣是有所耳聞的，無意中他還被拉大旗作虎皮，幫中方購買者打通了阿根廷高層的關係。

據負責出售大山脈礦區的黑河省出產及製造部長阿卡蒂諾（Juan Accatino）對媒體透露：中國 Ling Chen Mining Limited 公司的幕後負責人，「是中國共產黨的一個高級領導者，他將會帶來另外的投資者……」據調查，那段時間中共黨務政治局常委級別的領導人物出訪過阿根廷，除了胡錦濤，只有分管政法委的政治局常委羅幹。

羅幹阿根廷神祕之行

　　查詢新華社關於羅幹的出訪記錄發現，2005 年 12 月 13 日新華社《羅幹開始對阿根廷進行友好訪問》這篇文章點進去，發現已被刪除，無法看到內容。新華社一反提前十多天甚至幾個月作出預告的常規，只是在其起程的當天報導說，中央政法委員會書記羅幹受到政府邀請將對阿根廷、烏拉圭和古巴進行正式訪問。同行的有中聯部長王家瑞、中央政法委祕書長王勝俊、中聯部副部長馬文普、公安部部副部張新楓、司法部副部長段正坤等。

　　新華社報導還說，羅幹在機場說，此次正式訪問的目的就是「廣泛交流，深化友誼，擴大共識，促進合作」，然而當日阿根廷沒有任何一家媒體報導了羅幹來訪的消息，假如真有新華社所稱的「到機場迎接的有阿根廷政府高級官員」，阿根廷媒體不可能不報導的。據說羅幹此行搭乘總統專機，而總統專機的好處就是不受海關檢查，裡面無論帶多少現金、帶任何東西都行。

　　12 日羅幹抵達阿根廷。據《大紀元》記者調查，14 日阿根廷政府發布的國會活動中，除了阿根廷國會議員任職典禮外，沒有副總統將接待中國客人的安排，國會外賓接待室也沒有記載有國外政府級的訪客。據阿根廷消息靈通人士透露，副總統在議員上任典禮前，臨時擠出了一點時間會見了羅幹，這還是中使館強行討來的，不過新華社還是拼湊了一篇長長的文章，裡面全是羅幹的話。

　　羅幹此行私人色彩十分濃厚。羅幹到後，主要陪同人員除使館官員外，就是當地福建公會的人，次日羅幹參觀了一家鋼廠和一個農場。據該家鋼廠職員介紹，中使館要求他們接待一個中共大官，可不知道他來的目的是什麼，他也沒談出什麼東西，來後晃一下就走了，好像是做樣

子來的。

羅幹在阿根廷被起訴

羅幹出生於山東，因打壓法輪功最賣力，被江澤民提拔進了政治局，並擔任專職迫害法輪功的「610 辦公室」的總頭目。2005 年 12 月 13 日，阿根廷法輪功學員在得知羅幹到訪後，向國家法院提出訴訟，控告羅幹對法輪功群眾犯下群體滅絕罪。

次日早上，羅幹被副總統接待時，當時有九位法輪功學員在國會前平靜的發傳單。由於阿根廷法律允許民眾抗議，儘管中領館要求警察阻止法輪功，但遭到警察拒絕。隨後福清公會來了 40 多人，他們不顧媒體在場，衝上去強奪撕毀法輪功的傳單和橫幅，並暴力毆打法輪功學員。

當天下午羅幹帶著一群人，包括暴力毆打人的福清保鏢，一起坐著專機飛往大山脈鐵礦所在地，在那觀光一圈後就沒了音訊，誰也不知道他隨後到了哪裡。

分析人士指出，種種跡象表明，羅幹此行與大山脈礦區很有關係。羅幹早年曾在德國攻讀採礦學，多年從事鋼鐵冶金工業，深知鈷礦石的重要性。

鄧昌友的到訪與汶川救災表現

阿根廷媒體反覆強調，在這筆不尋常的交易過程中，中共高層和中共軍隊的參與非常明顯。在講述中國技術工程團時，阿根廷報紙總是指出：「……並且還有中國共產黨高級黨員及解放軍官員陪伴。」

在 YouTube 上有個旅遊節目，無意中採訪了這家中資公司的食堂，裡面幾乎都是清一色的年輕男子，他們吃飯、走路的表情很像中共軍方的工程兵，這個礦區的中方負責人 Chen Qifang 介紹，他們主要靠自力更生，基本上所有事都靠中國人自己解決，不與阿根廷本地人接觸，好像一個獨立的王國。

《新紀元》還查詢到，除了羅幹到訪過阿根廷外，2006 年 4 月 18 日，中共空軍政治委員、中央委員鄧昌友也到訪過阿根廷。在這之前幾天裡，中方公司剛剛把大山脈礦區囤積了 17 年的鈷礦渣以巴拿馬商船運回中國。人們不禁聯想，鄧昌友是否跟收購大山脈的軍方有關呢？鄧昌友回去兩個月後，6 月從中將升級為上將，是否也與他參與購買鈷礦有關？因為阿根廷媒體大多稱中方買主的背後是中共軍方。

鄧昌友 1947 年 2 月生於四川蓬溪，1992 年 7 月晉升空軍少將軍銜，1999 年 7 月晉升空軍中將，2006 年 6 月晉升空軍上將軍銜。鄧是江澤民提拔的人，儘管官方吹噓他在 2008 年「5‧12」四川汶川特大地震發生後，如何迅速指揮空軍救援地震災區，但事實是，他就屬於災民們認為應該槍斃的軍官之一。

據新華社記者報導，汶川特大地震後，溫家寶兩次對前來救援的軍隊發怒。2008 年 5 月 13 日當溫家寶得知由於橋梁倒塌，彭州市十萬民眾被堵在山中、生死一線時，救災部隊卻以天氣不佳、有泥石流等藉口，拒絕運送救災物資。溫家寶對著電話大喊：「我不管你們怎麼樣，我只要這十萬群眾脫險，這是命令！」說完他把電話摔了；面對一再延後的災區空投傘兵救援行動，14 日溫家寶無可奈何的對傘兵指揮官說：「我就一句話，是人民在養你們，你們自己看著辦！」

然而即使溫家寶怒吼了，軍方還是遲遲不到救災現場。據新華社官方報導，13 日，空軍派往災區的直升飛機只有 20 多架，直到震後第

四天直升飛機才增加了 90 架，地震發生 42 小時後，進入汶川幾個受災重鎮的救援官兵只有赤手空拳的 1000 人，而等待被挖掘出來的人卻是十幾萬人。即使到了震後 72 小時地震救災黃金時間的最後期限，進入重災區的救援士兵也不足一萬人。按照國際慣例，把一個人救出地震廢墟，至少需要三個人來抬起水泥板。10 萬人受災，至少需要 30 萬人的救援部隊。這一切都讓人懷疑軍方是否真的想救人。

周永康赴阿根廷的計畫落空

阿根廷媒體在介紹中共高官時還說：「他會介紹其他人來投資。」果然在羅幹退休之後，接替他擔任政法委書記的周永康也計畫在 2012 年 2 月到訪阿根廷。

據阿根廷華人線上 2 月 21 日訊，阿根廷國家通訊社報導，近日，由中共中央政治局常委、中央政法委書記周永康率領的由官員和企業家組成的近百人訪問團將抵達阿根廷訪問。隨行的還有司法部部長吳愛英，中共中央對外聯絡部部長王家瑞以及商業部副部長姜增偉。

不過，王立軍的出逃打破了周永康的美夢。人們評論說：「王立軍事件後，周永康的出行計畫被取消，而政治局常委的其他成員都出了國，這說明周永康確實出了麻煩。」

周永康沒來阿根廷躲過了阿根廷的官司，阿根廷起訴江澤民的律師亞歷山卓·考斯（Alejandro Cowes）一直在準備只要周永康踏上阿根廷土地就要控告他迫害法輪功的罪行。阿根廷的法律准許立即逮捕來到阿根廷境內被告反人類罪的人。

周永康壋台驚天內幕　暗殺習近平另有圖謀

第六章

周薄第一次軍變

薄熙來受審時在法庭上強調,派反恐突擊隊狙擊手處理王立軍逃
館事件,是在執行「上級的六條指示」。這個上級,就是周永康。
圖為王立軍尋求庇護的成都美領館(AFP)

第一節

薄熙來當庭自曝周薄政變

薄編造男女私情沒能欺騙民眾

2013 年 8 月 26 日，薄熙來在濟南中院一審的最後自辯中稱，王立軍出走是因為他與薄谷開來的私情被薄發現。一齣宮廷政變劇被薄的強詞奪理、花言巧語，變成了一齣狗血情色劇，其轉移視線的企圖不言而喻。但稍加思索就會發現，薄熙來和中共官方一起上演的劇情之荒誕，簡直是對公眾智力的侮辱。

有網友發帖說，據法庭上證據顯示，重慶警方高層傳說，當時重慶市公安局原副局長郭維國曾帶著重慶武警總隊的一支反恐突擊隊狙擊手在美國駐成都總事領館附近伺機擊斃王立軍，此事經成都武警上報後被制止。庭審中，王立軍在解釋逃到領事館的原因時，說薄使其身邊 11 個人失蹤，而且還有狙擊手。同時薄熙來在法庭上強調，如此處理王立軍逃館事件，是在執行「上級的六條指示」。這個上級，自

然就是周永康。

中國問題專家章天亮對此表示：「如果我是公訴人，我就會要求薄熙來回答一連串的關鍵問題：第一、王立軍和薄谷開來通姦是犯了死罪嗎？第二、就算犯了死罪，為什麼不通過法庭宣判，而要由狙擊手來解決？第三、就算需要狙擊手解決，為什麼選擇在美國領事館外解決？第四、就算需要在美領館外解決，為什麼還要派 70 輛武警車輛？第五、誰有權力調動武警？當然是周永康。周永康為什麼要為薄熙來的家務事大動干戈？

這一定意味著王立軍掌握了薄熙來和周永康兩人的致命證據。如果僅僅是薄谷開來的殺人案，而且牽涉到薄熙來的包庇罪，周永康也絕對犯不著搞出一個震驚世界的外交事件。而且在高層準備調查時，周永康還公開且不遺餘力地支持薄熙來，除非兩人是一夥的。」

在中共官方公開審理了薄谷開來、王立軍和薄熙來案後，外界也逐漸從官方口中得到一些支離破碎的信息。結合民間曝光和海外媒體的調查，王立軍出逃過程，以及如何把薄熙來和周永康供出來的過程，也有了一個比較完整的呈現。

王立軍出逃、周永康派兵的全過程

在英國人尼爾・海伍德被薄谷開來殺死後，王立軍即向薄熙來報告。王的目的是想藉薄妻的殺人案，迫使薄熙來答應在中紀委面前，力保王立軍不出事。此前，中紀委同時調查王立軍和薄熙來在遼寧的貪腐問題，並從中挑撥離間，以便促使王薄二人主僕反目，據說這是令計劃設下的計謀。

2012 年 1 月 27 日，王立軍、薄熙來兩人徹夜長談，當時二人似乎

「談攏了」，哪知薄回家和薄谷開來商量後，第二天當王立軍再和薄談及此事時，薄熙來突然朝王立軍狠狠打了一耳光，王的耳膜被打破而住進醫院。

不久王立軍發現，自己身邊的 11 人，包括他的司機、心腹等，相繼被薄熙來薄谷開來祕密抓捕。王意識到，假如不逃走，自己將成為第二個海伍德。於是 2 月 6 日，在重重監視下，王立軍逃到成都，並以談反恐合作為藉口，進入了美國駐成都領館。

薄熙來得知消息，馬上派重慶市長黃奇帆趕往成都，企圖勸說王立軍出來。同時薄熙來心急火燎地聯繫了周永康，得到周永康的命令後，薄熙來連夜緊急調派包括輕型裝甲車在內的約 70 部警車，浩浩蕩蕩地閃著警燈進入成都，務必要將王立軍帶回重慶。

按照中共武警管理條例，周永康未經軍委批准，就擅自下令調動 70 部警車，而且是跨省作業，這是嚴重違規的，說嚴重點，軍隊異動是軍變，而警車異動，就是警變。

2 月 7 日，四川省公路警察發現來自重慶的這 70 多輛警車後，試圖攔截薄家軍。但是重慶警車奉了薄熙來的「死令」前往美國領事館抓捕王立軍，根本不理會四川警方的攔截，一路直闖成都。

四川省委書記劉奇葆通過省公安廳獲知此事後，立即報告給中共中央。因為按照國際慣例，哪怕地處成都，美國領事館在法律層面就是美國領土，假如中國軍隊進入美國領館，就等於入侵美國，美國必然會加以反擊，兩國之間就會進入戰爭狀態。

為了嚴防出現嚴重外交事故，中共中央馬上下令四川成都武警加強對美領館周圍的警戒，絕對不許重慶武警踏入美領館。後來，川警奉命請渝警吃豆花飯，事實上就是告訴他們，「這裡沒你的事，待一邊去吧。」據說，時任四川省委書記的劉奇葆緊急布防，控制了局面，故而

18大後高升為中宣部長。

那天薄熙來親自趕赴成都，暗中指揮重慶警方包圍美領館，並讓黃奇帆公開活動。黃奇帆進入美領館和美國總領事以及王立軍談話近一小時，但談判無果，王立軍堅決拒絕跟黃奇帆回重慶。據說，當日距離美國領事館大約五個街口之外，成都警方設置的路障使得重慶警車大隊無法繼續向前，雙方荷槍實彈、對峙叫罵，一度劍拔弩張。

眼見王立軍不肯出來，薄熙來要求重慶軍警闖進美領館抓人，並對美領館聲稱有「爆炸物」，需要緊急搜查美國領館。美方回應說，無論有什麼爆炸威脅，美國自然有自己的軍隊搜查，絕對不許外國軍隊進入美國領土。據說當時美領館內的美國海軍陸戰隊已經搭起防線，在牆頭架好槍，全副武裝，子彈上膛，時刻嚴防中共軍警入侵。

王立軍在領館內滯留一天多。他與美國駐華官員長時間談話，臨走時還把事先準備好的一大包祕密材料，交給了美國領事館，這些資料後來通過美國駐華大使駱家輝轉交給了美國外交部。

來自美國、北京和重慶的很多證據顯示，王立軍的資料交代了六大絕密內容，其中就有周永康與薄熙來密謀政變、推翻習近平的政變計畫書，還有中共活摘法輪功學員器官的真實材料。

在聯繫好國家安全部、得到中共最高層的承諾，保證他絕對安全、今後也不會被重判的保證後，王立軍跟隨國安部官員走出了美領館。王立軍出來時，薄熙來的手下還想上前去抓王立軍，黃奇帆想帶王回重慶，便和中共國家安全部人員發生衝突，在中共中央干預下，王立軍被北京方面來的人帶走。據說王立軍在現場大喊大叫，他說薄熙來是野心家，他要與薄熙來「魚死網破」。

後來王立軍果然被輕判。而由他的出逃引發的中國政治海嘯，至今還在進行中。《新紀元》從事件一開始就詳細跟蹤事態的發展。王立軍

出逃美領館十多天後，《新紀元》周刊 263 期就推出了八萬字獨家特刊《王立軍事件大揭祕！》，並在文章中預測薄熙來會被審判；2012 年 6 月出版的《中南海政治海嘯全程大揭祕（上）》的封底，《新紀元》就預測了周永康會被抓。一年半後，人們看到這個預測應驗了。有關薄熙來案的真實詳情，請看新紀元系列叢書之《被掩蓋的王立軍薄熙來案》。

法庭雙方都故意為審判周永康留下伏筆

回頭再來看周永康在王立軍出逃後下的命令。據法國廣播電台報導，薄案公審時，現場旁聽者「老董」披露了薄熙來談到王立軍被「休假式治療」的原因，但部分內容官方沒有公布。

官方在被刪除的這部分筆錄中寫道，「在同意出具王立軍虛假診斷證明的問題上，薄熙來一再強調是基於上級的指示。」對此，檢方認為「在案證據證實，薄熙來同意出具虛假診斷證明在前，其所說的上級六條指示在後，而且，上級指示中沒有出具虛假診斷證明的要求」。

濟南中院的微博出來後，人們一再追問，到底上級的六條指示是什麼。有消息說，這是習近平、王岐山等人故意埋下的伏筆，為今後審判周永康預留位置。因為這六條批示就是周永康下的，其中包括如何處置王立軍。

不過反過來看，這個伏筆也是薄熙來故意留下的。正如檢方所稱，王立軍出逃前，薄熙來為了剝奪王立軍的權力，發明了一個新詞叫「休假式治療」。薄熙來故意編造了王立軍患有嚴重抑鬱症的病歷記錄，但在法庭上，為了把周永康也牽扯進來，以便綑綁在一起，使習近平更加難以同時懲罰兩個人，於是薄熙來謊稱，周永康的政法委給的六條批示裡面有：「以健康為由，用人道主義的名義，處理王立軍逃館事件。」

有人評論說，無論是薄谷開來案，還是王立軍、薄熙來案，這一系列案件都在考驗人們的觀察力、記憶力、分析力和綜合能力，都在考人們的智力，因為為了掩蓋周薄真實的政變行動，中共官方一直夥同這幾個人一起編造謊言，把政治問題轉化為經濟問題，把罕見的反人類罪行，掩蓋成常見的貪腐問題，在欺騙民眾的同時，也把自己套進去了。

周薄政變證據之一：非法調動武警兵力

如果說審判周永康時，檢察院的公訴方要拿出證據證明周永康搞了政變，這次他非法調動 70 輛武警車輛以及相關武警兵力就是證據之一。

中共軍隊調動自 20 世紀 50 年代以來一直有非常嚴格的限制。任何排級以上的全副武裝部隊調動，都必須經過中央軍委批准。江澤民1990 年代之後把諸多解放軍部隊轉成武裝警察，並擴大到 150 萬，但武警的調動一直遵照原來軍隊的規矩執行。

2000 年之後，尤其是周永康接替政法委之後，中國維權事件大量增加，各地群體性事件甚至暴力性群體性事件不斷，武警的攜械行動就不再參照過去的限制。2006 年，中共武裝警察連級（中隊）以下攜械行動批准權力，下放給省級政法委，團級（支隊）行動則由中央政法委批准，團級以上行動仍需中央軍委批准。

薄熙來、周永康調動重慶警方，卻沒有經過這種批准。更讓胡錦濤無法忍受的是，在王立軍出逃一個多月後，當時胡錦濤還在猶豫是否要治罪薄熙來與周永康時，2012 年 3 月初，江澤民派系的劉淇主管的北京市委，卻搞出一連串讓胡溫氣憤不已的事。

北京市武警支隊 3 月初突然通過一條新規定稱，凡有突發應急事件，武警部隊可以「邊行動邊報請批准」，言外之意，就是不需要上級

的批准，北京的武警就可以任意行動，這等於是剝奪了中央軍委的權力。比如當年抓捕江青時，就是北京衛戍部隊直接行動，沒有上報軍委，把江青一夥抓捕了，這等於是給下面造反搞政變提供了理論基礎，誰都可以不聽中央軍委的了。

讓胡錦濤難堪的還有一件事。2012 年 3 月 31 日，劉淇掌控的《北京日報》在其「迎接 18 大文萃」專欄中登出名為《我黨最高領導人何時稱「總書記」》的文章稱：「『總書記』並非凌駕於黨的中央組織之上的最高機構，強調集體領導。」此舉被外界視為劉淇公開出來為周永康站台，脅迫中共總書記胡錦濤和未來接班人習近平。江派一夥想要「篡黨奪權」之心，躍然紙上。

聯繫到北京市武警通過的「邊行動邊報請批准」的新規定，即不需上報中央軍委批准就可先行動，回頭再看周永康調動重慶武警，差點入侵美國領土，釀成兩國戰爭，就不難看出二者何其相似。

第二節

周薄圖謀兵變 被胡溫先行察覺

周永康到重慶 薄熙來避走雲南

2012 年 2 月 8 日晚中央電視台《新聞聯播》透露，中共政治局常委、政法委書記周永康 7 日在重慶視察司法工作。中共內部一直流傳，薄熙來是周永康選定的其政法委書記職務的接班人，現在薄熙來出事，周永康自然坐不住了。

外界普遍認為，江澤民把羅幹安插進中共 16 屆政治局常委會，令其擔任政法委書記，17 大時又費盡心機把周永康強行塞進政治局，主管政法委，因為江知道，自從他犯下出賣相當於 110 個台灣面積的領土給俄羅斯，還有迫害法輪功而遭到國際眾多法庭起訴的多種罪行，一旦政法委書記不是他的人馬，他的賣國罪行和迫害法輪功欠下的血債可能被清算，那自己必然會被送上斷頭台。

央視沒有報導周永康和薄熙來是否會面，但周到重慶之後的第二

天，重慶媒體稱薄熙來到雲南做經貿合作考察，還發了薄在昆明餵海鷗的照片。不過明白中共媒體運作的人都知道，這只是糊弄百姓的障眼法。

大陸很多媒體報導，2月8日、9日薄熙來在雲南，但當天的《重慶日報》卻隻字不提薄的出訪，而是發表了薄熙來在「1月9日」而非「2月9日」為重慶市水務資產經營有限公司的題詞。連續兩天，《重慶日報》都在頭版醒目位置刊登薄熙來的題字，此地無銀三百兩地宣布薄熙來是安全的，不過坊間普遍流傳薄熙來已經被中央警衛局內控，他「能出鏡但不能出境」，能讓他在虛假的電視或照片中擺出悠然自得的樣子，但人們從他黑黑的眼眶和無神的眼神中能看出，他的日子不好過。

有重慶網友爆料說，「重慶滿大街都是裝甲車、特警，環城高速上有導彈發射車、雷達車，成渝高速和江北機場被軍方控制！」看來薄熙來被中央控制了，可能此言不虛。關於薄熙來雲南之行的真實目的，有傳言說他是想利用雲南軍隊的支持，保護自己的身家性命。

「薄熙來計畫策反14軍」

第14集團軍由薄一波創建，現歸屬成都軍區，軍部駐地為雲南省昆明市，中共建政後，第14軍一直駐守雲南，1979年參加中越戰爭，為西線主力部隊；1984年，第40師發動老山戰役並占領老山、者陰山。1985年更名為第14集團軍。

2012年2月，就在薄熙來擅自派重慶軍警前往成都美國領事館抓捕王立軍，造成「警變」，令中共高層憤怒和難堪之時，特別怪異的是，重慶出了這麼大的事，王立軍事件的關鍵人物薄熙來卻有心情在雲南昆明滇池餵鳥。

《大紀元》最早報導，據前 13 軍軍部內部人士分析，第 14 集團軍是薄一波過去的地盤，估計薄熙來覺得重慶都不保險，只有到鐵桿軍隊去尋求保護；也可能在避風頭的同時靜觀其變。

14 集團軍第一任司令員李成芳，在陳賡任太岳縱隊兼太岳軍區司令員、薄一波任政治委員時是參謀長。「文革」時，他被看作薄一波的死黨而受批判，薄一波對他有救命之恩。

該人士分析，在重慶時，薄熙來就不放心地方，放著上好的市政府大院不住，一直住在靠近長江邊荒涼的軍隊營地裡，可見其性格特點。如果胡溫真的要動他，薄熙來很可能鋌而走險，很可能會像當年的吳三桂一樣，作亂西南，另立政權。

他表示，當年大軍區合併，鄧小平恰恰裁掉昆明軍區，14 集團軍被降級為二類軍，怨言很多，薄熙來很有可能想鼓動 14 集團軍造反。但 14 集團軍是否會為了薄熙來鋌而走險，希望不大。但薄熙來確實有謀反的想法，王立軍也透露：「薄熙來是野心家，想成中共第一人。」薄倒台後，重慶市長黃奇帆也揭發薄熙來的政變野心。黃奇帆稱：「薄熙來說，現在掌握在他手裡的軍隊，至少有兩個集團軍。」

2013 年 12 月初，中共 18 屆三中全會後，海外盛傳周永康被抓，中共軍報報導說，連日來，陸軍第 14 集團軍被重點整肅，集團軍黨委常委被監控。

中共軍報報導稱，陸軍第 14 集團軍政委黃集驤透露，連日來，14集團軍「扎實」開展「回頭看」活動，集團軍黨委常委被要求再次填寫《領導幹部個人有關事項報告表》，接受官兵代表檢查監督；與軍委明確清查的九個方面問題再「對表」，對已整改的 17 個問題逐個過篩子。

黃集驤稱，14 軍已經建立整改驗收檔案，對整改所涉及的單位、人員、問題、整改措施和效果一一掛帳登記。不過軍報沒有透露《領導

幹部個人有關事項報告表》的具體內容。不過，周永康、薄熙來想利用
14 軍作為政變後盾是無疑的。

周薄政變計畫曾露馬腳 中央早起戒心

2012 年 2 月 6 日夜，王立軍喬裝女人進入駐成都美國領事館，引
爆中共政治海嘯。在中共兩會剛結束後，令計劃就動用中共中央警衛局
兵力抓捕了薄熙來，3 月 15 日中共宣布免去薄熙來重慶市委書記的職
務，10 月 26 日由中共最高檢立案調查，薄案正式進入司法程序。

作為薄熙來的大後台、政變計畫參與者周永康，時任政法委書記、
政治局常委，權傾一時。周當時有調動警察和武警部隊的權力，而武
警也是周薄政變計畫中所倚重的重要武裝力量，加上薄熙來在軍中拉
攏的力量，到王立軍事件發生前，周薄集團對中共中央已構成了空前
的威脅。

2011 年 11 月，江派趁胡錦濤到美國夏威夷參加 APEC 峰會期間，
讓薄熙來出面，聯合成都軍區搞了一次軍事演習——「成都軍區國動委
第六次全會實兵演練」，參加觀摩的人除了薄熙來，還有中共國防部長
梁光烈，成都軍區司令員李世明、政委田修思、副政委劉長銀等。

2009 年，原成都軍區政委張海陽被平調到二炮任政委，其職務由
田修思接任。張海陽與薄熙來同屬太子黨，關係密切，兩家又是世交，
二人都認為胡溫與習近平軟弱且執政不力，認為中共的紅色江山應由他
們繼承。

有分析指，這是由於胡溫對薄熙來和成都軍區早有懷疑，故而將
薄的死黨張海陽調走。從 2011 年令計劃開始讓中紀委調查薄熙來王立
軍貪腐，以及 2011 年周永康抓捕武漢商人徐崇陽，酷刑逼迫他承認幫

令計劃做事這些情況來看,中共高層早就在密切監視周永康、薄熙來的異常行動。據說這期間,周永康和薄熙來五次私下會面,中南海特工都知道。

薄熙來欲建私人武裝 被一車軍火揭底

如果說周永康私派重慶武警包圍成都美領館可能是一時衝動、王立軍上交的祕密材料有可能不全是實情,那麼王立軍出逃後,周永康和薄熙來的一系列後續行動就再次坐實了兩人的政變陰謀。

2012 年 4 月 5 日湖北《恩施晚報》報導稱,4 月 1 日 23 時許,滬渝高速利川大隊交警在一輛紅色普通貨車上查獲 236 箱、共 1 萬 2033 發殺傷爆破彈和穿甲彈,合計 10 多噸。司機稱不知道裝的是什麼,原計畫將這批貨物從重慶運往吉林省。10 天後,《南華早報》引述來自成都的消息說:「五個調查小組已經到達成都軍區,並檢查是否以及到什麼程度、哪些軍頭和部隊捲入薄熙來事件。」

中共的軍火管制非常嚴格,一般民間走私很難達到如此巨大的規模,這麼多槍枝、彈藥從重慶運出來,原來的主人想用這些武器幹什麼呢?

2012 年 5 月 13 日,張海陽的心腹、成都軍區副司令阮志柏突然死在北京,中共官方稱,阮志柏因病救治無效死亡。但很多消息來源稱,62 歲的阮志柏是自殺身亡。由於阮志柏深涉周薄政變計畫,並與被交警查扣的 10 多噸軍火有瓜葛。

2012 年 3 月 9 日,薄熙來在京參加兩會期間,眾目睽睽之下悄悄私乘徐明的飛機回重慶策動兵變,就是阮志柏到機場接應的,他們隨後密謀了一旦出事的應急預案。

　　此前有北京消息人士披露，2011 年薄熙來通過王立軍，以重慶市公安局名義，向重慶兵工廠買了大量軍火及武器，準備建立一支武裝力量——薄家「近衛軍」，薄熙來下台後，這些武器全部下落不明。4 月 1 日被查處的 10 多噸軍火是否與薄熙來有關，外界無從知曉。

胡錦濤「設釘子釘死周薄兵變計畫」

　　薄熙來不但與成都軍區的關係糾葛不清，在重慶市周邊駐防的武警部隊 41 師和 38 師以及駐雲南的 14 軍也與薄家有著千絲萬縷的聯繫。

　　2 月 8 日，王立軍事件剛剛爆發的第三天，薄熙來帶領重慶市黨政代表去雲南滇池餵鳥，並到其父薄一波曾參與創立、指揮過的駐雲南 14 軍總部「緬懷先烈」，當時被外界認為薄熙來有挾 14 軍威脅中共中央之意。

　　到 2 月 17 日，胡錦濤突然將原駐守在湖南耒陽，隸屬中共中央軍委直接指揮的武警機動 126 師約 1500 人，派進重慶布防，嚴密監控重慶黨軍政各界的動靜。

　　武警 126 機動師被認為是一顆釘子，將薄熙來看死在重慶，同時，也將周薄政變計畫中最重要的一環、其倚重的重慶地區的軍事力量釘死，在處理王薄事件的關鍵時期，較大程度上遏制住了周薄發動兵變的可能。

胡親信張陽遙控武警 126 師

　　武警 126 師主要職責是在緊急狀態時執行治安維穩、後備隊等任務。其前身是第四野戰軍第 42 軍 126 師，原隸屬廣州軍區。126 師下

轄四個團，其中兩團駐守廣州，另兩團駐守湖南。但因與 42 軍的關係，126 師仍然被認為是 42 軍的嫡系部隊，126 師師長華榮林與廣東軍政官員也來往頻繁。

2012 年 6 月 5 日，時任廣州軍區政委的張陽在黨媒《人民日報》上發表一篇隱喻頗深的文章。文中除了向胡錦濤表忠心外，還寫道：「解放軍在執行非戰爭軍事行動任務時，要一切行動聽黨中央、中央軍委指揮，防止被別有用心的人利用，防止盲目行動而授人以柄、激化矛盾。」

對此有一種解讀，126 師進駐重慶的最初目的是防止薄熙來發動兵變，而後當薄熙來被拿下，中共中央軍委又利用廣州軍區和 126 師之間的關係，通過張陽向 126 師的武警喊話，防範薄熙來的餘黨和周永康與江派勢力在重慶鬧事。

第三節

「谷歌退出中國」驚人黑幕

　　周永康、薄熙來想對習近平發動政變，不光體現在軍事上，還體現在輿論上：不斷散布虛假信息，醜化誣陷胡、溫和習近平，同時竭力為薄熙來唱讚歌，歌功頌德，目的就是誤導民心，從而為日後薄熙來上台奠定輿論和民意基礎。

百度捲入周薄政變 逼走谷歌

　　《新紀元》據北京高層極為可靠的消息稱，中國網路大企業百度搜索，過去幾年深度捲入北京高層內鬥，由薄熙來和周永康操控，悄悄在互聯網上發起抹黑胡、溫、習三人的活動，周薄等人並且通過內部運作，迫使谷歌（Google）退出中國業務，使百度一家獨大。消息來源說，百

度重慶業務主管被中紀委控制調查後，供出了大量驚人內幕。

周永康、薄熙來聯手策劃奪取中共最高領導權，欲搞掉習近平，由薄熙來的「財長」徐明負責籌錢，收買媒體、文人、名人為薄熙來上位製造輿論。

Google 的座右銘是「不作惡」，未進中國大陸前也不對內容過濾。16 大前夕，江綿恆去信息產業部 502 所視察，用谷歌搜索「江澤民」，結果頭三條都是歷數江澤民的邪惡。從此江系就決定扶持百度。甚至2002 年一度搞域名劫持，把中國國內對谷歌的訪問定向到百度。百度的知名度由此飆升。

憑此淵源，百度和江系人馬走得近也就不足為奇了。而百度是個做事無底線的公司，搞「競價排名」和「危機公關」，其實既是對有關公司的變相敲詐，也是在幫助掩蓋罪惡。百度對中國幾百萬毒奶「結石寶寶」負有不可推卸的責任，因為百度收了三鹿 300 萬廣告費，就刪除了所有有關三鹿奶粉含三聚氰胺的負面新聞。

2006 年谷歌進入中國，對中國大陸的搜索也進行過內容審查。儘管如此，谷歌仍然受到中共有計畫的攻擊，特別是 2010 年年初，谷歌發現中共正系統性地入侵谷歌的電子郵件帳戶，於是憤而讓搜索引擎業務退出大陸。

當時，國際輿論都認為正常攻擊只是因為中共想刺探海外異議人士的通信內容，現在看來背景非常之大。這竟然是江澤民、周永康、薄熙來等為了逼走谷歌、讓百度一統天下，從而更方便的攻擊胡、溫、習的一個步驟。這也算是周薄謀反計畫中的電子戰部分。

周薄謀反計畫極其周密，包括在網路這個虛擬世界也同樣精心安排。

周薄策劃政變風暴中的電子戰

2010 年 12 月 5 日，《紐約時報》引述維基解密的美國外交電文表示，谷歌遭駭客入侵，導致一度退出中國，是由兩名中共高官一手主導，他們分別是李長春和周永康。

《紐約時報》引述當年稍早的一份電文說：「一名身分地位相當高的聯絡人說，中國政府配合進行最近入侵谷歌系統的行動。根據我們的聯絡人，該行動由（中國共產黨）中央政治局常務委員會層級所指揮。」

該報也引述電文說，聯絡人指稱，駭客攻擊谷歌是由國務院新聞辦公室配合行動，由中央政治局的兩名高層官員——李長春和周永康負責監督。電文說，周永康是中國高級安全官員。這名人士說，李長春的一個下屬發起行動，全面強迫谷歌遵守網路審查，再由李長春和周永康批准該計畫當中的幾項行動。《紐約時報》說：「但是這個人不清楚高層元老是否親自指揮攻擊。」

據悉，在周永康、薄熙來策動的這場虛擬世界電子戰中，中國「電子監獄之父」、北京郵電大學校長方濱興也同樣涉案。方濱興一直接受薄熙來「資助」，協助周永康、薄熙來做網路駭客。

薄熙來被停職後 百度解禁敏感詞

也許是為了表明自己態度的轉變，薄熙來下台後，百度馬上轉向，開始解禁了很多不利於周永康與薄熙來的文章。

2012 年 4 月 19 日，通過大陸百度搜索關鍵詞「周斌 永康」，第一條就是《周永康兒子涉嫌收取兩千萬賄款撈出殺人犯》的黑幕。北京時間 4 月 8 日下午四時許開始，在中國大陸最大的搜索網站「百度」，驚

現法辦江澤民、羅幹、曾慶紅、劉京、周永康的相關內容和討論。

此前 4 月 4 日左右，大陸擁有註冊用戶最多的新浪、騰訊、網易、搜狐這四大微博皆開放了「活摘器官」、「活摘」、「器官活摘」等敏感詞搜索。

3 月 30 日左右，當大陸民眾在百度輸入：「周永康薄熙來」這六個字時，出現了很多以往被過濾禁止的海外消息，如第二條是《傳與周永康聯手 薄熙來奪權失敗將政變》，第三條是《王立軍案再掀波瀾！美媒：周永康薄熙來想整習近平》等。

3 月 23 日前後，百度解禁了「神韻藝術團」、「六四」、「轉法輪」等敏感詞。

薄與百度總裁密謀：將谷歌趕出中國

《新紀元》2012 年 4 月 26 日出刊的第 272 期封面故事，介紹了周永康夥同薄熙來搞輿論政變的驚人黑幕。報導披露，為整垮胡、溫及習近平，周永康、薄熙來祕密收買百度，驅逐谷歌，以便全面控制網路輿論。周薄構陷的「谷歌涉黃事件」成功阻擊了谷歌。震驚中外的「谷歌退出中國」國際事件，原來是周薄奪取中國最高領導權政變計畫的一環。

親江澤民的網站曾有意放出「谷歌拒絕與中共合作，長期遭嚴屬封鎖」等煙幕。在王立軍事件發生，薄熙來、周永康被控制後，相關消息迅速被刪除，此一情況引起胡溫及習近平陣營的警覺，並很快掌握了內幕，中紀委查出了周永康、薄熙來祕密收買百度，為獲取中共最高領導權而抹黑習近平及胡溫的證據。

2009 年兩會期間，薄熙來通過百度重慶分公司經理姜志在紅樓賓

館（前國家副主席曾慶紅的產業）祕密約見百度總裁李彥宏，提出幫助百度擠壓競爭對手谷歌，壟斷搜索引擎市場的計畫。據姜志在中紀委的調查筆錄中供稱：李彥宏聽罷非常激動，當場向薄熙來鞠躬。薄熙來向李彥宏承諾，今（2009）年就把谷歌撐出中國市場，但百度要配合重慶方面的指示，解禁海外親江媒體對習近平及胡溫的抹黑報導，尤其是習近平的報導。李彥宏表示同意。

偽造黃色新聞　構陷谷歌

經過縝密準備後，2009 年 6 月 18 日，與百度關係密切的「中國互聯網協會和不良信息舉報中心」突然發表文章《強烈譴責谷歌傳播淫穢色情和低俗信息》，批評谷歌中國存在「大量淫穢色情和低俗信息」，使「大量境外互聯網上的淫穢色情信息通過該網站傳播到我境內」。

同日下午，周永康指派國保召見谷歌中國負責人，對「谷歌中國」網站大量傳播淫穢色情內容進行執法談話，宣布對「谷歌中國」網站的處罰措施，暫停該網站境外網頁搜索業務和聯想詞搜索業務。

新華社發布新聞時並未提及國保，而是稱「有關部門」。

6 月 25 日，北京網路新聞信息評議會召開該年度第三次會議，在會議上對境外媒體報導色情低俗信息表示強烈譴責。7 月，網路流傳上海建南七中一早孕初中女生被迫給四男生餵奶的帖子。國家「有關部門」立即表示這與以谷歌為代表的國外網站使大量低俗色情內容流入國內有關，並決定進一步投資 4170 萬元用於綠壩軟件。但隨即網友指出帖子中的「建南七中」根本不存在，照片也是偽造的，是故意抹黑谷歌。

溫、習作出批示 「谷歌涉黃事件」遭挫

微妙的是，6 月 21 日，百度新聞發言人朱光在接受計世網的採訪時，表示谷歌被點名批評與百度無關，同時百度也不會對此事件發表任何評論。

大陸中央電視台播出了報導該事件的相應節目後，立即在網民中引起強烈反感。各大新聞網站的評論頁中，大多數網民認為谷歌係被陷害，有人直指其在中國大陸的競爭對手百度，亦有人認為此次事件是在為綠壩軟件製造有利的輿論環境。

一部分網民通過人肉搜索發現，《焦點訪談》所採訪的對象據稱是大學生的高也，實為《焦點訪談》的實習生。因此網民強烈懷疑節目造假，對高也大加鞭韃，將其譏為「純情的大學生」，《焦點訪談》也被譏為《焦點謊談》，高也所說的「心神不寧」亦很快成為網路熱詞。

網民強大的質疑聲浪驚動中共高層，溫家寶、習近平先後作出批示，要求「妥善處理國際互聯網媒體與中國政府的關係」，此次「谷歌涉黃事件」不了了之。

薄以「打黑」臟款供應百度 持續抹黑習近平

因為百度過硬的政府背景，每年許多省、市的地方諸侯都要向百度「進貢」數百萬到數千萬的「獻金」，要求百度屏蔽地方負面消息，避免造成網路熱議，影響烏紗帽及地方穩定。這些省市的一、二把手，要求他們的地方企業通過百度搜索推廣服務，向百度帳戶打入大量資金，變相將百度獻金合法化。這早已是中國官場的「潛規則」。

在「谷歌涉黃事件」遭挫後，李彥宏大為不滿和不安，2009 年 7

月初停止了對習近平抹黑報導的解禁。

薄熙來於是指使重慶的四家企業將「打黑」得來的贓款通過「支持百度搜索推廣」的名義打入百度帳戶，截至 2009 年末，重慶這四家企業向百度共進獻了 2 億 3000 萬人民幣。10 月初，薄熙來在重慶通過百度重慶公司副總張鳳祺，向李彥宏表示：「我有辦法，谷歌一定會退出中國。」2009 年 10 月，百度再一次解禁對習近平的抹黑報導。

周永康直接指揮阻擊 谷歌退出中國

2009 年 12 月中旬，在周永康直接指揮下，谷歌旗下 Gmail 受到來自中國「精心策劃且目標明確」的駭客攻擊，導致其知識產權被竊。為模糊攻擊目標，受到來源相同的攻擊至少涉及 20 家其他公司，分別從事金融、科網、傳媒、化學等行業（此次攻擊行為被稱為極光行動）。駭客主要竊取中國人權活躍人士的電子郵件，雖然谷歌並未明確表示攻擊帳戶是中國大陸政府所為，但入侵的手段十分複雜，當時 BBC 報導，據與谷歌關係密切的人士透露，谷歌工程師確實追蹤到中共當局或是其代理人。他們使用 Internet Explorer 上的一個漏洞來進行攻擊。

在這樣強大的駭客攻擊和威脅下，谷歌也不甘示弱，2010 年 1 月 12 日，谷歌公司在其官方博客發表一篇題為《新的中國策略》（A new approach to China）的聲明，稱公司將考慮取消 Google.cn 的內容審查。北京時間 2010 年 3 月 23 日凌晨，谷歌總部發表聲明：「谷歌及另外 20 餘家美國公司受到了來自中國複雜的網路攻擊，在對這些攻擊進行深入調查的過程中，通過我們所收集到的證據表明，幾十個與中國有關的人權人士的 Gmail 帳號定期受到第三方的侵入，而這大部分侵入是通過安裝在他們電腦上的釣魚軟件或惡意軟件進行的。」

「這些攻擊以及它們所暴露的網路審查問題，加上去年以來中國進一步限制網路言論自由，包括對 Facebook、Twitter、YouTube、Google 文件和 Blogger 等網站的持續屏蔽，使我們做出結論：我們不能繼續在 Google.cn 搜索結果上進行自我審查。」

在此聲明發出的同時，谷歌中國停止了內容審查，原有谷歌中國的兩域名（google.cn 和 g.cn）中的網頁搜索、圖片搜索和資訊（新聞）搜索重定向至 Google 香港域名 google.com.hk，並使用通過其在美國及香港的服務器實現未經審查過濾的搜索引擎服務。從此，谷歌已經正式淡出中國。

編造經濟利益退出說 轉移網民視線

為進一步打擊谷歌，以配合薄熙來、周永康的驅逐谷歌計畫，轉移網民視線，百度首席產品設計師孫雲豐事後在自己博客中發表名為《關於谷歌退出中國》（轉載時謬傳以《Google 市儈，我感到噁心》為題）的博文，並在文章中就該事件對谷歌做出負面評價，認為谷歌是「市儈分子」，「因經濟利益退出」，卻用 Gmail 信箱被攻擊來「塗脂抹粉」，他對谷歌「感到噁心」。

在引來熱評後，孫雲豐關閉了此文。其他轉載此文的網站也陸續刪除相應文章，據稱是受到了百度方面的壓力。百度已順利搶到大部分谷歌留下的中國市場份額。

當時周永康、薄熙來編造「谷歌因經濟利益退出」的理由，指示國內媒體廣泛刊登，並通過周永康、薄熙來收購和滲透的境外中、英文媒體大肆配合造假，欺騙國際，轉移全球視線。

百度抹黑習與胡溫　手法隱蔽

2010 年 3 月，薄熙來、周永康先後接見百度總裁李彥宏，按中紀委有關口供筆錄的說法，他們作出了「相當縝密的攻擊胡錦濤、溫家寶和習近平接班的網路宣傳計畫」。

百度仍然「保留了屏蔽搜索胡錦濤、溫家寶和習近平的中文名字出現負面消息」（來自中紀委有關口供筆錄）的一貫做法，但當輸入「hujintao」、「wenjiabao」、「xijinping」等名字拼音時，他們的負面消息就會大量出現，包括《胡錦濤之子涉嫌嚴重腐敗，江澤民要一查到底》、《習近平荒淫好色，在浙江背二婚妻子亂搞女人》等報導。北京時間每日凌晨一時後，百度新聞、百度知道、百度貼吧、百度空間就會充斥習近平及胡溫的大量負面消息，有許多負面消息一問一答，配有醜化圖片，當時這些消息發布的時間甚至出現「2013 年」等奇怪記錄，許多網民跟帖。等到早上八時左右，所有負面報導全部消失，甚至在輸入習、胡、溫等人的名字時，都會返回「沒有搜索結果」的字樣。

許多不知情的網民和知名人士在新浪等門戶網站的博客、微博上發帖向百度歡呼，但其博文旋即被刪，許多網站陸續刪除這類帖文，周永康、薄熙來的網路特務散發假消息稱，刪除這類帖文是因受到了「有關部門」的壓力。

周永康、薄熙來用這種隱蔽的手法，將類似胡錦濤兒子胡海峰、溫家寶兒子溫雲松的經商腐敗，習近平女兒習明澤與多名外國男子淫亂等信息，通過百度貼吧、知道、空間等，讓中國國內網民熟知。

李長春阻擾清理百度 抓捕近千名「傳謠分子」

王立軍事件發生後，隨著胡溫對薄熙來、周永康的內部控制，周薄與百度密謀的事情已經敗露，但李長春力挺百度，在 2012 年 4 月 5 日的中共常委會擴大會上，李長春說：「百度是中國互聯網的民族品牌，一定不能動。」得到當時在坐的曾慶紅、張德江等人的支持。

當時，胡溫與習近平堅持要對百度進行清理，而李長春則建議先從查清謠言源頭開始，4 月上旬連續抓捕了新浪、騰訊微博上近千名「傳謠分子」，通過打擊新浪、騰訊，再一次保護了百度。

清查百度難度大 涉地方諸侯貪污黑幕

在薄熙來、周永康被內部控制之後，胡溫陣營的臥底已經打入百度內部，百度開始「抽風」，神韻藝術團、六四、趙紫陽、法輪功、活摘器官、天安門自焚偽案、薄熙來及其妻子的罪行、周永康的黑幕等相關關鍵詞，經過海外網站的傳播，坐實了百度「在監管方面存在嚴重的技術隱患」等證據，為下一步徹查百度做了前期的鋪墊工作。

但據中紀委高層人士透露：在一定程度上說，清查百度的壓力比查薄熙來的壓力更大，弄不好會丟官，惹惱地方諸侯。他這番話，對於熟知中國互聯網黑幕的人而言，意味深長。

第四節

薄谷開來是聯絡人
江曾才是政變主謀

2013 年 8 月 22 日至 26 日，薄熙來為開脫罪行，在五天庭審中上演了一齣鬧劇。在最後的法庭自辯關頭，「咬住」自己老婆和下屬，稱他們是「感情糾結」、兩人「如膠似漆」，不能自拔，不惜為自己戴上一頂「綠帽子」，令各界譁然。也讓外界充分看清了中共官場的荒淫無恥。

不過，薄熙來在庭審時，並不敢在法庭上公開其妻薄谷開來與前政法委書記、他的幕後老闆周永康之間的淫亂史，因其背後隱藏著巨大祕密。

有海外中文媒體援引消息稱，薄熙來的妻子薄谷開來供認，她是薄熙來與周永康策劃密謀的信息傳遞人。她做的一切，周永康都知情，包括她要求英國人海伍德為周永康和薄熙來所幹的事。

她還詛咒周是個「壞蛋」，在她身上「占便宜」，意為「可能是她與周永康有染」。海外網路上也曾曝出「周永康跟薄谷開來睡過，最害

怕薄谷開來被政敵抓到而把他與薄熙來搞政變的事說出」。此後，周永康和薄谷開來的花邊新聞便頻繁出現。

還有媒體報導說，周永康長期接受薄熙來和王立軍提供的美女，有28名已經確認。她們有歌手、女演員以及中央民族大學等學校的女生。為方便淫樂，周永康有六處「行宮」。知情人士稱，早在中石油時期，他強烈的性慾贏得「百雞王」的外號。其中一名著名歌星，薄熙來與之淫亂多次後，送給周共享。

薄熙來和薄谷開來被抓後都曾多次大罵周永康是「常委中的混蛋」，不過薄熙來在法庭上為了脫罪，只曝光了薄谷開來與王立軍的「戀情」，卻隻字不提薄谷開來與周永康之間的淫亂和政變之事。中南海雖然知道這些內幕，但是因為直接牽涉周永康，也不願公開。

據說薄谷開來被捕後為避免死刑，曾曝光周永康、薄熙來主謀推翻習近平的政變計畫；並且供認，她是薄熙來與周永康之間的聯絡人，周永康知曉她做的一切。

薄谷開來稱，據周永康、薄熙來授意，她在海外進行對外聯絡公關任務，收買海外媒體，並利用海外媒體發布消息，為薄熙來和周永康的政治利益抬高身價，同時打擊、抹黑胡溫習，並為日後推翻「儲君」習近平進行輿論攻勢。

也就是說，如果百度的李彥宏是周永康、薄熙來輿論政變在中國大陸的主要執行人，那薄谷開來就是周薄政變在國外的主要執行人。2012年10月出現的《紐約時報》攻擊溫家寶家族貪腐27億美元就是其中一個例子。

有消息人士曾披露說，周永康和薄熙來在北京、重慶和成都進行了五次會面，策劃薄熙來晉升政法委書記，並在上位兩年內強迫習近平下台。為此，周永康協助薄熙來和王立軍從德國購買最先進的竊聽設備，

對中共九常委和祕書、家人的機密資訊及很多談話進行監聽。原重慶市渝北區原副區長、公安分局局長王鵬飛，是王立軍對到重慶視察的中南海高層進行竊聽的具體執行者。

為了享受檢舉從寬的優惠待遇，薄熙來和薄谷開來都曾公開大罵周永康，並指認周永康是後台老闆，他們的供詞無疑給審判周永康提供了很多素材，令審周案更容易進行。

為什麼薄谷開來說自己是周永康與薄熙來政變之間的聯絡人呢？這與誰是政變的真正主使直接相關。很多媒體把薄熙來、周永康的政變看成是由這兩個人全盤發起的政變，他們兩人是主使，是政變核心。而《新紀元》從一開始就直指關鍵：無論是薄熙來還是周永康，他們只是江澤民、曾慶紅為了逃脫清算而不斷維持權力的工具而已。並非薄熙來、周永康一開始就想推翻胡溫和習近平，而是江澤民與曾慶紅從一開始就有意栽培薄熙來和周永康，一步步把他們樹立成能夠和胡、溫、習抗衡的反對力量，是江、曾延續了這次長達十多年的政變，只不過由於江澤民原來就擁有最高權力，其政變方式是以戀權不退的形式展現的，而且江澤民、曾慶紅把政變的具體任務和具體行動交給薄熙來、周永康來執行，表面上是周薄在搞政變，其背後的核心主使卻是江和曾。

江澤民、曾慶紅、羅幹、周永康、薄熙來等人搞出的「第二權力中央」，嚴格說就是一場政變，一種比較隱晦、遲緩、溫和的政變。就像溫水煮青蛙一樣，不知不覺中把人害死。人們一般把劇烈的軍事行動導致的政變叫政變，其實那是軍變，政變的其中一種形式，用文職的方式暗中改變政權的歸屬，也是政變的一種。這是問題的關鍵。

北京高層可靠人士告訴《新紀元》，自從薄熙來出事後，周永康很快就被剝奪了實權，周後來的露面，都是中共故意安排給人看的，主要是為了維持局面的穩定，慢慢過渡到沒有周永康的日子。

　　消息人士還稱，起初中南海想盡快平息風波，沒有想把周永康也抓起來，但由於周永康和其後台不甘心失敗，不斷製造事端，才使事態不斷升級。假如當初周永康老老實實退休了，哪怕他曾經和薄熙來搞過政變，只要他不再幹了，習近平也會放他一馬，畢竟周永康已經退下來沒有實權了，而且政法委也被習近平降級懲治了。哪知周永康以及他的後台江澤民、曾慶紅三人都不甘心這樣失敗，於是才上演了這一集又一集的政變連續劇。

　　正因為政變的核心是江澤民和曾慶紅，這才能解釋薄熙來倒台、周永康被控之後，為何中共政壇還出現了一系列驚心動魄的搏擊，否則，周薄倒台、政變集團土崩瓦解後，胡溫和習近平就能清淨幾天了。現實卻恰恰相反，下面我們就來看看江澤民、曾慶紅是如何操控周永康對胡溫習李發起反撲。

周永康埢台驚天內幕　暗殺習近平另有圖謀

第七章

溫家寶決戰周永康

有人把溫家寶稱為「影帝」，光說不做。不過自從王立軍出逃後，
人們看到了不同景象：力推薄熙來下台的是溫家寶，促成周永康
下台的還是溫家寶。他為什麼要這麼做呢？因為他知道自己不做
的話，會有性命之憂。

第一節

「只為留命」溫家寶力壓周永康

2013 年 12 月，周永康被抓捕的消息成為海外媒體關注的焦點，關於周永康醜聞的內幕不斷地通過海外的西方媒體和中文媒體傳出，值得注意的是，這些消息都曾被《大紀元》、《新紀元》之前報導過。早在 2012 年 2 月 6 日，王立軍出逃美領館之後，《新紀元》就石破天驚做出預測：薄熙來的背後是周永康，薄熙來將獲重判，周永康必會落馬。

《新紀元》周刊在 2012 年 4 月 5 日出刊的第 269 期封面故事《溫家寶決戰周永康》進一步分析中共在動盪瀕危的政局下，雖然薄熙來被免職之後，由此牽扯出薄的後台周永康早已是引火上身，但胡溫遲遲未對周薄二人有進一步的處置措施，是因為胡溫仿照林彪模式來處理王立軍叛逃引發的中南海地震。

仿照林彪事件處理模式

1971 年 9 月 13 日，被中共寫進黨章的「毛主席的接班人」、中共

副主席林彪，突然摔死在叛逃「蘇修」的路上。他在蒙古國溫都爾汗的屍體被國際社會曝光後，想隱瞞已經不可能了。如何避免政局動盪、讓民眾接受這一惡劣事件呢？毛澤東、周恩來採用了逐級公布的方式：先是在 9 月 18 日傳達到黨內高級幹部，10 天後擴大到地、師一級，一個月後傳達到全中國。同時，毛周把林彪的四大金剛以開會的名義召集起來，一網打盡：表態與林彪決裂的就有活路，否則就地正法。

這次看來胡溫對周永康的處理也正在走這條路。2012 年 3 月 22 日中共宣布招全國省、市、縣 3300 位能控制武警部隊的政法委書記緊急入京集訓，名義上是培訓，實質是防止周永康及其黨羽運用手中掌控的地方公安和武警鋌而走險、在地方挑起暴亂。

與此同時，被江派李長春掌控的宣傳口也頻頻出現情況。大陸搜索引擎百度一度解禁，出現六四、法輪功、神韻、活摘法輪功學員器官、天安門世紀偽火等正面信息，甚至遭到封殺十多年的《轉法輪》，以及「大紀元新聞網」，都在百度上「忽隱忽現」。2012 年 3 月 24 日，失蹤了 22 個月、生死不明的原「中國十大傑出律師」高智晟，也突然在新疆監獄和家人見了面。這些變化無疑是中共內部兩種力量角逐較量的結果。

溫家寶提政改，只為留命

在薄熙來、周永康眼裡，他倆最恨的人無疑就是國務院總理溫家寶。的確，在胡錦濤不表態的狀況下，直接出面處理王、薄、周事件的高層檯面人物就是溫家寶。當初把薄熙來從商務部下放到重慶的是溫家寶，在 2012 年 3 月 14 日的國際記者會上公開表示要依法處理王立軍的是溫家寶，公開暗示薄熙來是「文革」遺毒的還是溫家寶，如今緊盯周

永康的也是溫家寶。

多年來溫家寶一直是政治改革的主要推手，不過由於總理的權力主要局限在經濟領域，政治上的發言權有限，而且當今中共不是領袖獨裁，而是寡頭專政，九常委各管一攤，除了總書記，其他常委之間不好插手過問。於是溫家寶提出政改多年，但至今不見任何行動，有人因此封他為光說不練的「中國影帝」。消息人士稱，溫家寶身旁的人都受不了，直問溫家寶：「為何你一定要堅持政改？要是我，早就瘋了。」溫家寶回話也語出驚人：「他們哪裡知道，我不是要留名，我是要留命！」

據北京知情人士透露，近年來溫家寶多次提出要政治改革，要給「六四」、法輪功平反。溫家寶在中南海的一次會議上講：「摘活人器官，還拿去賺錢，這是人幹的事情嗎？這種事情發生多年了，我們要退休了，還沒解決……」「現在出來王立軍這件事，全世界都知道了，藉處置薄熙來把法輪功的問題解決了，應該是水到渠成……」

消息人士指，溫家寶尤其對「活摘法輪功學員器官」一事最為憤怒，而江澤民延續下來的血債累累，也正是促使溫家寶非要政改的決心。溫家寶下重話說：「不政改，作為中共代言人，到時都得被清算！」

溫家寶這些保命的話點到了實質。上任十年來，儘管胡溫不是迫害法輪功的元凶，但在其主政期間迫害一直持續著，歷史會把胡溫變相視為幫凶和隨從。

從目前局勢來看，中共公布薄熙來案的方式，真的如同林彪案一樣，慢慢逐級傳達，但真正實質的東西並沒有告訴老百姓，而且薄熙來、周永康相繼落馬，他們活摘器官的罪行，也正一天天地被公布於眾。

第二節

陳光誠出逃 周恐怖活動大曝光

2012 年 4 月 27 日，著名的山東盲人維權律師陳光誠擺脫政法委軟禁，逃入美國駐北京大使館並發表視頻，要求溫家寶徹查政法委非法迫害，周永康再次成為輿論的標靶。

　　中共高層的內鬥大多是背地裡私下進行的，表面上他們給老百姓的印象是個「團結奮進」的整體，溫家寶想把周永康搞下去，也是在背地裡進行的。不過由於一個盲人、一個農村人的一句話，把這個私下的矛盾曝光給了全世界，溫家寶大戰周永康，也就從後台移到了前台。這個盲人農民就叫陳光誠。

　　《新紀元》在 2012 年 5 月 10 日出刊的第 274 期封面故事《陳光誠出逃 撼動中共政權》報導中，不但把周永康政法委的黑暗曝光給了全球，同時也把溫家寶公開推到了周永康的對立面。文章這樣介紹陳光誠：

　　在中國大陸，人們普遍不關心底層農民的生活，更不會關注一個殘疾農民的生活。然而陳光誠是個特例。他生活在農村，但他自學了法律；他住在偏僻的沂蒙山腳下，但他的朋友遍天下。2006 年他被國際社會評為「最有能力影響世界的 100 人」之一。

　　他的「出名」，只因為他孜孜不倦地追求著兩個字：「公道」。他

雖然眼睛看不見光明，但他的心裡卻充滿著光明。他堅信「正義終將戰勝邪惡」，為此他不惜用青春的熱血去澆灌中國的法律之花。

他眼盲而心亮，他被一股邪惡勢力圍困了至少七年，幾乎過著與世隔絕的生活，對紛繁複雜的社會矛盾、特別是中共高層的祕密紛爭，他幾乎毫不知情。然而他憑藉一個盲人特有的敏銳，把個人的痛苦與全體中國人民的苦難聯繫一起，他呼籲嚴懲破壞法律的「維穩」人員，他呼籲還中華同胞最基本的人權。

人間一盤棋。他有幸被蒼天賦予了一個使命：把世界的目光聚焦在善惡的選擇上。他是如何做的呢？人們又是如何選擇的呢？

在《新紀元》文章《溫家寶批示放人 陳光誠提三要求》中寫道：

陳光誠成功逃離家鄉山東臨沂東師古村的嚴密監控，即使消息登上了世界各大媒體的頭版位置，接受外媒採訪時，他山東老家村鎮的農民依然不相信他已經逃走。一位村民對法新社記者說，他沒有聽說陳光誠逃走的消息。並說他根本不相信陳光誠能逃得出去。

陳光誠是在 2012 年 4 月 22 日離開東師古村的。據 BBC 報導指，當日陳光誠通宵沒睡，聽著看守的腳步聲，他知道看守要用五秒鐘去倒水，再用五秒鐘返回，所以用這十秒鐘跑到另一個房間，在那裡藏著，再藉機翻過窗戶，走到院子，不能發出任何聲音！再奮力爬上圍牆跳下去……圍牆外是否有人正在巡邏？對於一個盲人來說，是個未知數。

對什麼也看不見的陳光誠來說，不能說從圍牆「跳過去」，只能說像是一個麵口袋重重地摔下去。倒在地上後，他那本已受傷的腿再次受到重創，幾次掙扎著爬起來，幾次又立即跌倒，別說前行一步，就是站起來都是奢望。但後退是不可能的，陳光誠也從來沒想過後退。他也知道，這次若失敗了，就意味著很難有下一次。

BBC 的報導則稱：「陳光誠隻身一共翻過八道牆，十幾條隴，19

個小時內跌倒了幾百次，才最後過了一條小溪，逃出了他的村子。」陳光誠拖著一條受傷的腿，最後抵達了預先約定好的接應地點。直到現在，各大西方國家還在好奇，盲人陳光誠如何走出銅牆鐵壁的封鎖？

溫家寶早就批示放人 暗中相助出逃

消息人士向《大紀元》透露，在 2008 年陳光誠的妻子袁偉靜給胡錦濤的公開信上，溫家寶就批示，馬上釋放被關押的陳光誠，但周永康堅決反對。周強調要嚴加管理，堅決打擊外界「反華勢力」支持的「國內代理人」。由於周永康掌控著政法委這個法外授權的特別機構，溫家寶說的話沒多少用，於是在陳光誠出獄後，周永康下令變本加厲地圍困折磨陳光誠一家。

2011 年 12 月 15 日，蝙蝠俠男星克里斯蒂安‧貝爾探訪陳光誠被毆打後，中共遭到國際社會的強烈譴責，溫家寶立即再次指責周永康的做法有問題。不過那時周永康得到江派人馬李長春的支持，李長春罵溫家寶「多管閒事」，李還把臨沂指定為地級市中「全國文明城市」的「第一名」。按照中共的寡頭政治，九個常委各管一攤，溫家寶在政治領域很多時候力不從心。

不過早在 2011 年 2 月，陳光誠出獄被臨沂政法委圍困監控四個月後，「美國對華援助協會」突然曝光了一段陳光誠講述自己被近百人嚴密看守的一小時多的視頻，當時該協會明確表示，該視頻來自「一位不願透露身分的中國政府朋友」，這就是說，早在一年多前就有人開始幫助陳光誠了。

既然溫家寶早就有心要否決周永康的錯誤做法，並在薄熙來、周永康被國際社會公開其謀反陰謀後，在最佳時刻成功實現了陳光誠的出

逃，這說明溫家寶一直掌握著主動權，這場戲溫家寶最終是不會缺席的，儘管在中美談判時他被邊緣化了。

出逃後向溫家寶提三點要求

2012 年 4 月 27 日，網路上傳出一段 15 分鐘的視頻，陳光誠向國務院總理溫家寶提出「依法懲治罪犯」、「依法保障家人安全」、「依法懲治腐敗」三個請求。

他首先要求溫家寶「對這件事請您親自過問，指派調查組展開徹底調查，還原事實真相，對於是誰下命令，命令縣公安、黨政幹部七、八十人到我家裡入室搶打加傷害，而且不出示任何法律手續，沒有任何一個人有穿制服，打傷了不讓就醫，誰做出了這樣決定？你要展開徹底調查，並依法做出處理。……」

「（第二點）我雖然自由了，我的擔心隨之而來，因為我的家人，我的母親、我的愛人、我的孩子還在他們的魔爪之中，長期以來他們一直對他們實施迫害，可能由於我一離開會實施瘋狂的報復，這種報復可能會更加肆無忌憚。……」

在第三點上，陳光誠以一個律師的嚴謹，講述了他所知曉的當地維穩辦是如何藉維護穩定而大搞貪腐：「我記得 8 月份他們對我實施『文革』式的批鬥時，曾經說：『你還在視頻裡說花了 3000 多萬，你知不知道這 3000 多萬是 2008 年的數字，現在兩個 3000 多萬都不止了，你知道吧？就這兒，還不包括到北京、到上層去賄賂官員的錢，你有本事你再往外說吧！』他們當時曾說過這樣的事。」

他還說，就他所知，每個看管他的人，每天上面給的工資是 100 元，但小組長每人扣 10 元，每個組 20 人左右，這樣小組長每天貪污 200 元。

「溫總理，這一切不法的行為，很多人都不解，究竟是地方黨委幹部違法亂紀、胡作非為，還是受中央指使？我想您不久應該給公眾一個明確的答覆。如果咱們對此展開撤查，把事實真相告訴公眾，那麼其結果是不言而喻的；如果您繼續不理不睬，民眾會怎麼想呢？」

中美談判中再提要見溫總理

據美國國務院 2012 年 5 月 3 日在北京釣魚台舉辦的陳光誠情況介紹會上，美國大使駱家輝向各國媒體介紹了中美談判中一些可以公開的細節。

「周二（5 月 1 日）下午，實際上，他（陳光誠）需要同溫家寶總理講話。他當時要求與溫家寶總理會面。」不過這個要求被中方拒絕了。

一位署名「樵夫——中國訪民推特大同盟臨時召集人」的網友發消息說，據悉，中共高層對突然爆發的陳光誠事件非常震驚，胡錦濤表示，「這是一個非常嚴重的事件，必須盡快妥善解決。」因此在他的指示下，北京高層立即成立了由胡錦濤親自掛帥的「4‧27 事件處理小組」，副組長周永康、令計劃，成員有楊潔篪等，但該小組成員沒有溫家寶。

這次溫家寶主張接受陳光誠要求，並要求周永康反省。從溫家寶的身分來看，「4‧27 事件處理小組」理應包括總理，但沒有，胡這樣做的唯一理由是力求在技術層面解決陳光誠問題，而不願意讓此事成為推動中國政治改革的契機。

不過，溫家寶還是非常積極地向北京高層提出了關於解決陳光誠事件的建議，主張以積極方式解決陳光誠問題，將問題轉化為機遇。尚不知對溫家寶上述建議具體的內容，可是其中絕對包括「接受陳光誠的三項要求」和「周永康同志對此做出反省」。

　　據一位非常熟悉中共高層運作的消息人士認為，他並不認為溫家寶被邊緣化的情況會有所改變，除非陳光誠事件朝更嚴重的方向發展，演變成為更加嚴峻的政治危機，使得中共高層不得不重新討論陳光誠事件。

　　陳光誠最終以留學的方式走出國門，中共面臨的壓力小了，但奧巴馬當時遭受美國民眾的強烈譴責。有分析人士表示，胡錦濤可能是用「欲擒故縱」的手法，再讓周永康等血債派充分演戲，就像在此一個月前薄熙來在兩會上公開聲稱胡錦濤「他會去重慶的」。胡也許是要給周一個舞台，讓他把所有伎倆都施展出來，這樣才能在拿下周永康時，讓所有人都無話可說。

中共的三怕

　　2012 年 5 月 2 日下午，陳光誠由於中方威脅說，他若不走出美使館，就要打死他的妻子，無奈中，他走出來了。不過，很快證明他被周永康騙了。整個事件已提前朝出國留學休假發展，而陳光誠受迫害入美國使館的初衷似乎已經被模糊。有分析人士表示，綜觀整個過程，中共有三怕：

　　一、怕陳光誠的示範效應，廣大民眾效仿陳光誠走進美國等西方使館，中共一定要設法達到陳光誠「自行走出領館」的局面，降低這方面的影響。

　　二、怕美國因此介入中國政治，在中國本土「干政」，監督陳光誠的安全，干預中國政治。所以「騙出來」之後，再升溫攪局，最後將陳光誠以所謂「正常簽證」趕出去。

　　三、怕陳光誠事件涉及到要追查政法委維穩黑幕。周永康勢力急於

模糊陳光誠最早入美國使館給溫家寶的三條要求，那是陳對外宣布的初衷。周欲使溫家寶在陳光誠事件中出局，同時將溫家寶打成「賣國」、「挾洋自重」，藉機攻擊溫家寶而獲得解套。

西方媒體此前一邊倒的批評奧巴馬政府行事倉促，並在與中共打交道的過程中過於天真。而對於西方媒體為陳本人鳴不平、質疑美國有出賣朋友嫌疑之時，陳光誠委託北京的友人郭玉閃通過新浪微博以圖片形式發表了 5 月 3 日晚 11 時的雙方通話記錄作為聲明，也顯示出陳為人的本分與善良。

聲明主要強調，他從沒有直接或間接批評美使館「強迫」或誘導他走出大使館，他是自願走出大使館的，並且對美使館過去一周的幫助心存感激。他對希拉里國務卿、駱家輝大使以及其他關心他、幫助他的外交官們心存感激，從未有任何直接或間接的責難。同時非常感謝全世界媒體對他的關注與愛護，也希望媒體能體諒他目前的複雜及微妙處境，對他的表達以及一些相應的情緒有完整的理解，他不希望讓一切曾經幫助過以及正在幫助他的朋友們為難並產生誤解，比如對美國使館過去的幫助，他從未有過任何批評，相反，只心存感激。

第三節

「奧巴馬十常委」 揭祕中美談判細節

隨著王立軍出逃美領館、陳光誠投美使館等大戲不斷發生，美國獲得大量中共高層內部機密，並直接介入中共高層政治鬥爭。奧巴馬被戲稱為中共「第十常委」。

最大的共識：最安全的地方是美領館

2012 年 2 月 6 日，重慶副市長王立軍出逃至美國在成都的領館，為了申請庇護，他上交了很多涉及中共政治局委員薄熙來的各種祕密情報。港媒評價說，「薄公案天朝失版權，奧巴馬被戲稱十常委」。因為很多連政治局常委都不知道的謀反證據，被美國駐華大使駱家輝特急快遞至華盛頓手裡，「天朝」已喪失了原創版權和終極政審權。而且在薄谷開來殺人案上，不光美國掌握大量證據，美國人又和英國人分享情報，於是有人戲稱，中共的常委恐怕有變成「9 + 1」或「9 + 2」之虞。

對於薄熙來案，歐美各大媒體爭相作深度報導，這讓中國老百姓大

開眼界：原來表面上清廉正直的薄熙來竟然貪污了 600 億人民幣；表面上親民隨和的薄，實際上六親不認、飛揚跋扈；表面正派的薄，不但斂財貪得無厭，玩女人也要名媛、明星、電視主播、模特兒等極品。薄打破了過去頭腦簡單者的錯覺：「中央是好的，只是地方把經念歪了」，百姓真切見識了中共及「國家高級領導人」的醜陋與邪惡。

陳光誠逃出來後，女網友珍珠說把他送到了一個「中國百分之百安全的地方」。人們調侃說，沒想到，「貴」為公安局長及副市長的王立軍，和「賤」為鄉村盲人農民的陳光誠，他們在這個問題上的答案一致，無論毛左派還是自由派，他們在這一點上終於有了共識：不能投向「偉光正的黨媽媽」懷裡，而是要到「美帝國主義」狼子野心的「狼窩」使館裡，才能找到真正的安全。這說明中國人民對美國寄予厚望。

談判中各自向高層彙報

4 月 26 日以後，駱家輝幾乎每天花上好幾個小時與陳光誠交談，了解他的真實需求。4 月 29 日，美國助理國務卿坎貝爾（Kurt Campbell）先期到達北京，中美雙方開始了緊張的談判。

美國官員說，談判期間陳光誠在大使館內經常坐在兩位談判人員——美國國務院法律顧問高洪柱和東亞及太平洋事務助理國務卿坎貝爾之間談話，握著他們的手。談完一個問題後，美大使館會把結果轉告陳光誠。陳光誠從未與中共官員直接會面。

據北京高層消息人士向《新紀元》透露，中方有四部分人員參與談判：法律小組、外交部、中央辦公廳和政法委。外交部副部長崔天凱和美國助理國務卿坎貝爾分別領導各自談判陣營，但因層級較低，雙方需要不斷向上彙報，各自內部也不斷討論，於是談判變成了馬拉

松，有時談幾小時，歇幾小時，一天好幾場，不分晝夜，密集進行，共持續了五、六天，前幾天在北京外交部進行，後幾天移到美大使館祕密進行。

談判各自底線

消息人士透露，中方真正的後台是一個談判掌控小組，組長是胡錦濤，副組長是周永康。美方的態度是，一是要保證陳光誠的安全，二是不希望陳事件影響到中美合作的大局，畢竟美方在伊朗制裁、北韓核武、人民幣匯率、美國國債等一系列外交內政上有求於中共。

中方的原則是，絕不能開從美使館獲得政治避難、並直達美國的先例；同時中方也不允許陳在美領館像當年方勵之那樣長期滯留，形成一個長期的輿論焦點；中方表示陳要離開中國，也必須經第三國轉道。

消息人士說，在雙方探底後，初步達成共識：中方保證陳的生命安全，美方則做到勸陳盡快離開使館，但形式上保證自願。事實上，美方也懼怕陳事件引發今後的使館避難風潮。雙方有個最終約定，三個月輿論焦點過後，由中方發予陳護照，美方給予其簽證，允許陳離開中國，自由去美。而在此過程中，中方有一個逐漸減壓的過程，就是需要一定的台階可下。

2012 年 5 月 3 日美國國務院在戰略與經濟對話間隙，於北京釣魚台舉辦了陳光誠情況介紹會，由美國國務院發言人紐蘭主持，美大使駱家輝答問，使得外界了解了不少當時的內情。

據發言記錄，駱家輝說：「我有時幾乎每天都在白天花五個小時與他在一起，用兩、三個小時同他交談⋯⋯大使館其他人員也是這樣⋯⋯努力確定他的意願是什麼。他從一開始就最最明確地表示，他希望留在

中國，他希望參與改善中國國內人權狀況並為中國人民爭取更大的自由和民主的奮鬥。我們問他：『你想去美國嗎？』他說不想；也許有一天去深造，但他眼前的目標是留在中國並為這項事業出力。」

據駱介紹，最後確定陳的意願是：「首先，他不想回到那個村子，不想回山東省，他談到了他和他的家人在那裡受到的種種虐待。他還談到了他希望學習法律並完成學業的夢想。他希望他的家人有一個安全的未來。當然，他還為那些在他出逃及來北京途中幫助過他的人擔憂。因此，我們同中國政府會談了好幾次，每次會談我都參加了。有時那些⋯⋯其中一些會談一天舉行三次以提出建議⋯⋯向中國政府（提出）滿足他的目標的（建議），而且我們始終在努力確定這些目標可能有哪些，以及我們怎樣才能實現這些目標。」

《紐約時報》報導說，美方剛開始跟中方談判時，曾建議讓陳光誠搬到上海，因為紐約大學計畫在那裡開設法學院。這項提議遭到中方拒絕。

最後雙方擬出一份七個城市的名單，而陳光誠選擇天津。美方認為合適，因為它離北京不遠，外界可以持續關注陳光誠，北京的友人和外交官可以經常前往探視。

協議沒有文字 陳如何「自願」走出

報導引述駱家輝的話說，美方與中方談妥的條件似乎符合陳光誠的要求，協議還包括一個條件，「中共政府聽取他受虐待的投訴並進行全面調查」。美國官員決定在 5 月 2 日向陳光誠說明離開大使館的方式和原因。令人不解的是，美方以時間倉促為由，在中美協議中，中共所作的保證細節居然沒有形成文字，成了真正的「一紙空文」。

美國會聽證會對此提出質疑，有人當場要求當時參與談判的美國政府律師立即辭職。

另一個外界不太熟悉的，是美方有一個嚴格的自願原則，按駱家輝的說法是：「我們有嚴格的規矩，必須具體問他：『你是否願意走？這是你要做的事嗎？』除非答覆是肯定的，而且有人證，我們不會讓任何人離開領事館或大使館。」

對於履行新的程序或部分協議，陳表示出對中國政府的不信任，據駱的發言，陳提出「需要中國政府邁出第一步，以表誠意」。而這個第一步，不過是讓其家人到北京來與之見面。這是一個機會，美方表示願意促成中方的第一步，但也很快轉述了中方的要求給陳，一旦陳的家人帶到，陳不能食言。

乘坐特快列車，不久，陳的妻子袁偉靜和孩子被帶到了北京朝陽醫院，陳在使館裡和妻子通了兩次電話確認，據駱的發言，袁偉靜開導陳說：「我們必須一步一步來。這可能不是他們想要的或希望的所有東西，但這是一項好方案，他們需要一步一步來。」

5月2日，據駱的發言，美方對陳最後確認，「我們問他打算怎麼辦，是否想離開，是否確實想好了要離開。我們等了幾分鐘，他突然站了起來，非常激動，非常迫切，當著在場的許多人說：『咱們走。』接著我們幫他上麵包車，隨同的還有醫生、翻譯和不少其他人員。他上車前，我再次問他：『這是你想做的嗎？你確實想好了要離開使館嗎？』他說，是的。然後我們遞給他一支電話，他與希拉里國務卿通了話，以中文向希拉里致謝。他還與他的律師通了話。他希望與一名記者取得聯繫。我們做到了，幫他取得所有聯繫。」

周永康攪局 陳光誠感到生命受威脅

經過六天在美使館滯留，陳來到了朝陽醫院治療腳傷和接受身體檢查，同時也與家人見面，陳光誠離開美大使館前往醫院就醫的消息迅速傳遍世界。美使館一度發布了不少陳離開使館和進入醫院的陽光照片，但不久就撤了下來。因為，幾小時之後，局勢如戲劇般驟變，陳光誠向外界敘說其與家人再次遭到性命威脅，他離開美使館是在妻子和孩子仍處於危險情況下做出的決定。這種突變讓曾經遭受七年迫害的陳光誠一家，再次感到非常恐懼。

據 BBC 報導，有一幫人已經占了陳光誠家的房子，坐在他們屋子裡，在桌子上吃飯，手裡揮舞著大棒子。這些人把他家變成了監獄，安裝了七個攝像頭，周圍都是電網。

北京民間關注愛滋病志願者胡佳的妻子曾金燕、北京律師江天勇及北京著名法學博士滕彪均在推特上表示，山東臨沂的官員以安全要挾，迫使陳光誠的妻子袁偉靜說服陳光誠離開美國駐華大使館。

在朝陽醫院，美方人員被以探視時間限制為由，到晚間全部被迫離開，僅陳光誠一家在醫院病房裡，處於被隔離狀態，除了能和使館保持通訊外，美使館人員已沒有了自由會見陳的權力。朝陽醫院內外布滿國保警察和便衣，外界見不到陳。在醫院裡陳聽到妻子受到虐待的遭遇後說，擔心家人生命安全，他希望離開中國。

關注陳光誠的友人們也紛紛受到警告、禁言和審查。陳光誠的侄子陳克貴因自衛砍傷山東雙堠鎮地方幹部，而遭人追殺。山東律師劉衛國等九位知名律師組成律師團，本答應將正式代理陳克貴正當防衛案，迫於壓力退出。此外，陳光誠外逃事件發生後，山東當局惱羞成怒，除了繼續驅趕到東師古村採訪的境外記者外，山東多名維權人士亦遭傳喚。

人權不是內政 而是良知道義

官方喉舌新華社稱陳光誠「自行離開」，並指控美國干涉內政，態度強硬要求美國道歉。2012 年 5 月 2 日，《環球時報》發表名為《挾洋能自重的時代早已過去》的評論。外界分析，這個「挾洋」的說法，顯然是周永康在以「干涉中國內政」、「反華勢力」威脅胡溫。

其實人權歷來是國際事務，而不是哪個國家的內政，否則聯合國的很多國際行動都無法成立。比如一個人在家裡毒打自己的老婆，鄰居就有權站出來報警阻止，一個禽獸父親強姦女兒，其他人都有義務報警。

顯然，胡溫的做法被周永康暗設陰招，故意製造威脅和恐嚇的氣氛撕毀了，此舉與 1999 年 4 月 25 日法輪功萬人上訪之後的情形非常類似。當時總理朱鎔基開明的處理，卻被江澤民以上訪是「反華勢力背後操控」而重新定性，進而發動了全面鎮壓運動。周永康當時政治處境危殆，陳光誠事件又直指政法委濫權，周試圖攬局解套也是自然之策。

另一方面，5 月 4 日上午，一位司局級幹部到陳的病房探視，並且送了鮮花。陳光誠說，這位官員向他表示，他是受中央委託前來看望，並且獲得授權來了解陳光誠所反映的情況，並且表示，如果查實，將會嚴肅處理。

這或許是胡溫反擊的一個姿態。隨後中共外交部一改強硬，表示陳光誠可以自由留學。美國官員也已對外稱：美國一所大學（指紐約大學）提供陳光誠獎學金，其中也包括陳的妻子和兩個孩子。

5 月 5 日，美大使館官員和館醫親自看望陳光誠，停留 45 分鐘。希拉里在當地記者會上表示，很高興今天大使館官員與醫生能再次與陳光誠見面。對陳光誠可以出國留學的消息，表示鼓舞，願意協助陳達至他想要的未來。

第四節

周永康讓中美談判失效
胡奧都出醜

周永康陰謀的第一步 阻止模仿效應

2012 年 4 月 26 日，當美國大使館出於良知正義把受傷的陳光誠接進使館後，中美開始了歷史上最具戲劇性的談判。

首先中共利用各種虛假的承諾把陳光誠騙出美國使館，同時讓中方代表威脅陳光誠若不出來，就要打死他的妻子，周還抓住「奧巴馬不想得罪中共」這個美方談判軟肋，讓美國使館無法動用更大的力量支持陳光誠，比如給中共施壓，按陳光誠的意願——讓中共將陳光誠的妻子送到美國大使館見面等，卻無奈的在中共脅迫下讓陳光誠自己走出使館。

這是周計畫的第一步：營造陳「自行走出」的假象，從而平息政治避難風波，阻止中國民眾模仿效應的發生。同時，中共還利用美國息事寧人的軟弱心態，強迫美國答應「下不為例」。言外之意，今後再有其他良心犯、異議人士或訪民，想模仿陳光誠的路子到美國使館避難，是

行不通的。這只是「個案」，不適合其他人。

耍流氓 製造恐怖 逼迫陳光誠改變主意

　　陳光誠走出使館後，周永康開始了陰謀的第二步。他把此前在陳家故意上演的那幕恐怖鬧劇，讓陳妻袁偉靜轉訴給陳：上百警察把袁偉靜綑綁在椅子上酷刑折磨了兩天，一直揚言要「打死她」，給一個年輕母親帶來極大的精神恐懼和身體折磨。同時讓上百名公安吃住在陳家，公然占領了陳家，還安裝電網和攝像頭等，故意製造陰森森的氣氛，逼迫袁偉靜深切感受到中共暴力專制機器的極端恐懼。

　　這還不夠，關鍵要讓陳光誠這個鐵漢子也感受到恐懼。於是周永康故意把朝陽醫院布置成「插翅難逃」的陷阱，通過威脅迫害陳光誠的朋友們，讓他們給陳傳遞明確信息：「中共說話是不算數的，很快就會秋後算帳，你現在不趁機逃出中國，等待你們全家的只有更慘烈的迫害。」

　　人自己受苦容易忍，更難忍受的是自己心愛的妻兒因為自己而受苦，這是很多人都無法忍受的，這是人之常情。當家人受苦時，人的情緒是最容易受影響的。

　　起初陳光誠還是要堅守中國不離開，但到了 2 日晚上九時，還沒人給他們全家人送吃的，孩子餓得直哭，而且美國使館的人也被醫院偷偷趕走，手機也被人動了手腳，只能選擇性的接收和撥打電話，凡是周永康不想讓陳光誠接觸的人，他的手機都聯繫不上。陳聯繫不上所有的美國官員，也聯繫不上勸他留下來的朋友，只能聯繫上個別勸他離開中國的朋友。而且袁偉靜不被允許下樓，他們等於被軟禁在醫院了，美國官員也被阻止進入醫院。在孤立絕望中，陳光誠驀然真切地感受到：剛剛簽訂的協議，墨跡未乾就被撕毀了，自己不但被中共欺騙了，同時也被

美國拋棄了。其實，他上了周永康離間計的當，成了周式陰謀的受害者。

於是，陳光誠希望馬上離開這個可能會讓他全家死亡的陷阱，這時他的手機又通了。從這點可以看出，陳在醫院的所有行動都在周永康密切監視之下。當他和妻子決定要不顧一切衝出國門時，周永康覺得時機到了，於是 CNN 記者採訪到陳光誠突然改變心意時的激動和憤怒。這個轉變消息迅速傳遍全球，這等於給了美國外交部一記響亮的耳光，讓美國政府在全世界丟醜：看，你們剛簽的協議，被當事人認為是欺騙，你們美國還有臉聲稱自己是國際警察嗎？你們還敢自稱是負責任的國家嗎？

這時的駱家輝真是百口難辯。儘管當初真的是陳光誠自己要留在中國，真的是他自己走出美國大使館的，但美國官員面對中共脅迫陳家，並沒有運用美國的力量來制止，而是在一旁「冷靜」等待陳光誠個人在妻兒老小遭受折磨和自己是否再留在使館中做選擇。美國官員的「冷靜等待」和「無助」來自於美國對中共的妥協心理，此事件中美國被國際社會責備的關鍵點就在於此。

奧巴馬也有口難言，因為怕得罪中共，讓他今後不好在北韓、伊朗和經濟等國際問題上得到中共的支持，而且一旦開了這個頭，中國那麼多的訪民和受迫害者，美國如何應對？也許出於這些私心，奧巴馬想妥協，所以被中共耍弄欺負了。奧巴馬不得不面國內民眾強烈的譴責，在競選連任上大大丟分。

把聲討政法委 轉換成出國留學

接下來周永康實施了陰謀的第三步：5 月 4 日，外交部發言人劉為民回應陳光誠希望馬上離國的訴求時表明，陳光誠是中國公民，可以依

法辦理手續出國留學，這無疑是脅迫陳光誠不要申請政治避難，而要走他們安排的留學之路。如果此前陳光誠能聯繫上美國大使館，他完全可以提出到美國政治庇護，這樣給美國政府一個改正錯誤的機會。只要陳光誠提出庇護申請，奧巴馬就可以總統身分特批一份許可，這樣奧巴馬立刻平息美國民眾的譴責，從而不會讓自己喪失美國民心支持。

然而周永康早想到了這點。周不顧國際慣例和中美剛剛簽訂的陳光誠協議，強行拒絕美國官員提出到醫院與陳見面，美國官員幾天都被醫院擋在門外。電話也只能短暫地說幾秒。這時周永康再次利用手機控制，讓陳光誠對外宣布他想去美國留學，他有紐約大學的邀請等，把生米做成了熟飯。當中共外交部提出同意給陳光誠全家頒發護照，讓他們很快就可以去美國留學時，美國再一次被中共利用了。美國同意了這個非常陰險的建議，他們以為，只要陳光誠滿意，他們的談判任務就算勝利完成了，殊不知他們再次被中共騙了。

回顧陳光誠十多年的努力，他只是為了個人利益而奮鬥嗎？他想得最多的，不是為了維護法律的尊嚴，為他人維護正義嗎？他被非法囚禁七年，難道只是想個人和孩子過上好日子嗎？不是。他一直希望以自己的棉薄之力，喚醒民眾的維權意識，同時敦促政府去掉那些危害百姓的毒瘤。

他逃出來的第一件事就是向溫家寶總理提出三點要求，這些要求其實都是整治政法委的有利證據，假如美國按照道義良知，就是堅持要求中共給陳光誠一個公正的待遇，就是堅持要求中共依法懲辦迫害陳光誠的人，那美國就能圓滿完成自己充當「國際警察」和「人權衛士」的天賦使命，從根本上幫助中國人民走向正常人類應有的民主自由道路。若能這樣，就等於把製造難民的根源消除了，美國也不用擔心今後會有更多中國難民了，這才是根本之道，是長治久安的決定性策略。遺憾的是，

奧巴馬沒有這樣敏銳的洞察力。

《環球時報》的社論陰險歹毒

2012 年 5 月 5 日，《環球時報》發表社論《別從價值觀軸心看中國基層糾紛》，宣告周永康的勝利，竭盡全力的差辱和貶低美國，並對陳光誠那樣的維權人士發出陰險的警告。

文章說：「我們認為，陳光誠離開中國前往美國留學，這個結局對他本人和對中國社會都無害。」這裡完全混淆模糊了陳光誠出逃的和為之奮鬥了十多年的初衷，他是要為中國的法制貢獻力量，而不是為了出國留學。陳光誠事件的本質是揭露政法委的暴行，而不是個人想出國。陳光誠表示，他只是先暫時出國休息一下，他已經有十年沒休息了，七年來他無法得知外界的情況，對於急速變化的政局一無所知，他需要時間來補課來充電，而且他說，他出國也不是一錘子買賣，他還會回來的。

《環時》還說：「事態的進展證明了中美外交當局合作處理棘手問題的意願和能力都在加強，在保護個人自由方面，中美兩國的政治主張遠非像一些人所宣揚的那樣有很大差別。陳光誠事件之前的僵持，更多是因為它涉及了社會秩序。當它僅僅涉及個人自由時，解決問題就變得容易多了。」

文章不但混淆了陳光誠維權的本質，顛倒黑白，把一個大的層面問題變成了單人的自由問題，同時也把美國拖下了水。文章說中美政治差別並不大，言外之意美國也不咋樣，還是以利益為重，還是不敢把人權放在首要位置。殊不知，這次奧巴馬馬失前蹄，栽在周永康的陰謀陷阱裡。

《環球時報》這篇文章的欺騙性很強，它把陳光誠偉大的志向，調

查政法委的所有努力，都模糊成為一個希望到海外留學的個人私事，把調查政法委這個重大焦點給模糊了，把美國應該堅守的道義原則給模糊了，用流氓的恐嚇手段，加上轉移視線的手法，最後得來一個「依法辦事」的假象，把全世界的人都欺騙玩弄了。

《環時》報導《別從價值觀軸心看中國基層糾紛》，人們不禁要問，那應該從什麼角度來看中國基層糾紛呢？這裡所謂的基層糾紛，就是陳光誠在山東臨沂遭受的非法折磨，按照中國法律，誰監禁一個公民長達數年，誰偷盜國家財富來謀求個人貪腐需求？看守陳光誠的鄉鎮政法委副書記公開表示：一個看守小組長每天就可貪污 200 元，而一個看守每天可掙 90 元，他們給上級進供的賄賂遠遠超過人們想像。這些所謂的「基層糾紛」難道不應該用法律角度來評價嗎？《環時》這個標題也等於宣布了政法委之流的罪行。

周永康笑得太早了

人們常說，流氓是分級別的。欺負強姦一個弱女子的，那只是小流氓，大流氓會讓更多人接受他們不願接受而被迫接受的事。比如毛澤東發動「文革」，讓群眾鬥群眾，互相算計互相整人；中共把「六四」定性為反革命暴動，數億人被迫違心地「擁護黨中央的英明決定」，哪怕人們以「不關心政治」為遮羞布來掩蓋自己思想被強姦的事實，哪怕他們事後私下罵娘，但在當時的明面上，絕大多數中國人都屈從了淫威，不屈服的都被抓去坐牢了。不過在陳光誠談判事件中，人們看到周永康利用特務手段大耍流氓，奧巴馬、胡錦濤都被他摁在身下了。

在中共大佬的慶功會上，也許他們說周永康立功了，破解了美國對中國內政的干預，讓胡溫丟醜了。不過回想胡錦濤收拾薄熙來的做法，

也是先放他一段時間，給他機會讓他充分表現其醜態，薄熙來甚至在兩會上公開戲弄胡錦濤說：「我想他一定會來重慶的。」殊不知一個月後，薄熙來就徹底下台，還因為人命案面臨刑事審判。

2012 年 5 月 5 日《大紀元》再次曝光，5 月 2 日由曾慶紅、周永康等控制的《環球時報》屬下的《環球人物》雜誌，不但將深陷薄熙來政變醜聞的國防部長梁光烈「搬上」封面，還仿照短命的《環時》評論，要求中國周邊國家不要「挾洋自重」。「血債幫」的這些反撲，只是給自己早已血債累累的罪行再增加一點重量。他們一定會這樣幹的，因為「債多不愁」，反正都是死路一條了，不如垂死掙扎一番，至少給自己的死亡找幾個墊背的陪葬的。「天欲滅之，必先令其狂。」

毫無疑問，接下來胡溫與血債派的交鋒，很快掀起新一輪的高潮。

第五節

美國大使駱家輝辭職內幕

美國駐華大使駱家輝辭職的原
因，引起媒體許多猜想。近日，
《大紀元》獲得獨家消息，是中
共逼走駱家輝。中共害怕駱家輝
成為官員的照妖鏡，故意不配
合駱家輝，逼駱家輝早早走人。
（Getty Images）

　　2013 年 11 月 20 日上午，美國駐華大使駱家輝（Gary Locke）發表聲明，宣布將在 2014 年初卸任，回到美國西雅圖與家人團聚。自 2011 年 8 月起任職美國駐華大使的駱家輝突然請辭，成為各界關注的焦點。

　　中共特務放風說，駱家輝辭職是因在處理王立軍事件、陳光誠出逃事件上得罪了中共，北京上升到中美關係的層面上強烈施壓美國，要給點「顏色」讓國際社會看看。也有的放風說是因為駱家輝在北京陷入婚外情，不得不辭職等。

　　駱家輝在接受採訪時表示，辭職是為了回美國協助孩子報考大學，陪伴孩子們成長，他否認自己因為北京陰霾太多而辭職，並否認自己現在或將來都不會競選美國總統。

　　在辭職聲明中他對自己駐華期間的工作表示滿意，並「感到驕傲」。他促使中美簽證的處理時間從 70 至 100 天，縮短至三至五天。他提到

的另一成就是：「我們藉由會見中國宗教領袖和人權律師，訪問西藏、新疆，造訪藏族及維吾爾族等中國少數民族，在中國宣揚美國的價值觀。」

在兩年半的任上，駱家輝曾多次就中共人權狀況提出批評。2011年12月10日，駱家輝藉國際人權日發表聲明，要求中共必須堅持其對「世界人權宣言」的承諾。

他說，「世界人權宣言」載入了這樣一個神聖原則，即全人類都被賦予了不可剝奪的權利。美國和中國都處在世界各國外交的前沿，理應承認這一原則的普世性和我們共同的人性，促進人權和宗教自由。正如柯林頓國務卿12月6日在日內瓦的講話中所提到的，世界人權宣言宣告人人生而自由，在尊嚴和權利上平等——這些權利不是政府賦予的，但政府有義務對其加以保護。

關於駱家輝辭職原因，《新紀元》獲得獨家消息說，據中共某特工透露，駱家輝引起中共的恐懼，其言行體現了做官的某種基本準則，與中共官員的行為形成鮮明比照，成為中共官員的照妖鏡，照出中共官員的醜惡。所以中共不配合駱家輝，千方百計使駱家輝難做，目的就是要駱家輝早早走人。據中共特務放料，中共讓他做不下去，趕他走，美國沒有辦法，只能換人。

駱家輝具有華人血統，中國人也對他有幾分親近感，其言行尤其引人注目，對中國百姓具有相當大的影響力。

首先，駱家輝身為世界頭號強國的特命全權大使，作風樸實，平易近人。2011年8月，他攜眷屬乘坐經濟艙來到中國履新，這與中共外派大使形成鮮明對比。相反，2011年11月15日，在廣州召開的察哈爾公共外交年會上，前中共駐法大使趙進軍回應駱家輝乘坐經濟艙稱：「我當大使出去肯定是頭等艙。」理由是中共大使代表國家，所以要坐

頭等艙，這是中國的國情。

2012 年 4 月，駱家輝參加海南博鰲論壇，拒絕入住會議指定的五星級酒店，因為那超出了美國政府規定的報銷標準三倍，他二話不說，入住便宜的酒店。

另外，駱家輝單腿下跪和中國小朋友交談，感動了不少中國民眾，駱家輝光顧街邊大排檔，用優惠券買咖啡，這種平等待人、與民同樂的為官風格成了對中共官員的無形鞭撻。

北京陰霾嚴重，駱家輝在大使館院子裡設表監測空氣質量，其監測數據被潘石屹等大 V 轉發，造成了廣泛影響。中國人第一次聽說 PM2.5，才從中共宣揚的「藍天數量逐年上升」的謊言中幡然醒悟。

資深媒體人丁來峰發表反諷微博，稱駱家輝有「三大罪狀」：首先，擅自在美國駐北京使館檢測北京的空氣質量，原本幸福驕傲的北京人因此落入 PM2.5 陰霾的困擾；其次，不顧高級官員身分，像平民一樣自己背包坐經濟艙，令中國大陸官員的光輝形象受到損害；其三，不顧中國國情，宣揚並踐行普世價值，影響中國大陸青少年對中共「主流思想」的接受。

處理突發事件 駱家輝得高分

引發中共官場海嘯、直接導致薄熙來倒台的王立軍事件，就發生在駱家輝任內，對此，駱家輝在 2013 年 8 月接受陸媒《南方人物周刊》採訪時表示，美國駐北京大使館、成都領事館和美國國務院，共同「以高超的技巧、細心和外交準則解決了這些棘手問題」。

2012 年 4 月，山東盲人律師進入美國大使館，逗留六天後離開。因陳光誠曝光了中共政法委系統龐大的維穩資金的貪污黑洞和政法委執

法犯法、濫用司法權力的內幕。周永康等血債派害怕真相被揭露，恐嚇、利誘、脅迫、陰謀加欺騙，逼迫陳光誠離開中國。

5月3日，駱家輝曾透露，中共以威逼家人要挾陳光誠盡快離開使館，陳本意不願離開，經過非常痛苦和艱難抉擇之後，為其家人，離開美使館。通過中美雙方談判，陳光誠與家人抵達美國。對此，陸媒「財新網」評價說：「對突發事件的處理，駱家輝應該可以得到高分。」

旅美民主人士、作家胡平在接受德國之聲採訪時，對駱家輝在中國的表現也打出高分，特別是對駱家輝在陳光誠事件，與中國人權律師、行動者的互動，及對新疆、西藏等地區的探訪表示讚賞。

周永康塌台驚天內幕　暗殺習近平另有圖謀

第八章

全國十佳律師生死劫

中國著名人權律師高智晟近幾年的生死劫難，可謂中共兩派爭鬥的聚集點。圖為 2006 年 2 月高智晟律師回陝北家鄉拜祭母親。

第一節

高智晟成了兩派生死爭鬥的焦點

中國著名人權律師高智晟最近幾年的生死劫難，可謂中共兩派爭奪的聚集點。洞悉中共現狀的人都知道，中共內訌的關鍵，不是江派、團派或太子黨的所謂派別之爭，也不是毛左或改革派或新民主主義的路線之爭，而是是否對億萬法輪功群眾欠下血債、是否面臨清算的生死之爭。而三次為法輪功上書的高智晟，自然成了兩大陣營針鋒相對的焦點。溫家寶與周永康在處理高智晟的態度上，雙方扳手腕較勁，真實再現了兩派爭奪的慘烈。

用顫抖的心，寫下法輪功的慘烈境遇

在調查獲悉中共對法輪功修煉者的殘酷迫害後，以「良心律師」著稱的高智晟不顧中共畫定的禁區，先後給胡錦濤、溫家寶寫了三封嚴謹正式的公開信，引起海內外以及國內高層震動。這三封信分別是：2004

年 12 月 31 日的《停止迫害自由信仰者，改善同中國人民的關係》、2005 年 10 月 18 日的《致胡錦濤和溫家寶的公開信》、2005 年 12 月 12 日的《必須立即停止滅絕我們民族良知和道德的野蠻行徑》。

在第三封信中高智晟寫道：「此時此刻，我用顫抖著的心、顫抖著的筆記述著那些被迫害者六年來的慘烈境遇，在這些令人難以置信的野蠻迫害真相中，在政府針對自己的人民毫無人性的殘暴記錄中，其最持久地震盪著我的靈魂的不道德行為記錄，即是『610』人員及警察的、完全程式化的幾無例外地針對我們女同胞女性生殖器攻擊的下流行徑！幾乎是百分百的女同胞的女性性生殖器、乳房及男性性生殖器，在被迫害過程中都遭到了極其下流的攻擊，幾乎所有的被迫害者，無論你是男性還是女性，行刑前的第一道程序那就是扒光你的所有衣服，任何語言、文字的功能都無法複述清或者再現我們的政府在這方面的下流和不道德！我們還尚存一絲體熱的民族成員誰還有條件在這樣的真實面前沉默下去！？」

在兩萬多字的第三封公開信中，高律師敘述了近 20 名法輪功信仰者所遭受的酷刑虐殺以及駭人聽聞的各種摧殘。長春王守慧和劉博揚母子 2005 年 10 月 28 日被警察非法抓捕後，兩周之內母子雙雙被折磨致死；2002 年春當局瘋狂報復長春電視插播時，大學畢業生劉海波被扒光衣服跪著，警察用最長的電棍從肛門一直插進去電到他的五臟，劉當場被電死……還有被高智晟稱為「老虎凳上的聖賢」的王玉環的遭遇，她是電視插播後被抓捕的長春 5000 多名法輪功學員中的一個。

「在這封信裡，我將不會迴避任何我看到的真實存在的問題，哪怕這封信的公開之日即是我的入獄之時。」王玉環告訴高智晟，2002 年 3 月 11 日，她被長春公安一處警察關在一個 1.3 米高的鐵籠子裡，一整天直不起腰。第二天晚上她被一個帆布雨衣的袋子套在頭上和脖子上，

袋子的繩把脖子勒緊，讓她呼吸非常困難，她還被用繩子五花大綁勒緊全身，放在車後備箱裡，運到淨月山一個警察密室裡。一進屋，警察就把她押上老虎凳。

「只聽山風在忽忽淒叫，緊接著幾個警察把我推到老虎凳上，狠狠地把我按在老虎凳；手上戴著手銬反綁在背後。然後雙臂架在老虎凳的後背，胸前和腹部被橫跨在老虎凳兩邊的鐵棍緊緊地固定住，腳腕套上兩個大鐵環固定住之後，警察開始每隔五分鐘給我上一次大刑。每次把我反綁的胳膊往前搖再往後搖，只聽到骨頭喀嚓脫臼的響聲，撕心裂肺的疼痛使我幾乎昏厥，頓時汗水、淚水湧出。」

「緊接著他們再狠命地按著我的頭往胯處，因胸和腹部被鐵棍固定在老虎凳上，這樣來自警察的力量和固定我鐵棍的力量，使我的脖子欲斷裂的感覺，胸部和腹部被鐵棍頂得異常痛苦和疼痛，每一秒鐘我都感到我即將窒息。他們還用繩子綁在固定在腳腕上的鐵環，然後猛力往後拉鐵環，使腳腕被拉扯得鑽心地痛，同時另外的警察用力按住我的頭部往胯處，痛苦和疼痛使我全身不停地顫抖。」

「在每五分鐘一次重複這樣的大刑中，汗水、淚水和從傷口裡流出來的鮮血浸透了我的頭髮和衣褲，難以承受的疼痛和痛苦使我一次次地昏死過去，他們一次次地用涼水和滾燙的熱水把我澆醒，熱水把我本已受傷的皮膚燙得更破了，我真的不想承受這漫漫的痛苦，我希望他們能用槍子打死我。」

被高智晟稱為「老虎凳上的聖賢」的長春法輪功學員王玉環，2007 年 9 月 24 日被長春勞教所迫害致死。（明慧網）

儘管當時王玉環逃出了死神的魔爪，但在與高律師見面三年後，王玉環又被長春公安逮捕，並被勞教所折磨致死。

停止傷害中華民族，胡溫的最後出路

在陳述事實之後，高智晟呼籲道：「胡溫及全體中國同胞，是到了我們民族成員全體必須反思的時候啦！人類歷史上沒有哪個國家的人民，為了心靈中的信仰，會在有政府的和平時期經歷著如此規模的、如此持久的、如此慘烈的災難。……我們有權利知道，這場始於六年前的鎮壓是怎麼發生的？國家為什麼會做出這樣不道德的決定？……澄清這些問題，是人民針對國家的最低道德要求。」

「作為一個不斷地納著稅的公民，我再次要求中國的政府回答一個公民的質問：你們承不承認這個制度的完全不道德？承不承認我們的制度已沒有了面對並解決這種問題的誠意和能力？何以應對？」

「勞教制度，是中國憲法、基本法律原則及中國人民追求法治明天的最大敵人。我們這次的調查不僅表明，勞教制度對中國依法治國價值的反動，更令人不寒而慄的，是它非法剝奪公民法律權益方面被徹底濫用的超乎常人想像的隨意性、廣泛性，及它在基層政府那裡完成打壓人民基本權利方面越來越旺盛的生命力。王玉環老人、孫淑香女士，六年裡均被抓捕九次，辦理勞教手續還比不上幼兒園裡孩子的遊戲那麼當回事！實實讓人看到我們權力的被骯髒濫用和完全的不道德！今天，是到了一個必須向我們民族有一個總的交代的時候啦！」

「……在這次的與法輪功修煉者群體的持續的接觸，我發現了另一個使人欣喜的真相是，較一個時期以來，我們整個社會的人性、良知、道德、仁愛及責任方面頹廢的現狀比，這些修煉者在含上述幾個方面在內的，整個心靈、精神和道德方面完全給人以是從舊民族中脫胎換骨出的新群體的全新印象！讓人感到一種信仰對人心靈世界改造的強大功能，確讓我真正看到了拯救我們民族頹廢現狀的希望及現實出路。」

「……僅有群體的反思是不夠的，在這封公開信中，我們還是要向政府提出一些必須的要求，那就是立即停止針對自由信仰者的血腥鎮壓，立即釋放所有的被關押者，賠償他們的損失！」

「但我們卻不會提出給法輪功信仰者平反的要求，因為在那些信仰者心目中，在我們民族尚有良知的成員心裡，人們從來就沒有說過這個信仰團體是『反』的概念。讓凶殘折磨了一個民族半個世紀者再玩出平反的把戲，一方面，平反者根本不再有這種道德和道義資格，另一方面，這本身即是對被折磨者的一種侮辱！現政權的殘暴、愚蠢及無法無天的時間與它存在的歷史一樣的長，在此我特別正告那些至今不思悔改的、仍迷信暴力者，絕不允許再發生對說出真相者的野蠻迫害惡舉，停止一切針對這個民族的傷害行為，這是你們的最後出路！」

高智晟受到的特別遭遇

在第二封公開信發出的第二天，高智晟就遭到電話威脅，第三日起，每日平均不低於十輛小轎車、不少於 20 人的便衣警察開始了針對高智晟全家 24 小時的圍堵、盯守及跟蹤，到第 15 日，高律師事務所被北京市司法局非法勒令停止執業。2005 年 12 月 13 日，高智晟在《大紀元》網站公開發表了《高智晟退出中國共產黨的書面聲明》，並寫道「高智晟一個已多年不交黨費，不過『組織生活』的黨員，從即日起宣布：退出這個無仁、無義、無人性的邪黨。這是我人生最自豪的一天。」從那以後，24 小時跟蹤監視高智晟全家的便衣警察更多了。

不過高智晟並沒有像其他人那樣被立刻抓起來，外界分析這是胡溫的意思，不能因為高給他倆寫了公開信而公然被抓。這樣的跟蹤監視日子持續了近一年，這可算是大陸的一個特例：沒有誰能像高智晟那樣公

開反對中共而沒有被立刻關進監獄。

　　那是誰下令監視跟蹤並隨後抓捕高智晟的呢？外界分析這些便衣特務受命於政法委書記周永康，是公安部的命令，比如 2006 年 4 月，高智晟祕密去四川替民主人士趙昕遭暴徒毆打進行公民辯護，隨之而來的警察包括北京、陝西、四川、雲南的公安，這無疑是公安部直接下令。

　　2006 年 12 月 22 日，在西方人準備過聖誕節前，中共祕密對高智晟判刑三年緩刑五年，剝奪政治權利一年。新華社公布的判刑原因是他「撰寫並在《大紀元》等互聯網站上發表《高智晟三致胡錦濤、溫家寶公開信》、《這個政權從來沒有停止過殺人》等九篇文章……」其中有「顛覆國家政權」的內容。

　　外界分析，江澤民集團非常痛恨高智晟以獨立第三方律師的身分曝光其迫害法輪功的罪行，並在國際上廣泛傳播，周永康等人非常想處死或重判高智晟，不過最後判處五年在家監視居住的緩刑，這裡面肯定有胡溫的作用。比如高智晟律師的支持者胡佳，因同樣的「煽動顛覆國家政權罪」，即被判處有期徒刑三年零六月。

第二節

周永康總是嫁禍胡溫

2010 年 4 月 7 日，高智晟突然被帶出來接受美聯社採訪，高智晟已經被迫害到蒼老、變形。周永康親自介入策劃了對高智晟的迫害方案。

　　不過為了讓溫家寶、胡錦濤也背負迫害法輪功的罪名，江派周永康、李長春等人，故意在胡溫出訪前，暫時取消對高智晟的嚴密封鎖，讓他能通過各種渠道曝光他遭受的迫害，從而引起國際社會對胡溫的強烈譴責，這種江派嫁禍於人的做法，將民眾的怒火轉移到了胡溫身上。

　　2007 年 4 月 11 日，溫家寶訪問日本。此前的 4 月 6 日下午，在與外界失去聯繫長達八個月後，高智晟突然神奇地打通了胡佳的電話，第一次公開向外界公布了他遭警察祕密綁架後的遭遇：酷刑、威逼及家人被當作人質⋯⋯

　　高律師在錄音中說：「從 2006 年 8 月 15 至 12 月 22 日止，我總共被關押時間是 129 天。其中被銬住雙手的時間是 600 小時；被固定在特製的鐵椅上的時間是 590 多小時；被左右雙向強光燈照射的時間為 590

多小時。129 天裡，被強制盤腿坐在地板上反思罪過的時間是 800 小時左右；被強制擦鋪板的次數為 385 次。」

2009 年 2 月 10 日，胡錦濤出訪沙特阿拉伯和非洲四國，周永康之流照例給胡錦濤準備了「送行禮物」：2009 年 2 月 4 日，高智晟在陝西的家中被警察帶走後下落不明；2 月 9 日，網上流傳出《黑夜、黑頭套、黑幫綁架——高智晟律師自述遭綁架經歷》一文。這篇寫於 2007 年 11 月 28 日文章，講述的是 2007 年 9 月 21 日被綁架後的遭遇。

2010 年 1 月 14 日，高智晟哥哥高智義接受美聯社電話採訪時說，把高智晟抓走的警察聲稱高智晟已於 2009 年 9 月份失蹤，原話稱其「迷了路，走丟了」。幾天後的 1 月 21 日，外交部發言人馬朝旭在例行記者會上說：「中國有關司法機關已就這個案子作出了判決，應該說這個人按照中國的法律在他應該在的地方，至於說他具體在做什麼就不是我能掌握的信息，你可向有關部門提問。」言外之意，高智晟還在周永康手上。

2010 年 3 月 28 日，在傳說高智晟被迫害致死的消息出現在網路時，在輿論的壓力下，中共突然讓高智晟與在美國的太太及親友通電話，並說自己在五台山「休息」。

2010 年 4 月 7 日，胡錦濤訪美前夕，高智晟突然被帶出來接受美聯社採訪，據美聯社現場拍攝的圖片，高智晟已經被迫害到連臉都變了形，人非常蒼老，原來光滑的臉上坑坑窪窪。他透露說這次的酷刑比 2007 年秋天那次嚴重得多。

接受那次採訪後不久，高智晟便在人間蒸發，2011 年 12 月 21 日，高智晟的五年緩刑到期，應該釋放。就在 12 月 16 日緩刑到期前五天，新華社突然發出英文簡訊，稱高智晟律師違反緩刑規定，已被送回監獄執行原判三年實刑刑罰。

　　家屬一直沒有高智晟的消息，直到薄熙來下台後的 2012 年 3 月 24 日，高智晟的哥哥和岳父在新疆監獄見到了他，外界才再一次獲悉高智晟還活著。毫無疑問，高智晟此前一直被掌握在周永康手中，周一直通過折磨高律師而令胡溫背黑鍋。

中共黑幫綁架的真實記錄

　　高智晟在《黑夜、黑頭套、黑幫綁架》中記錄他在 2007 年 9 月 21 日被抓第二天經歷時寫道：「我聽出來者是王姓頭目，他說：『高智晟，你這幾位大爺給你準備了 12 道菜，昨晚才給你伺候了三道，大爺我就不愛囉嗦，後面還要讓你丫的吃屎喝尿，還要拿簽子捅丫的『燈』（後來才明白是指生殖器）。你丫的不是說共產黨用酷刑嗎，這回讓你丫的全見識一遍。對法輪功酷刑折磨，不錯，一點都不假，我們對付你的這 12 套就從法輪功那兒練過來的，實話給你說，爺我也不怕你再寫，你能活著出去的可能性沒有啦！把你弄死，讓你丫的屍體都找不著。』」

　　「在接下來幾個小時的折磨中，我出現了斷斷續續地昏迷，這種昏迷可能與長時間的出汗缺水及飢餓有關。我光著身子躺在冰冷的地板上，神志像過山車一樣起伏不斷。中間感到數次有人剝開我的眼皮用光晃我的眼睛，像是在檢查我是否還活著。每至清醒時，我聞到的全是尿臭味。我的臉上、鼻孔裡、頭髮裡，全是尿水。顯然，不知何時，有人在我頭上、臉上撒了尿。」

　　「經這次折磨後，我幾乎時常處在沒有知覺的狀態中，更多的是沒有了時間知覺。不知過了多久，一群人正準備再次施刑時，突然進來人大聲喝斥了他們，讓他們都滾出去。我能聽得出，來者是市局的一位副局長，此前我多次見過之。至少在我認知的層面上對之有好感，人較為

開明、直率，對我和我全家有過一些保護。當時我的眼睛不能睜開，但我整個人已體無完膚，面目全非。聽得出他也很憤怒，找了醫生給我做了檢查，說他也很震驚，但說這絕不代表黨和政府的意思。」

「我問他誰的意思能如此無法無天，支吾以對。期間，我要求送我進監獄，或送我回家，他沒有作答。最後他將折磨我的人叫進來申斥了一陣，命他們給我買衣服穿，晚上必須給我提供被子，必須給我飯吃。並答應盡全力為我去爭取或回家，或進監獄。」

「這位副局長一離開，王姓頭目對我破口大罵：『高智晟，你他媽現在還在作夢想進監獄，美死你，今後你再甭想進監獄，只要共產黨還在，你就再也沒有進監獄的機會，什麼時候也別想。』當天晚上，我又被套上黑頭套昏沉沉地被架到另一個不知名的地方，在那裡又被他們無休止地折磨了十幾天。」

這裡人們不難看出，那個北京市公安局的副局長都管不了王姓特務頭目，王連夜就把高智晟關押到其他地方去了。

周永康的特權：維穩辦主任

與前任政法委書記羅幹相比，從 2007 年起擔任中央政法委書記的周永康，還多了一個頭衛「中央社會治安綜合治理委員會主任」，簡稱就是維穩領導小組主任。在中共「穩定壓倒一切」的宗旨下，維穩辦的實權驚人的大。

嚴格地說，政法委是黨務機構，而公安部、司法部等是隸屬於國務院的政府機構，黨務機構凌駕在政府機構之上，黨大於法，這是中國亂象的關鍵。而維穩辦並不是一個獨立機構，在國務院直屬機構名單中是找不到維穩辦這個編制的，它只是一個附屬於中央政法委的一個臨時常

設黨務機構。

　　在中共體制裡，中央政法委的實權已經很大了，公安、檢察院、法院、司法局，把和平時期的軍隊以及屬於國家暴力機器各大組成部分的警察、檢察官、法官和律師都掌控在手了；而維穩辦（領導小組）的成員，除了公檢法系統、國安系統以外，還包括了宣傳部門。周永康作為維穩領導小組的頭目，他不但掌握了槍桿子，還掌控了筆桿子，中共就是靠暴力加謊言統治的，由此可見周永康的權力非常大。

第三節

高智晟的坎坷人生

秉持正義與善良，高智晟律師
每年代理的案件中有三分之二
都不收費，義務為受冤屈的窮
苦百姓申冤。圖為高智晟一家
攝於 2006 年。

　　高智晟 1964 年出生在陝北一個農民家庭，幼年喪父，母親含辛茹
苦地把他們七個兄弟姐妹拉扯大。善良的母親是高智晟終生敬仰的人。
在自家都揭不開鍋的時候，他母親也不願意讓找上門來的乞丐空手離
去，而是跑到自家地裡掰下幾個還沒有成熟的青苞米，送給他們充飢。
母親慷慨、善良、克己助人的品質，從小就為高智晟正直的人品打下了
堅實基礎。

　　1980 年，年僅 16 歲的高智晟帶著弟弟在異鄉的一個小煤礦挖煤為
生，弟弟不幸腿被砸傷了，礦主卻將他們轟了出來。一個好心的農民以
每天七毛錢的工錢，雇高智晟幹了一個月的農活，讓他養好了弟弟的
傷。後來，高智晟打算步行 300 多公里回家報名參軍，途中，高智晟又
累又餓暈倒在了地上。

　　一個老漢路過把他喚醒，帶到家裡，做了白麵片給他吃。第二天凌
晨，這位一天只掙一塊五毛錢的老漢，叫醒高智晟，拿出 13 元錢給他

買了回延安的車票，臨走還硬塞給他五元錢。等坐在汽車上，高智晟清醒過來才想到：「我怎麼連他的姓名都忘了問呢？將來就是想報答他，也找不到他啊！」

1995 年高智晟通過了中國律師資格考試，成為一名執業律師。高律師代理的第一個案子就是免費的。他每年代理的案件中有三分之二都不收費，義務為受冤屈的窮苦百姓申冤。

2001 年，高智晟被中國司法部表彰為「十大傑出律師」之一，他的感人事蹟也多次被媒體報導。比如 2002 年 12 月 13 日《北京日報》刊登《良心，使我無法拒絕》，報導高智晟律師為弱者打官司的感人故事。其中高律師無償代理的一個案子發生在陝西。一個 11 歲的小男孩被教室屋頂上掉下來的水泥砸成植物人，男孩家裡很窮，無錢治療，他只能整天躺在床上，瘦得不成形。

孩子的父親輾轉找到北京晟智律師事務所後，一進門便蹲在地上痛哭失聲。面對這樣的情形，高律師說自己沒法拒絕。他說：「如果我有能力幫別人而不幫，找拖詞將當事人拒之門外，我的良心會不安。因為我也深深體會過一個弱者的艱難，更知道一個陷入困境的人渴望看到希望時那種特別複雜的心情。」

「生活中最不能缺少的就是良心和真情，作為律師更應當如此。我至今不能忘記那位農民對我的幫助，不能忘記所有在我困難時伸過來幫助我的手。我只有用自己的誠實勞動來報答這些人，用盡可能多的去幫助他人的方式以使作為律師的我不至於遠離正義與善良，避免使自己變得麻木起來。我常常這樣提醒自己。」

2012 年 7 月 24 日，美國人權組織對華援助協會（China Aid Association）在華盛頓 DC 舉行 10 周年慶典研討會。與會期間，高智晟、王永航、鄭恩寵等 10 位大陸正義律師被授予「十佳維權律師」獎。然

而，這些維權律師均因遭受中共監禁而無法前來美國領獎。

高智晟女兒在美國國會人權聽證會發言

2013 年 12 月 5 日，正值美國副總統拜登在中國訪問之際，美國國會舉行「讓我們的父親自由」為主題的人權聽證會。五位中國良心犯的女兒在聽證會上作證，其中包括高智晟律師的女兒耿格。她們呼籲立即釋放她們遭中共當局非法監禁迫害的父親，她們要求面見總統奧巴馬，並希望美國採取切實營救措施。當天證詞將全部提交給聯合國祕書長潘基文、聯合國人權理事會以及美國總統奧巴馬與副總統拜登。

當天參加聽證會的議員表示深受感動，高度讚揚五位女孩的付出在這個世界發揮了非常重要的作用，是一項偉大事業的一部分。議員現場表示願意加入營救的行列，讓五位女孩和父親很快相聚。

高智晟的女兒耿格表示，自小出生在一個快樂幸福的家庭，在父愛和母愛的呵護下長大。但是，她的人生在 13 歲那年發生了天翻地覆的改變。自父親在 2006 年被關押後，每天有六至七個警察住進她們家，對她、她的媽媽和弟弟全天 24 小時監視，包括睡覺和去洗手間。她和弟弟需要坐警車才能上學。到 2008 年 9 月，警察阻止耿格去上學。之後，媽媽耿和帶著她和弟弟逃離中國。

她表示，「生活在美國這個全世界最自由的國度，心中感到酸楚，因為這種自由不屬於我和我的家人。」而她的母親現在身體狀況非常不好，全家在精神和生活上備受壓力。

自 2005 年起，高智晟為受迫害的基督徒、法輪功和其他團體辯護，受到中共當局的打壓、迫害。2006 年 8 月 15 日，遭受警方非法綁架。後在 12 月 22 日，以「煽動顛覆國家政權罪」被判刑三年緩刑五年。在

緩刑五年中，有六次以上的強制失蹤，最長一次長達 20 個月，每次失蹤伴隨各種酷刑。五年緩刑到期的前兩天，2011 年高智晟又被祕密押往遙遠的新疆監獄。

耿格發言如下：

尊敬的國會人權委員會主席史密斯議員，各位外交委員議員，各位來賓大家好。

感謝國會給我這個機會，在這個聽證會上能為我的爸爸——人權律師高智晟講話，也感謝你們關心爸爸的案子。

我是格格，我出生在一個快樂、幸福的家庭，有爸爸、媽媽的呵護，親戚、朋友們的陪伴，我從來沒有感到過孤獨。但是我 13 歲那年，人生發生了巨大的改變，那是 2006 年的 8 月 15 日，警察在山東省的姑姑家綁架了爸爸，原因是爸爸為受迫害的信仰團體辦案子。

同一天，一群警察強行闖進我家，並且每天有六、七名警察住在我家，對我、媽媽和弟弟全天 24 小時監視，包括睡覺、去洗手間。為了更好的監視我們，不讓我和弟弟上學（弟弟三歲，上幼兒園）。在媽媽打開煤氣爐以死抗爭下，警察才同意我上學，但必須坐他們的警車。每天都會有六或七名警察押送我去學校，路上他們總是污言穢語辱罵我的爸爸。一次，公路邊有兩個先生在講話，他們其中一警察說，那不是高智晟和胡佳嗎？另一警察跟進說：就是的，他們是同性戀，然後他們全部哈哈大笑。這就是我每一天的開始。警察押送我進教室，然後就坐在我後面，包括上音樂課。進洗手間不僅跟隨，還不讓關門。最可氣的是，我的老師還在課堂對著全班同學說：你們都不能帶手機來學校，若帶了手機給格格用了，就是政治事件。全校只有我班的計算機課給停了。我精神接近崩潰，爸爸離開我後，我忍受著生活帶給我的壓力，遭受著同學對我的歧視，強忍受著一個人的孤單，我沒有任何的安全感。

三歲的弟弟也必須坐著警察的車去上幼兒園，全園只有弟弟班門口上有個攝像鏡頭。

到 2008 年 9 月，警察又不讓我上學，這逼迫我們下決心離開中國。為了我能夠上學，在朋友的幫助下，媽媽帶著我和弟弟逃離中國，來到美國，來到了這個自由的國家，但是我卻沒有一絲興奮，加之對爸爸日積月累的惦念，使我精神徹底崩潰，在到美國的第一個聖誕節夜，我住進了醫院。

至今，我在美國近五年了，我聽不到爸爸的聲音，收不到爸爸的信件，最近一次的消息，是在今年 1 月份，大伯到監獄看他，規定什麼都不讓說。到現在又快一年，他們以各種理由不讓家人去看他。家裡所有的親人，姥姥、姥爺、三個姨媽及哥、妹們等所有親人的名字都進入了所謂的黑名單，連辦護照的權利都沒有。八年了，（對）爸爸的迫害不僅還沒有結束，又延伸到他所有的家人。

生活在這個世界最自由的國家裡，心裡很酸楚，這種自由不屬於我和我的家人。弟弟曾眼淚汪汪地說：「我實在實在記不清楚爸爸樣子，也不知道他說話的聲音。」

今天，我在這裡鼓起了勇氣說出我所遭受的，是想讓你們知道，現在爸爸身陷囹圄，媽媽身體不好，艱難地支持這個家，我需要上學，弟弟還小，如何對抗一個龐大國家給我們這個家庭製造的苦難。我希望美國政府和民眾能聽到我們無助的聲音並採取行動，也只有你們能幫我找回往日的歡笑、能讓爸爸平安、能使我們全家團聚、能讓我和弟弟的心靈得到撫慰。

謝謝！

格格

2013 年 5 月 12 日

周永康垮台驚天內幕 暗殺習近平另有圖謀

第九章

周永康猛咬溫家寶

2012 年 10 月 26 日,美國《紐約時報》在頭版刊登《總理家人隱祕的財富》,中南海出現有史以來最公開的分裂。溫家寶是中共黨內力主嚴懲薄熙來及其後台周永康的代表人物,很多人懷疑「餵料」者背後是周永康、曾慶紅的人馬。

第一節

《紐時》炸彈令中南海進退兩難

質疑者：有人故意餵料

2012 年 10 月 26 日，美國《紐約時報》在頭版刊登了《總理家人隱祕的財富》，模糊地指出，溫家寶的家人在其擔任總理期間，獲得了 27 億美元的隱祕財富。此文如同一顆炸彈，引起全球震動，幾小時內西方主流媒體、海外中文網、大陸官方以及溫家寶家人等，都從各自角度對其真實性進行了質疑或背書，不過有一點是相同的：地球村人都知道中南海正面臨有史以來最公開的分裂。據北京消息人士透露，當時中南海一片混亂，胡錦濤、習近平進退兩難。

據 BBC 報導，《紐約時報》這篇文章的作者、駐上海記者巴爾博扎（David Barboza，中文名張大衛）在另一篇文章說，他挖掘了十個月才從大陸公開報導中收集到溫家寶家人涉及的貪腐證據。不過「美國之音」在「焦點對話：《紐約時報》驚曝溫家寶家族財富，耐人尋

味？」的視頻中連線其駐京記者，證實在北京的外文媒體都收到一份非常厚的報告，包括溫家寶家人的經濟投資情況，甚至包括一些審計機構的認證。

據彭博社透露，彭博此前收到所謂曝光習近平家族貪腐的材料有1000多頁，其中把習近平親屬的公司報表都收集完全，甚至還有親屬的個人身分證複印件、家庭住址照片等，還有數年前共事人士的證據、證言。這上千頁的材料顯示，習近平家族斂財數億美元，但彭博社發現很多爆料是錯誤的，如將習近平親屬控股公司的母公司的財產全部算到習家名下。

彭博社在反覆調查分析後承認，這些材料不能證明習近平曾用個人權力幫家族謀利，也沒找到習近平家族任何不正當經營的證據。這次爆料溫家寶的材料中也有同樣的情況，將一些似是而非的人造假成溫家寶家族的持股人，並將他人的財產轉嫁到溫家頭上。

就在《紐時》報導發表幾小時後，中共官媒於10月26日深夜通報了薄熙來因涉嫌犯罪被立案偵查並採取強制措施，在此十多個小時前，薄熙來剛被終止了人大代表資格。第二天27日，中共官方媒體刊登了一則消息，中共九常委全部現身參觀一個在北京展覽館舉行的圖片展。官方發布的照片中，總理溫家寶笑逐顏開，好像《紐時》的文章不存在似的。坊間認為，這是中南海有意向外界釋放挺溫家寶並宣布黨內團結穩定的信號。

律師聲明 指控《紐時》報導不實

2012年10月27日，一封《溫家寶家人律師授權聲明全文》發表，這份由君合律師事務所律師白濤、國浩律師（北京）事務所律師王衛東

簽署的聲明共六點，全文如下：

「受溫家寶家人的委託，現就《紐約時報》有關溫家寶及其家人的不實報導，發表如下聲明：

一、《紐約時報》報導的所謂溫家寶家人的『隱祕財產』，是不存在的；二、溫家寶家人有的沒有從事經營活動，有的雖從事過經營活動但沒有從事任何非法經營活動，沒有持有任何公司的股份；三、溫家寶的母親除了按規定領取的工資／退休金，無其他任何收入，也無其他任何財產；四、溫家寶從未在家人的經營活動中起到任何作用，更沒有因家人從事經營活動對他制定和執行政策產生任何影響；五、溫家寶的其他親屬，以及這些親屬的『朋友』、『同事』的一切經營活動均由他們本人負責；六、對《紐約時報》的其他不實報導，我們將繼續予以澄清，並保留追究其法律責任的權利。特此聲明。」

支持者與懷疑者的爭論

不久，《紐約時報》把此文從首頁撤到了內頁，但沒有刪除。後來這篇文章還得了年度新聞獎。相信《紐時》報導的人認為，這麼嚴謹的報紙，無論記者還是編輯都是崇尚職業道德的，哪怕有人支付他們全家幾十年的生活費，他們也不會違背原則報導不實新聞。

支持《紐時》者說，中共貪腐是制度性的，只要還在那個體制裡，就難免被污染，特別是其家人。網上流傳薄熙來曾公開稱，政治局委員哪個家族的財產沒有一億以上，他願意把腦袋割下來。

中共幾十年口頭上宣稱要公布官員財產，但至今沒有實施，據說在政治局常委中絕大多數都反對公布財產，李長春控制的《環球時報》2012 年夏天還公開宣稱「適度腐敗論」，曾慶紅更是公開質問：「無

論馬、恩、列、斯，毛、鄧，哪個規定了官員家屬不能經商？」有人調侃說：「現在中南海就跟賈府一樣，只有門口那對石獅子是乾淨的。」

不過懷疑《紐時》者表示，早在 2001 年 8 月 8 日，江澤民在北戴河會見《紐約時報》董事長兼發行人蘇茲伯格、執行總編萊利維爾德以及《紐時》駐京記者時說：「在我個人看來，《紐時》是很不錯的報紙。」於是很快《紐約時報》在中國的英文網站就被解禁了，而其他很多西方媒體一直被屏蔽著。

從那以後，江澤民經常利用「出口轉內銷戰略」，與某些西方媒體保持親密關係，不斷利用西方媒體樹立自己的威信，還找了一名美國猶太人銀行家庫恩寫了《江澤民傳》。特別是在中共的「大外宣」攻勢的誘惑和欺騙下，國際媒體在中共問題的報導上很難客觀公正。

人們還發現一個很明顯的數字錯誤。《紐時》文章稱溫家寶家人在 1990 年代初期購買了 8000 萬人民幣的內部股權，當時人民幣是很值錢的，大陸首富的資產也才一億多，溫家寶家族再有錢，也不可能有 8000 萬去買股票，這是一個常識性的明顯錯誤。

共同點：「他們全瘋了」

無論溫家寶及其家人是否清廉，人們對《紐時》報導的時間點普遍認為「耐人尋味」。政論家陳破空分析說：「時機不同尋常，很顯然是中共黨內一派的故意放風，《紐約時報》跟進，18 大白熱化，黨內左右兩派鬥爭，攤牌決鬥，倒薄派和挺薄派，魚死網破，你死我活。用經濟問題掩蓋路線鬥爭。中共向何處去？是改革生還是倒退死，也從這場大決鬥中看出端倪。」

美國之音資深編輯寶申評論說：「他們全瘋了，進入最後的瘋狂。」

可惜，在中共精心打造的虛假浮華面前，很多中國百姓還沒有意識到「中共高層全瘋了！」

北京消息：胡習進退兩難

據北京消息人士告訴《新紀元》，《紐約時報》報導溫家寶家族貪腐 27 億美元的消息，在中共最高層引起極大震動。引起震動並不是因為所謂貪污數額，而是以前西方權威媒體從未對中國在任領導人做出這樣的指控性報導。政治局在一中全會之前召開緊急會議，專門討論這一問題。會議中，有兩種主要意見，一是按照以前的方式，由政府出面，對《紐時》和相關記者編輯施加壓力，並通過某些補救措施扭轉或挽回部分影響。二是不予理睬。

溫在會上再次提出公布個人財產，由中紀委對他及家族成員進行「公開調查」，但會議對此沒有回應。

胡習雖然支持溫，但擔心一旦採取溫的意見，會引發連帶反應。比如調查如果是內部進行，外界同樣不相信，而所謂「公開調查」公開到什麼程度卻無法把握，對輿論影響也無法預測。如果調查溫，其他人如何？其他外國媒體指控其他高官問題怎麼辦？國內輿論怎麼辦？民心怎麼辦？如何應對引起的輿論危機？18 大代表會有什麼反應？是否會對18 大權力換屆造成影響？

這些問題被提出後，都沒有解決方案，因此溫提案不可能被採納。習不想事情搞大，希望冷處理。

這位接近高層的消息人士還說：17 屆七中全會很沉悶，18 大政治報告無大爭論。過去 10 年如何定調無大爭論，但對 18 大修改黨章（非毛化）爭論激烈，有人激烈反對把毛思想剔出黨章。

薄熙來問題的材料在會議上被發閱，但不許帶出會場，有中共中央委員表示看了之後「很震驚」。

溫家寶是中共黨內力主嚴懲薄熙來及其後台周永康的代表人物，很多人懷疑「餵料」者背後是周永康、曾慶紅的人馬。從 2007 年至今，以薄熙來、周永康為前台，曾慶紅、江澤民為幕後的「第二權力中央」，一直在暗中布署，通過表面上利用毛左勢力和民間不滿情緒，把胡溫及其接班人趕下台。為此江派血債幫在軍事、經濟和輿論方面進行了大量布署。

即使薄熙來被抓後，這種反擊也一直沒有停止過，無論是煽動國內民眾還是製造外交事端、無論是關門談判還是公開攤牌，雙方爭鬥激烈。從局面來看，這場較量中雙方必有一方以「死亡方式」徹底出局，否則這場戲難以收場。

張大衛曾數次替薄家「闢謠」

重慶事件發生以來，查看過去報導，發現《紐約時報》相繼有多篇報導不斷替薄家「闢謠」，其中署名幾乎都為張大衛（David Barboza）或《紐約時報》駐京記者黃安偉（Edward Wong）。「闢謠」報導包括：

一、否認薄瓜瓜在北京高調駕駛紅色法拉利。2011 年 11 月 26 日的《華爾街日報》報導薄瓜瓜在北京高調駕駛紅色法拉利，與洪博培的女兒外出約會。

2012 年 4 月 25 日，張大衛和黃安偉聯手寫成《名譽掃地的中共官方兒子嘗試化解跑車醜聞》（Disgraced Chinese Official's Son Tries to Defuse Sports Car Scandal），為薄瓜瓜「申冤」。4 月 30 日，在薄熙來被辭去重慶市委書記一職後，兩人再合作而成一篇《反駁薄瓜瓜的紅色

法拉利傳言》（Details Are Refuted in Tale of Bo Guagua's Red Ferrari），專門為薄熙來之子薄瓜瓜辯護。

2012 年 9 月 28 日，中共官媒新華社公布了薄熙來被雙開及數宗大罪，其中一條「直接和通過家人收受他人巨額賄賂」。這個「巨額賄賂」及薄熙來貪腐究竟多少數額，成為海內外媒體的聚焦點。

二、否認薄熙來打王立軍耳光。3 月份路透社和《讀賣新聞》報導，2 月份薄熙來怒而掌摑王立軍。據傳，王也告訴美國領事館官員，薄打了王一耳光。此後，海外多家媒體證實這個說法。但是《紐約時報》6 月 7 日發表署名記者黃安偉文章《In Chinese Murder Mystery, Take 2 for Big Scene》，稱薄熙來沒有摑王立軍一耳光。

中共喉舌新華社 9 月 19 日發表通稿《王立軍案件庭審及案情始末》，文中明確表示 29 日上午王立軍受到薄熙來怒斥，並被打了耳光。當時在場的郭維國在訊問筆錄中稱：「打了王立軍，這個矛盾就公開化了。」

三、黃安偉替薄瓜瓜「闢謠」，否認薄瓜瓜已經回到中國。英國《每日電訊報》於 10 月 14 日引述兩名分別位於重慶和北京的消息人士的說法稱，24 歲的薄瓜瓜已於前一周返回北京。其中一名經常提供正確情報的重慶消息人士表示：「薄瓜瓜在飛機著陸之後立即被帶上警車，現在最有可能和調查小組在一起，他可能會出現在法庭上。」

10 月 15 日，薄瓜瓜在全球眾多媒體中選擇了《紐約時報》的黃安偉，發電郵否認已經回到中國。黃安偉在推特發文指出，薄瓜瓜致函《紐約時報》表示，有關他返回中國的消息「完全沒有根據」。

有消息指，黃安偉與薄瓜瓜的關係相當熟絡。

目前網路盛傳，中共官方對《紐約時報》報導溫家財產一事的調查顯示，該文其實為黃安偉所作，但因為黃是華人，《紐約時報》擔心黃會在事後受到中共的報復而決定由人在上海的張大衛執筆。

第二節

溫家寶與周永康勢不兩立

溫家寶侍衛長被薄熙來、周永康收買

周永康不但利用收買國內百度和外國媒體的方式來抹黑攻擊政敵溫家寶、習近平等，還利用其特務頭子的優勢，在溫家寶身邊安插特務。

2012 年 4 月，中共兩會結束後，專職負責保衛溫家寶的警衛局副局長李潤田突然被免職，引起諸多猜測。有消息稱，李潤田與薄熙來、周永康早有勾結，曾向周薄二人傳遞過大量有關中共高層及胡溫的內幕消息，令胡溫極為震怒。

李潤田是少將軍銜，一直以中央警衛局副局長的職銜擔任溫家寶的衛士長，負責溫的安全工作，陪同溫家寶外出巡視和出席各種會議。2012 年 4 月李潤田被免職後，由中央警衛局副局長王慶接任。

多年來，李潤田一直跟隨溫家寶外巡，3 月 9 日兩會時他還陪同溫家寶參加廣西代表團的討論會，但《福建日報》報導，4 月 2 日至 3 日

溫家寶視察泉州、莆田、福州等地時，由「中辦警衛局副局長王慶等領導陪同」，顯示李在「兩會」後已去職。

據英國《每日電訊報》2012年4月報導，至少已有39人因涉及薄案而被拘留，眾人現被關押在河北省的北戴河。中央警衛局副局長、溫家寶侍衛長李潤田赫然在列。

中辦警衛局俗稱「中南海禁衛軍」，主要負責中央政治局、全國人大、政協領導人和來訪重要外賓的安全工作。中共九名政治局常委前五位，每人相應配有一位副局長，專責安保。

周永康染指中紀委

周永康不但在溫家寶身邊安插自己的人，甚至在中紀委調查薄熙來專案組裡，也安插了自己的眼線。

2013年5月21日，大陸財新網發表《中紀委副書記王偉證實被降職保級》，海外消息透露，王偉是因為捲入薄熙來案才招致此禍。

王偉53歲，遼寧建昌人，23歲自中國人民大學畢業後留校，曾任校團委書記；33歲時正式步入政壇，曾任北京市西城區區長助理、副區長；38歲時進入中央紀委任職；45歲時任中央紀委、中央組織部巡視工作辦公室主任，並明確為副部長級；兩年後任中央紀委常委、監察部副部長、新聞發言人；2012年11月任中央紀委副書記（排名最後），從而與陳文清一道成為最年輕的中央紀委副書記。

不過六個月後，王偉被貶到國務院三峽建設委員會辦公室當副主任、黨組成員，但保留了正部長級待遇。說他被貶，一是在三峽辦現任高層中，王偉排名位於60歲的黨組書記、主任磊衛國和58歲的黨組副書記、副主任盧純之後；二是相對於三峽辦這個閒職，中紀委可

謂權力極大。

王偉長期任職中紀委，先後跟過兩任中紀委書記，其中吳官正時代他是中紀委辦公廳主任，號稱是吳的「大內總管」；賀國強時代他又是中紀委常委，直接聽命於賀。中紀委名義是黨紀監察部門，但權大如明朝東廠，中共各級官員，特別是貪官，最想巴結討好的就是中紀委官員，紀委官員藉此搞腐敗的也大有人在。

對於王偉的遭貶，香港《蘋果日報》報導稱，有傳聞指王偉在主責調查薄案時，涉嫌違反規定及洩露機密。消息指王曾是中紀委調查薄熙來案的主將，多次與薄「談話」。王在跟薄交手時，涉嫌沒按中央專案組要求完成對薄的調查工作，且涉嫌洩露中央有關機密，於是中紀委書記王岐山藉機清理門戶。

周永康死撐薄熙來 溫家寶公開宣戰

王立軍事件爆發後，薄熙來、周永康政變內幕曝光，中共政治局常委「一致同意」成立專案組對薄熙來立案調查，只有周永康態度勉強，原因不光兩人是政變同夥，而且周永康家族在重慶和四川有龐大經濟利益，但周最終也「無奈同意」。

此前薄熙來「唱紅打黑」被中共質疑時，周永康曾多次高調力挺薄熙來。

2012 年 2 月 6 日王立軍進入美領館後，重慶方面開始並不知情，期間有人通知了重慶，才有了重慶警車包圍美領館，黃奇帆進領館要人，以及中共國安部來人，在美國領館前上演國安部副部長與重慶市長「激烈爭吵」一幕。周永康被指給薄熙來通風報信。

2012 年兩會期間，周永康再公開為薄熙來站台死撐。3 月 8 日下午，

周永康參加兩會重慶代表團的審議；3 月 9 日，《重慶日報》報導了耐人尋味的文章《周永康囑重慶團「今年具有發展重要特殊意義」》。

薄熙來也公開講出他的背後是政法委。3 月 9 日，「復出」的薄熙來表現亢奮，公開稱「重慶的這個打黑實際上絕不是公安一家，是公、檢、法、司等共同努力的結果，是由政法委協調的，並不是王立軍一個人的事情。」把周永康擺上了檯面。

3 月 12 日上午，周永康再到重慶代表團，參加審議最高法院、最高檢察院工作報告，再次肯定薄熙來搞的「重慶模式」。

然而轉眼到 3 月 14 日，溫家寶在其任內最後一次記者會上回答記者問題時，首次公開回應了重慶事件，並屬責重慶模式，斥其是「文革」餘毒，與周永康公開分裂。溫家寶在記者會上用林則徐的「苟利國家生死以，豈因禍福避趨之」來表達他的意志，被認為是正式向薄熙來、周永康、江澤民等人宣戰。隔天 3 月 15 日，薄熙來下台。

薄熙來下台後，全球的目光都聚焦到薄熙來的大後台周永康身上，大陸網站盛傳《天線寶寶對決康師傅》的帖子。

2012 年 3 月 24 日消息人士透露，溫家寶不僅多次在中共高層會議上提出平反「六四」、平反胡耀邦和趙紫陽，而且提出了「平反法輪功」，但遭到江系周永康一派的人反對。

陳光誠令溫家寶和周永康再激烈對立

2012 年 4 月下旬，盲人律師陳光誠突破層層封鎖，從山東逃亡到北京，四處躲藏，最後成功進入美國駐北京大使館。

陳光誠在視頻中向溫家寶提出三點要求，講述了當地政法委對他全家的迫害，並將矛頭直指周永康代表的政法委。有分析人士認為，陳光

誠的勝利出逃，對溫家寶喊話所提三點要求，直接質疑周永康政法委的合法性，也是給胡溫出了一張拿下周永康的合情合理的好牌。

陳光誠進入美使館後，中美本來在 5 月 2 日已經達成協議，即陳光誠會留在中國上大學，被監控的環境將會變寬鬆，美國會定期派人檢查。因為陳光誠留在中國對周永康不利，在陳光誠走出使館幾個小時，周永康控制的政法委系統就故意在陳光誠山東老家製造恐怖氣氛，恐嚇其朋友及家人，令陳光誠越來越沒有安全感，從而改變了留在國內的初衷，決定離開中國。

這一突發變故，把中美雙方私下達成的讓陳光誠「自行離開」加「下不為例」的協議曝光。周永康同時在自己控制的媒體《環球時報》上用「不許美國干涉中國內政」、「挾洋自重」來要挾胡溫。

海外民運人士郭保羅 5 月 21 日在推特上透露，在中美高層就陳光誠事件的談判上，溫家寶起了關鍵作用。郭保羅的推帖寫道：本月 4 日，希拉里決定面見中國國務院外事辦公室主任戴秉國，戴同意再次磋商，等希拉里與中國總理溫家寶會談後，中方官員問坎貝爾：「你確定這就是他要的？」坎貝爾答：「當然確定。」當天中午新華社就發出消息，指陳可申請出國念書。

隨後郭保羅在推特繼續發帖，強調溫家寶是最後決定給予陳光誠護照的人。有消息傳出，曾有中央特派員去探視過被「拘禁」在北京朝陽醫院的陳光誠，這個神祕的中央特派員被外媒猜測是溫家寶派遣的。

高智晟律師突獲准會見家屬

2004 年胡溫上台後，由於實力不夠，中國的各種政策、特別是鎮壓法輪功的迫害政策一直持續，不過主導鎮壓的依然是以江澤民為首的

血債派，特別是掌控政法委的周永康。中共由此分裂出兩派。

　　過去六、七年裡，兩派的爭奪戰不斷上演，不願背負千古罪名的溫家寶，提出各種變革建議，目的不是為了留名，而是為了留命。他深知問題的嚴重性。於是在高智晟律師的案子上，人們看到了奇特的一幕幕。

　　薄熙來被免除重慶市委書記職務當天（2012年3月15日），被中共強迫失蹤近兩年的中國著名人權律師高智晟的家人接到了當局的電話通知，准予家屬會見，但下令不許告知外界。3月24日中午，高智晟的岳父與大哥在新疆沙雅監獄，終於見到了失蹤22個月、生死不明的高智晟。

　　高智晟的妻子耿和向《大紀元》記者表示，這次高智晟能與家人會面，跟當時北京高層動盪有關，這與中國的大環境變化有關。「王立軍2月初出事，我大哥2月24日就去北京找他們。北京方面當時的回答就不同了，說是先回去等，他們會去安排，3月中就得到准許，可以去新疆探視了。」

溫家寶訪奧斯威辛　劍指周永康

　　2012年薄熙來事件後，溫家寶訪問波蘭，4月27日參觀了當年德國納粹屠殺猶太人最具代表性的集中營——奧斯維辛。溫家寶表示，歷史告誡人們，要反對戰爭、恐怖、種族滅絕和一切罪惡，「維護人的自由、尊嚴、安全和幸福。」

　　溫家寶此次參觀奧斯維辛被外界認為有另外意圖。王立軍叛逃時踢爆薄熙來、周永康多年來大規模活摘法輪功學員器官的滔天罪惡，不亞於納粹對猶太人的滅絕罪行。

　　據海外媒體引述中共內部的消息說，溫家寶尤其對「活摘法輪功學員器官」一事最為憤怒。外界認為，溫家寶在奧斯維辛集中營內的講話提到的「反對恐怖」，就是藉以指控周永康把持的政法委、「610」對法輪功學員製造的恐怖。

溫家寶與周永康會議上攤牌

　　2012 年 5 月 6 日深夜，多位名人在微博和推特上傳《北京要出大事！溫家寶或將辭職》。此傳聞當時在中國社會引起轟動。《大紀元》獨家獲悉，這個消息傳出事出有因。事發自溫家寶與周永康在政治局擴大會議上上演「大決戰」，溫家寶本人確實這麼說過。

　　消息稱，中共政治局這次擴大會議中，有政治局常委、委員和地方大員、最高級別軍頭以及已經退休的一些中共元老如曾慶紅等。在眾人面前，溫家寶與周永康撕破臉皮，展開殊死的公開決戰。

　　溫家寶繼續就薄熙來事件質問周永康，並要求調查周永康。但是周永康拿出海外的溫家寶負面傳言，要求對溫家寶的妻子同時也進行調查，並稱：「否則只是對我調查，在我黨中是沒有信服力的！」曾慶紅也表示支持。

　　溫家寶則罕見拋出狠話稱，可以對他本人和家人進行調查，「如果我本人及家人有任何斂財行為，我馬上辭職！」但是周永康和曾慶紅在溫家寶發出此言後並沒有再堅持要求調查溫的妻子，因為關於溫家寶家人貪污的假消息就是周永康、薄熙來指令百度編造的，這是周、薄策劃奪權的整體計畫中「媒體假消息」策略戰的一環。

《紐約時報》助薄、周最後一搏

　　隨著薄熙來的下台，周永康的徹底失勢，江派殘餘不甘心在 18 大之後在中南海最高層中失去位置，於是周永康等通過特務系統對美國等西方主流媒體曝溫家寶「貪腐」假材料，這些消息很多是舊聞新炒，其中有些被有意編造的材料在 2007 年就被周薄放在了百度上，現在到百度上還可檢索出來。上述相關材料再現於 2012 年 10 月 26 日《紐約時報》頭版，引起全球媒體聚焦。中南海立即緊急通報立案偵查薄熙來，官媒同時高調通告將薄從人大除名。

　　這是薄熙來案的同謀周永康、曾慶紅等江家幫動用特務力量對胡溫和習近平的最後一擊。事件大大加快了胡溫習對薄熙來案的審理速度，並大大加重江家幫遭處理的力度。外界當時高度關注 18 大前夕中南海再次地震，以及是否逮捕周永康等。

　　10 月 30 日，北京高層向海外媒體透露，溫家寶正式致函中共高層，希望中共中央對他和他的家庭進行專案調查，並願意「率先公布個人財產」。

　　分析稱，溫家寶的回應，也是中共領導人首次破天荒之舉，使得 18 大即將召開前夕，中國政壇再添新變數。

周永康塌台驚天內幕 暗殺習近平另有圖謀

第十章

周永康的第二次軍變

薄熙來 2012 年 3 月 15 日被免職並被控制後，3 月 19 日深夜北京曾傳出「紫禁城槍聲」。這一事件是因掌管中共政法系統的周永康動用京城能控制的武警，試圖發動「政變」而引起，最終周被挫敗，導致他提早交出權力。

第一節

法拉利車禍與周永康殺人

令計劃的兒子令谷，突然發生車禍死亡，很多證據顯示這是江派血債幫策劃的政治謀殺，是對令計劃懲治薄熙來的報仇洩憤。

「3·19」北京槍響與 38 軍換將

　　薄熙來被宣布停職的幾天後，2012 年 3 月 19 日深夜，眾多大陸名人在微博上驚呼：「北京出事了！」更有人說聽到槍聲。不久，「槍聲」與「長安街」成了新浪微博的屏蔽詞了。如居住北京東城區的《證券市場周刊》編委李德林在微博上寫道：軍車如林，長安街不斷管制。每個路口還有多名便衣，有的路口還拉了鐵柵欄。兩個多月後，香港雜誌和國外媒體相繼證實：3 月 19 日，北京真的發生了槍戰。

　　當時有三個版本的傳言。

　　傳言一：38 軍入京擒王。雖然胡錦濤早已親手將中央警衛局「脫胎換骨」，但仍不放心。2 月末 3 月初，胡錦濤將向來由警衛局派駐的貼身警衛全數「炒魷」，遠遣至大牆外圍防守，一個也不留。然後換上 38 軍調來的一個加強排，使江澤民、周永康的人不可能滲透。

與此同時，胡錦濤的大祕令計劃則召集警衛團全體官兵開會，厲聲宣布一條「鐵的紀律」：任何人員，未經召喚擅自進入胡錦濤三米範圍，格殺勿論！

3月19日，胡錦濤調動駐扎京南保定的38軍入京，130戰鬥任務是「粉碎陰謀分子軍事政變」。當時戰鬥目標是北京市東城區燈市口西街14號，即中央政法委總部。還有知情人則肯定為玉泉山某處的周永康私邸。

槍聲從白馬寺附近的中央政法委傳出，該處有一個排的武警特種部隊把守。當時特警喝問趨近的「特兵」意欲何為，野戰官兵回答稱：「奉軍委主席令徹查政變基地，緝拿政變首腦！」駐守政法委的特警威脅稱：「衝擊國家要害部門等同謀反，若不馬上撤退格殺勿論！」然後武警對天鳴槍示警，但是38軍數秒內即讓武警們繳了械。

傳言二：搶奪薄熙來「財政部長」徐明。3月15日薄熙來下台前後，被稱為薄熙來頭號馬仔、替薄找了上百個女人並管理薄熙來國內貪腐和打黑搶來的錢財的徐明，最早被周永康的人馬帶走，說是去調查，實質是被保護起來了，以免徐明落到中紀委手裡。

為了得到更多有關薄熙來的罪行證據，溫家寶免除薄熙來職務後，讓自己的親信、中紀委副書記馬馼，設法把徐明盡快掌握到自己人手中。於是，馬馼派人以調查腐敗為名，要求公安系統將徐明交給中紀委。公安方面在請示周永康後，拒絕了馬馼的要求。

這時有人拿出了周永康兒子周斌做生意的資料，周永康見對方態度強硬，知道來頭不善，不交人好像難以過關了，於是想上演「金蟬脫殼」。3月19日晚，周永康一面調動武警轉移徐明，以便謊稱徐明被人搶走，一面調動公安加強戒備。中紀委這邊也馬上調動人馬，試圖伺機下手搶奪徐明。雙方爭持起來，以至擦槍走火。由於事發突然，驚動

高層，為防不測，中共中央辦公廳調中央警衛局加強防範，於是出現了民眾看到的「軍車如林，長安街被管制起來了。」

傳言三：胡錦濤為了連任軍委主席，為保軍權而與一些人爭奪起來。

慘烈的法拉利車禍引出懸念

18 大召開前夕，北京傳出的消息再次印證了第一種傳言並不是空穴來風，而且它直接和令計劃兒子之死息息相關。

2012 年 3 月 18 日，《新京報》、《北京晚報》報導了一場發生在北京的嚴重車禍。車禍發生在 18 日凌晨四點，北京海淀區保福寺橋下因下雪而變得濕滑的環路上，一輛法拉利跑車撞上護欄後，嚴重損壞，車上有一男兩女，男子當場死亡，兩女重傷送醫，其中一名女子嚴重燒傷，死於 7 月或 8 月。

官方媒體沒有說明死者身分。不久，撰寫新聞並拍攝新聞照片的消防人員遭到上級訓斥，相機和電腦被沒收。中宣部還下令《北京晚報》不得傳播那張車禍現場照片，警方、消防部門和幾家當地醫院也拒絕置評。

《環球時報》英文版第二天報導說：「幾乎所有關於週日導致一名男子死亡，兩名女子受傷的車禍連夜遭到刪除，引發人們懷疑已死亡的駕車者的身分。」不久那篇文章也被屏蔽。人們從照片上看到，那輛出事的法拉利跑車幾乎被撞成了一堆廢鐵。據專家介紹，法拉利名貴跑車有很強的抗撞擊能力，被撞成這樣，碰撞前的車速可能在 180 公里以上，這樣的超高速度行駛在北京擁堵的公路上基本上不可能，由此人們懷疑這不是一起尋常的車禍。

3 月下旬，海外有中文網站引用報導稱：「死者是中共九常委之一、

全國政協主席賈慶林的私生子。」再之後坊間流傳稱，賈慶林的這個兒子是賈與一位姓陶的美女所生。賈慶林在福建時勾搭上她，當時她 28 歲。賈慶林從福建來到北京後，兩人的生活相當低調。

然而到了 2012 年 6 月 2 日，博訊網和明鏡網同時發表了內容幾乎一模一樣的「獨家報導」。文章稱：「3 月 18 日半夜，北京的車禍中，令計劃的兒子駕駛的 560 萬的法拉利撞毀，令公子即刻死亡。令計劃是辦公廳主任，胡錦濤最信任的人。」

此「車震門」故事還稱，「令計劃的公子小令在車內完全赤裸，酒後駕車作愛，撞到中間護欄。車內一名全裸的來自中央民族大學的藏族女生……」文章還說，「令計劃的兒子北京『3・18』駕車作愛車禍死亡，如此重大案情的掩蓋牽出了『國家安全沙皇』周永康、令計劃和薄熙來 2009 至 2012 年的『三角』政治同盟。薄熙來事發後，這個同盟被打破，但『3・18』離奇車禍讓周永康、令計劃開始新的結盟。」

隨後文章開始講述令計劃如何操縱「18 大」前的「海選」，周永康和令計劃如何聯手將車禍事件「嫁禍」給賈慶林，令計劃如何有野心，想成為「王儲」接替習近平等。

還有台灣媒體稱，車禍發生後，令計劃要求北京警方更改兒子證件上的名字，並支付同車兩女孩每人高達 6900 萬元台幣的「封口費」，要求二女家屬不得對外張揚，否則家人會逐一失蹤，「連屍體都找不到」。

詭異的車震門與「令薄勾結」

然而很多媒體對車震門的報導持懷疑態度，比如台灣有報紙刊登了分析文章《車震待查 令計劃和薄勾結違常理》。文章稱，令公子有沒有車震很好查，只要警方出面說明即可。但「3・18」傳聞扯上周永康、

薄熙來和令計劃所謂「三角政治同盟」，既違反常理也不符中共黨內政治運作。

很多讀者也認為這個消息「太扯了」。首先這起意外發生時，主角不知其名，媒體只能以令公子或小令稱之。其次，若說令公子真的猝死，做父親的應當極度哀傷，應當先處理家事，而 3 月 18 日過後沒幾天，胡錦濤訪問韓國首爾，出席 3 月 26、27 日舉行的首爾核安高峰會，當時令計劃都隨行前往。

另外，若說令計劃背著老闆搞政治陰謀，下場可能如當年遭毛澤東懷疑裝竊聽器的楊尚昆被調離中辦一樣，但 6 月 1 日國際兒童節，胡錦濤前往北京市東城區少年宮考察，令計劃也隨行。這說明胡錦濤依然信任令計劃。

再說，中辦主任從毛澤東時期的汪東興到江澤民掌權時的曾慶紅，都是最受信任者才能擔任大內總管。令計劃在 1980 年代初就擔任胡錦濤的團中央常務書記祕書，而此前九位中辦主任進入政治局，七位擔任過常委。令計劃身為胡錦濤的首席幕僚長，要進常委還需要找過氣而且正在被審查的周永康結盟嗎？於是很多人認定「車震門」傳說不靠譜。發布該消息的網站在報導中最後說：令計劃「幾沒可能升為政治局常委了」，外界解讀為，這才是這些媒體放風的關鍵目的：打擊令計劃，阻止他升遷。

令計劃的獨生子令谷生於 1988 年，因為母親姓谷，故取名為令谷。2011 年他畢業於北京大學國際關係學院，後來成為北京大學教育學院的學生。令谷起初保持了低調，僅對幾個人透露了自己的背景，同學們只知道他叫王子雲。

據同學透露，他穿名牌服裝，居住在私人的居所而不是宿舍，上課常常遲到、早退。令谷還仿照美國耶魯大學的「骷髏會」，在北京大學

建立了一個俱樂部，起名「戰略及國際研究委員會」。

2012 年 9 月，香港雜誌也有消息說，王子雲在網路上稱，自己平安無事，是謠言讓他「被死亡」了。不過後來也有消息說，令計劃的兒子真的被人用車禍的手法謀殺了。

2012 年 11 月，英文《南華早報》引述消息人士說，在法拉利車禍發生後，有人將數百萬元人民幣從中石油的帳號轉到了車禍兩名受傷女乘客家人的帳號上。中紀委高層官員對如此巨款能從中石油帳戶輕易轉至車禍傷者家屬的帳戶感到非常震驚，因為當中沒有任何問責，也未簽署任何文件。這不得不令人對中石油這家大型國企的管理手法，以及政府監督機構的監管能力提出質疑。

消息人士說，中紀委調查人員最終把賠償錢款的線索追到了時任中石油總公司董事長的蔣潔敏身上。海外有周永康的人馬放風說，蔣潔敏是令計劃一夥的，蔣是在幫令掩蓋車禍醜聞，但更多證據證明，蔣潔敏是周永康的心腹，他們花錢是為了堵住知情人的嘴。

蔣潔敏被中紀委調查半年後，突然在 2013 年 3 月 18 日被宣布調離，這個日子剛好就是令谷死去一周年的日子。很多人猜測這背後有令計劃的布署，令要為冤死的兒子報仇。作為胡錦濤的最鐵心腹，令計劃全程安排了對周永康、薄熙來、王立軍的祕密調查，薄王主僕反目背後的離間計就是令計劃安排的，而且令計劃也是倒薄的主要承辦人，周永康等人對他恨得咬牙切齒。

更多證據顯示，令計劃的兒子不是因為色情而死，而是周永康一夥搞的政治謀殺，喪命後還被製造虛假現場，偽裝成車震而亡。令谷死亡的時間 3 月 18 日，正是 3 月 15 日溫家寶宣布免去薄熙來重慶書記之後第三天，周永康作為薄熙來的政變主謀，搞這次政治謀殺的目的就是威脅恐嚇政治對手：誰要再查薄周政變，誰就會落得類似下場。

周薄政變坊間信息大串聯

2012 年 7 月 3 日，「中國茉莉花行動部落」發起人劉剛，根據當時海內外流傳的各種消息推測分析，寫出了《薄熙來軍事政變、周永康毒殺令計劃公子的來龍去脈》一文，裡面談到令計劃兒子之死與「3‧19」槍聲之間的關係，他認為是周永康之流為了阻止對薄熙來的審判，人為製造的謀殺：「2012 年 3 月 18 日，令計劃一聽說自己的兒子法拉利車震，曝屍北京街頭，立即口吐鮮血，待令計劃反應過來，大吼一聲：好你個周老賊，你跟老子玩車震，我豈能容你！」

令計劃立即將中央警衛局的正副局長緊急召到中南海，商議對策，擬出兵討伐周永康。有心腹幹將提醒令計劃：「周永康駐地有武警重兵把守，中央警衛團未必能降伏他。當前首要任務是設法去搶回令公子屍體，防止周永康偽造車禍現場。然後再從長計議討伐周賊之事。」

令計劃這才想起去搶兒子屍體，他立即讓三位在場的中央警衛局官員跟隨一名中央辦公廳副主任前往車禍現場，要他們必須保護好現場，將令公子的屍體盡快搶到手。

中央警衛局的幾位副局長火速趕往法拉利車禍現場。可是，他們還是來晚了。現場已經被周永康派出的警察和武警嚴密封鎖，而且，車禍現場已經被偽造成令公子同兩名女子發生性關係而發生車禍。令計劃聽到彙報後，知道兒子的車禍醜聞已經無法掩蓋，這車禍醜聞勢將影響到令計劃的前程，影響到他能否按計畫進入下一屆中央常委，令計劃氣得青筋暴跳，他哪裡還顧得上什麼薄熙來政變的醜聞，自己都自身難保了！

令計劃立即向胡錦濤報告，詳細列舉了周永康的政變圖謀，講述了周永康是如何將令公子車禍，並添油加醋地說周永康正策劃將胡錦濤兒

子胡海峰以及溫家寶兒子溫雲松都如法炮製，用車禍送他們去見閻王。令計劃強烈請求胡錦濤調動軍隊進京，制止周永康的軍事政變圖謀。胡錦濤准奏。

當天晚上，令計劃就拿著胡錦濤的令箭，調 38 軍進京平息政變。

第二天，也就是在 2012 年 3 月 19 日，38 軍全副武裝進入北京，包圍周永康在白馬寺武警基地的周公館。38 軍同周永康的武警部隊在白馬寺荷槍對峙，劍拔弩張。雙方互不相讓，各自朝天放槍，要求對方放下武器。這就是當天北京街頭巷議的北京軍事政變的來龍去脈。

劉剛接著根據江派媒體的放風，用寫小說的手法，描述了太上皇江澤民出面平息胡錦濤和周永康在北京的軍事對峙，不過他也無法辯解這些江派命令是真的來自江澤民本人，還是來自江的狗頭軍師曾慶紅。最後，胡錦濤下令令計劃妥協，放過了周永康。

令計劃兒子遭遇最慘烈的政治謀殺

《大紀元》網站 2012 年 12 月 15 日發布獨家消息說，據北京高層消息人士透露，3 月 18 日的「法拉利事件」實質是「令計劃的兒子遭到政治謀殺，曾慶紅、周永康藉此施放恐怖，威脅高層其他人對薄熙來案『收手』。」

消息稱，周永康等人隨後向海外拋出一系列威脅令計劃的黑材料，最主要目的就是對曾經主辦薄熙來案的令計劃報復，目的是恐怖威脅中南海其他人不要參與打擊周薄政變集團。

文章不但證實了前面人們的猜測和分析，而且從大陸官方行為中拿出了證據，證明令計劃並沒有被官方認定為有野心的陰謀家，或企圖叛亂的謀反參與者，相反，大陸媒體不斷報導令計劃的出行，不斷發出挺

令的信號。

12月9日，有海外媒體卻突然發出消息，稱此前胡錦濤的大內總管、原中辦主任、中央書記處書記，現任中共統戰部長令計劃，在北京中南海被中央警衛局和中紀委的紀檢官員控制。

12月10日，大陸官方新華社、中新社則分別報導令計劃公開出席活動。報導指令計劃出席在北京開幕的中華全國工商業聯合會第11次會員代表大會。會議選舉產生新一屆「領導班子和領導機構」，中共中央統戰部部長令計劃到會祝賀。

在此之前，上述同一海外媒體曾在4日稱，令計劃的妻子谷麗萍，因貪腐和兒子車禍事件的違法處理，已於12月3日被捕。

中國瀛公益基金會12月5日出面闢謠，否認谷麗萍被「雙規」。《聯合早報》引用中國瀛公益基金會副祕書長高永回的話稱，谷麗萍5日下午還到辦公室和他一起開會。

有評論指出，這次令計劃所遭遇的是最慘烈的政治謀殺，不光自己的獨生子被害死，還被扣上車震門之類如此惡毒的罪名，這是一般中國人都想像不出的罪名，被人詛咒謾罵，讓孩子死後都不得安寧。

按照中共官場的潛規則，無論雙方爭奪權位時如何驚心動魄，但一般不涉及家人，特別是不牽扯後代。據說這是「文革」後中共元老制定的潛規則，因為他們的子女在「文革」時的悲慘遭遇讓他們明白，不能再像毛澤東那樣惡毒，要各自留下後路。

不過，令計劃不但孩子被害死，自己的名聲也遭到前所未有的攻擊，什麼性醜聞、謀反罪都出來了，還有妻子、妻弟、兄弟姐妹，都被人謾罵攻擊，整個全方位鋪天蓋地的詛咒，這是最慘烈的政治謀害。

第二節

車禍是國安屢試不爽的謀殺手段

在周永康海外放風威脅令計劃的過程中，令計劃被安上的罪名也五花八門。

2012 年 6 月份，江派先在海外放風稱，令計劃和周永康「結成三角同盟」。後來看到其他媒體紛紛表示「不信」後，改口稱令計劃其實「並沒參與很深」。

到了 11 月，該媒體旗下雜誌又改口稱，令計劃在兒子車禍喪生後，發動「兵變」，還稱令計劃有「欺君之罪」。到了 18 大後，令計劃更是被該媒體指為「新四人幫」一員，而且還「涉嫌謀殺車禍中倖存的藏族女孩」。同時令計劃又成了薄一波的「養子」。

不過，也有很多人識破了法拉利車禍事件是場人為製造的車禍，「因為這是中共國安最習慣使用的招數，也是只有中共國安或公安才幹得出來的齷齪把戲。」人們列舉了近年來達賴喇嘛侄兒被政治謀殺事件，還有氣功師張宏寶遭遇的離奇車禍。

據美聯社報導，達賴喇嘛的侄子晉美諾布（Jigme K. Norbu）2011年2月14日在美國佛羅里達公路上行走時遭車撞死亡。警方說，45歲的諾布14日晚19時30分在靠近佛羅里達東海岸的A1A州公路上遭到一輛SUV撞擊死亡。但警方沒有透露其他細節。

諾布是達賴喇嘛已故哥哥仁波切（Taktser Rinpoche）的兒子。當時晉美諾布正在參與徒步遊行活動。弗拉格勒縣（Flagler County）一名社區網站編輯特里斯坦（Pierre Tristam）打算到一家餐館訪問諾布時，看到附近公路上警方的燈光。特里斯坦說，他走近現場看看發生了什麼事，得知諾布死亡。

根據「世界和平大使」網站（Ambassadors for World Peace）聲稱，在事故發生之前，45歲的晉美諾布正在參加「為西藏行走」（Walk for Tibet）的遊行活動，這一活動是從聖奧古斯汀出發，行走480公里，抵達西棕櫚灘的遊行。活動在2月14日至26日期間舉行。此前他已經進行過幾次類似的行走，包括2009年從印第安納州到紐約市將近1500公里的一次長途跋涉。

達賴喇嘛在印度的發言人、私人祕書吉米仁增（Chhime Rigzing）告知法新社，達賴喇嘛得知其侄子的死訊非常悲傷，將會在15日為其進行禱告紀念。他稱，他們15日得知了這一消息，達賴喇嘛追問了這一事故是如何發生的。

「世界和平大使」網站稱，此次遊行活動包含了許多讓世界分享和平、人權以及西藏人為獨立而做出的奮鬥的機會。晉美諾布曾在2010年12月在台灣完成了一個類似的行走活動。

晉美諾布出生在印第安納州的布盧明頓。他的父親是達賴喇嘛的大哥塔澤‧仁波切（Takster Rinpoche），又譯土登諾布。土登諾布於2008年去世，享年86歲，生前是印第安納大學布盧明頓分校的一名教

授，還擔任過達賴喇嘛駐美國的代表。達賴喇嘛是西藏的精神領袖，在一次反對中共政權的起義失敗之後，於 1959 年流亡至印度。

如果說達賴喇嘛侄兒的死亡，讓人們感到震驚但沒有太多證據的話，中華養生功創始人張宏寶 2006 年 7 月 31 日死於車禍，則被外界炒得沸沸揚揚，被稱為是明顯的政治暗殺。

據調查張宏寶車禍的美國警察在報告中指出，女駕車人褲子半脫，而張宏寶的左手正放在女死者的襠部。人們質疑：張宏寶的座車被高速撞擊，是什麼樣的力量才能使張宏寶的手在強烈撞擊後還能一直放在祕書的陰部？「那只能是事後人為製造的假現場！」

張宏寶的車禍很離奇。警方掌握的三個證人均表示，他們看到張宏寶的車先停下，準備進入 89 號公路。正在此時，一輛裝有 40 尺貨櫃的大型貨車從 89 號公路開來。大型貨車按規定是直行，不會停車。但這時張宏寶的車突然起動試圖趕在大貨車之前，插進車道，結果被大貨車攔腰而撞。該處地勢開闊，沒有任何視線障礙。車禍一個月後，其親友方知悉此事，其過程也是曲折離奇。

有人猜測，從上面的現象看，唯一的解釋是駕車的人有意撞車，而且是鼓足勇氣撞車，以自殺進行他殺。但也有人說，駕車者是張宏寶的女助手，如果她要暗殺張宏寶，可以有許多輕而易舉的方式，完全不必用自殺的方式。

而且現今中共末日獨裁，罪惡已經被昭告天下，中共在中國想收買人肉炸彈幾乎完全沒有可能。

作者林泉認為，很可能有人事先在張宏寶的車子上做了手腳，再利用外部遙控，導致了這場車禍。他在分析中指出，「其實現代汽車的停車制動並非直接踩踏的結果，踩車閘都是用腳踏啟動電制動車閘。由此看來給張宏寶車做手腳非常容易：無非是利用外加控制器控制汽車的電

動閘電路和汽油管路。我認為特務們在此案件中作了非常周到的設計和實施，其過程可能如下：

（一）車子被及時地加上了管線控制器。

（二）路旁有特務車埋伏跟蹤。或許不止一輛。每車或許不止一人。

（三）跟蹤車適時啟動遙控器製造車禍。

（四）在警察到達現場之前，以關心傷者的機會，變動現場證據。如果不止一個人，像國內小偷群夥作案一樣，有遮擋，有引誘，有操作，這其實很容易。

（五）採取措施拖延親友得到通知的時間，事實上達到將近一個月，利用這段時間千方百計地接近被損毀的汽車，將車上的控制器取下，並恢復管線原狀。

特務們知道，作為一個普通車禍，警察不會對損毀的汽車進行周密的檢查鑑定。通常事故責任比較清楚，外表鑑定一下就可以了，然後拖到某相應車場存放，一旦找到親友，就交給親友處理。如果車禍後親友及時得到通知，警方會立刻發現張宏寶特殊的身分，並了解到暗殺的可能，事故車輛會立刻得到嚴密保管，拆除控制器的機會就沒有了。所以延緩親友得到事故信息的時間是這次暗殺的重要設計環節。

這個環節應該主要包括兩個方面：一個是死者身上的證件必須在警察到達現場之前被作弊，使警察難於及時發現死者的真實身分，另一個是派人對死者親友郵箱門戶進行嚴密監控，盡可能及時偷走警方所送達的信息。這兩點在本案中都已經做到。

發生這麼嚴重的事故，現場其他人如果接近事故車輛，與車內人對話，問傷亡情況，問需不需要幫忙，然後給警察打電話，這是很正常的行為，不會被認為是破壞現場的行為，更不會被懷疑是現場作案。特務們可能利用這個機會對死者的證件做了手腳。

對比張宏寶和令谷的車禍照片，有人分析說，「令計劃調動中央警衛局的兵力包圍車禍現場，目的就是要找到國安特務的作案證據。法拉利跑車被撞得那麼爛，碰撞前的車速可能在 180 公里，這很明顯是被外部遙控加速了。誰知令計劃還是去晚了，他們趕到時，現場的幾個人都被脫光了衣服，製造出車內性交的假象，特務安放的遙控線路肯定也被拿走了。」

也有人說，周永康在美國都能頻繁製造車禍事件來謀殺他恨之入骨的人，這次在自己的家門口讓令公子喪命，那不過是故技重施，讓令計劃有口難言，知難而退，徹底放棄同周永康的較量。

澳洲法輪功學員南非和平請願遭槍擊

中共特務頭子曾慶紅在海外利用周永康的國安特務幹的另一件「出名」、國際影響力大的案子，是 2004 年的南非槍擊案。這是江澤民血債幫製造天安門自焚偽案、用以誣陷法輪功學員的騙局中，另一件被廣泛曝光的罪行。

2004 年 6 月 28 日下午 20 時 30 分左右，在南非約翰尼斯堡，澳洲法輪功學員一行九人在前往南非首都 Pretoria 的總統府賓館（Presidential Guest House）和平請願途中，遭到不明人士開槍射擊。在第二輛車上開車的法輪功學員戴偉梁雙腳被射傷，送醫搶救。幕後黑手直指當時造訪南非的江澤民「大內總管」曾慶紅以及商務部長薄熙來。

曾慶紅是江澤民的心腹，主管黨內特工系統，在江澤民鎮壓法輪功過程中扮演重要角色，對成千上萬法輪功學員被迫害致死負有不可推卸的責任，因而被法輪功學員告上聯合國與國際法庭。薄熙來也因為在大連與遼寧殘酷迫害法輪功學員而被多個國家起訴。

　　據了解，從 1999 年 7 月 20 日至 2004 年 4 月 18 日，大連至少有 17 名法輪功學員證實被迫害致死，是全中國鎮壓法輪功最嚴重的城市之一。已證實被迫害虐死的遼寧法輪功學員達 103 人，居中國全國第四。遼寧省內多所勞教所如馬三家勞動教養院、大北監獄、張士教養院、龍山教養院、大連教養院等都因為殘酷迫害法輪功學員而臭名昭著。薄熙來的惡行令其在海外所到之處都成為不受歡迎者。他在歐洲、北美、南美、澳洲的行程均受到法輪功學員和人權團體的抗議和譴責。

　　但是曾薄不但不知反省與收斂惡行，反倒對法輪功學員的正義之舉進行打擊與報復。2004 月 4 月下旬，在海外，當訴狀送遞者在酒店門口將訴狀及其他相關文件送達薄熙來本人手中時，薄熙來意識到自己被起訴後旋即將文件摔在地上，其隨從則立即對訴狀送遞者進行肢體攻擊。外界評論曾慶紅謀劃的這次南非槍擊案，完全是窮凶極惡、不擇手段的惡行。

　　江澤民自 1999 年 7 月鎮壓法輪功以來，在黨內外都受到了抵制，中共高層中除江外，都不同意鎮壓，而且在鎮壓後也不積極。不少省市的高層對此也是陽奉陰違，民眾更是十分反感。不過，有少數人認為這是一個向上爬的大好時機，因此緊隨江的鎮壓政策。周永康和薄熙來就是這樣的人。

第三節

中紀委書記多次遭暗殺

　　周永康、曾慶紅聯手搞的政治謀殺，絕不止於上面所列舉的，還有很多在官場內部流傳著，比如，前幾任中紀委書記就多次遭到暗殺，有的還得逞了。

　　中紀委全稱「中央紀律檢查委員會」，是中共內部執行「家規家法」的懲罰機構。一個高層黨員違法了，中共不是按照正規法律來處置，而是先「雙規」（在規定時間規定地點）接受中紀委的調查，然後由中紀委決定是否移交司法處置。可以說中紀委本身的做法就是違法的，不過由於中紀委直接懲治級別較高的貪官，中紀委書記屢遭報復暗殺的事件便不斷發生。

尉健行差點被炸死

　　2000 年 12 月 24 日，中紀委書記尉健行在中共中紀委第五次全會

上宣布，從 2001 年起將實行省部級幹部家庭財產申報制度。當時知道這個消息的僅有中央政治局、中央書記處、國務院黨組、人大黨組、政協黨組的成員，但 10 個工作日內全中國竟出現非正常提取現金 421 億多元人民幣、25.8 億美元外匯的情況，尉健行想要阻止或凍結有嫌疑的大額存款戶的帳號，但由於直接牽扯江澤民及多個政治局常委高官，最後財產申報不了了之。

就在尉健行宣布公布財產幾天後的 2001 年 1 月 2 日，他收到一封從瀋陽軍區政治部某處寄來的掛號信，內附音樂賀年卡。該信經過了中央警衛局郵件安全處檢查，沒有發現爆炸物，但因檢查人員對賀卡重量有疑便啟了封，開封時發生劇烈爆炸，兩名檢查人員當場被炸至重傷，由於炸藥裡摻雜了劇毒物，兩人不治身亡。

一年後的 2002 年 3 月中旬，尉健行個人在中國銀行的帳戶突然收到 1000 萬巨款，是由 20 單無名匯款、每單 50 萬元、從同一城市匯來的。尉健行隨即要求立案調查並表示：「這不是一宗失誤事件，是一宗有政治動機的陷害事件。」具備知道尉健行銀行帳號能力和條件的，非權力無邊的政法委莫屬。

多位高官被襲 中南海驚恐萬分

2001 年 11 月 29 日，朱鎔基召開國務院緊急社會治安保衛工作會議，當時尉健行、溫家寶、羅幹、賈春旺、劉麗英、何勇、周子玉、曹慶澤等人，都成了暴力暗殺攻擊的對象，令中南海頭目們草木皆兵、驚恐異常。

據《動向》報導，朱鎔基在會上披露：從 2001 年 9 月以來，發生了 40 多宗特定暴力攻擊紀委、政法、公安的案件，相應黨政官員接獲

暴力死亡威脅信件電郵 470 多宗。

有人策劃用重型貨車衝擊公安部，搞自殺式炸彈攻擊；在「十一」前夕破壞發電廠，破壞北京地鐵線路，預謀在人民大會堂舉行歡迎外賓儀式時製造爆炸和騷亂等。

朱鎔基稱：「有證據證明，這是來自黨、政、軍、警內部一些被清除、受處理、制裁的人及其同黨、包括一些有嚴重經濟政治等問題、待審查的人所策劃的，他們在社會上收羅了從武警、軍隊、公安、政法中的敗類，和社會上黑社會組織相勾結，雇傭、組織暴徒、亡命之徒，進行有計畫、有預謀、有組織的暗殺。」

比如 2001 年 11 月，中紀委書記尉健行、副書記何勇等一行到山西省太原市突擊檢查該省行政開支虧空 50 多億元的懸案，儘管他們臨時改變住所住進省軍區招待所，但當晚還是發生兩起突然中斷電源事件，隨後山西省委安排尉健行到森林公園參觀，在保衛部門的勸阻下，他倆沒有去，後來發現有人在森林公園路邊水溝裡安置了燃燒瓶等爆炸物。

同月，溫家寶到湖北調查防洪設施經費及該省政府出面借貸搞基建拖欠 400 多億元壞帳情況，在溫家寶下榻的省政府迎賓館內發生了武警槍擊事件，溫家寶祕書所住房間的窗戶被槍彈擊碎，溫家寶住的房間多台電話遭阻塞；此外還發生了多名假冒便裝特警闖入迎賓館事件，隨後嫌犯被發現而遭拘捕，但拘捕期間三人逃離。

吳官正兒子被殺 胡錦濤兒子被盯

2011 年維基解密公布了一份美國駐上海領事館在 2007 年 10 月 5 日發往美國華府的電報，標題為《南京學者對中國政治暴力的看法》。電報中透露，前中共中紀委書記吳官正的兒子在青島被謀殺；胡錦濤的

兒子也曾成為暗殺目標。

　　吳官正當時負責調查江派大將、上海市委書記陳良宇。2007 年 1 月，吳官正的長子去山東青島出差，為其工作的一家國企簽訂合約，結果他的屍體在死後三天才被酒店發現。詳情請見《新紀元》出版的《中南海政治海嘯全程大揭祕（下）——鮮為人知的胡錦濤奪位戰》。

18 大選了兩次？分歧更劇烈

　　由此可以預見，等待新任中紀委書記王岐山的是份苦差事。與往年不同的是，18 大中共高層分歧更加劇烈、更加露骨。有消息說，2012 年 11 月 15 日中共執政班子亮相推遲了近一個小時，是因為政治局常委的選舉進行了兩次。

　　有知情人透露，第一次是差額選舉，張德江、劉雲山和張高麗這三個江家幫都被差下去了，但江派不依不撓，於是才有了第二次等額選舉，把這三人又拉拔上去了。

　　此消息的準確性有待考證，但說明一個問題，江澤民及血債幫因為害怕他們鎮壓法輪功而被清算，拚命掙扎，甚至不惜魚死網破，而胡錦濤、習近平為保中共破船不要在自己手裡沉沒，只得委曲求全，屈服於江派的淫威，但兩者矛盾的不可調和，遲早會引發更大規模的鬥爭。

第四節

李旺陽案元凶

2012 年 6 月 10 日，2 萬 5000 港人遊行到香港中聯辦，要求北京當局交代「六四硬漢」李旺陽死因真相，徹查殺人凶手，還李旺陽一個公道。

工人運動的積極參與者

2012 年 6 月 13 日，湖南邵陽「六四」民運人士李旺陽被害死後的第七天，香港支聯會在中環舊立法會旁舉行了「頭七」燭光悼念活動，數百人聚集，高舉燭火和白花。此前的 6 月 10 日，2 萬 5000 香港人參加了民陣聯在中領館外設置的靈堂悼念活動，全球各地媒體和民眾也紛紛譴責中共的暴行，要求徹查此案，平反「六四」。

李旺陽 1950 年出生在湖南，身高 1.82 米，未婚，性格倔強，是湖南邵陽市玻璃廠工人，他在北京時受到西單民主牆的薰陶，對民主主義產生共鳴，並於 1983 年成立工人互助會，創辦《資江民報》。在 1989 年民主運動中，他出任邵陽市工自聯主席，聲援學運。當民運被中共軍隊鎮壓後，他舉辦了「六四」死難者追悼會，後被指為「反革命分子」，犯上「反革命組織罪」，於 6 月 9 日被捕。

李旺陽原被判 10 年監禁，他在庭上抗辯：「遊行示威、言論自由是憲法賦予人民的權利，我既沒有罪，也沒有錯。……中國工人已經覺醒了！……這個政府已經走到了人民的對立面。」他最後被加刑至 13 年，初於邵陽市瀧溪監獄（湖南省第六監獄）服刑，後改囚沅江監獄（湖南省第一監獄），接著往岳陽勞改農場勞改。

20 多次被關進「棺材倉」

據中國人權民運信息中心披露，李旺陽被囚禁監獄 21 年的悲慘歲月中，曾經被施以酷刑，並有超過 20 次被關進有如大棺材的狹小囚室，為時最短一個月，最長三個月。關「棺材倉」也稱「關小號」或「關禁閉」。

由於這種「棺材倉」只有 1.6 米高，身高逾 1.8 米的李旺陽在裡面只能或坐或臥，室內無燈、無床，只有一個小小的地洞收集排泄物，室內滿布虱子、蒼蠅、蚊蟲，李每日就從鐵閘上的小洞取飯充飢。

受到如此虐待，李旺陽於 2000 年已患有嚴重心臟病、甲狀腺亢進、左眼失明、頸椎及腰椎病、雙耳接近失聰，活動能力大減，幾乎不能正常生活。2000 年 6 月 8 日，他同其他湖南「六四」囚犯一樣，提前兩年出獄。

最後一名採訪李旺陽的香港記者林建誠回憶說，李旺陽談到「關小號」的經歷時，他表現得非常恐懼。當時李旺陽對他說，他 1989 年一入獄幾天後就首次被「關禁閉」，獄方並沒交代原因，他試圖絕食抗議，獄方就給他戴上死囚才使用的腳鐐。有超過 50 公斤重，他戴了很久，因為生鏽，導致皮膚破損潰爛，一直爛到臀部。

「監獄裡面鐵匠打的那種土銬子，比手腕還小，銬不進去，用鉗子

來使勁夾，等於是用鉗子在夾骨頭，他使勁的一鉗，我頭就發昏，眼睛就看不見了。」他說話時，聲音沙啞，右手還不受控制地顫抖。

為爭取生活費 第二次入獄

李旺陽出獄後，生活不能自理，由其妹妹李旺玲和妹夫趙寶珠照顧，他仍加入了中國民主黨。湖南當局警告所有民運人士，誰探望李旺陽就抓捕誰。在此期間，邵陽市以找不到李旺陽檔案為由，拒發退休養老金，只發 300 元「低保」。李旺陽的家人亦遭受迫害，他的妹夫趙寶珠被無理解雇。由於是重點打擊對象，他們的居所被發展商強行清拆，不作賠償，使他們至今仍居無定所。

由於多年的虐待，他的身高由 1.82 米萎縮至 1.73 米，出獄後，他表示中國政府施加酷刑，致使他身體殘障，中共有不可推卸的責任，理應賠償損失，所以聯合其他湖南民運人士絕食抗議，共絕食 22 日。他的妹妹李旺玲接受「美國之音」、「自由亞洲電台」訪問，也遭湖南當局判以三年勞改。2001 年 5 月 6 日李旺陽於大祥醫院再次被刑事拘留，6 月 7 日被捕，四天後被控煽動顛覆國家政權罪，9 月 11 日，邵陽市中級法院將他判處 10 年徒刑。

「被自殺」前接受採訪並獲獎

2011 年 5 月 5 日，李旺陽刑滿出獄，他的病情惡化，雙目失明，雙耳失聰，只能抬回家中，其後轉往大祥醫院接受治療。妹妹李旺玲每天煮兩頓飯，跋涉七公里路去醫院照顧他。海內外民運人士捐款給他醫病，但銀行戶口卻無理被封，聯繫為李旺陽治療的醫生也因為公安阻撓

而不能成行。

　　5 月 22 日，李旺陽在朋友幫助下，暫時脫離了監視，接受了香港有線新聞台中國組記者林建誠訪問，由於失明失聰，只能靠手掌心寫字才明白，訪問中他表示，「丁子霖教授，是一位偉大的母親，20 多年來她每一天都在為天安門事件的平反而呼號、呼籲、吶喊，不愧為天安門母親的稱號，我希望她能堅持到平反的那一天。『六四』事件必須平反，死難烈士的靈魂，應該得到安息。」談到自己因投身民運而被摧殘的身體，他表示不後悔：「國家興亡，匹夫有責，為了國家早日進入民主社會，為了中國早日實現多黨制，我就是砍頭，我也不回頭！」

　　訪問在 6 月 2 日播出，引起海外關注，當地亦加強了對李旺陽的監控。6 月 4 日，李旺陽獲全美中國學生學者自治聯合會頒發自由精神獎。6 月 6 日，李旺玲收到醫院通知稱李旺陽自殺，當她趕到時，發現他伏屍窗邊，頸項綁著白布條，白布條則綁在窗口，但他卻雙腳著地、手搭在窗上，而房間遺物仍維持原狀，也沒有留下遺書。李旺玲擁屍大哭，他的朋友只來得及拍了兩張半身屍體照片，來不及照全身照片，就被公安趕走。不久公安強行火化了遺體。

三大主犯：周永康和他的祕書長

　　據「參與網」報導，來自湖南省公安高層的可靠消息，邵陽市公安局國保支隊長趙魯湘（男）是李旺陽案最大的疑凶。他一直是極為頑固的迫害邵陽民主人士的公安黑手，其在「六四」時就以殘酷手段迫害學生和工人而聞名。李旺陽兩次被判刑都是此人親手經辦。

　　海外民運人士郭保羅也在推特透露：涉嫌謀殺「六四」英雄李旺陽的三名主犯是：中央政法委祕書長周本順（邵陽人）、邵陽市公安局長

李曉葵、邵陽市公安局國保支隊長趙魯湘。

郭保羅表示，殺害李旺陽的命令來自中共政法委高層，目的是為了阻止他繼續向外媒說話，同時震懾香港眾多想為「六四」翻案的人員和反共人士，斷絕港人期盼「六四」平反的想法。

6月7日，原「六四」學生領袖劉剛在網路上發呼籲書並公開徵集簽名，緊急呼籲中國政府立即逮捕周永康，法辦謀殺李旺陽的罪魁元凶。劉剛表示，周永康之前已經向各地警察下達了對國內外活躍民主人士的格殺令。李旺陽6月4日接受港媒採訪後，立即成為周永康的頭號眼中釘，也成為湖南當地公安貫徹周永康格殺令的頭號活靶子。

第五節

為保周 江派不惜搞核恐嚇

在國際聚焦江澤民集團的代表人物周永康隨時被逮捕的傳言下，2013 年 7 月 3 日，被公認為中共在香港的喉舌「大公網」公開為周永康站台，藉刊文《揭祕周永康訪朝內幕》，恐嚇習近平陣營和美國及國際社會。

分析稱，江澤民集團顯然藉此來威脅國際：若逮捕周永康，江派會不惜再利用北韓金家搞核武器來恐嚇美國、攪局國際。江澤民集團在內外交困的情況下，被迫亮出底牌：江派才是北韓背後的真正老闆。

大公網故意渲染周與北韓關係

自從王立軍出逃後，周永康夥同薄熙來欲政變推翻習近平的消息傳出後，逮捕周永康的呼聲不斷，周的親信也紛紛落馬。2013 年 4 月 29 日周永康好不容易藉回母校露露面，但並無正規媒體報導，只有該中學

的校友網（還不是該中學的官方網）上面有兩篇短文，7月2日大公網剛披露此事，校友網馬上被大陸官方緊急刪除。

7月3日，大公網又罕見的用了51張圖片來刊登《揭祕周永康訪朝中共首次公開給金正恩的神祕禮物》一文。其中有些圖片並不是周永康訪北韓所攝，而是周在北京接待北韓來的官員時照的，很多內容重複。而且放那麼多圖片反而讓人覺得奇怪。

文章稱，2010年9月30日，金正恩首次在北韓媒體上公開亮相。「幾天後中國共產黨派時任政治局常委的周永康率團訪朝，成員包括王家瑞和孫政才等人，名義是慶祝勞動黨成立65周年。周永康此訪給了金正恩一個首次公開參與外交活動的機會。」

10月10日上午，平壤金日成廣場上舉行盛大閱兵式，金正恩被確立為第三代領導核心後再次公開亮相大型活動。周永康是唯一登上閱兵式主席台觀禮並與金正日全程同行的中共代表團成員。金正日還拉起周永康的手一同向人群揮手致意。

周永康三天訪問時間內四次會見金正日，並與其他北韓高層接觸，大公網稱「可見中朝關係再掀高潮」，「但是媒體並沒有透露，周永康和金正恩是否有多次會晤，特別是交流過什麼問題。」報導還加一句：「外界也關注到，周永康率團訪問朝鮮時，孫政才和金正日以及金正恩也有過接觸，這或許成了此訪的又一大看點。」言下之意是周永康多次單獨會見金正日及金正恩。

圖片中還介紹了周永康在人民大會堂會見北韓勞動黨中央書記太宗秀，周特意談到能源問題，稱自己長期在石油行業工作，深知能源對一個國家的重要性，中方願意和北韓加強交流合作云云。金正恩上台後，太宗秀就被調任北韓勞動黨咸鏡南道黨委任書記，而北韓核試驗基地正位於咸鏡道。

北韓核武受中共控制

中共與北韓的關係，「文革」時可以說是兩個共黨嘍囉之間的關係，而最近幾十年，中共先是違背核不擴散協議，私下傳授和支持北韓搞核武器，然後在背地裡利用北韓在前台演雙簧，用核武器威脅國際社會，讓西方國家不得不邀請中共充當調停者，從而在人權方面對中共採取妥協態度。「北京六方會談」多年來毫無進展，就是因為陷入了中共的圈套。

在中共內部，負責聯絡北韓的大多是江派人馬。人們從最近一次北韓核試驗就可看出端倪。

2013 年 2 月 11 日，美國國務院網站在當地時間 11 日晚，正式公布題為《防止向伊朗、北韓和敘利亞擴散法》的聲明，對多國企業和個人實施制裁，其中包括保利集團、深圳市倍通科技有限公司、中國精密機械進出口公司、大連盛輝公司等中國企業和個人。保利集團是王震的兒子王軍控制。為了報復美國的制裁，中共下令北韓採取行動，結果第二天的 2 月 12 日，北韓進行了第三次地下核爆炸試驗。

人們發現，往往北韓有意通過核試挑釁美國的時候，大多涉及中共內部強硬派對美國的威脅行動，或出於中共內鬥需要來綑綁中南海政治對手。

除了周永康跟北韓親近外，江澤民的「軍師」曾慶紅，也曾與金正日打得火熱。2001 年 3 月曾慶紅為江出訪打前戰前往北韓時，受到了金正日的熱烈歡迎，北韓後來還特意發行了曾慶紅與金正日在一起的郵票小型張。

北韓捲入中共高層內鬥

維基解密 2011 年 8 月 30 日公布一份資料透露，早在 2010 年 2 月，美國駐首爾大使館發回美國華府的祕密電報稱，南韓外交部次長千英宇 2010 年 2 月 17 日告訴大使，中共高層對北韓的態度有分歧。北韓的經濟已經崩潰，其政治將在金正日去世後「兩到三年內」崩潰。

中共高層對北韓態度的分歧，可體現在 2013 年 4 月的博鰲論壇上，剛剛上任的習近平第一次在國際社會面前亮相時就明確表示，沒有一個國家應該被允許因為「一己之私」而攪亂世界和平。雖然習沒有直接點名北韓或提及核威脅，但《華爾街日報》4 月 8 日報導認為，這是中共公開責備平壤的一個重大動作。文章還稱，習近平這番發言，不得不擔當很多國內政治風險，因為中共解放軍內部對北韓強烈支持，習對北韓的譴責，等於戳到了有些軍人的痛處。不過大陸輿論越來越反對北韓，一些學者在公開呼籲中共拋棄這個曾經被宣傳為「唇齒相依」的社會主義鄰國。

4 月 13 日，中共國務院總理李克強在中南海紫光閣與美國國務卿克里見面時也表示：「在半島和本地區挑事生事，會損害各方利益，也無異於搬起石頭砸自己的腳。」李克強力挺習近平態度明顯。

周永康親信都被查

2012 年底以來，與周永康關係密切的官員紛紛落馬，最早的是四川省委副書記李春城，接下來是湖北政法委書記吳永文，然後是跟隨周永康 18 年的大祕書郭永祥。

7 月 9 日，中共喉舌下的黨刊《環球人物》將筆墨聚焦到了曾任四

川省副省長、四川省人大常委會副主任，後轉入閒職四川文聯主席的郭永祥身上，稱他是「農家子弟的官場沉浮」，文章質問為何郭永祥在閒職上落馬，暗示問題出在郭永祥背後的靠山上：「有人認為是『出手打老虎』。」

文章還披露郭永祥曾傳出與其他女性關係曖昧，在其任四川省委辦公廳主任時，曾將四川某市接待辦兩名美女調入省委辦，在上級過問時才將她們調轉其他部門。郭永祥 2009 年 2 月轉入文化領域後，在省文聯成立了藝術團，專門招一些年輕漂亮的女孩，黨刊稱這也和他的個人「喜好」有關。

周薄政變　北韓是退守地之一

2012 年 2 月 6 日，王立軍出逃美國使館時上交了很多祕密材料，其中包括薄熙來夥同周永康搞政變推翻習近平的陰謀。這個政變陰謀從 2008 年左右開始實施，計畫安排得很周密，連「新政府」誰當什麼官都做了安排。比如，司馬南出任中宣部長、趙本山任文化部長等。不過外界一直沒有得到消息，假如政變失敗，薄熙來與周永康是否安排了退路？應該退到何處才能留得青山在不怕沒柴燒，等待機會再度「鬧革命」呢？

就現有情報來分析，周薄準備了三條退路：

一是退守四川和雲南，利用成都軍區和昆明軍區的人馬，憑藉蜀道難的地理優勢來抗衡中共中央。

二是退守新疆，新疆一直是周永康的地盤，而且近年來薄熙來的密友王軍從中信退休後，也不斷在新疆發展，從王震時代新疆就是左派的領地。薄熙來出事後，第一個帶頭營救薄的太子黨就是王軍。

　　三就是退守北韓，王軍通過保利給北韓提供核武器，自然能夠使之聽命於自己，利用核武器來威脅中南海，中南海沒有不讓步的，否則魚死網破，同歸於盡。

周永康垮台驚天內幕　暗殺習近平另有圖謀

第十一章

周永康的三隻猛虎變死蟲

文強（上）、王立軍（中）和鄭少東（下）都
是周永康在公安部部長任上時提拔重用的「明
日之星」，不過這些多次受到公安部表彰的「人
民衛士」，都相繼變成「腐敗分子」。

第一節

三個「打黑英雄」
與周永康的恩仇錄

　　周永康在公安部時，表彰樹立了很多警察，不過那些多次受到公安部表彰的「人民衛士」，卻相繼變成「腐敗分子」。無論是鄭少東、文強還是王立軍，他們三人都是全中國著名的「打黑英雄」，其「英雄事跡」均被媒體廣泛流傳。同為原公安部部長周永康在任時養的三隻「虎」，如今都變成了死蟲或半死不活的廢蟲，再也威風不起來了。而由此折射出周永康治下的公安隊伍狀態，很值得人們深思。

　　2010年7月7日，就在中國共產黨宣布成立89年後的第六天，這天同時發布的兩個法院判決，不但令公安部發生大地震，也讓全中國民眾為之震撼。這天上午，經最高法院核准，原重慶司法局局長、公安局副局長、重慶「打黑英雄」文強被執行死刑，這是中共歷史上第一個正局級公安局長被處以死刑；這一天，陝西西安市中級法院公開審理了原公安部部長助理、廣東「打黑英雄」鄭少東的受賄案，不久鄭少東被判處死緩。

　　一年半後的2012年2月6日，因抓捕文強而「蜚聲全國」的重慶「打

黑英雄」王立軍，因私逃美國駐成都領事館而轟動全球。

　　這三人有很多相似之處。他們都是窮苦百姓出身。文強 1955 年 12 月出生在四川巴縣一個貧困鄉村；鄭少東 1958 年 11 月出生在廣東潮陽一個小鎮上；王立軍 1959 年 12 月 26 日出生在內蒙古阿爾山鐵路局的一個普通工人家裡。三人都因破獲特大犯罪案而「享譽全國」。比如文強的張君案，鄭少東的張子強案，王立軍的楊富、劉湧案等。三人都是中年得志，王立軍成為鐵嶺市公安局副局長時只有 33 歲，文強成為重慶市公安局副局長時年僅 38 歲，而鄭少東 22 歲進入警界後，因精明幹練又外型討好，在廣東警界早就有「少帥廳長」之美譽。

　　事業成功後，三人都是公安部在刑事偵查方面的全國著名一級警監，都因偵破特大案件而被公安部樹立成模範標兵，並榮獲「一等功」，他們的「英雄事跡」均被大力渲染。文強抓捕張君的過程被寫成傳奇小說，鄭少東抓捕世紀盜賊張子強，至今還在香港和大陸流傳，而《鐵血警魂》就是一部以王立軍為原型的電視劇。他們都曾是當地八面威風的公安局局長或副局長，掌管中共公安這部暴力機器的實權人物。

　　少為人知的是，他們都是原公安部部長周永康在任時提拔重用的「明日之星」，都得到周永康等中共最高權力人物的直接栽培和扶持。而今，周永康在公安部養的這三隻「虎」已成死蟲，再也威風不起來了，他們之間的黑幕交易也被曝光了出來。

　　有趣的是，張君臨死前對文強說「十年後，你會和我一樣的下場！」文強死前也對王立軍說：「我相信，殺我者用不了兩、三年也會被殺！」張子強也對鄭少東發出類似的感嘆。這些「一語成讖」都是偶然的嗎？這背後有怎樣的玄機呢？

第二節

文強死前供出周永康

中國第一悍匪張君

　　張君，被稱為中國第一悍匪、殺人惡魔，曾縱橫大陸數省八年，犯案十餘起，殺死、殺傷近 50 人。他出生在 1966 年 8 月的湖南常德安鄉的一個貧窮農家，七個兄弟姐妹中他是最小的兒子。12 歲時，患癌症的母親病中常念叨想吃一碗肉丸湯，於是張君攢了一個學期，湊足五角錢、跑了 30 多里路為她買回一點點肉，親手做了一碗肉丸湯，讓母親了願。

　　17 歲時張君因打架鬥毆被送進少管所，出來後他膽子更大了，到處持槍搶劫，殺死、殺傷近 50 人，搶劫現金、首飾價值 600 多萬元。張君還定期拉著團夥成員苦練各種犯罪技能，公然叫囂與警方鬥勇鬥狠，並屢屢逃脫警方追捕，當時若提到張君，渝湘鄂系的警察都頭疼。

　　2001 年 4 月 21 日，張君案重慶一審宣判其四項罪名：搶劫罪、故

意殺人罪、非法買賣槍枝彈藥罪、搶劫槍枝彈藥罪，分別被判死刑，合併執行死刑。

第二天，文強在接受記者採訪時談到他對張君的印象。文強與張君打了六年的交道，他對媒體對張君案的報導都不滿意，認為太「淺薄」。憑藉審理張君時的六本滿滿的記錄，喜歡看武俠小說的文強還準備退休後寫一本關於張君的書，以便後人研究這個「具有超常反社會心理與人格」的惡魔。不過，如今人們不但對張君案感興趣，對文強這個步張君後塵的打黑英雄的墜落更感興趣。

從某種意義上說，文強是因為張君而聞名全國。其實此前文強已經查辦了很多大案，只不過人們並不太知情，如 1992 年震驚全國的重慶警匪槍戰案；1994 年中國第一盜案；重慶的搶劫運鈔車案，⋯⋯他破獲的好幾個案件都被公安部記一等功。下面是那天文強對記者講述他抓獲張君的過程。

「大家大概在報紙上都看過張君被抓到了初審的那張照片，他的臉上有傷痕，可能很多人都有疑問，不是說未發一槍一彈嗎？為什麼有傷痕呢？張君臉上的傷痕，其實是我的鞋印。

我們當時掌握了張君的一個生理特徵，就是他的腳心有一顆綠豆大的痣，抓的這個人是不是真張君，這個痣是關鍵。我們幾個警察將他撲倒在地後，他在地上狂叫，後來還說沒有給他 0.1 秒的時間掏槍。我當時想做的唯一一事情就是脫下他的鞋，找那顆痣。結果他真的有痣，是真張君。我一高興，一起身就踹到了他的臉上。這當然是無意的。

抓到了張君，我首先問他叫什麼名字？你知道張君曾經用過的名字有七、八個，他在不同的地方用不同的名字，比如在雲南開遠叫馬忠敢，在涪陵用的化名是江平。當時他回答說他叫張君，他一說完我立刻就說，你他媽的在重慶叫龍海力！

　　我這麼一說，張君就呆了！他的心理防線一下子就給摧毀了——全暴露了。看到了腳心的痣，又問到了名字，我覺得有了把握，打開手機向領導報告，說抓獲了，他們問在哪兒抓獲了，我說：在我腳下！」

　　文強解釋說，他這個回答很有武俠小說的味道，但那時，他就是那樣說的。接著文強又炫耀了自己是如何讓張君招供的。

　　「張君其實滿會表演的，很多媒體的報導都給張君身上罩上了一層光環。前段時間鬧得挺凶的一件事情是重慶大學大三女生，給張君寫求愛信。還有人說張君殺胡清濂，殺得大快人心，因為胡清濂是貪官是蛀蟲。還有人覺得他很直爽，其實，從容也是一種狂妄。從作案開始，張君就準備著，一是自殺，一是用暴力來對付。沒想到我們從心理防線上把他打垮了，在我審他時，他經常哭，有時哭的時間還不短，那個窩囊勁，一副窩囊相。這些東西，你們做記者的可能不知道吧！

　　但是一旦面對公眾面對媒體，張君就馬上表現得很從容。只要電視鏡頭一對準他，他的熊勁就變了。這是他的兩面性。昨天的一審判決裡有段是我審張君時的鏡頭，我對幹警說：『給他一杯水喝。』我說這話是地道的重慶話，後來還有人問我為什麼不用普通話，這句話也可能讓全國人民笑話我。但是你不知道我們當時除了興奮，還有一些緊張啊。我們審訊時，張君回答的一些東西正好是我們已經掌握了的。後來說到秦直碧，關於秦直碧，我們手裡的材料就不完全充分了。

　　這時候，我主動打斷張君的交代，讓別人給他一杯水，這一方面是要讓張君停頓一下，讓他感覺到我們什麼都已經掌握了；另一方面也讓我自己平靜一下，控制一下情緒。警察鬥勇很重要，鬥智更重要。比如讓他喝水，他有了一次停頓，可能就會決定不再說什麼了，但更有一種可能是他察覺我們掌握的很多，他自己也必須說出來，結果我們的目的達到了。」

「常德『9．1』大劫案中，張君劫得兩支微型衝鋒槍後，如魚得水，已經開始著手策劃昆明市珠寶店、上海市城隍廟黃金市場的搶劫。張君一生離不開槍與女人，很多人說他是個性扭曲的人，但是，張君這個人對槍的熱愛絕對遠遠超過了對女人的愛。他是槍不離身的，不過女人卻可以多年不見面。那天在常德搶劫的當晚，張君弄到那把微衝後愛不釋手，他跟我說他是用舌頭把整個槍身舔了一遍。他有一個邏輯：有了槍就有了一切。你能想到他都到什麼地步了嗎？他跟我講，他沖涼時可以不帶內褲，但是槍是一定要帶進衛生間的。好像他有時候在家看電視的時候，手裡也是緊緊握著他的槍。」

文強的罪過比張君還甚

文強其實也喜歡槍，不過他明白，比槍更厲害的，還是共產黨那殺人不見血的權力印把子。

張君曾對審訊他的文強說：「你有一天也會和我一樣，只要你擋不住誘惑，你也會走上我這條路。」這句話不到十年真的應驗了。2010年4月14日，當重慶第五中級法院一審宣判文強死刑時，文強說他那一刻的感覺像是在坐過山車。被帶下庭後，當晚他茶飯不思，情緒極為低落，各種事件浮想聯翩。

判決書上稱文強罪行累累，至少犯下四宗罪。第一，夫妻搭檔受賄1625萬餘元人民幣；第二，1062萬餘元財產來源不明；第三，為黑社會充當保護傘，多次包庇縱容謝才萍、龔剛模等黑社會大佬；第四，強姦女大學生。

不過文強的律師在上訴書中寫道，一、他沒有從陳萬清、龔剛模等人收受賄賂，那是屈打成招後的誣陷；二、文強坐在公安局長的位置上，

收取了不少人「上供」的錢物，但並沒有給對方具體謀取利益，不構成受賄；三、妻子周曉亞收取的大部分錢財，文強本人並不知情；四、文強有不正當男女關係，但是雙方自願，不屬強姦；五、文強受賄犯罪數額不屬特別巨大，情節不屬特別惡劣，且主動供述了司法機關尚未掌握的部分受賄事實，判處死刑，量刑過重。

人們對於文強的印象是「一般人很難接近他」，不過在公安局內部，一些跟他相熟的警官並不稱他「文局長」，而是親熱地稱他「強哥」。「他很講義氣，喜歡照江湖規矩走。任副局長時，公安局的管理比較鬆散，只要你能把事情辦成，怎麼做他不管。而遇到警匪對峙的場面，他會在槍林彈雨中親臨前線指揮，不是那種躲在後面的人。」

一位前警察回憶，1990 年代的時候，重慶黑老大王平的女兒過生日，文強很高調地公開亮相，「他穿著一身黑，開著名車，帶著幾名警察做保鏢，大搖大擺地就去了。」不久，王平因涉黑被通緝。人們還看見在路邊小吃攤上，文強和江湖上的人坐那吃酸辣麵。

有人說，文強的這種江湖義氣與他出生的巴蜀文化有很大關係，那裡流傳著久遠的「袍哥文化」源出詩經「豈曰無衣，與子同袍」，就是兄弟之間「講豪俠、重義氣、急人之急」的所謂袍哥義氣。而這位前打黑英雄的落馬，不能說與這種「江湖義氣」毫無關係。

不過，文強真實落馬的原因，是他成為了中共權鬥的犧牲品。

報復性腐敗與廉政公積金

文強在被判死刑的最後陳述中這樣寫道：「我沒有經得起複雜環境的考驗，對不起領導、更對不起自己的妻子、兒子。最後，我要感謝法官、法警、感謝依法辦案的檢察官、公安，感謝那些認識我的或

者不認識的人。雖然有些人在特殊情況下說了一些違心的話，我也能理解。」

人們發現，文強的最後一句話是在喊冤，而且他沒有像其他人了那樣說「對不起黨、對不起人民」，有人說這是他態度不老實，也有人說，這是他耿直的顯示，因為在文強心目中，這個黨不是個東西。

同其他貪官一樣，文強初落馬時，曾面對鏡頭痛哭流涕，後悔自己醒悟得太晚。但他在痛悔之餘似仍心有不甘，在悔過書中用大段篇幅發牢騷，怪共產黨多年沒提拔自己。言外之意：自己的腐敗，不是自身主動的腐化墮落，而是中共的用人不善激出來的「報復性腐敗」。

有人聯想到最近大陸某些地區實行的「廉政公積金」，這種對公務員的變相加薪所隱含的邏輯，與文強的貪腐邏輯如出一轍，那就是：「不給加糖，我就胡鬧。」文強說：「我腐敗，那是因為你不給我升官。」廉政公積金說：「只要你廉潔，我就給你獎勵。」話不同，理相通：不給添權，不給加錢，那麼就別怪我貪腐不廉潔。

文強從 1992 年任重慶公安局副局長之後，直到 2008 年，當了 16 年的副局長，一直無法往上升。其原因傳說很多。

周永康要提拔文強 汪洋沒採納

據香港雜誌報導，文強無法進階為副省級，其中一個很微妙的原因是賀國強由重慶進京後出任中組部部長。他對文強頗有微詞，從而和汪洋從不同的方面阻攔了文強的上升。

2002 年賀國強離任進京時，與接任者黃鎮東還專門談起文強的事情：「對正廳級的幹部，我還是有個譜子的。文強要是能提，也早就提了。」所以，在黃主政重慶三年，文強仍然是正廳級副局長。後來汪洋

接任黃後，仍然不動文強。

據重慶方面的知情人士透露，文強受賄的 1600 萬中，有 1000 多萬是 2003 年到 2006 年弄到手的，這個時段恰好在周永康任公安部長期間。2006 年底，周永康曾向汪洋提名文強出任重慶市公安局長，畢竟文強在正廳級上已經等了五年多。

不過，汪洋對文強的胡作非為早有耳聞，手頭也有暫時無法處理的舉報材料，因此汪洋就以副省級幹部要與中組部和監察部共同覆核後再定為由，彈回了周永康的特殊提名。因為文強一旦出任重慶市公安局長，職務級別就要進入副省級，即便不任政法委書記，最低也要給省長助理的頭銜。

不過，等薄熙來入主重慶後，局面就大大變化了。文強的問題不是是否提拔他當官的好事了，而是是否拿他開刀當替罪羊的壞事了。然而，文強在公安部還是有人撐腰的，於是才出現了後來的激烈爭鬥。

王立軍把文強吊在牆上打

2008 年 6 月 25 日，王立軍和文強這兩名分居南北的「打黑英雄」在重慶碰面了。這一天，遼寧省錦州市副市長兼市公安局局長、黨委書記王立軍入主重慶公安局，取代文強，擔任重慶市公安局黨委副書記、常務副局長（正廳級）。

據重慶政界的知情人回憶，當日，文強和王立軍兩人在會議室握了手，並分別在大會上發言。文強表態支持市委市政府的決定，並對自己 16 年的重慶市公安局副局長的職業生涯做了簡短的闡述。幾天後，文強出任重慶市司法局局長。接下來，兩人表面上關係平靜，但一年後，一場颶風把文強徹底吹倒。

2009 年 8 月 7 日凌晨一時許，正在北京參加全國司法行政工作會的文強，在所住的賓館被重慶市紀委和公安局的人抓捕。他們對文強說：「文強，你被雙規了。規矩你都知道，請你配合。」隨後文強被押上飛機送回重慶。在重慶機場上，王立軍擺出陣勢，讓文強一下飛機就感到大禍臨頭。

當支持薄熙來的《重慶日報》、《中國青年報》、鳳凰衛視等媒體，把這個消息報導出來時，此舉產生了全國性的轟動效應，也讓中共高層驚愕不已。文強在全國司法局也算紅人，文強一方面跟司法部長吳愛英關係很好，曾有進京的可能，而吳是團派人馬；另一方面，文強在公安部有過硬的關係，所以即使王立軍去了重慶，文強也被提升成重慶市司法局的正局長。

在文強 8 月 7 日被抓之前的 7 月 21 日，王立軍就抓捕了文強弟弟文兵之妻謝才萍，給她羅列的罪名是涉嫌組織領導黑社會、開設賭場、容留他人吸毒、非法拘禁、妨害作證等，當時這些媒體鋪天蓋地渲染這位「女黑老大私養 16 個男人」，還說是文強縱容其弟媳這樣幹的。

王立軍成立的專案組稱，從文強家搜出總共 3094 萬多元人民幣的巨額財產，不過也有很多人質疑：那些清單裡面是否有王立軍強加給文強的呢？不過正是由於這些媒體對文強罪行的大力渲染，激起了強烈民憤，在民間壓力下，胡溫高層最後不得不同意處死文強。薄熙來這種繞開中紀委，媒體先於法院、檢察院的調查審理而隨意造勢的做法，對促成文強之死起到了關鍵性的輿論作用。

就在文強被王立軍抓去審查、還沒有定罪階段，一天，重慶新聞單位舉辦新聞幹部培訓班，特邀王立軍去授課。課堂上王立軍出示了一張把文強四肢綁成「大字」形、鎖於牆壁上、被毒打得渾身血跡斑斑的照片，王立軍還笑著說：「像這種圖片就不宜公開發表。」於是民眾也就

無從知道，那些酷刑逼供所得出的罪證有多少是真實的。

在《新紀元》周刊 263 期的《重慶打黑的真實圖像》一文中，我們詳細介紹了重慶警察如何用酷刑打得民營企業家們「招供」自己是黑社會老大的細節。王立軍把迫害法輪功學員的酷刑都用在了對付普通人身上，都是人類肉體難以承受的極限，文強最後也不得不承認了那些自己上訴書中否定的罪行。

薄熙來與賀國強的死亡交易破滅

不過，文強生死的決策權還是在中共高層。據說賀國強雖然不看好文強，一直不提拔他，但他也不想讓薄熙來把文強整死，因為文強畢竟曾是他手下的公安局副局長，而且文強知道很多歷任重慶市委書記私下的醜聞，假如把文強逼急了，他把這些醜聞揭露出來，無論是賀國強（1999 至 2002 年任重慶市委書記）還是汪洋（2005 至 2007 年任重慶市委書記），都會臉上無光，而且重慶出了這麼一個大貪官，他們這些當市委書記的，也難逃輿論的問責。

於是，賀國強拿薄熙來家族的「忠誠家臣」、薄一波的前祕書、國家開發銀行副行長王益的生死，來和薄熙來做交易。當時王益被中紀委查出，索取或收受財物共計折合人民幣 1196 萬元，而且生活上極其糜爛，按理可以判死刑。坊間傳言，賀國強與薄熙來私下協商，薄熙來判處文強死緩，賀國強也判處王益死緩。2010 年 4 月，北京中級法院以王益犯受賄罪，判處死刑，緩期兩年執行。當賀國強兌現承諾後，薄熙來卻不守約定，文強最終被執行死刑（注射針劑）。

據稱這讓賀國強非常惱怒，他對薄三言而無信、自己「被開涮」耿耿於懷，於是王立軍事件後，賀國強積極支持溫家寶把薄熙來打下台。

文強供出周永康 江澤民殺了李真

據知情人透露，文強一審得知被判死刑後，為保命，一度想「咬」出周永康的罪行，以求得重大立功的認可。周永康 1999 年至 2002 年任四川省委書記時，就跟文強很熟，文強也掌握了不少周永康及其兒子周斌在四川胡作非為、特別是經濟犯罪的證據。而且當文強張狂地宣稱「誰也動不了我文強！」時，正是周永康主政公安部的時候，文強得到那麼多公安部的一等功獎勵，都是周永康批准的。公安部拿錢買官的現象，文強當然清楚，周永康在裡面扮演的賣官角色，文強自然知道很多內情，都可以揭發出來。

不過，有人通過特定途徑告訴被抓的文強，讓他好好算計，「不要成為第二個李真」。李真是貪官程維高的親信。當年中紀委調查程維高的問題時，對李真承諾只要揭發了程維高的問題，就算重大立功，李真就可獲從輕處理。於是李真揭發了很多事，中紀委藉此給程立案。

然而江澤民對此氣憤至極，發話非要殺掉李真不可。結果李真的案子到了最高法院卻沒給確認為重大立功表現。

關於文強在死前是否有揭發周永康的罪行，最高法院的辦案人員三緘其口。當時那幾位參與文強死刑覆核的主審法官都被隔離到祕密地點去了，最高法院的有關人士說：「幾個人覆核文強上訴的具體地點，連政治局常委裡面的人都不是人人知道的。」在北京政法界，有人說幾位主審法官是在薄熙來的老巢大連的葫蘆島辦公，也有的說在北戴河當年鄧小平的別墅裡。

不過有一點可以確信，目前還沒有公開信息揭示文強的舉報內容，但這並不意味著沒有，至少文強在死前對王立軍說了很多。

第三節

文強與王立軍的交易

　　在得知文強被處死後，曾被薄熙來陷害入獄多年的原香港《文匯報》記者姜維平在加拿大多倫多，根據《中國青年報》關於文強死前最後幾天的報導，寫下了下面的分析。他說：「我認為，記者披露的核心的祕密是，7 月 6 日，文強顯得心事較重，15 時 45 分，重慶市公安局局長王立軍來到監室與文強會面，16 時 35 分離去。請讀者注意：第一，他臨死前，王立軍為什麼要單獨會見文強？他們講了什麼？這一點是至關重要的！他們談了近一個小時，達成了什麼交易？……

　　我想，王立軍一定是利用文強的兒子做籌碼，與其討價換價的，他知道文強最心疼兒子，薄熙來也最怕文強兒子誓言報仇，故先違法抓捕了他兒子做人質，而且不到節骨眼不放，此時派王立軍來向文強攤牌，放掉你兒子，並讓你見他一面，但你臨死前必須閉嘴，把你知道的東西埋在肚子裡，否則，你兒子將以『毀滅證據罪』判刑！於是，文強轉變了強硬的態度，記者寫道：『之後，文強情緒較好。晚飯吃了三個蒸蛋，

餐後還吃了梨……』

　　常言道：人之將死，其言亦善！據我所知，判了死刑的人，刑前很希望有知心人交流。因為非常顯然，如果有話不講，就永遠地失去了機會，文強深知他是政治鬥爭的犧牲品，他死前一定變成了新聞自由的贊成者！……

　　記者的文字還提到他有一些『材料』，我認為，記者用『一些』，不用『幾頁』這個量詞，說明文強已經寫出了許多檢舉揭發某高官的東西，這些文字是最有價值的，也是最真實的，據我所知，很多貪官在臨死前，均向執行死刑的法警高喊：我要立功表現！於是，警察必須暫停執行，拉回核實，有一些人因此撿了條小命，遼寧省原『慕馬大案』涉案人之一的原瀋陽客運公司經理夏任凡就是如此！

　　然而，文強不知道，共產黨內的高層權鬥沒有千篇一律的規則可循，當兩派勢均力敵之時，他所提供的材料即便堆積如山，也會被束之高閣，為什麼？因為共產黨不是真的要反腐倡廉，而是為了內鬥爭權，既然胡錦濤與薄熙來達成了妥協交易，既然他們在黨內的支持者平分秋色，既然共產黨還想叫老百姓相信大多數幹部是好的，文強等人是極少數，那麼，文強就只能把苦思冥想寫出來的『材料』當紙錢燒了！」

　　不過我們也不排除，文強把他知道的周永康之流的黑幕告訴了王立軍，以便今後有機會給自己翻案，這樣對於文強的兒子和家人也是留下了一個希望。王立軍在生命受到薄熙來威脅時，他沒有去找自己的頂頭上司周永康。周永康那麼有權勢，而且周永康還親口許諾王立軍，將來讓他擔任公安部副部長，兩年後轉成正部長，憑藉王立軍跟周永康在鐵嶺時的老交情，為什麼他沒有去找周永康呢？而是走進了美國領事館。外界大多猜測，文強很可能把一些祕密告訴了王立軍。

為了中共表面的穩定 胡錦濤同意殺文強

　　姜維平還分析了胡錦濤同意處死文強的原因，他說：「正因為薄熙來深知他到了重慶後的尾巴，有可能被政敵抓住，才在太太薄谷開來的策劃下搞了『反貪打黑』，其抓住汪洋、賀國強等人的把柄，和胡溫講條件，使自己轉危為安，這一點我們回顧以往即可看出。

　　第一，文強被捕之後，汪洋馬上帶著大單和項目趕到重慶招商，並去拜訪薄熙來。

　　第二，原本王瑉在遼寧省把大連檢察院的檢察長和法院院長、公安局長都換了，明顯是擺開戰場，欲挖薄熙來的老巢，但後來忽然按兵不動，舉棋不定，這說明不是薄熙來沒有問題，而是時機不到，風雲突變！

　　第三，薄熙來剛開始唱紅打黑時，一句不提胡錦濤等，但後來忽然大轉彎，不僅把讚揚胡錦濤掛在嘴上，而且還肯定重慶歷任領導都是清白的，於是，重慶原市長王鴻舉調到了北京，安全上岸了，黃奇帆走馬上任了。

　　這些高幹的調動，沒有胡的指示，或者說，沒有太子黨與共青團的骯髒交易，能決定嗎？如果文強沒有更大的保護傘，他能橫行霸道那麼多年嗎？

　　第四，美院、作協、海外媒體人士、網路媒體大亨、海基會和海協會相關人士、李鐵映、鄧樸方等等，都不遠千里，拜訪重慶，是因為他們消息靈通，他們知道了，薄熙來和胡溫達成了私下的交易，他不再深挖共青團的腐敗，胡溫也停止了對他太太薄谷開來的調查，也就是說，薄熙來 18 大可能進常委，胡溫成了過時的皇曆，這就是薄熙來在會議上說『感謝谷開來』的真實原因。」

　　外界盛傳文強被執行死刑前曾說：「在我這個位置，人人在貪，你

不貪都不行；要說該殺，哪個當官的都該殺。我在官場還應該算好的。我不死他們是不允許的。我相信殺我者用不了兩三年也會被殺！」果然，文強2010年7月死去，王立軍在2012年2月就被「休假式治療」了。

王立軍與黑老大劉湧

讓王立軍當上打黑英雄的，不是劉湧，而是楊富。《新紀元》周刊263期（2012年2月23日出刊）裡的《王立軍傳》中已經講述了這個故事。下面就講講劉湧與王立軍、薄熙來之間的政治祕聞。

2009年8月27日搜狐網上有這樣一段帖子，標題是《王立軍打黑20年傷20處，為僅存公安一級英模之一》，主要介紹了王立軍的事跡，最後一段這樣寫道：「常年打黑塑造了王立軍『打黑英雄』的威名，聞名國內的東北黑老大劉湧，最後的羈押任務全程由王立軍負責：王立軍在鐵嶺公安局任職時，劉湧被羈押到鐵嶺，後來王立軍調到錦州公安局當局長，劉湧又被羈押到錦州。王立軍的威名，由此可見一斑。」有讀者建議說，最後一句應該改成「黑保護傘的勢力，由此可見一斑」。

官方報導稱，劉湧是1990年代瀋陽的黑社會頭目。他原任瀋陽嘉陽集團董事長，和平區政協委員，中國致公黨瀋陽市直屬支部主委。1997年12月當選為第12屆瀋陽市人大代表。1994年曾因犯傷害罪被瀋陽市公安局收容審查一次。2000年7月11日被瀋陽市公安局刑事拘留，同年8月10日經瀋陽市檢察院批准逮捕。被中共最高法院罕見地提審，再審改判死刑立即執行。2003年12月22日被處以死刑。

劉湧是瀋陽的罪犯，但從2001年8月8日到2003年8月21日，他在王立軍手下的鐵嶺市看守所被羈押了整整743天。王立軍曾對外宣稱看守劉湧的任務如何艱鉅，「鐵嶺市公安局信息情報科科長鄧萬金，

由於長期超負荷工作，突發腦出血，犧牲在羈押工作的崗位上。鐵嶺市公安局監管支隊二級警督溫克禮，也由於長期從事羈押任務，積勞成疾，突發心肌梗塞而猝死。」等王立軍調往錦州後，劉湧又被帶著轉移到了錦州看押。

王立軍和劉湧之間到底有什關係，必須由王來異地看管呢？

薄熙來爭鬥遼寧 劉湧成替罪羊

瀋陽民眾至今還在談論劉湧的事。劉湧因為家鄉的一次水災，救下一中年男人，那人把女兒嫁給劉湧，助其起步。劉湧是靠開超市起家的，例如百佳超市、嘉陽廣場。傳聞劉湧早年敢當街放槍打警察，敢把瀋陽副市長兒子打殘廢，諸如此類事件，可見劉湧非常不一般，但後來他逐漸遠離打打殺殺的黑道，而轉向正規生產的企業白道。

1995 年劉湧創辦的民營企業嘉陽集團，從事商貿、服裝、餐飲、娛樂、房地產等生意。下屬公司 26 家，員工 2500 人，資產七億元人民幣。該集團連年被瀋陽有關部門評為明星企業、巨人企業、AAA 企業。不過，劉湧和慕綏新、馬向東的關係非常不一般，正因為這個，成了劉湧倒楣的根源。

2003 年 12 月 18 日，由最高法院法官組成的合議庭在錦州再審開庭。這是中共最高法院首次對一起普通刑事案件進行提審。2002 年 4 月 17 日，遼寧省鐵嶺市中級法院一審判決劉湧死刑，並處罰金 1500 萬元。劉湧的辯護律師田文昌認為，劉湧案之所以改判，是在辦案過程中有「逼供」行為；普通百姓之所以對劉湧改判義憤填膺，是因為被輿論所誤導，對真相缺乏全面了解。當地媒體也這樣評價劉湧：「劉湧出事時，其實正在從黑道向白道轉變。」

不過一年後的 2003 年 8 月 15 日，遼寧省高級法院因質疑酷刑逼供，改判劉湧死緩。可四個月後，高院的再審，又將劉湧判處了死刑。這幾起幾落背後到底發生了什麼呢？原來劉湧只是個政治犧牲品，背後有中共兩邊角力在做較量。

2011 年 6 月《大紀元》發表了姜維平的文章《薄熙來與聞世震》，這兩位遼寧的頭面人物就是劉湧生死的直接干預者。文章說：「聞世震不知道山雨欲來風滿樓，還在埋頭苦幹，不僅把大連受排擠的幹將陳政高調到瀋陽，加以重用，而且，招商引資，大興土木，也立志把瀋城變個樣。但薄熙來卻與江澤民等互相勾結，精心運作了『慕馬大案』。由於馬向東在中央黨校學習期間赴澳賭博，而黨校歸胡錦濤負責，他正撞到了槍口上，江澤民想一箭雙雕，一方面把反腐洪水引向遼寧，為薄熙來升官開路，一方面與田鳳山案結對，向胡錦濤施壓。這樣，聞世震有點措手不及，張國光就應聲落馬，薄熙來殺進了瀋城，他記起 1997 年中共 15 大的私仇，在中紀委副書記劉麗英的配合下，使出渾身解數，把遼寧官場搞得人仰馬翻。

原本，薄熙來的如意算盤是，清理了『慕馬大案』死後的戰場，就奪取省委書記的高位，但無奈，常在河邊站，竟有不濕鞋的，聞世震沒有被查出經濟問題。抓了劉湧，打垮了仰融，犧牲了張國光，但未能撼動聞世震，薄熙來大失所望。還是聞媽媽說得好：好人好心常常在，不怕夜裡鬼叫門！自此，聞世震與薄熙來撕破臉皮。不過薄熙來抓住『慕馬大案』的大面積腐敗，指責聞世震是『上梁不正下梁歪』，他應當對眾多貪官落馬承擔責任。」

也就是說，薄熙來故意利用添加了很多水分的劉湧案搞出個「慕馬大案」，由於很多是屈打成招的假罪證，所以薄熙來一直讓王立軍監管劉湧，生怕劉湧的老部下們嚥不下這口氣，到看守所搶人。

周永康推薦王立軍到重慶王送周走私車 260 輛

王立軍不但在遼寧幹出這些違背法律的事，在重慶更是變本加厲。王立軍在鐵嶺時，周永康還在遼寧油田，兩人那時就認識了。

1970 年周永康從油田技術員起家，一直做到盤錦市市長，在盤錦連續幹了 15 年。有媒體報導說，2002 年秋，身為鐵嶺市公安局長的王立軍，奉遼寧省公安廳之命，作為總指揮，負責盤錦「打黑」，不經意地打到了周永康的老巢。

據知情人士回憶：黑社會的頭目們為了保命，紛紛供出自己幕後的老闆，其中有兩個老闆的父親，據說曾經是周永康在盤錦的老上級；還有一個版本稱，周永康的妻妹也參與了他們兒子的生意。

於是兩位老上級星夜驅車直奔北京周永康的宅邸，向周永康求救。當時周永康命令王立軍，親自進京向自己彙報整個盤錦的打黑情況。王立軍得以單獨與周永康會面，周永康要求王立軍停止在盤錦的進一步行動。這樣，在周永康的直接干預下，盤錦打黑「適時」終止。

此後，王立軍利用各種機會向周永康表忠心，包括逢年過節拜訪、甚至參與周永康的家庭聚會，與周永康的乾兒子——亞洲大酒店總經理孔濤，就是那時開始相識並相熟的。

知情人士說：「王立軍擔任鐵嶺、錦州擔任公安局長時，最喜歡打擊走私車。有一次，王立軍打下一起走私進口轎車大案，共有 520 輛，主要是寶馬、賓士等豪華車。王立軍一下子就送給周永康 260 輛，可見，兩人的關係非同一般。」

薄熙來入主重慶任市委書記後，2008 年王立軍由錦州市公安局長調任重慶市公安局擔任常務副局長、局長，都由周永康簽字通過。有港媒報導，2009 年，周永康更給薄熙來打私人電話，對王立軍的仕途作

出安排，談妥王將在三年內升三級。

不過，據說王立軍也不是省油的燈。海外知情人士透露，王立軍交給美國領館的錄像資料中，就有薄熙來和周永康同女孩淫亂的內容，這些女孩是薄熙來金主之一的徐明安排的。錄像中還有周、薄兩人討論如何推翻習近平以及如何應對其他政治局常委的內容。

重慶警察曝光：無法無天的王立軍

據化名周松林的知情人透露，在重慶，法制被人治、暴政取代，改為以權代法、以人代法，甚至比「文化大革命」還「文化大革命」！有朋友問王立軍：「據說重慶沒有法？」王立軍憤怒地說：「誰說重慶沒有法？」朋友又問：「什麼法？」王立軍高傲地回答：「王法！」在打黑動員會上，王立軍公開說：「在打黑除惡之中，法律無障礙。」也就是說，為了打黑，可以不遵守一切規則，甚至包括法律。重慶市公安局副局長彭長健的經歷就是一個例子。

2009 年 9 月 26 日，在重慶市公安局的會議上，王立軍說要嚴厲要求官員，觸犯法律的終將要受到懲罰。說著他重重拍了下桌子說：「在座就有這樣害群之馬，我們已經掌握了充分的證據，建議紀委的同志把他們找出來帶走，不要讓他們繼續在這裡玷污黨的尊嚴！」

這時走進來八名工作人員，整個會議室極其安靜，與會者大氣都不敢出。只見四人走到彭長健身邊。彭站了起來，其中一名工作人員上來撕彭的警徽，彭抬手一攔說：「我自己來。」就在這時，彭突然抓起桌子上的茶杯，向王立軍砸去。王頭一偏，茶杯飛過去碎在了牆上。工作人員隨即將彭反扣雙手按在桌上，彭嘴已經被壓得變了形，但仍不住的罵王。

　　彭被帶出會議室後，王立軍也跟著出來了。王當眾朝彭膝蓋踹去，致使彭一個趔趄倒地。彭從地上艱難爬起，王還沒等彭起身，掄起巴掌擊打在了彭的天靈蓋上，使彭再次倒地，當場大小便失禁。彭在審查期間，王立軍還下令，吃飯都不給筷子，只准用手抓起吃。極度地羞辱對方。相比文強被吊在牆上痛打，每個落到王立軍手下的人，都成了他折磨的對象。

　　王立軍的眼裡，法律不過就是一張他可以隨意撕碎的廢紙。一次，一個不聽招呼的路人在大街上被警察開槍擊斃，王立軍批示：「打得好！」還有一次檢察院發現警察在辦案中有明顯失誤，就將警察送去的案件卷宗退了回去。辦案警察不滿，就約了幾位警察去把檢察院給砸了。情況報到王立軍處，王不問青紅皂白，大筆一揮「砸得好！」

　　一天，守卡警察攔了出租車，從乘客身上搜出一把水果刀。說乘客有行凶意圖，刑拘30天。經偵查，刀具是買來削水果無疑，法制部門批准拘留15天，而前面已關押27天不扣除。懂法的當事人不服，去到法制辦討說法。法制辦說：「這種事太多，他（指王）沒走，我們也沒辦法。請理解，我們也要吃飯，我們也上有老下有小。」

　　還有一次重慶市公安局搞警營文化，從外面請民工搞裝修。由於白天施工噪聲會影響警察為公，施工隊就專門把施工時間改在警察下班之後的晚上，結果還是觸怒了龍顏——鑽機聲被王立軍聽見了。他馬上命令把民工抓起來，全部刑拘，罪證是擾亂辦公秩序。

　　王被稱為打黑英雄，不過他也公開表示自己同時也保護涉黑人員。王還在不同場合講：「在『打黑除惡』中，我保護了不少黨政要員，某某某嚴重涉黑，就是我保下來的。」王立軍規定，打掉一個黑社會團夥加50分，偵辦一個其他刑事案只加2分。於是，下面的警察把什麼案都往黑社會上靠。有打黑組把一職工抓走，既不告知單位，又不告知家

人。由於其長時間不去上班，單位就以無故曠工將其開除。半年後，該
職工什麼問題也沒「打」出來而被釋放。去找單位，單位叫出示證明，
證明其清白。該職工去找打黑專案組，打黑專案組不但不出據任何證
明，還恐嚇其不准出去亂說，否則馬上抓進監獄，從而使其失去工作而
流浪街頭。

王立軍對手下警察也很狠。在一次警察大會上，王立軍指揮武警當
眾將一科長揪出，甩了帽徽，撕了領章，戴了手銬，押上警車，送去私
監「協助調查」半年之久。按法律規定，審查犯罪嫌疑人是有時間限定
的，而對警察則沒有，想關多久就關多久。

一邊遠縣局無人吸食、販賣毒品，王立軍卻硬性下達了偵破毒品案
的指標，並文件規定：違者領導「下課」。為保飯碗，縣局只有把警察
派去數千公里之外的地方蹲守，每年耗資幾十萬。一警察在野外連續工
作十幾個小時無人管吃喝，於是就在對講機裡詢問此事，結果被處分。
王立軍還要求每個單位設置視頻系統，組織專人值守，全程監控警察的
一舉一動，與監獄防控形式接軌。有警察維護自己的合法權益，用紙擋
了監視鏡頭而受處分。

第四節

鄭少東供出 57 個高官

公安部的明日之星：鄭少東

　　鄭少東 18 歲就加入了中共，1980 年開始從警，擔任過廣東省公安廳刑警總隊副總隊長、刑偵局局長、常務副廳長，在廣東警界有「少帥廳長」之稱。據大陸媒體報導，在近 30 年的警察生涯中，鄭少東指揮偵破了很多大案，並曾因此榮立個人一等功。其中最著名的是 1998 年，他參與偵破了張子強特大暴力犯罪團夥案。

　　張子強（1955 年 4 月 7 日至 1998 年 12 月 6 日），綽號「大富豪」，被稱為「世紀賊王」，他四歲時跟隨父母從廣東來到香港，他曾幹過很多駭人聽聞的違法事件——1991 年他帶著幾名手下，戴著頭套，搶劫了香港某銀行運鈔車上價值 1.7 億港元的美金和港幣現鈔；此後，他又綁架了香港富豪李嘉誠的長子李澤鉅，並在身上綁著炸藥，闖進李嘉誠家，勒索 10 億多港元。傳聞他還策劃綁架新鴻基地產郭炳湘勒贖港幣

六億，及企圖以炸藥暗殺陳方安生。……

1991 年 9 月，張子強因涉嫌串謀行劫被捕，被重判入獄 18 年，不過張子強上訴後，法官認為此案證人的口供證據不足，張於 1995 年 6 月 22 日在香港最高法院上訴得直，當庭釋放。

張子強犯罪團夥還在深圳、廣州等地殺人搶劫。1998 年大陸警方在廣東省境內抓獲張子強。當時鄭少東擔任省公安廳刑偵局局長。幾個月後，張子強被處決，並被沒收財產人民幣 6.621 億元。此案告破後，外界送給鄭少東一個稱號「張子強剋星」。

傳說張子強曾以「身為香港居民，而且犯案地點在香港」為由，要求引渡回香港受審，以圖避過死刑，但被香港政府拒絕。此事引起了罪犯於大陸被捕受審而應否引渡回港受審問題的爭議，電影《轟天綁架大富豪》便是以張子強的故事為藍本。

那時的鄭少東仕途前景一片光明。沒過多長時間，他就被提拔為廣東省公安廳常務副廳長。此後不久，他又被調到北京，出任公安部經濟犯罪偵查局局長，並於 2005 年 4 月晉升為公安部黨委委員、部長助理。當時，在公安部官方網站「部領導資訊」欄目公布的 12 名部領導名單中，鄭少東排名第 10，警號為 000010，一級警監警銜，副部級幹部。

然而，鄭少東的仕途在他 51 歲這年畫上了句號。2009 年 1 月 12 日，公安部大樓裡，中紀委辦案人員走進鄭少東的辦公室，宣布對他實施「雙規」。

引起中紀委關注鄭少東的，是他的老鄉、大陸前首富黃光裕。在《新紀元》280 期特別企劃裡，講述了黃光裕與鄭少東的關係。據說鄭少東的案子是中央書記處書記、中央紀委副書記何勇的祕書親自主管經辦。

至今官方沒有真實透露鄭少東從黃光裕手裡得到多大好處，坊間傳聞是以億為單位。從後來曝光的消息看，鄭少東曾招供，他給周永康家

族上供的錢，就有好幾億人民幣，這些錢很多都是來自黃光裕。

「頭號警花」口氣大

　　長相英俊的鄭少東有愛慕虛榮的毛病。他平時不穿警服，喜歡穿名牌西服，每天抽煙很多，傳說他抽的雪茄煙500元一支，他喝的普洱茶，一兩30萬元。在私生活方面，鄭少東妻子病死後，他與「頭號警花」王女的親密關係，更是在網路上流傳甚廣。

　　王女原本是廣東省某市公安局的一名普通警官，因為相貌出眾、聲音甜美、多才多藝而被鄭少東「慧眼識佳人」，將其調入公安部「為自己所用」。旋即，王女得以與央視名嘴一道主持公安部晚會，而升格中國警界的「頭號警花」。其影響力亦隨之從該市向外延伸，一步步擴張至廣州、北京和上海。

　　作為貪官的情婦，王女參與製造官場醜聞和權錢交易；她以中間人的身分，為自己和情夫鋪墊關係，收受賄賂；她還以「公安部領導幹部」的身分，向下面發號施令。更為可怕的是，王女甚至逐步發展成為「公眾情人」。有報導稱，王女在被辦案人員約談時，因作賊心虛，主動交代說自己和至少40位高官有染。她龐大的情夫隊伍中，除了公安部已落馬和未落馬的領導，還有中南海裡的好幾位人物。而王女通過權色交易，輕易弄到了4000多萬身家。

鄭少東供出了 57 位副部級高官

　　黃光裕案調查期間，至今已有多名中共高官、尤其廣東高官涉案被「雙規」。比如最高法院前院長黃松友、公安部前部長助理鄭少東、原

廣東政協主席陳紹基、原浙江省紀委書記王華元、原深圳市委書記許宗衡等。這些遭「雙規」的高官，都曾長期在廣東任職。這直接牽扯到在廣東任職的李長春和張德江等人的政治聲譽。

2009 年 6 月，自由亞洲電台引述消息說，鄭少東被「雙規」後，交代出 57 個副部級高官，中共中紀委專案組認為，此案是中共建政以來最大的案子，肯定比賴昌星案、陳良宇案的規模還要龐大。

外界分析說，中共無官不貪，特別是經濟犯罪方面，權錢交易比比皆是，而鄭少東正是經濟偵查的，說鄭少東抓住了 57 位副部長級別高官的把柄，這個說法一點也不誇張。中共每次黨大會召開前，都會主抓一件大案、要案，2002 年 16 大前是廈門遠華集團賴昌星案，2007 年 17 大前是上海陳良宇案。而由黃光裕案引發的鄭少東案，將直接把反腐矛盾對準周永康。

假如沒有王立軍出逃和薄熙來下台，黃光裕案將成為 2012 年 18 大前的反腐主劇，不過從目前局勢來看，王立軍供出的周永康與薄熙來的密謀政變，加上鄭少東供出的貪腐問題，已經把周永康牢牢綑綁在審判庭上了，這裡還沒有提到周永康活摘法輪功學員器官所犯下的反人類罪行。

周永康垮台驚天內幕　暗殺習近平另有圖謀

第十二章

周永康是中國最大黑領

周永康任公安部部長和政法委書記 12 年，中國
法制急劇倒退，社會治安急劇惡化，黑惡勢力
橫行。公安部門成了百姓公認最黑暗的衙門；
政法委「第二中央」致使胡溫政令不出中南海，
周永康成為中國最大黑領。（Getty Images）

第一節

以法亂法　集權亂政

2009 年 7 月 5 日新疆維吾爾族人遭中共開槍鎮壓，知情者披露，周永康故意把小事鬧大。圖為 7 月 7 日烏魯木齊一維族婦人站在大批武警前抗議。（AFP）

以亂政竄起，強入政治局

　　自從周永康掌控政法委之後，江澤民幕後控制的政法委一直與檯面上的胡錦濤、溫家寶存在不可調和的權力衝突，胡溫權力長時間受其挾制。政法委能在胡溫時代變成第二中央，是趁亂生亂，「亂」中肥起來的。這一點多數民眾並不了解。

　　中國實際的最高權力層暨中共最高層，是中共政治局常委。最高決策一般是在常委委員的投票下產生。在 16 大以前，政法委書記從未以此身分成為政治局常委。而江澤民悖亂憲法鎮壓法輪功，為了確保不被清算血債，硬是打亂常規，不僅自己繼續霸住軍委主席職位，還硬把兩名親信塞進 16 大政治局，使七常委變成九常委。當時的政法委書記羅幹，就這樣成了加肥後的政治局常委。

　　羅幹入圍政治局的資本，是挑起製造法輪功事端以及鎮壓藉口。有江澤民撐腰，他先是內部給法輪功定性為「X教」，挑起警民衝突；再由羅幹的連襟何祚庥出面在雜誌上發表詆毀法輪功的文章，指使天津防暴警察抓打到該雜誌社澄清真相的法輪功學員，最終迫使「4·25」萬人上訪中南海。江羅一夥將「上訪」改為「圍攻」，以造謠、栽贓、誣衊等手段羅織種種罪名，開始鎮壓法輪功。2001年，羅幹政法委又炮製了「天安門自焚」偽案，煽動仇恨，維繫迫害至今。

　　為專門鎮壓法輪功，江澤民先後成立「610辦公室」和維穩辦公室，都歸屬政法委。「610」名義上屬政法委，可又是一個獨立的體系，權力如「中央文革小組」；「610」通過政法委控制中國的公安、法院、檢察院、國安、武裝警察系統，有權隨時調動中國外交、內政各部門一切資源。政法委因之權力急劇擴張，觸及全國各級各部門。

　　政法委平添了「610」和維穩兩大辦公職能，政法委書記的職權空前擴大。羅幹進入政治局後，江又給了「政法委書記」可調動武警的權力。至此，以江澤民為後台的政法委成為實權大於胡溫的「第二中央」。江羅為了在下野後不被清算，選中鎮壓法輪功的幹將周永康進入17大政治局，入主第二中央。有政法委第二中央的存在，胡溫政令才不出中南海，溫家寶成了光說不練的「影帝」。

推動「亂」政 肥吃「維穩」

　　近些年來，中國大規模群體抗暴事件愈演愈烈，一般性抗議事件更是無可計數。據官方統計，僅在力保奧運的2008年，群體抗暴事件（中共稱騷亂）仍達到了12萬起。10年來，越維穩越亂，公安、司法全面淪為官匪的保護傘，特警武警、槍枝、裝甲車都拿來對付普通怨民。這

正是政法委肥吃維穩，自造「亂」政的結果。周永康入常後，權更大，局更「亂」。

　　一個簡單的刑事案件，卻因公安枉法不公，政府以警壓民，封鎖真實消息，最終導致警民衝突，成千上萬群眾聚集，憤怒燒砸警車等動亂。這類事件在貴州甕安、湖北石首、永州、陝西府谷、浙江、廣東等全國各地相繼發生。都是因公安執法不公不明，庇黑縱惡，官府動輒出警鎮民，甚至搶奪屍體，封殺證人，激起了大規模民眾抗暴。官方定性一律是：「不明真相的群眾被黑惡勢力（或不法分子）煽動利用。」然後抓幾個所謂的組織帶頭者判罪。

　　類似群體抗暴事件發生在少數民族地區，則被轉移成民族衝突，定性為境外敵對勢力搞事。最典型的是 2009 年的新疆「7‧5」事件。知情者披露，周永康故意把小事鬧大，背後向胡錦濤捅刀子，涉及中共18 大權鬥。

　　新疆事件緣起廣東韶關，因漢人聽說漢族女子被疆人強姦而毆打維族人，致死兩人，致傷多人。當地政府部門有意縱容種族鬥毆，不作為。維族群眾到烏魯木齊市政府和平遊行，被置之不理，不滿情緒被激化成燒打砸，漢維民眾互相殘殺。周永康早就得知維人要聚集遊行的消息，卻不向胡錦濤說明，也不事先安撫民心疏導不滿，而是提前布署好武警，待事件導致慘重傷亡，出動武警「維和」，致一天內死亡人數140，傷 800 多人。

　　此前的西藏抗暴事件與新疆事件性質相同，由生存維權被上升到政治事件。有目擊者稱有武警假扮藏人打燒，製造鎮壓藉口。真相至今迷霧重重。從拉薩到烏魯木齊，鎮壓「平亂」手法如出一轍：一是捂，封鎖消息，驅離記者；二是壓，在衝突升級後，強力鎮壓；三是扣帽子，將抗暴歸咎境外勢力的煽動、指揮。而後展示的視頻，有利於當局說辭

的鏡頭被拼湊在一起。漢藏與漢維之間的仇恨在鏡頭前被催化。

對法輪功問題，周永康更是親自上陣，四處點火。全國各地，他到哪裡都不忘給「610」系統開會布署。因此，他到哪裡，哪裡隨即就掀起新一輪大規模抓捕法輪功學員的迫害。

因故意渲染打造的黑勢力、境外敵人以及顛覆勢力等等似乎一浪高一浪，中共高層自然很緊張，而政法委周永康則可趁機要錢、要權，打著維穩的旗號，隨意增員調兵。越暴力地殘民壓民，抗暴事件就越多，局勢就越亂，就越顯政法委維穩的重要性，周永康就越成了鎮江山的重臣。而人民正常的司法訴求道路通通被堵塞。政法委體系成了打著法律旗號為黑惡勢力開道的最大黑社會，周永康成最大黑領。

中共開始鎮壓法輪功，已經動用了四分之一國家財政收入，這筆巨額費用基本是被政法委系統消耗吃空。政法委在繼續鎮壓法輪功和民眾抗暴中，耗掉的維穩經費又遠超過軍費。政法委猶如巨大的血管毒瘤，吸血噬髓，使國家在劇痛折磨中奄奄一息。

藉口維穩 集權施暴

在 16 大以前，公安、法院、檢察院三家，後兩家領導級別屬於「高配」，公安權重但是職位低。

羅幹進入政治局後，江系藉口維穩需要搞法制改革，公安部長、局長升格。部長由政治局委員、國務委員擔任；各級公安局長由各地常委或者書記擔任。到 17 大換屆後，全國各地的公安廳（局）長，多數都由省（市）的政法委書記或常委兼任。這樣，政府便於直接調動公安。

公、檢、法三家本來受各級黨委掌管，由政法委協調。當政法委書記兼任公安局長後，「被監督者是監督者的領導」，法院、檢察院對

公安無法監督，因為政法委書記是他們的上司。因此，政法委書記和公安枉法腐敗濫權的事情日增，法院和檢察院就很難去管，更不用說立案了。原本就因黨管司法而導致權大於法的體制，這下更是雪上加霜。公安成了中共政府官員的私家護院，法院、檢察院也只能跟著黑下去。所以，民眾以及律師普遍感到法律壞死，維權難上加難。

另一方面，各級公安機關局長、廳長、部長兼武警部隊各級第一政委。如現任公安部部長孟建柱兼武警部隊第一政委，重慶市公安局長兼任武警支隊第一政委。王立軍在打黑中頻頻出動武警，各地執法中除使用特警和公安外，也大量使用武警鎮壓民眾，也是這種體制給予的便利。

為鎮壓維穩，消除異己，掐滅人民正當維權的呼聲，江系在政法委系統的改制，使原來比較分散的權力集權化，各地政法委書記擁有了前所未有的實權。而這一權力中心竟然在中共黨內也是無法無天，讓胡溫都奈何不得。它以施暴者的姿態監視著人民，隨時準備撲過來喋血，人民想依靠他們維護人權，有可能嗎？

不斷製造冤案的政法委

2002 年周永康任公安部部長和政法委書記以來，大陸法律界人士普遍公認，中國的法制建設急劇倒退，社會治安急劇惡化，嚴重刑事案率居高不下，黑惡勢力橫行，人權根本無法得到保障。

官方公布中國的刑事案件每年以 17 ～ 22％ 的幅度上升，公安部門成了百姓公認的最腐敗、最黑暗的衙門。百姓常說：「過去土匪在深山，現在土匪在公安」，「警匪是一家」。曾有北京某政協委員在網上公開發帖稱：「有今天的治安秩序，就有今天的公安部長！」

　　大陸百姓普遍認為，最該撤銷的三個部門就是政法委、宣傳部和組織部。政法委是中共黨委一個部門，領導公、檢、法、司。警察入警誓詞的第一句就是要忠於黨，而不是忠於法律。法律是社會公平正義的最後底線，多年來中共號稱司法獨立，但大陸司法從來沒有真正獨立過，因為有政法委的存在，公安局獨立偵查，檢察院獨立檢察，法院獨立審判，這些司法原則在政法委面前都成了空話。重大案子為了給人民「交代」，政法委要限期破案，於是公安抓替罪羊，刑訊逼供等屢禁不止。檢察院、法院面對破綻百出的證據也會一路綠燈。退回偵查退回檢察？完不成政法委的任務誰負責？敏感案件召開會議，公、檢、法、司統一協調，案件性質，辦案方向，律師做什麼樣的辯護等等問題，都要形成統一認識。規定律師做罪輕辯護，律師卻在法庭作了無罪辯護，那麼等待他的將是年審不過或吊銷律師從業資格證。

　　如今冤獄遍地，上訪民眾長期奔波，苦不堪言，完全是因為公檢法司部門喪失了獨立性，隨意舉幾個例子，就能看到周永康治下的黑白顛倒、亂象叢生。

黃金高案：穿防彈衣的反腐鬥士被誣陷入獄失蹤

　　福建的賴昌星特大走私案發生後，中共在撤換 460 多位廳局級幹部的同時，還撤換了 73 位副省級幹部，並派周永康作為中央調查組組長負責福建省的貪腐調查。然而被群眾大量舉報的福州市委書記何立峰，不但沒有被貶職，反而調任廈門市當市委書記，而因多次舉報貪腐分子的「反腐名將」黃金高，卻最後被誣陷入獄。

　　2004 年 8 月，人民網刊登了福建連江縣委書記黃金高的 5000 字投書《為何防彈衣隨我六年》，文章稱，因為查處了走私案，他成了某些

人的眼中釘，「我曾 26 次接到過恐嚇信件和電話，對我進行生命威脅。幾年時間，由公安部門派出保衛人員護送我上下班，最多時我的家庭有九個保衛人員。我整天穿、帶防彈衣上下班。」

黃金高原任福州市財委黨委書記、主任，被排擠出了福州之後，2002 年 1 月被安排到連江縣當縣委書記，在那裡應 600 多名百姓的懇求，他又查處了連江縣江濱路改造建設中的貪腐問題，涉及國有資產流失 6800 多萬元、群眾利益損失近 300 萬。儘管案情被調查得很清楚，但違法者遲遲得不到懲處，百姓都稱黃是「好官、苦官、累官」。

而在周永康到福建蹲點一個月後，黃金高即被指控「包養四個情婦並經常嫖娼，受賄 500 萬元」而被判處無期徒刑。連福建官場的人都驚嘆：即使真有貪污，這點錢怎麼能判無期徒刑呢？明眼人一看就是栽贓誣陷。

坊間還盛傳，黃金高已經在 2009 年 7 月被祕密處死，其家人也都因「車禍」而去世。有人去監獄探視黃金高，從未被獲准，於是外界一直相信黃已經被周永康、賈慶林的人害死了。

第二節

周永康親自監斬了楊佳

北京青年楊佳單刀
殺六警傷四警,被
中國民眾視為當代
英雄。（AFP）

　　2008 年 7 月 1 日在中共建黨 81 年紀念日當天,出現了震驚全球的
「楊佳襲警案」。北京青年楊佳 2007 年 10 月去上海旅遊時,因租借了
一輛沒有牌照的自行車,被上海閘北公安分局的警察審訊並暴力毆打,
楊的生殖器官被打壞。在多次上訪投訴無效後,楊佳攜帶 20 多厘米長
的剔骨刀、錘子、噴霧劑、防塵面具和燃燒瓶等,闖入閘北公安分局大
樓,在很短時間內,殺死了六個警察,另外還有五人受傷。

　　消息傳出,震驚全國。民眾一方面嘲諷公安的實戰能力,一方面強
烈譴責公安對待民眾的惡劣態度。當時楊佳成了大陸網路最關心的人。
「你不給我一個說法,我就給你一個說法。」「有些委屈如果要一輩子
背在身上,那我寧願犯法。」楊佳的心聲得到了很多受壓迫民眾的贊同:
是中共的暴政把民眾逼上梁山的。

就在民眾群情激憤地熱議二審到底該不該免除對楊佳的懲罰時，江澤民太太王冶坪的外甥、早年在安徽蚌埠當了 18 年鐵道扳道工人、後被江提拔為上海市公安局黨委書記、局長、武警上海市總隊第一政委的吳志明，在 2008 年 10 月底小範圍傳達了江澤民的指令，「要迅速處決楊佳，否則夜長夢多。」但吳志明怕擔責任，不敢擅自行動，於是江要周永康親自出馬。

政治局常委出動是要有媒體跟蹤報導的，於是周永康以考察工作為名，11 月 24 日、25 日去了浙江兩天，但真正目的是為了 11 月 26 日上午在上海祕密監斬楊佳。這次周還要求孟建柱同行。孟對此憂心忡忡，夜裡不吃安眠藥都無法入睡，因為他深知，上個月數百人站在上海高等法院門口高呼「打倒共產黨」，說明上海警民對立情緒已經到了水火不相容的地步，此時處決楊佳等於是火上澆油，殺一個楊佳，等於決心賠上一個政權。

孟建柱小心翼翼地提出自己的看法，希望周永康能暫緩處理楊佳。據在場人回憶，當時吳志明抖著一條腿，斜著眼瞟了孟一下，當著周圍人的面輕蔑地說：「你這種人……幹不了大事！」受這屈辱之後，孟建柱回來就提出辭職，不過沒被批准。

當時就連中共高層對此案都有兩種截然不同的態度，產生了嚴重分裂的兩派，以至於楊佳被殺十多天後，吳志明不得不就楊佳案專程赴京彙報。不過周永康卻說：「楊佳處決後，如果事情鬧大了，公安部也得分擔部分責任，也得出人處理。」這讓公安部高層非常憤怒，有人說：「周永康這小子活一天，咱們大家都別想有一天消停日子過！」

吳志明治下上海公安囂張，不但百姓天天領教，連中紀委都嘗過苦頭。據說 2006 年在調查陳良宇案件時，中紀委派工作組到上海查案，吳派人監視和威脅中紀委的人，專案組還收到過子彈、爆炸物。面對上

海黑白兩道的威逼，中紀委不得不暫時退出上海。周永康作為公安部長和吳志明的親戚，能脫得了干係嗎？

2006 年 9 月 19 日，溫家寶、胡錦濤親自簽署命令，將原武警陝西省總隊總隊長劉洪凱調任為武警上海市總隊總隊長，就是要制約吳志明，保證中紀委上海工作組調查工作不受干擾。

刀客楊佳是凶嫌還是英雄？

楊佳到底是怎樣一個人，讓我們一起來看看《新紀元》周刊在第80 期（2008 年 7 月 24 日出刊）的文章。

2008 年 7 月 1 日，上海市公安局閘北分局發生一起五死五傷被襲事件，後被《新京報》糾正為六死五傷，凶嫌共在四個樓層襲警 11 人。

在中國大都市上海發生如此慘案，事件震動中共高層，震驚了全世界。世界各大媒體紛紛報導，人們急切地想了解案情的來龍去脈，網上議論的熱度更是超過了貴州的甕安事件。28 歲的犯罪嫌疑人楊佳被網民冠以當代武松、殺警英雄、義士、快刀大俠、最可愛的人等稱呼，並掀起了一場關於社會公平道義的網路大討論。

當局撤下「報復行凶」說法

案發當日下午四時許，上海市公安局在其網站上對此事做出官方通報稱：「據楊某（疑犯）交代，其對 2007 年 10 月因涉嫌偷盜自行車被上海市公安局閘北分局審查一事不滿，為報復公安民警，實施行凶犯罪行為。」

晚間六時許，上海市公安局網站中斷。晚間七時許，網站恢復正

常，「歹徒為報復民警，實施行凶行為」的官方通報已從網站上撤下。上海市公安局網站再次出現兩條關於此事件的通報，均未再出現「報復行凶」的字眼。

　　一刑辯律師分析認為，疑犯此番行動明顯經過精心預謀，因涉嫌盜竊自行車而報復執法部門的動機，和其行為的嚴重性以及手法有點不太相稱。

　　時至今日，關於楊佳的一些個人資料已經在網上公開。楊佳，北京人，單親離異家庭，隨母生活，性格孤僻，身體結實，無犯罪紀錄。但前幾年曾在太原火車站被警察「錯誤處理過」，事後，警察對其進行了賠償。

警方新聞發布前後矛盾

　　2007 年 10 月長假楊佳到上海遊玩，在閘北的上海火車站一帶租用了一輛自行車，卻被閘北分局民警認為涉嫌購買贓車，以盜竊自行車的罪名對他進行了審查。

　　據了解，楊佳租用的自行車為「黑車」，是被人偷盜後轉賣的車輛，作為一名普通租用者，楊佳與之並無瓜葛。當天夜間至凌晨接受警方六個小時的訊問後，閘北分局民警發現楊佳的確沒有參與偷車，只是在並不知情的情況下租賃了自行車而已，最後釋放了楊佳。

　　至於這期間發生了什麼，警察局宣稱文明執法，網民普遍不相信官方說詞，認為當時閘北分局的民警用了他們習以為常的痛毆手段對付楊佳。曾一度有楊佳好友爆料，楊佳被攻擊生殖器，失去生育能力。

　　7 月 7 日，上海警方舉辦新聞發布會稱：楊佳被警察毆打喪失生殖能力是謠傳，並稱已在杭州抓獲造謠者。有網民表示，此前警方聲稱處

理楊佳「偷車」符合程序，現在又否認製造身體傷害，那麼，既然警方無過錯，卻為何要兩次進京和解，並主動提出賠償楊佳1500元，他們試圖隱瞞什麼呢？

投訴無效 被威脅後策劃報復

據上海市公安局副局長江憲法說：（楊佳2007年10月6日返回北京）此後，楊佳向公安部門投訴，要求公安機關開除有關民警，並賠償其精神損失。官方稱楊佳要求賠償的精神損失費大約一萬元，警方不同意，只願意付1500元私了。這中間上海警方兩次赴京調解，沒有結果。為此，楊佳也數次去閘北分局討說法，漸漸地，閘北分局沒了耐性，對楊佳開始不理不睬。據知情者透露，事發前一個月該分局高層還曾經威嚇楊佳「不要再鬧了，再鬧就抓起來」、「一分錢都不會賠償」，雙方矛盾開始激化。

外界分析，面對閘北分局的威嚇，楊佳感到絕望，楊佳去過閘北分局多次，對閘北分局的作息時間和周圍環境十分熟悉，他精心策劃了一番：先用汽油彈引開看守等警衛人員，然後帶刀進去襲警。

據《新京報》報導，一位目擊的安徽籍民工稱，當時只見一穿白色T恤和灰色褲子的男性青年，手提兩個啤酒瓶，走至天目中路578號公安分局側門外時，突將啤酒瓶砸在一旁的慢車道上，隨後燃起大火冒出濃煙，樓內的保安隨即衝出救火，該男性青年則趁亂從此門衝進大樓。「我沒看見他手上拿刀，但似乎夾著一個包，面色陰沉，很快就進去大樓了。」對於酒瓶內裝有的液體，不少圍觀者猜測是汽油。

一名知情者還稱，疑犯使用的刀形似三稜軍刺刀，約30厘米長，十分鋒利，而且他的刀對準的都是喉嚨、胸部等致命部位。「疑犯拿著

刀，先刺傷了底樓一名阻止他的保安。隨後進入辦公大樓，只要見到穿警察制服的民警就砍，還躥進了辦公室內砍人。他可能乘坐電梯，從底樓行凶一直到 21 樓，最後被民警制服。」

楊佳的價值觀並未扭曲

網路評論人士指出，警察殺手楊佳的價值觀並未扭曲。楊佳襲擊目標明確，對準最強勢群體——警察，而非弱勢群眾。在襲擊過程中，並非濫殺，而是只襲擊男警察，對女警察一律放過；且基本上只襲擊 35 歲以上的流氓警察領導，放過剛從警校畢業的良心還未完全泯滅的年輕警察；從其選擇在共黨的生日 7 月 1 日發起襲擊看，針對性極強。還有人說，被捕後的楊佳大義凜然、毫無畏懼，這些都說明楊佳的價值觀並未扭曲，不是變態，不是報復社會，而是以匹夫之勇挑戰中共暴政強權的最強勢群體，多現於春秋戰國時期的壯士行為，士可殺不可辱。

原上海教育局職工常先生說：「上海很多人都拍手叫好，他們都不相信報紙上說的，認為楊佳肯定有大冤情，推崇楊佳為『當代的董存瑞！』」

「現在的警察都是濫用法律，對人民作威作福、鎮壓百姓，這樣就會引起這種暴力事件。甕安事件在中國已經是比比皆是，官逼民反嘛。」

據常先生稱上海的冤案如山，他說：「每周三上海市人民路 200 號，都聚集有一、兩萬上海冤民要求信訪。每天從上海到北京上訪的有 200 人，去北京的很多人被警察毆打。」

曾被警察無故毆打致傷，無錢看病的上海市民俞先生表示：「警察被人打死了，重視的不得了，那麼我們老百姓被警察打死的呢？反而拿獎金！當官的怎麼一點都不管呢？有人還被打死了！」

原上海天倫諮詢有限公司董事長馮先生透露，據稱僅上海拆遷、醫療事故等冤案錯案，累計高達約 11 萬件。

針對該暴力事件，馮先生稱：「網上民眾的評論反應了一個奇怪的現象：殺人是不應該的，普通的民警被殺，應該是很無辜的。但是老百姓不是這樣看問題，反過來認為行凶者有很大的冤屈。」「上海的冤案比較多，如果你（警察）對老百姓都是這種方法，（最終要）把老百姓逼到死路。」

有上海民眾質問，楊佳殺的就是流氓警察，強拆上海民宅的有上海警察吧，暴打上海訪民的有上海警察吧，陷害維權律師鄭恩寵的是咱們上海警察吧，勾結奸商搞金融詐騙威脅上海港民沈婷的是上海警察吧，開妓院娛樂城，收保護費是咱們上海警察吧。

網上公開的楊佳個人資料

據報導，楊佳的性格特點是，不愛說話、沉默、好讀書，認理，自尊心極強，不太愛與人交往，好觀察，絕不允許別人傷及自己的尊嚴。

在襲警悲劇發生之前，楊佳是一個幾乎被老師和同學遺忘的角色。在現實中，楊佳的姨媽說楊佳從不和異性交往，楊佳的母親為此發愁。網路讓楊佳有了傾訴的渠道，而外出旅遊成為楊佳排解壓力的方式。楊佳的姨媽說，楊佳喜歡出去旅遊，費用都是楊佳的母親從退休金裡節省出來的，「他媽媽支持他出去走走，怕孩子悶壞了。」

楊佳博客上寫道，他在綠野 INFO 等多個戶外旅遊論壇註冊了帳號。記者查閱發現，僅在綠野論壇，楊佳就有 20 餘次出行旅遊的紀錄。

在論壇上，楊佳喜歡發旅行時所拍攝的景色照片。照片中的楊佳笑容滿面，顯得很開心。參加活動時很主動，話不多，但樂於助人，見到

漂亮女孩很靦腆。

楊佳博客上唯一一篇日誌發表於 2008 年 6 月 4 日，上面記載了在北京爬山的經歷，「下周再有這樣的活動還參加，爭取一直保持在頭隊。」然而，他的博客就此沉寂。

單程機票預言慘劇的發生

據報導，楊佳襲警案發後，楊佳的親友和同學大為震驚。楊佳姨媽說，楊佳是個特別守規矩的人。有時候一家人出去玩兒，楊佳母親隨手扔一個冰淇淋包裝紙，楊佳都會埋怨他母親亂扔垃圾，然後把包裝紙撿起來扔到垃圾箱去。過馬路時，楊佳一定會走人行橫道，從不闖紅燈，哪怕路上沒有車，也會等信號燈變了再走。

楊佳的父親說：「楊佳小時從不打架，從來沒讓父母擔心過，我想不通啊！」

楊佳的童年玩伴李佳在一家旅遊公司上班。6 月中旬，李佳在網上又碰到楊佳。楊佳說起 2007 年曾到上海玩，並說過幾天還想去上海，希望李佳幫忙訂一下機票。

李佳問楊佳需要買單程還是往返的，楊佳說要訂單程的。但是後來楊佳再沒找過李佳。

14 天後，慘劇發生。楊佳去了上海，沒有給自己訂返程機票。

楊佳案激發公開反共潮

2008 年 10 月 13 日，轟動中國社會的楊佳襲警案二審在上海市高等法院第五法庭開庭。1000 多名民眾突破重重阻撓聚集在法院門前聲

援楊佳。因便衣警察毆打抓捕聲援楊佳的民眾觸犯眾怒，現場民眾齊吼：「楊佳萬歲！打倒共產黨！打倒法西斯！」聲勢浩大，場面震撼。

「打倒共產黨」現場視頻迅速在網路曝光，傳遍海內外，引起中共高層的極大震動，下令嚴查事件。

網民劉路表示：上海上千民眾齊聚高級法院，59 年來第一次集體喊出「打倒共產黨！打倒法西斯！」的口號，這是一個信號，一個讓專制者噩夢連連的信號，如果不能徹底根除警察治國的暴政思維，這個政權陷入人民抗爭的燎原之火的日子為期還會遠嗎？

2008 年 7 月 1 日楊佳襲警，9 月 1 日，上海市第二中級法院即以「故意殺人罪」一審判處楊佳死刑。楊不服，提出上訴。10 月 13 日二審宣判維持原判，之後上海高院將裁決報請最高法院進行死刑覆核，獲核准後 11 月 26 日楊佳被迅速執行死刑。

楊佳被捕後曾說：「有些委屈如果要一輩子背在身上，那我寧願犯法。任何事情，你要給我一個說法，你不給我一個說法，我就給你一個說法。」這句話在網路迅速竄紅，成為 2008 年最著名的民間名言，反映了極權統治下老百姓的真實心聲。

二審當天，大批長期被警察嚴密監控的上海訪民，成功地突破封鎖在法院門口聚集，他們並整齊劃一的穿上印有楊佳照片及其名言「你不給我一個說法，我就給你一個說法」字樣的 T 恤，高呼「楊佳萬歲」的口號，成為上海法院前特殊的一景。

參加聲援的上海民眾許正清說：「民眾對楊佳的精神支援本身就說明了：上海市警察和審理程序是違法在先，執法犯法，司法不公正。政府對冤假錯案一直採取打擊報復、變本加厲的處理方式，官民衝突、警民衝突達到極限。」「楊佳案也反映了：我們國家現在的制度是一個不公正的制度。希望中共當局以民為本，而不是與民為敵。」

民眾怒吼「打倒共產黨」 上千學者聲援特赦

　　二審當天，上海市高等法院外的馬路兩旁約有五、六十個警察，阻止市民和訪民在高院外門口議論楊佳案，部分市民被暴打，民眾被激怒了。參加聲援的訪民沈女士表示，在法院門口人數有千餘人，聲援楊佳高潮一個接一個。人們高呼：「楊佳萬歲！打倒共產黨！打倒法西斯！」有人打出直橫上面寫著大約是「刀客不朽」的字樣，在空中揮舞，場面悲壯凝重！

　　現場目擊者將當天上海訪民在法院前公開怒吼「打倒共產黨」的視頻，當天即在海外網站《大紀元》上迅速曝光，引起中共高層極大震動。

　　上海公安局隔天接到緊急命令：立即全面查處追究參與在上海市高等法院門前的千餘民眾和平聲援楊佳事件。據知當局最緊張的問題是：「喊過口號嗎？喊過什麼口號？」

　　據知當天一度被當局抓捕的 200 多名訪民，之後不少人被收到當局的正式傳喚證，有訪民在關押期間被毆打致重傷。上海孕婦、訪民杜青豔因為丈夫旁聽楊佳案開庭而失蹤，杳無音訊，於是發出致中共國家主席的公開信，要求追查丈夫下落。

　　很多民眾對中共秋後算帳並不緊張害怕，有些甚至表示早已經做好準備。訪民曾女士表示說：「當天去聲援楊佳就做好了充分的思想準備，中共肯定會打壓，類似這樣的傳喚經歷了很多次了，當局從不善待訪民，結果肯定是越來越糟。我們已經知道，這次的行動影響很大。」

　　與此同時，對楊佳的聲援從底層民眾擴大到法律學者和知名律師團隊。超過千名學者和律師簽名上書中共政府，要求對楊佳進行死刑特赦。

學者：楊佳事件加速中共解體

　　簽名支持的著名律師郭國汀認為楊佳案的意義非常重大，因為它是中共掌權 59 年以來最轟動，國際影響最大的案件之一，世界上關注這個案子的華人也是最多的。對於這麼重大的案子，中共司法程序卻是非常糟糕，漏洞百出。郭國汀認為，楊佳案的形成是中共司法體制癱瘓造成的。

　　旅居澳洲的原北京大學法學教授袁紅冰認為，促成楊佳襲警案的爆發，完全是中共暴政所逼迫出來的，在二審時上千民眾自發到法院門前對楊佳表示支持，並喊出「打倒共產黨」的口號，顯示出中國民眾心底裡的願望。

　　他說：「楊佳開始是無端的受到警察的迫害，他曾經試圖通過告狀的方式來和平解決這個問題。但是中共暴政的警察系統把一切和平解決的大門都關死了。給楊佳的選擇就是：要不然你就是在我的暴政下老老實實的做一個奴隸；要不然你就只能以你的生命證明你的尊嚴。所以，楊佳是以自己的生命來證明、維護自己的尊嚴，而他不得不用這種殺警的方式來維護自己的尊嚴，也完全是中共暴政的國家恐怖主義暴力資源所逼迫出來的。」

　　他強調，中共當局透過國家恐怖主義暴力，對人民的反抗進行更加慘無人道的鎮壓，只會點燃更多反抗的怒火，他相信更多的楊佳會出現，有更多的甕安事件發生，而中共的暴政終將在人民的大起義之中走向最後全面的崩潰。

第三節

鄧玉嬌殺淫官案

自衛誤殺淫官的打工女鄧玉嬌遭
公安以「蓄意殺人」立案扣押，
中國媒體和民眾強烈譴責。圖為
案發後被強制送進精神病院。
（AFP）

　　有人說，若要體驗什麼叫顛倒黑白「攪混水」，中共當局對鄧玉嬌
案的報導就是個鮮活例子。一個普通的「強姦自衛案」竟演變出許多截
然不同的版本，讓人覺得越看越糊塗；也有人說，「六四」20 周年前
夕爆發的鄧玉嬌案是會被載入史冊的，其光輝不但顯現在一個農村女孩
在物慾橫流的今天做到了「威武不屈，富貴不淫」，而且全國民眾，甚
至中共控制的媒體也公開站出來一邊倒的譴責中共司法的黑暗，這標誌
著中共的統治已經「罩不住了」。

清純農家女 性格像男孩

　　鄧玉嬌出生在 1987 年的湖北省恩施州巴東縣野三關鎮木龍埡村。
這是個貧困的山坳，開車到了不能再往前的地方後還要再爬五里山路。
由於條件太艱苦，鄧玉嬌的母親張樹梅和父親協定離婚。離婚後母親外

出打工，一歲多的鄧玉嬌就跟著外公外婆一起生活，直到差幾天初中畢業去福建打工，才算真正離開大山。

「一碗白水，一碗炒蛋飯，一碗油炒飯，一碗白糖飯。」鄧玉嬌的外公用地方俗語來形容養大她的不容易。雖然缺少完整的家，鄧玉嬌還是被親人呵護著長大。「每天上學要爬五里山路，我都要接送。」鄧玉嬌的外公這樣告訴《三聯生活周刊》的記者。「從小教她出門有三穩：身穩、口穩、手穩，不能騙錢、不能貪財。」外公一直覺得自己的教育很成功，「她在浙江打工時頭被別人碰破了，人家賠給她 500 塊錢，她都沒要，說算了。」

在外公外婆的眼裡，鄧玉嬌是個男孩子性格，「高興的時候做事就呼呼啦啦的。」鄰居們都說，她們母女倆性格很像，為人剛強、幹練。繼父性格很溫和，鄧玉嬌和他很親。2006 年鄧玉嬌從外面打工回到鎮上，一群年齡相仿的女孩子成了好朋友。她們中大約有十幾個都是來來去去在雄風賓館工作過。好友劉燕開了一家服裝店，鄧玉嬌在裡面幫著客人選衣服，在路上遇見人，她也總是主動打招呼，「她比我還會說呢。」

據劉燕介紹，鄧玉嬌有過一個男朋友，「她在外面打工認識的，她回到野三關兩個人就分手了。」劉燕知道鄧玉嬌失眠的事情。「我跟她睡一間屋，她晚上經常整夜睡不著覺，起來哭。」至於她為什麼會失眠，「這是她的隱私，我從來沒問過。」

除了失眠，劉燕並不覺得鄧玉嬌憂鬱，她們這群女孩子過的是無憂無慮的生活，沒有多少錢，也不花什麼錢，每天在一起打牌、吃飯，有時去唱歌。對於未來，懵懂的她們還沒有怎麼認真規劃過。出事的一個多月前，鄧玉嬌到雄風賓館娛樂部做了一名 DJ 師，負責在 KTV 裡給客人倒酒和點歌。因為醫生讓她注意休息，她每天晚上只上一個班，一、

兩個小時就下班。工作並不繁重，每月還可以拿到千把塊錢。快樂生活剛開了一個頭，卻在 2009 年 5 月 10 日戛然而止。

夢幻城裡的噩夢

儘管巴東縣公安局先後給出了三個互相矛盾的案情通報，官方媒體也一再變更細節，但經過一個月的資訊沉澱，特別是北京律師夏霖等人的調查，人們對案情經過有了個大體認識。

2009 年 5 月 10 日晚飯之後，KTV 服務員鄧玉嬌在雄風賓館一樓水療區五號房洗衣。鄧玉嬌說：「水療區就是女性給男人賣淫的地方。」洗衣時，一個「高個子戴眼鏡的男的」（即黃德智）進入房間，走入走出兩三次後，將門鎖上，坐在房間床上，稱其要洗澡。

鄧玉嬌聲明自己是在這裡洗衣服，不在這裡上班。欲開門離開之際，黃德智一把將她拉倒在門口床上，要脫她的衣服。由於她上身掛有斜掛式胸包，黃未能脫下其 T 恤衫，轉而拉扯其褲子。褲子被黃拉下，黃又脫其內褲，並以手摸其下體。鄧玉嬌用腳踢黃德智，黃被踢下床去。鄧玉嬌將鎖解開後跑進休息室。

不久，黃德智與一名「矮個子客人」（即鄧貴大）還有個男的（鄧中佳）先後尾隨入內。鄧貴大指著鄧玉嬌罵：「妳他媽的還挑人啊，妳什麼意思，嫌我們老了？我們就是來消費的，妳他媽的就必須要服務！」鄧玉嬌懇求道：「我有沒有戲弄你，你去問外面的領班，我不是這裡上班的。」另一在場服務員叫來領班，領班勸阻未果。

鄧貴大繼續罵道：「什麼上面下面的，不都是一樣的嗎，當了婊子還要立牌坊。」又說：「妳不就是要錢嗎？妳就是沒見到過錢！妳要好多錢，妳開口，信不信我今天用錢砸死妳！」遂拿出一疊人民幣（4000

元），向鄧玉嬌臉部摑擊。每摑一下，鄧玉嬌便退一步，摑一下，退一步，一直退至身後沙發處，無處可退了就說：「對，我就是沒見著過錢，有種你今天就砸死我。」

鄧貴大說：「我就是要用錢砸死妳，就是要拉一車錢來砸死妳。」領班再次勸鄧玉嬌離開，鄧玉嬌欲離開，被拖回。鄧貴大說：「想跑，跑到哪裡去？」鄧玉嬌再次試圖離開，又被拉回。鄧玉嬌就從包中拿出一把刀，雙手背在身後。鄧貴大推鄧玉嬌胸前，將其推倒在沙發上。鄧玉嬌起不來了，遂雙腳亂踢。

黃、鄧二人撲上來，鄧玉嬌就拿刀向前亂刺，鄧貴大伸出雙手要來抓鄧玉嬌，因為鄧貴大在前面，可能多數刺到了他。後來鄧貴大捂著肚子走到門口倒下。鄧玉嬌看到鄧貴大脖子上有一道傷口，鮮血直湧，遂打 110 報警。110 要其打野三關鎮派出所電話，鄧玉嬌答說：「雄風快死人了，趕緊過來。」又打電話給其母親和朋友，要她們趕快來。據劉燕回憶，當她趕到夢幻城休息室時，只見鄧玉嬌「嚇得臉色煞白，握著電話的手還在抖。」問她：「妳怎麼還動刀了？」鄧玉嬌回答了一句當地方言，大意是，「像這種色鬼，不收拾他不得了。」

後來經理將鄧貴大抬走，鄧玉嬌坐在大廳沙發上等警方到來，鄧母與警方基本同時到達，鄧玉嬌交給其母一張欠條，要其母代為清欠，遂上警車到達野三關鎮派出所。不久朋友給她送來長袖衣服，鄧玉嬌將案發時所穿 T 恤和褲子換下，但高跟鞋、胸罩、內褲未換。當晚鄧玉嬌一直在野三關派出所辦公室中哭，該派出所人員她全都認識，沒有看到巴東公安局的警察。

當天這則消息被民眾傳到網路上，「修腳女殺淫官」成了網路熱門話題。也有的說，鄧玉嬌遭到鄧貴大、黃德志、鄧中佳三人的輪姦；有的說，是福成礦業公司的礦長周程想要姦淫處女「買處」，才引發了這

起血案。

巴東公安怪異的偵探方式

次日晚，巴東縣公安局以涉嫌「故意殺人」罪將其刑事拘留。根據中國《刑法》第 20 條第三款的規定：「對正在進行行凶、殺人、搶劫、強姦、綁架以及其他嚴重危及人身安全的暴力犯罪，採取防衛行為，造成不法侵害人傷亡的，不屬於防衛過當，不負刑事責任。」善良的人們一直搞不懂，為什麼鄧玉嬌的正當防禦會被當局定為故意殺人罪呢？

5 月 12 日，巴東公安局以在鄧玉嬌隨身攜帶的包中發現有治療失眠的藥物為由，將其強行送進湖北恩施優撫醫院（以診治精神病為主要業務的綜合醫院）。然而對於鄧貴大的血衣、屍體的檢驗（由受傷部分推測現場情景）、鄧玉嬌的衣服是否帶血，胸罩、內褲上是否有他人的指紋或精液等，這些物證警察都沒有收集。直到案發十多天後，義務為鄧玉嬌辯護的律師夏霖和一位自稱「公安太子」的志願者，才點出這些刑偵常識。即使衣服用普通洗衣服洗過了，血液痕跡也是不會完全洗掉的。

據大陸媒體報導，醫院對鄧玉嬌採取了治療狂躁型精神病患者的「約束性保護」措施：她的手腕和腳踝、膝蓋被綁在病床上，恩施電視台在一則報導中無意中錄下鄧玉嬌絕望的呼喊聲：「爸爸，他們打我……」

民眾憤怒 律師哭訴「喪盡天良」

5 月 18 日巴東縣公安局在網際網路上對「5·10」案件進行了第三

次通報，將案件定性為「涉嫌故意殺人罪」。第三次通報對第一次通報裡面的很多細節做了不同的描述，如鄧貴大、黃德智對鄧玉嬌的羞辱和強姦行為變成了「因言語不和發生爭執」，「特殊服務」變成了「異性洗浴服務」，「修腳刀」換成了「水果刀」，「按倒」變成「推坐」，「失眠」變成了「憂鬱症」、鄧玉嬌的「自首」變成了「襲警」等。

　　得知鄧玉嬌面臨「故意殺人罪」的起訴而被綑綁在精神病院的病床上長達五天多時間，民眾被激怒了。人們憤怒的表示，「分明是正當防衛，何罪之有！」「淫官，該死！女楊佳，無罪！」「女英雄，為民除害。全國人民聲援你！應該立即釋放！」「正義已死，除了暴力，不要幻想中國有民主的一天。」「不要低估他們的流氓性！」「放棄幻想，準備戰鬥！」「向鄧玉嬌學習，武裝起來，保衛自己，捍衛人權」……

　　面對民眾的憤怒，不久在網路上傳出一位自稱「屠戶」的網民，進到優撫醫院病房，見到了仍被關押審查的鄧玉嬌，並傳出照片稱她狀況很好，沒有受到虐待等。然而很多人懷疑屠戶為何能有這樣的特權，他釋放這些消息是為了什麼？

　　5月23日，來自北京的兩位義務律師夏霖、夏楠終於見到鄧玉嬌。他們從派出所出來後含淚大呼：「喪盡天良，滅絕人性！」律師稱，鄧玉嬌明確指出她受到性侵犯，「這些證據足以認定強姦罪行。」他們呼籲專家幫忙鑒定留在鄧玉嬌內衣內褲上的指紋和各類證據，但就在這一天，鄧玉嬌的母親被警察找去，回來後就說內衣內褲已被清洗，同時官方代表鄧母宣布，因不滿律師工作，已與兩位律師解除委託關係，次日，巴東公安宣布鄧母已委託湖北兩位律師代理此案。

　　25日晚八時許，夏霖律師向巴東縣公安局正式提交了一份「控告書」，告黃德智強扒鄧玉嬌內褲涉嫌強姦，要求該局立案偵查，立即將犯罪嫌疑人黃德智刑事拘留，依法追究其刑事責任。夏霖同時表示，「控

告書」只是一顆「炸彈」，他手裡還有更具威力的「核彈」來還原真相。

大陸媒體公開挑戰禁區

儘管 5 月 22 日中共國務院新聞辦公室辦網路局給各新聞網發緊急通知，要求對鄧玉嬌案的報導「網站要盡快降溫」，然而大陸媒體卻出現了 20 年前「六四」時的場景：官方媒體紛紛衝破「禁區」，大膽披露事實真相，一邊倒的譴責中共淫官、聲援鄧玉嬌。

如《南方都市報》最先曝光野三關鎮招商辦主任鄧貴大是個吃喝嫖賭的幹部子弟，他身高 1.6 米，體重不到 45 公斤，長年累月吃喝公款，經常出入色情場所，他開的那輛白色獵豹吉普車，跟他的收入和地位不相符。該報表示，制度性腐敗和官員流氓化，已讓中國社會的毛細血管罹患敗血症。民間無從同情這個光榮犧牲的「烈士」官員，還是留給政府隆重開追悼會吧。

《廣州日報》採訪了鄧玉嬌的朋友，稱鄧玉嬌的人品絕對值得信任。「這麼漂亮的女孩子，當然有很多人追，但鄧玉嬌是一個潔身自愛的人，平時生活很檢點。」「一個正值青春年華的女孩子怎麼會無緣無故地拿刀去殺人呢？」

《揚子晚報》則發表了題為《巴東警方真像被刺官員的「辯護律師」》的文章，公安站錯了立場，還能指望它秉公執法嗎？而《中國報導周刊》則直接稱巴東警方「極端無恥」。金羊網有文章說，鄧玉嬌是殺人嫌犯還是抗「日」英雄？鄧玉嬌的成名和楊佳的成名有異曲同工之妙。

《中國青年報》撰文表示，鄧玉嬌被網民譽為替天行道的「抗暴英雄」，而被刺死的官員卻幾乎沒得到公眾半點兒的同情。這種反差的背

後突顯中國社會兩個階層——以官員為代表的權勢階層和以底層民眾為主的弱勢階層——的對立和分裂。文章警告，如果不將官員趕到權力的籠子裡去，等待我們這個社會的，很可能是更多修腳刀的出現。

媒體加入民眾一邊倒地譴責中共公安部門，這對建政以來操縱媒體歪曲事實、掩蓋真相呼風喚雨的中共來說，意義非同一般。很多人說，從女楊佳案引發的全國民眾、媒體抗議大潮，以及國務院的反應可以看出，中共到了眾叛親離的地步，已經「罩不住了」。

記者被打 野三關被封

為了獲取真相，民間很多人自發來到野三關。當時那裡已經出現了大量的軍警和便衣，把碼頭、車站、網吧、旅館等等都控制起來了。

5 月 28 日，正在採訪的《新京報》女記者孔璞和《南方人物周刊》記者衛毅在當地遭到野三關鎮政府人員的圍攻和毆打，施暴者有恃無恐地說：「別他媽的以為老子們是好欺負的，共產黨還沒有倒。」他們還威脅記者說：「這女人（意指鄧玉嬌）不判死刑，老子們也要整死她。你們（記者）再來鬧，也整死你們。」記者被強制寫下「未經當地批准不得擅自到此採訪」的書面保證，採訪獲得的錄音及照片也被強行刪除。

消息傳出，憤怒的民眾更加怒不可遏。由 38 名律師自願加盟的「鄧玉嬌案法律後援團」發表緊急聲明，要求巴東當局立即將毆打侮辱記者的違法犯罪分子緝拿歸案，同時要求全國記者協會對此公開表態。

5 月 29 日，宜昌客運站碼頭停止出售去巴東的船票，巴東水路交通都已切斷，據說這是 60 年來首次大規模封鎖交通。與此同時，中共當局封鎖了博客論壇等網站，2.6 萬人的 QQ 被封，有關鄧玉嬌的真實消息基本被壓制了。官方還逮捕了到湖北駐北京辦事處支援鄧玉嬌的民

眾。面對野三關的緊張戒嚴狀態，民怨更加沸騰，許多人在網路上發表萬民呼籲書、簽名信，號召組織全民「上街散步」，給惡勢力增加壓力。

中共耍花招避開「六四」

面對國內外民眾和媒體的一致譴責，因擔心事件發展成另一個「六四」全民運動，當局藉新華網在 5 月 31 日晚上 21 時和 22 時 30 分兩次發布新聞公告，宣布對黃德智「開除黨籍、撤銷鎮招商辦副主任職務、解除崗位聘用合同並予以辭退、同時予以治安拘留」。鄧中佳也被撤職辭退。公告還說：「鄧玉嬌在遭受到黃德智、鄧貴大強迫要求陪其洗浴，被拒絕後又拉扯推揉、言詞侮辱等不法侵害的情況下，持刀將鄧貴大刺死、黃德智刺傷，其致人死傷的行為屬於防衛過當。」

對此，朱明勇律師帶著深深的痛楚感慨道：唐朝著名的苦吟派大詩人賈島琢磨「推」或是「敲」，騎著驢闖進了韓愈的儀仗隊裡，才成名詞「推敲」，而當局在短短幾天卻發現了「按倒」、「推坐」、「推揉」之間的奧妙。從法律角度看，「按倒」涉嫌強姦，是重罪；「推坐」涉嫌侮辱、猥褻，是輕罪；「推揉」涉嫌違反治安處罰，可定為無罪。

於是，鄧玉嬌案從最初官方定性的「故意殺人罪」變成了「防禦過當」。然而 2009 年「六四」20 周年剛過的第二天，6 月 5 日，巴東縣檢察院以涉嫌「故意傷害罪」將鄧玉嬌起訴至巴東縣法院，民眾的心又懸起來了。

決策來自中共高層

有人分析說，假如鄧玉嬌不殺死淫官，她可能就是第二個高鶯鶯。

2002 年 3 月 15 日，在湖北襄樊寶石賓館打工的高鶯鶯突然「墜樓」身亡，官方稱是自殺，但家屬發現，死者上衣的鈕扣有幾個扣錯了，褲子的拉鏈也未拉好。身體多處被抓傷、頸上有被掐的手印，手腕也有黑紫色勒痕，一個乳頭被咬壞，內褲上發現精斑。其父高天虎在四年多的上訪後，官方結論竟然是：精液是高天虎的。而老百姓認為的凶手——襄樊市委書記孫楚寅的兒子至今逍遙法外。

2009 年 6 月 4 日，北京維權人士周莉現場反饋說，「聲援鄧玉嬌自費旅遊團」團長羅加久在警方設置的檢查關卡遭到不明身分人員的襲擊，血流滿面，在現場的野三關派出所的幾名警察卻視而不見。據公安太子表示，這些打手都是職業手法，專門襲擊人的要害部位。此前，志願者漢大賦去探望鄧玉嬌外公外婆時，也遭到不明人員的跟蹤和襲擊，依他分析，這些人很可能是由跨省或中央級別的人在背後操縱指示。

有人分析說，當記者在巴東遭毆打後，整個巴東斷水斷電，人、船不讓靠岸，同時把武警派往巴東，全國網路被封鎖，數萬個 QQ 被停，新聞媒體接到禁令，這些毫無疑問是中共高層的決定。

有民眾表示，毒奶粉受害家長上告無門，地震豆腐渣工程無人調查，這些不都是中央高層的決定嗎？指望高層主持公道只是自我欺騙的幻想，上梁不正才導致下梁歪。既然中共能堅持把「六四」請願學生說成是暴徒，巴東警察把一個農村女子說成故意傷害，有什麼大驚小怪的呢？

第四節

東洲、烏坎案

2013 年 1 月 15 日，東洲事件與烏坎事件殺手汕尾市委政法委書記陳增新被雙開。圖為 2011 年 12 月 9 日汕尾陸豐烏坎村民在村內集會示威。（AFP）

　　2013 年元旦後，原湖北省政法委書記吳永文被中紀委祕密逮捕進京審查；1 月 9 日，又傳出山西省公安廳副廳長李太平被撤職；1 月 13 日，山西省公安廳副廳長李亞力被建議撤職，留黨察看一年，此前山西省另一位公安廳副廳長蘇浩已被撤職調離；1 月 16 日，官媒報導廣東省汕尾市委常委、政法委書記陳增新被立案檢查。此前的 1 月 7 日，政法委書記孟建柱宣布 2013 年將停止勞教制度，政法委將面臨大的變動。一連串的官員落馬，導致整個政法委系統的黑心官員驚恐萬分，生怕下一個處罰就落到自己頭上。據不完全統計，習近平上台後，周永康的原政法委系統官員有近千人遭調查或處分。

　　在百姓認知範圍內，吳永文擔任湖北政法委書記「最引人注目」的「政績」之一就是 2009 年轟動網路的「鄧玉嬌殺淫官」案。假如沒有全國民眾的奮力反擊，這位「中華烈女」就可能讓政法委送進監獄了。不過，吳永文也是周永康打擊令計劃的幹將，武漢億萬富翁徐崇陽的案

子就是吳永文幹的。

不過在 2013 年新年期間倒台的政法委官員中，民憤最大的是廣東省汕尾市政法委書記陳增新。陳增新在汕尾臭名昭著。早在 2011 年 7 月 15 日，網路上傳一封公開信《陸豐市史上最瘋狂的市委書記》，舉報陳增新。2011 年 7 月 22 日，又有一封網路舉報公開信《當代和珅——陳增新》，揭露陳增新大量賣官。

儘管民憤極大，但自 2011 年 9 月起，陳增新兼任汕尾市委政法委書記。此後，陳增新大權在握，更加有恃無恐。民眾舉報，自 2011 年底以來，在陳增新的保護下，陸豐縣甲子、甲東、甲西三鎮千家萬戶公開製毒，販毒活動肆無忌憚。後來，這三地成為製毒專業鎮，50％的家庭參與製毒販毒。陳增新與幾乎每個販毒分子都有金錢關係，動輒收取上千萬的保護費。

2005 年 12 月 6 日，汕尾市東洲鎮爆發舉世聞名的「東洲事件」就與陳增新當時擔任的國務資源局有關。由於修建電廠而徵收東洲村民土地，但村民得到的補償非常低，村民去上訪，當地政府動用警力，以暴力手段對付村民，導致村民多人死亡。這是 1989 年「六四」事件後中共再次朝手無寸鐵的百姓開槍的惡劣事件，受到國外媒體關注。

陳增新的強硬手法獲得周永康的賞識，從那以後，陳增新開始升官，並擔任政法委書記。就在陳增新上任不久的 2011 年 9 月 21 日，汕尾陸豐再次爆發舉世聞名的「烏坎村事件」，當天，3000 多民眾聚集在陸豐市政府大樓與派出所，就土地賠償問題提出抗議。

在政法委的指使下，汕尾警察與村民發生激烈打鬥，之後村民自發組織「烏坎村村民臨時代表理事會」，12 月 9 日起村民每天在村內村委會附近的仙翁戲台前集會示威，並在遊行通往陸豐市政府大樓前與警方爆發衝突，此後開始警民對峙局面。

12月9日，村民薛錦波等五人被刑事拘留，兩天後，官方稱薛錦波死於心臟病，但家屬發現死者明顯是被打死的。於是矛盾驟然升級，村民趕走了所有村官，成立自治村民會，並架設路障，阻止官方及警察進入村莊，儼然成了獨立民選政權。

12月20日後，廣東省委書記汪洋下令副書記朱明國親自處理烏坎事件，才最後以和平方式，解決了烏坎問題。2012年2月16日，官方將薛錦波遺體交還家屬並發放90萬人民幣撫恤和殮葬費，但並未提及死亡問責問題，同時將3000多畝土地歸還給烏坎村。2012年8月10日，廣東省紀委公布陳增新涉嚴重違紀正接受調查，2013年1月15日被雙開。

烏坎村民薛錦波（1969年4月7日至2011年12月11日）死時才42歲。他曾被村民們投票當選村代表、臨時理事會副會長，他身強力壯，沒有任何心臟病，但在帶領村民維權運動中，被政法委祕密抓捕兩天後突然死亡，當地政府所給出的死亡原因是「心源性猝死」。

據其大女兒薛健婉介紹，薛錦波「胸部破損，到處都是淤青，手都腫了，手腕淤青，有傷，大拇指明顯倒過來變形了，斷了的樣子，額頭、下巴都破皮出血，鼻孔裡也有血，都乾了，脖子整一圈都是黑色的。臉和身上其他地方顏色都不一樣，發青發紫，都是黑的，頭上腫了一個大包。背部有很多被腳踢過、踩過的傷痕，靠近肺的地方，腫了一個大包。膝蓋一直到腳腕，都是淤青、破皮、浮腫的。」她懷疑父親薛錦波12月9日當天就被打死了，因為11日她看到父親遺體的時候，已經有味道了。

不過，官方在家屬不在場的情況下對薛錦波遺體進行過兩次屍檢，一次是由汕尾公安局做的，一次是由廣州中山大學法醫鑒定中心副主任羅斌等四人做的，結論都是：沒有發現外傷，是由心臟病引起。

　　半年多後「六四」硬漢李旺陽的死，人們對中山大學法醫鑑定中心羅斌等法醫的職業道德的質疑更加增強。人們發現，被打死後掛在低矮窗戶上「上弔自殺」、近乎全盲的湖南邵陽民運人士李旺陽，明顯是被害死的，但在羅斌等四人的鑑定結果依然是：「李旺陽死亡係自縊所致」。

　　據知情人透露，涉嫌謀殺「六四」英雄李旺陽的三名主犯是：中央政法委祕書長周本順、邵陽市公安局長李曉葵、邵陽市公安局國保支隊長趙魯湘。

　　大陸官場的人都知道，周本順是周永康的鐵桿心腹。周本順1953年生於湖南漵浦。1975年在湖南省地質學校當老師多年後，1985年被調到湖南省委政策研究室，1994年出任湖南省邵陽市委副書記，2000年任湖南省公安廳廳長，2003年11月被周永康提拔為中央政法委副祕書長、機關黨委書記。

周永康曾經權傾一時 搞第二中央

　　2012年12月4日，據財新網報導：「中央政法委祕書長周本順，日前兼任中央綜治委副主任。這是他第二次出任該職。」2008年3月，周本順曾出任中央綜治委副主任，主任是周永康。

　　2011年9月中央綜治委更名（即由「中央社會治安綜合治理委員會」更名為「中央社會管理綜合治理委員會」），周本順與最高法院院長王勝俊、最高檢察院檢察長曹建明、中央政法委原副祕書長陳冀平等四人，卸任中央綜治委副主任，當時七位擔任副主任均為副國級，他們是時任政法委副書記王樂泉，時任全國人大常委會副委員長兼祕書長李建國，時任國務委員兼公安部長孟建柱，時任國務院副總理回良玉，時

任中央書記處書記兼中宣部部長劉雲山，時任國務院祕書長馬凱，時任全國政協副主席錢運錄。

當時綜治委主任還是周永康，周達到了權力最高峰，綜治委基本上囊括了所有管理部門，在全國從中央到地方各級的地方綜治委中，主任職務一般由同級黨委書記或副書記兼任；副主任則由黨委、政府主要分管領導兼任。一般情況下，同級的黨委紀委、組織、宣傳以及人大常委會、檢察、法院、公安、司法、國家安全、人事、文化、工商、民政、交通、勞動保障等有關部門主要領導擔任綜治委的委員。

那時的周永康，在掌控了超過國防軍費還多的維穩經費後，在以綜治委的名義，建立了類似「第二中央」的權力機構，胡溫的很多指令，若得不到綜治委的支持，也就只能「政令不出中南海」了。

周永康塌台驚天內幕　暗殺習近平另有圖謀

第十三章

周斌貪腐數百億並殺人

周斌

周永康

憑藉其父周永康的權勢，周斌幹了許多非法牟取暴利的勾當，其中以用法輪功學員調包死囚並活摘器官牟利為最。

第一節

周永康家族的兩大金庫曝光

前中石油董事長、國資委主任蔣潔敏
（左）與周永康前祕書、中石油副總
經理李華林（右，也已被捕）搭檔，
把中石油變成周永康的大金庫。（Getty
Images）

2013 年 10 月 12 日，香港媒體援引知情者報導稱，中紀委已經開始執行北戴河會議決議，對前政治局常委周永康進行專案調查。目前周永康已經被軟禁。負責周永康專案的是前中紀委駐財政部紀檢組組長、中紀委二室主任劉建華，是一名女性。

報導稱，那些當年依仗周永康升官發財的人，以及多年來一直向周家輸送利益的人，如今都在驚惶失措中等待中紀委調查人員來敲門，因為他們最清楚不過的，就是周氏父子近千億元的財富都跟他們密切相關。

消息人士披露，吳兵其實只是個馬仔管家。蔣潔敏與周永康的前祕書李華林（也已被捕）搭檔，才是真正的大金庫。

周家的另一個金庫在四川，由李春城與周永康的另一個祕書郭永祥

聯手。兩大金庫將周氏變成了中國真正的首富家族。

蔣潔敏曝周永康「富可敵國」

薄熙來 2013 年 8 月 22 日至 26 日一審全盤翻供後的兩天之內，中石油四大高管被抓。之後不久，原中石油董事長、國資委主任蔣潔敏亦被解職並「雙規」。消息人士披露，與已經落馬的幾位高官相比，蔣潔敏與周永康的關係更密切，蔣輸送給周家的利益肯定要比已被曝光的數目還大。收拾蔣潔敏，意味著進一步逼近周永康。

知情者說，蔣潔敏多年來憑藉他從勝利油田開始跟隨周永康的交情，通過周永康兒子周斌（也有稱周濱）的岳父母輸送百億美元以上利益。具體方式均在國外進行，或通過加巨價收購油田天然氣田，或壟斷油田設備採購，由蔣將中石油需求及收購採購對象確定後，告訴周斌的馬仔吳兵，爾後全通過周斌妻子王婉父母開設由美國信託人出面持有的美國公司在中間賺一道，利潤又全留在瑞士銀行以逃避美國稅。

消息說，吳兵被抓後，全盤供出，這一切貪腐均由作為中石油「獨裁者」的蔣潔敏指揮安排。吳兵是周家的「錢袋子」可能言過其實了，吳兵其實只是個馬仔管家，而周氏父子積攢了近千億元的財富。

此前《大紀元》報導，蔣潔敏身家已過百億，在任期間包攬所有中石油基建工程，包括中石油多個海外工程項目，國內多個石化項目，年入十億以上。並從中石油帳內為周永康直接提供迫害法輪功的資金，恐嚇部下，而且手頭握有多宗命案。蔣潔敏掌舵中石油期間，最愛標榜的「政績」就是股票上市和走向海外；但前者造成股價狂跌，後者讓油價狂飆，都令中國股民與消費者心如刀割。

蔣潔敏交代重大案情 周永康致命的「殺傷力」

近期海南省長蔣定之、環保部長周生賢的腐敗，都和周永康有關，但真正對周永康形成致命殺傷的還是蔣潔敏。

據海外中文媒體報導稱，已經被雙規調查的前國資委主任蔣潔敏交代，他指使中石油管理層向國資委報告，謊稱遼河油田已經沒有石油了，因此要廢棄。協助周斌（周永康之子）和吳兵（周家的白手套）的公司以 1000 萬人民幣收購遼河油田。在吳兵出面收購遼河油田後，周永康家族第一年就獲利 17 億。到第三年，一共賺取了 40 億。

因為油田職工的示威和上訪，國資委派去審計調查，發現遼河油田還有 3000 億的石油儲備。爆發如此驚天的腐敗大案，周永康仍將蔣潔敏提拔到國資委主任。

蔣潔敏案金額巨大 中南海震驚

《大紀元》在 2013 年中共兩會期間獨家報導：蔣潔敏因其涉嫌驚人貪腐和幾宗命案，已被中紀委盯上，兩會後拋出，作為打擊周永康的前哨戰。

消息稱，原中石油董事長蔣潔敏不僅命案纏身，又牽連洗錢大案，引中南海高層震驚。調查顯示，中石油大型項目、高額投保採購等都有洗錢公司涉入其中，觸角遍布中石油上下，案情複雜，涉案金額巨大。

證據表明蔣的洗錢公司改頭換面組成圍標團，裡應外合將工程發包給特定招標商，陪榜商都屬蔣控制的圍標集團，藉此收取回扣而採購商品是高於市場平均價數倍，洗錢受賄金額巨大，蔣的涉黑程度、涉貪數目，令人咋舌。

消息稱，蔣潔敏個人財富已達數百億，在中石油將所有的石化項目都非法承包給自己人，個人年入數十億，目前最引人注目的就是他將多個上百億的巨型石化項目違規發包給上海惠生公司，而惠生公司正是周永康兒子周斌的公司。

蔣潔敏涉幾宗命案

《大紀元》此前報導，蔣潔敏涉驚人貪腐和多宗命案。特別是在中石油帳上，中紀委查出有大筆資金流向周永康，供其用於迫害法輪功。

據中紀委消息人士說，中石油吉林石化、廣西石化、撫順石化、項目資金挪用虧空數目驚人，問題堆積如山，一查就倒。而中石油八個石化項目，無一例外，全部有問題。中石油廣西石化公司副總經理（掛任欽州市政府副市長）王學文於 2010 年「突發交通事故」被滅口，也直接與蔣潔敏和周永康有關。

2012 年 3 月 18 日北京四環路發生法拉利車禍，正是周永康對倒薄推手的政治謀殺，死者是前中央辦公廳主任令計劃的兒子。當時 BBC 等多家消息稱，蔣潔敏因捲入令計劃兒子車禍案被調查。

據先前已有中石油內部人透露，曾有負責資通安全工作的員工，在維護高管的電腦中，發現高管貪污受賄等嚴重腐敗的證據，結果該名員工就在公司大樓內被偽裝成「不慎墜樓」的滅口謀殺事件。

周家四川金庫 李春城與郭永祥主管

港媒曝光，周家的另一個金庫在四川，是由李春城與周永康的另一個祕書郭永祥聯手。兩大金庫將周氏變成了中國真正的首富家族。

周永康家族的另一個金庫在四川，由李春城（左）與郭永祥（右）聯手。

　　中共中央候補委員、四川省委副書記李春城是中共18大後首個落馬的副省級高官。據悉，其貪污賄賂贓款高達十億，涉及成都某國企老總貪腐等十大要案。他不但涉嫌買官賣官、以權謀私，還涉及為中共前政治局常委、政法委書記周永康的家人在四川斂財、輸送利益提供方便，因此而獲周提拔重用。

　　周永康的心腹大祕－－原中共四川省委常委、副省長郭永祥是繼李春城之後四川落馬的第二個副省級高官。郭永祥落馬之時，大陸媒體曝光郭永祥是在自己的別墅中被帶走調查。此前，他曾被北京的相關部門約談，有關部門在郭的家中搜出金條。

　　郭永祥曾任職中石油勝利油田，由周永康一手提拔，是跟隨周多年的心腹祕書。

　　另據四川和中石油的信息源稱，周永康的兒子周斌控制中石油系統，促成了重慶和四川高層官員的眾多升遷。周永康曾在石油部門任職38年，周家父子被指把中國「兩桶油」（中石化、中石油）當作自家的搖錢樹。

　　據說，周斌每次去四川，李春城必悉心接待，並想盡辦法對其在四川的利益大開綠燈。周永康曾在四川、石油系和國土資源部主政，李使

其家族在四川的加油站項目也大受其利。

有知情者對海外中文媒體透露，李春城是周永康和他兒子在生意場上的最大幫手。周永康兒子在石油、地產以及投資四川信託有限公司等的商業利益上，李春城的「貢獻」最大，彭州石化項目也是李春城為周家輸送利益的一部分。

薄熙來在五天超長庭審中全盤翻供後，兩天之內中石油四名高管先後落馬，2013 年 8 月 30 日香港傳媒曝出消息，中共在剛結束的北戴河會議上敲定對前政治局常委兼政法委書記周永康展開調查。習近平親自下令官員「徹查到底」。

第二節

惠生工程幕後的兩隻大老虎

　　2013 年 9 月 4 日，《蘋果日報》報導，在港上市的惠生工程技術服務有限公司（下稱惠生工程），與周永康的兒子周斌有密切關係。周斌夫婦在美國生活多年，周永康出任中共公安部部長的 2002 年，周斌夫婦取得港澳通行證，在港設立公司。

惠生周斌在 AV 女優門曝光

　　惠生工程是來自上海的民營企業，2012 年底在香港上市，2013 年中傳出消息說，公司大股東兼主席華邦嵩（47 歲）只是代人持股，幕後真正老闆實際是周斌，雖然該公司曾經發聲明否認。不過，2013 年 9 月 2 日中石油四個高管被查後，當天惠生工程周一早盤開市後一個多小時左右突然停牌，停牌前股價急瀉逾 16％。公司晚間發聲明稱「公司控股股東、公司主席華邦嵩目前正協助中國有關機關進行調查工作」。

惠生工程是中國最大的私營化工服務商（EPC 設計、採購及施工管理），成立於 1997 年的上海。公司成立不久，即獲得中石油旗下蘭州石化改擴建訂單；隨後又陸續獲得了大慶、吉林、遼陽、大連、新疆獨山子、廣西欽州等多地石化工程項目訂單。公開資料顯示，2009 年、2010 年、2011 年該公司來自中石油及其附屬公司的總收益分別為 11.89 億元、39.85 億元、29.42 億元，分別約占總收益的 63.1％、80.1％、58.4％，由此可見，中石油對該公司的重要性不言而喻。

2012 年有人在網路上曝光了上海惠生公司在中石油四川石化乙烯項目（彭州）的建設過程中，採購人員接受日本公司性賄賂的「AV 女優門」色情醜聞，事件引起中國社會的震動。民眾都知道曝出醜聞的大公司背後的後台很厲害，原來這些「大人物」正是前政治局常委周永康的兒子周斌與中石油董事長蔣潔敏。當年周永康在四川主政期間極力推崇此項目，四川當局對民眾的抗議採取了血腥的鎮壓。

消息人士還稱，中石油四川石化是有史以來最黑的項目，380 億元的投資至少有 300 億進入了個人的腰包，整個項目就是一個徹頭徹尾的「豆腐渣」工程，但因為中石油和相關的供應商大都有通天的能力，所以無人敢查，無人敢問，最後只能是一堆廢鐵。

有知情人對《大紀元》透露，中石油調查組在四川石化發現其中的腐敗程度遠超公眾的預測，但「AV 女優門」涉事的日本島津公司及其代理商北京華爾達公司在中石油高層背景深厚，調查只好半途而廢，改為在網上高價刪帖以降低影響。為此中石油花費的刪帖費高達 100 多億。

「AV 女優門」醜聞被熱炒時，正是周永康被傳失勢下台之際。現在回頭來看，這很可能是中紀委故意安排人在網路上曝光 AV 女優門，否則，這樣的「國家機密」，一般人哪能得知呢？也就是說，從那時起，

中共高層就已經在調查周永康家族的貪腐罪行了。

惠生與江澤民也密切相關

從惠生公布的公司管理層名單來看，這個民營企業後台非常硬。其管理層包括獨立非執行董事吳建民、劉吉、蔡思聰，執行董事、高級副總裁劉海軍、陳文峰，執行董事是華邦嵩。

惠生網站介紹說，吳建民，73 歲，曾擔任毛澤東與周恩來的法語翻譯，在逾 40 年的外交生涯中，曾擔任中共常駐聯合國代表團政務參贊、中共駐比利時、歐共體、法國大使，外交部新聞司司長和發言人、外交學院院長、全國政協副祕書長兼新聞發言人等職位。

劉吉，77 歲，1958 年畢業於清華大學動力機械工程系，上海內燃機研究所工作 20 年，1983 年後先後擔任上海市科協副主席、上海市委宣傳部副部長，上海市經濟體制改革委員會主任、中國社會科學院副院長、中歐國際工商學院的院長等職務。劉吉還出任過第一上海投資有限公司與環球實業科技控股有限公司（均在聯交所主板上市）的獨立非執行董事，以及在納斯達克上市的 O2micro 國際公司的二級董事。

蔡思聰，香港人，53 歲，曾獲得英國威爾斯大學紐波特分校商業管理研究生文憑，和澳洲商業法律碩士學位。蔡思聰 1995 年至 2002 年在湧金有限公司任職交易主管兼總經理，2005 年後出任中潤證券有限公司的副主席兼負責人，他是香港證券商協會有限公司主席，英國財務會計師公會資深會員，有逾 16 年的專業證券交易經驗。蔡思聰還是大陸多家聯交所上市公司的獨立董事，包括成都普天電纜股份有限公司（股份代號：1202）、招金礦業股份有限公司（1818）及耀萊集團有限公司（0970）。

人們很驚訝，一個小小的民營企業，怎麼有這麼大的能耐雇請這些高階層的人。

《蘋果日報》在《京城密語：江家周家聯手榨乾石油業》一文中透露，劉吉是江澤民的智囊，上海起家的惠生公司跟江澤民、江綿恆很有聯繫，而且周永康的第二任妻子賈曉燁據說就是王冶坪的姪女，因此惠生公司背後的大老虎，不只是周永康家族，還有江澤民家族。

叫王冶坪「嫂子」的劉吉

據《江澤民其人》書中寫道，劉吉 1935 年 10 月出生，安徽省安慶市人，畢業於清華大學水利工程系，畢業後分配到上海。雖然畢業於理工科，但劉吉熱中研究的卻是「領導學」。在江澤民主政上海期間，劉吉被提拔為上海市委宣傳部副部長，是陳至立的下級。1993 年他被調到北京，後任中國社會科學院副院長。

劉吉的理論功底主要發揮在「明主論」，試圖在中共黨內為江澤民包裝開明形象，以及把「核心論」和「新權威論」變成主流意見，教唆江澤民如何提高權鬥「藝術」，讓江開始藉權施威、藉威擴權。為此江澤民與劉吉有過幾次促膝長談，把劉吉奉為「國師」。

江澤民入主中南海後，劉吉出入江府從不用事先通報，負責江府內勤的警衛人員從不敢擋駕。在江澤民家裡，對王冶坪以「嫂子」相稱。

據稱，劉吉調北京後，一般在上海駐京辦事處用餐，想換換口味時便驅車直駛江府。王冶坪興致好時便親自下廚，烹飪幾樣劉吉喜歡的江南菜。即使王冶坪本人無暇顧及，身邊工作人員也早已習慣劉吉這種想來就來，想走就走的特權，隨時為他打點用飯。

第三節

周斌在澳洲賭場的享樂祕聞

周斌與十名澳洲男女在澳洲賭城的遊艇上歡飲取樂，照片中是典型的西澳天鵝河風景，坐在照片正中的唯一亞裔男子就是周永康的兒子周斌。（新紀元）

近年來澳洲經濟增長下降，澳洲賭場老闆對此深有體會，比如當前受中國經濟發展趨緩的影響，澳洲礦業進入冷卻期，皇冠賭場（Crowns Casino）以本地人為主的低端賭博遊戲廳常常是門可羅雀。不過他們的貴賓（VIP）室卻總有源源不斷的客流，這其中絕大部分是揮金如土的大陸豪賭客。

周斌帶豪客西澳賭博

每年的中國新年期間，是澳洲賭場迎接中國豪賭客的最高峰期，也是「頂級豪客」比較集中的時間。

2013 年正月初五，位於西澳州的皇冠珀斯賭場就接待了一批「頂級豪客」，其中包括中共前政治局常委、政法委書記周永康的兒子周斌，

及其同行的一個豪客團。

據其隨行人員透露，周斌是皇冠珀斯賭場的常客，他為皇冠賭場拉客。每次周斌來，皇冠賭場的老闆詹姆斯．派克（James Packer）一定會提前來到珀斯，並全程陪同遊戲及各種娛樂。

派克家族從 2004 年買下珀斯的波斯伍德賭場（Burswood Casino）起，就投入 750 萬美元翻新和升級賭場設施及物業，目的是迎合亞洲尤其是中國大陸的高端市場，這一翻新工程於 2012 年底完工。而其從 2006 年起開始開放的貴賓服務項目，一直是其利潤的最重要來源。

皇冠珀斯賭場的貴賓室叫作珍珠廳（The Pearl Room），據悉，2006 年底開始服務的珍珠廳處於整個賭場的最佳位置，直接展現西澳美麗的天鵝河 180 度的全景。

為了照顧好這些中國大陸來的豪客貴賓，除了賭場內設有中國餐館外，皇冠珀斯還雇傭了很多華人為貴賓提供正宗的中國式私人服務，飲食起居、吃喝玩樂各個方面事無鉅細，無微不至。

拒絕新加坡模式 給賭客機場優待

皇冠集團的財報顯示，其 VIP 收入連年以雙位數的比例增長。在經濟放緩階段，當澳洲普通餐館及酒店生意慘淡經營的時期，皇冠賭場附設的餐廳和酒店大都經營得很好。

皇冠墨爾本賭場的執行總裁羅文．克萊吉（Rowen Craigie）坦承：「只要你做的是高端客戶生意，那就永遠不愁利潤下滑。」皇冠集團的戰略就是拚命吸引「人頭利」極高的中國客。皇冠墨爾本賭場 2011 年至 2012 年曾計畫在墨爾本機場建立起一套極盡奢華與體貼的全套接機服務，讓外國豪賭客們賓至如歸。賭場與墨市機場及政府部門協商，想

在機場內設立一套私人服務設施。在這套設施內，VIP 賭客將可以坐享海關和移民官的特別服務，迅速被放行。皇冠集團抱怨說，墨爾本機場根本無法好好接待賭場的 VIP 們，導致豪賭客戶越來越多地被新加坡的兩家新賭場挖走。

克萊吉稱，新加坡機場設有特別接待區，豪賭客們剛走下頭等艙，就會被馬上送往賭場酒店休息。這個接待區設有專門的海關和移民官，使得 VIP 豪賭客們可以享受特殊服務。這一提議遭到獨立參議員尼克・瑟諾芬（Nick Xenophone）的炮轟，指這是「權貴們在搧老百姓的耳光」。「新加坡這麼做並不代表我們也得這麼做。難道我們要用護照去換籌碼嗎？」

儘管澳洲政府不學新加坡給賭客特殊優待，但對於頂級豪賭客，皇冠通常會直接出動私人專機免費接送。

私人專機接賭客

澳洲航空服務公司的數據顯示，皇冠賭場的私人專機 2012 年飛赴大中華區近 300 趟運送豪賭客，全球其他任何地區均望塵莫及。其中該機隊飛赴 169 趟至香港，四趟至中國大陸，九趟至台灣，78 趟至澳門，為澳洲運來一批又一批的頂級豪賭客。

據《悉尼晨鋒報》報導，豪賭客業務——也稱「VIP 佣金計畫」（VIP Commission Program）是皇冠集團博彩業務的一個重要部分，占其總收入的近三分之一。在 2011 年至 2012 年度，豪賭客為該集團帶來了 7.97 億元的收入，遠高於前一財年的 5.83 億元。2 月的中國新年期間和 10 月的墨爾本春季賽馬嘉年華前後，是航班最密集的時段。

皇冠集團的私人飛機艦隊共有三架噴氣式灣流四型飛機

（Gulfstream IV jets），頻繁飛行海外狂攬豪賭客。在2010至2012年間，平均每月通過澳洲領空的飛行次數達23次，三年至少824班次。報導說實際班次可能更多，因為澳洲航空服務公司的數據沒有包括未穿越澳洲領空的飛行。皇冠集團的一名發言人奧尼爾（Gary O'Neil）證實，公司的私人噴氣式飛機艦隊的確被用來運送豪賭客到澳洲的賭場。他說：「皇冠的私人飛機是我們國際及州際VIP旅行業務的重要組成部分。」

為了狂攬豪賭客，皇冠集團除了提供免費的私人飛機之外，還會送上包括高級食品飲料、星級閣樓酒店套房、出動私人遊艇帶他們觀光旅遊、甚至為他們雇傭陪侍男女等福利來討好他們。

周斌2013年正月初五的珀斯之行就包含了所有這些高規格的服務。據周斌的隨行人員私下透露，周斌帶領的這個豪賭客隊伍，來時就已經從香港帶來了20名「小姐」，抵達珀斯後，皇冠又為他們雇傭了十名健碩性感的澳洲男女陪侍左右。周斌與這十名澳洲男女在遊艇上的一張合影被曝光。照片中的風景是典型的西澳天鵝河風景。坐在照片正中的唯一亞裔男子就是周永康的兒子周斌。

據悉，被雇傭來陪侍的這些澳洲青年男女每人每天可獲得兩萬澳元的報酬，相當於澳洲當地一個快餐店廚師半年的工資。據傳有時還會雇傭按小時付費的「名角兒」，付費高的一小時達兩萬澳元。

熟悉賭場VIP業務操作的人士透露，豪賭客的主體是中共高官、國企幹部及富豪。據悉，曾慶紅的兒子、早已移民澳洲的曾偉也是皇冠珀斯賭場的座上賓，每次他來，皇冠的老闆詹姆斯·派克必定是全程陪同。知情人士透露，中國豪賭客絕大多數情況下都輸錢，且數額驚人。據傳曾慶紅兒子曾偉曾一次出手500萬澳元，令人咋舌。據其隨行人員透露，周斌給小費極為大方，可謂大把撒錢。但事後皇冠會為其報銷連小費在內的所有開銷。

第四節

周斌調包殺人 每個獲利千萬

在周永康和周斌父子的罪行中，除了活摘法輪功學員器官外，最令人震驚的是就是周斌直接參與了對死刑犯的調包殺人罪。已經被判刑入獄的原公安部部長助理、經濟犯罪偵察局局長鄭少東是周永康的鐵桿馬仔，也曾是江派重點培養的接班人。

鄭少東在 2009 年初被抓捕後，供出周斌的許多犯罪問題。據他交代，周斌利用父親周永康的影響力介入司法案件，收取巨額金錢後為犯事的人平事和撈人。周斌曾收取 2000 萬元後，把甘肅二號黑幫頭目撈出獄，而此人涉嫌殺人，其手段殘忍。

周斌所涉入最大犯罪是用被關押和被祕密關押的法輪功學員，頂替死囚犯而被執行死刑，在執行時把法輪功學員押到做器官移植手術的地點，被活摘器官後活活疼死。因為是活摘器官，使得頂替死囚赴死的事情變得更加的隱祕。

周斌在這過程中收取數額巨大的金錢利益，因他父親是周永康，

周斌只需付給相關司法人員數十萬元好處,就可以把死囚犯換成法輪功學員被執行死刑。在中國司法系統,調包一個死囚犯的黑市價格大約是 300 萬元人民幣,不過周斌調包的都是「大頭」,他調包一個收取上千萬。

鄭少東還交代,周斌利用父親周永康的影響力,倒賣土地,插手中石油、中石化的項目,搞權錢交易賣官鬻爵。

見證:死刑犯調包生意黑幕

《紅樓夢》中有這樣一句話:「假作真時真亦假,無為有處有還無。」這句話如果用來形容中國大陸的現狀,非常貼切。下面是一位讀者的投書,詳細描述了中共政法委是如何實施死刑犯調包生意的。

我是一名法輪功學員,1999 年底,因為出來為法輪功說幾句公道話,被中共警察綁架,關押在北方的一個看守所裡。同獄牢頭是當地人,在看守所裡,也叫勞動號或學習號,他是因為參加黑社會的尋釁滋事而被判五年刑期,後安排在看守所服刑。

犯人一進了看守所,牢頭獄霸就會用各種方法要犯人向家裡要錢,即使不向警察行賄,把錢入到看守所裡登記在犯人的帳上也行,犯人用這個錢向看守所買吃的、用的,1000 塊裡面,真能讓犯人吃到嘴上的,最多就是三、四百塊,還要分點給牢頭獄霸呢。其餘的錢成了警察的獎金了。監獄及勞教所的情況也差不多。

我快要離開那個看守所的時候,有一天,看守所有個被判死刑的犯人被拉出去槍斃。牢頭看到死刑犯被從甬道中押走的樣子時,就若有所思,後來就一直心情不好。我問牢頭:「你認識這個人嗎?」牢頭說:「不認識。」「那你憂鬱幹嘛?」我問道,牢頭搖搖頭不說話。

　　到了晚上睡覺的時候，牢頭才小聲地跟我說：「我真後悔，當時如果下手狠一些，殺了人命，被判死刑，我現在也出去了。」我吃了一驚：「你瘋了，判死刑還能出去？」牢頭小聲地說：「你不知道，我跟的這個老大，是我們當地政協的大官。我們黑社會有一個規矩，小弟替老大出去辦事，打了人殺了人，被警察抓了，判幾年刑，老大照付工資給我家裡，出來後還給老大辦事。如果被判槍斃，老大就要替手下買命。」

　　我奇怪道，怎麼買命呢？牢頭說：「我這個案子同案的四人，我是第三被告，前兩個首犯都是死刑，他們把大事都扛下來了，我被判五年，另一個判三年。判死刑的兩個也不是一宣判就馬上拉出去槍斃，都有一個上訴期。在這期間，我們老大就跟看守所裡講好，用 300 萬買兩條人命。看守所會去收容所裡找兩個沒有身分（無真實姓名的臨時被關押的收容者），這其中有不少法輪功學員，他們因上訪被捕後等待遣送原籍，但因很多法輪功學員拒絕透露姓名和原住地而暫時無法遣返被送入收容所，還有一些是流浪漢或乞丐、小偷等。」

　　「勞教所要『買人』時，一人幾千或一萬左右給收容所，收容所不一定知道看守所來要人幹什麼，反正收容所有的是人，有錢賺就行。然後帶到看守所裡關著，黑話叫養『小肥羊』。等到要槍斃人的當天，把『小肥羊』先叫到辦公室裡，給他打一針，『小肥羊』就不會說話了，神智也不太清楚，但還會走路。武警到號房帶被槍斃的人過來，迅速進辦公室，把人調一下，帶走到刑場槍斃的是『小肥羊』。我們兄弟（死刑犯）在辦公室裡化裝成警察，然後由真警察送到看守所外面，老大早就派車來接了。人一出來，馬上派兩個弟兄護送到南方去，換個姓名，換身分證等，給那裡的黑社會老大做馬仔。」

　　我問道：「那駐監的檢察官及刑場上可能還有法院的人都要驗明正身呢，這怎麼辦？」牢頭說：「你傻啊，那 150 萬一條人命，也不是看

守所獨吞。武警、檢察官、法官等，只要有沾邊的，大家都有份分錢。而且家屬還有錢賺呢。」「為什麼？」我又問道。

牢頭說：「家屬也知道被槍斃的不是自己的親人，是別人替的。家屬來收屍的時候，已經跟醫院講好，把人身上的器官，只要能賣的，連眼角膜，全部都賣給醫院，至少也能賣個幾萬元。」我震驚地說：「天哪！共產黨太黑了，可憐的中國人被當成豬那樣來宰殺和販賣。」

後來我了解到中共勞教、收容所中發生盜賣法輪功學員器官的黑幕，甚至出現活體摘取法輪功學員器官的殘忍事件。

周永康垮台驚天內幕　暗殺習近平另有圖謀

第十四章

色情淫亂大曝光

周永康與薄熙來的共用情人、「新民歌天后」湯燦在中共中宣部、公安部和軍隊這三大塊掀起的「淫波污浪」，不但波及中共高層權力的角逐，如公安部部長的候選人、中央電視台及中宣部的接班人選，更是成為薄熙來、周永康政變的一個重要部分。（新紀元資料室）

第一節

「公共情婦」湯燦
為周薄政變拉皮條

湯燦和十多名高官有染，其中包括公安部副部長李東生（右）。（新紀元資料室）

與十多位高官有染

如果說中國女商人李某、中共公安部警花王女開創了「公共情婦」這一新名詞，那麼中國著名民歌手湯燦則把公共情婦的裙帶拉到了更高層。

湯燦，1975 年 6 月 12 日出生在湖南株洲一個普通家庭，武漢音樂學院畢業，1996 年考入東方歌舞團擔任獨唱演員。她的聲音清亮、明脆，別有風味，被中共官方吹捧為「湯式唱法」、「中國時尚民歌天后」，不過這些讚揚背後隱藏許多「潛規則」的因素。

2012 年 9 月 28 日新華社公布薄熙來「與多名女性發生或保持不正當性關係」，這裡面就包括湯燦，而且湯燦還是薄熙來和中共政法委書

記周永康兩人「共用的情婦」。

早在 2009 年原深圳市長許宗衡落馬時，懷疑與其有染的女星名單中就有湯燦。而 2010 年 5 月因涉及收受開發商巨額賄賂等問題被雙規、一度傳出自殺的 49 歲開封市長周以忠，也傳與湯有特殊關係。2011 年底網上又出現央視台長焦利與湯某淫亂的新聞，與此同時，網上還流傳湯燦與中共解放軍總後勤部副部長谷俊山的緋聞。據說，與湯燦有不正當性關係的中共高官至少不下十人。

有大陸媒體報導稱，湯燦生活奢華，經常出席時尚派對的她，曾手挽價值 45 萬人民幣的鱷魚皮愛馬仕柏金包（Herms Birkin）；在禮服外披一條大大的路易‧威登（LV）外套；參加攝製生活類節目時，她則身穿美國時尚品牌橘滋（Juicy Couture）家居服。

也有很多大陸網站張貼出湯燦在多種場合頻繁變換昂貴的翡翠黃金首飾的照片，資料稱其擁有的飾品個個價值連城，價值過億。還有媒體翻出湯燦的豪宅圖片，加以報導。

《大紀元》獨家：湯燦深度介入周薄政變

2012 年 10 月 9 日，與《新紀元》同屬大紀元新聞集團的《大紀元》網站獨家爆料說，湯燦並非只是薄熙來的情人，而是捲入薄熙來、周永康政變的核心人物。湯燦透過賣身監督中共高層，為薄熙來和周永康收集高層情報和「打通」要害關節。消息稱，自 2012 年王立軍闖美領事館以來發生的中南海一系列重大事件中都有湯燦的影子，都與她有各種關聯。

《新紀元》早在王立軍出事的當月，就報導了薄熙來與周永康因為同屬於竭力鎮壓法輪功的「血債幫」，周薄密謀當 18 大薄熙來升任政

法委書記、掌握武警公安後，即發起政變，逼迫習近平讓位給薄熙來。而誰來擔任公安部部長？誰來掌管中宣部這個喉舌？誰來指揮軍隊？這三方面都是周薄必須精心策劃。

在江澤民、曾慶紅、李長春等江派密謀之後，他們把相應的接班人寄託在李東生和焦利身上。而促成這兩人與薄熙來、周永康結成聯盟的因素之一就是湯燦。這個北京大淫婦把一群貪婪無恥的淫蕩之徒連在了一起。

2012 年 6 月，新浪認證的微博「宗麟」（奢尚集團中國事業部營業及市場總監）爆料稱：「湯燦2011 年底被中紀委調查，昨日被判 15 年，受賄，多位高官公關情婦，賣資料叛國間諜。」《大紀元》還獲悉，因她涉大量中共高層醜聞，很多高層都竭力阻止公開審判湯燦。

李東生突然進入公安部的緣由

李東生，1955 年出生在山東諸城，「文革」時是上海復旦大學新聞系「工農兵學員」，1978 年進入中共中央電視台，從攝影記者幹起，直到 22 年後任央視副台長。2000 年出任廣播電影電視總局副局長，兩年後升任中共中央宣傳部副部長。2009 年，擔任中共公安部副部長。

據新世紀新聞網報導，李東生在擔任央視副台長期間，著力培養了主持人王某和歌手湯燦。湯燦從地方上一步步往上爬，為了能進一步大紅大紫，千方百計地「傍上」了李東生。「一個正值壯年人生得意時，一個又逢青春妙齡美夢勃發期，於是一拍即合，權色交換，各取所得。」於是 2001 年湯燦在央視春晚演唱了《我們的田野》，2003 年春晚演唱了《美麗西部》，央視還竭力吹捧她為「新民歌天后」。

後來李長春提拔李東生到中宣部，不過中宣部相對於公安部這個暴

力強權機器來說卻是一個「清水衙門」，不像公安部或央視那樣有「油水」可撈。民間盛傳周永康的兒子周斌，利用周永康現任中共中央政法委員會書記之關係，至少吸金 200 億人民幣。

於是，「湯燦是李東生獻給周永康進行權色交易的貢品。不僅如此，李東生還將湯燦介紹給周身邊的一位紅人。此人與周永康關係非同一般，周永康凡遇有不決之事，必問此人；遇有不測之局，也由此人居中調度，巧妙化解。李東生知道，如果能得到此人的信任，吹吹『耳邊風』，那自己的仕途必然無虞。於是三方一拍即合，湯燦增加床位，上了周永康嫡系心腹的床。」

文章稱，這就是李東生一個文職人員，從沒搞過「公檢法」的他突然升任公安部副部長的原因。

不過《新紀元》調查發現，這背後還有一個重要因素，涉及到李東生一個鮮為人知的官銜：「610 辦公室」主任。

鮮為人知「610 辦公室」

據美國著名非政府組織「追查迫害法輪功國際組織」（簡稱追查國際）調查，李東生從 1999 年 6 月以來一直擔任中共中央「610 辦公室」副主任，主要負責反法輪功宣傳，正因為他誣陷抹黑法輪功「有功」，才被江澤民、周永康看中，從而在 2009 年被任命為中共公安部黨委成員（黨委副書記），享受正部長級待遇，儘管他的頭銜只是副部長。

「610 辦公室」是江澤民在 1999 年 6 月 10 日強行成立，由江直接指揮，凌駕在法律之上、專職鎮壓法輪功的機構，與納粹德國的「蓋世太保」和中國文化大革命時期的「文革小組」相似。1999 年 7 月 20 日之後，江澤民不但在中共中央建立了「610 辦公室」，還在各「省、市

（地）、縣、鄉」四級都成立了「610辦公室」，並將中央「610辦公室」定為常設機構，升格為正部級，地方「610辦」也相應的定為司局、縣處和科級。他們不但從公安和政法委抽調人員，還從社會上和大專院校畢業生中招聘。

各地「610」一般是同一套班子，掛兩個牌子，一個是隸屬於中共黨務系統的「處理法輪功問題領導小組」，一個是屬於中共當局的「防範和處理邪教問題辦公室」。由於法輪功學員講真相，「610」的名聲在海外極其惡劣。2003年之後，中共對外停止使用「610」這個稱呼，但實際運作卻沒有停止，反而變本加厲地迫害法輪功。

而這其中的因素之一是，2002年10月胡溫上台後，不願為江派背負迫害法輪功的惡名，於是在2003年4月更新的中共國務院及各部委行署暨直屬機構領導名單和中共中央直屬機構中，刪除了「處理法輪功問題領導小組辦公室」或「防範和處理邪教問題辦公室」，這雖然並不意味著「610」解散了，但至少在中共法律角度看，「610」也是非法組織了。

李東生誣陷好人　罪行累累

當時李東生接替退休的「610辦公室」主任劉京。劉京是最早被海外法輪功學員稱為「四大惡人」（江澤民、羅幹、周永康、劉京）之一。正因為李東生不但是江派扶持的宣傳喉舌，他還是積極鎮壓法輪功的幫凶，由於同是「血債派」成員，這背後就多了一層更為密切的血腥聯繫。

「追查國際」調查發現，李東生具體操作的中共中宣部，在欺騙誤導民眾方面施展了兩種手段。

一是通過栽贓陷害抹黑法輪功。如利用「天安門自焚偽案」、利用

「精神病人傅怡彬殺人案」、「精神病人陳福兆投毒案」等嫁禍給法輪功，煽動民眾仇恨心理，為鎮壓張目。比如，2001 年 1 月 23 日把河南幾個不修煉法輪功的人冒充成法輪功學員，設計安排到天安門自焚，把修煉真善忍的好人誣陷成一群瘋子、傻子。但同年 8 月 14 日，「天安門自焚案」即被鑑定為是中共當局一手炮製的世紀偽案，真相片被聯合國備案。當時「610」還把原本不屬於央視編制的「記者」李玉強塞進《焦點訪談》節目組，專門從事詆毀法輪功的節目製作。

另一個就是通過粉飾太平來美化鎮壓，把殘酷的迫害說成是「無微不至」、「春風化雨」。例如，把將 18 名法輪功女學員剝光衣服推入男牢房的馬三家勞教所，標榜成「教育轉化的搖籃，改造靈魂的導師」；把殘酷摧殘良知的洗腦歌曲《同一首歌》，散布到全世界掩蓋血腥的罪惡。

李東生還不遺餘力地毒害青少年。他擔任總編的《小學生報》和《良友周報》等，在 2001 年和 2002 年刊登了很多誣陷法輪功的文章，對中、小學生進行洗腦毒害。

焦利被調查 胡溫警告李長春

在「公共情婦」湯燦的交易名單上，還有個著名人物，那就是2009 至 2011 年底任中央電視台台長的焦利。2011 年底，大陸某傳媒人在推特上稱，「見一對男女正行巫山之事。女子為紅歌手湯某，男子即燒焦而立之台長也。後焦台得禮部之助而安然無恙，聞女子已繫獄。」

由於臭名遠揚，2011 年 11 月 24 日，焦利被免去央視台長職位，在李長春和劉雲山的力保下，焦利轉至新聞出版總署當三把手，好似躲過一劫，不過中紀委對他的調查並沒有結束。

　　據說，胡錦濤聽聞焦利與湯燦的事，「大怒」，遂令大內總管令計劃在接到舉報後，調查並順勢接管了央視。知情者說，中共中紀委初步決定，並向政治局常委建議，開除焦利黨籍，撤銷行政職務。而一直力保焦利的李長春不再敢吭聲。

　　據悉，中共主管宣傳工作的政治局常委李長春是焦利的大後台。李長春在 1985 年到 1990 年期間，擔任過遼寧省委副書記、省長等職，焦利則是《遼寧日報》記者，跟著李長春一路做到遼寧省委宣傳部長，2008 年 10 月調升中宣部副部長，同屬遼寧幫。

湯燦涉軍中腐敗

　　2010 年 9 月 13 日，已滿 35 歲的湯燦突然應徵入伍，並很快得到文職級別三級，專業技術五級，大校軍銜的副師級待遇。人們不知道誰在背後提攜了她，但坊間流傳湯燦和多名軍隊高官有染，其中就有中共總後勤部副部長谷俊山。谷現因涉嫌貪污被免職調查。

　　據江雪所著《新公共情婦湯燦》一書稱，湯燦被控制後，「中紀委只是向湯燦問了兩個方面的問題：一是焦利案件，二是軍中高層的腐敗案件。這兩個方面問題，中紀委對於焦利案件似乎並非真的感興趣，只是公式化的問了一些基本情況。但是對於軍中高層的貪腐問題，就了解得十分詳細。」該書還稱，與湯燦有性關係的還有一位有軍方背景的大導演。

　　有人調侃的說，當今大陸唱民歌的都和搞政治的攪和在一起了，江澤民有宋祖英，習近平有彭麗媛，而周永康和薄熙來則有湯燦。

　　古代商紂有狐狸精妲己禍亂朝廷，如今中共貪官的床上出現公共情婦，除了世風日下、色魔亂我中華之外，「國家將亡，必有妖孽」（《禮

記‧中庸疏》），這句古語值得現代人深思。

失蹤兩年 許多人要湯燦死

自 2011 年 12 月湯燦最後現身當年的春晚綵排後，至今已失蹤兩年。

薄案一審宣判後，有消息放風稱，北京娛樂圈瘋傳，由於湯燦與太多的高官有牽連，介入太深，且此事牽涉軍方某高層領導，湯燦已被祕密執行死刑，不過不是槍決，而是注射。並且稱這已經是圈內無人不知的「舊聞」。但是此前對於湯燦已經有多種傳聞。有說湯燦因涉嫌貪污被判 15 年；有說 2013 年年前被捕，獲刑七年，但都沒有得到中共當局的回應。

早在 2013 年 5 月，《人民報》報導稱，相繼有兩個來自北京的消息來源證實，中共高官的公共情婦、師級軍旅歌手、有著「民歌天后」之稱的湯燦已在五到六個月前被祕密處決，主要原因是她知道的太多，很多人都不希望給她留下活口。

報導還說，湯燦的「床」上名單，中共高官不下 10 人，這就是為什麼很多人都竭力阻止公開審判湯燦的原因。換言之，她活一天，很多人就會心驚膽顫，寢食難安，因此除之而後快是很多與其有染的高官心態。

2013 年中共兩會期間，軍委前副主席徐才厚連續缺席會議和高層集體亮相，引外界猜測。有消息稱，徐才厚已經被調查，行動受到限制。港媒傳言，谷俊山已供認向徐才厚行賄送女星湯燦。

第二節

中石油 AV 女優門的台前幕後

　　2012 年 5 月初，大陸網站論壇上出現了「中石油 AV 女優」特大醜聞曝光的帖子，如新浪博客裡的「最牛性賄賂」、貓撲網上的「中國男人的驕傲」等。「AV 女優」是對日本成人影片（Adult Video）中女豔星的稱呼。人們在震驚之餘，忍不住到處張貼傳播，很快，類似帖子鋪天蓋地般出現。沒過多久，這些帖子都被刪除了。然而幾天後，一則《中石油 AV 女優門驚爆網路，刪帖費已達 100 億（人民幣）》的爆料，令人咋舌。

　　震驚之餘，也有人對此爆料表示懷疑，倒不是不相信中共官員會那麼醜陋，而是不相信中石油這個到處哭窮的國營大戶，每年盈利才 1000 多億，怎麼可能花數百億去刪除網路醜聞呢？這筆巨額刪帖費也太誇張了吧？！

　　不過從中恰好曝光了中石油「AV 女優門」的獨到之處：既曝光了性醜聞，又揭開了中石油的經濟黑帳，一箭雙鵰。

對於 18 大前的人事搶位戰而言，此時此刻曝光此事，無疑是對中共高層石油幫的一記重擊。眾所周知，周永康在中石油工作了 30 多年，曾慶紅也在石油系統工作了幾年。一年前的事這時才曝光出來，背後無疑與周永康的落敗有關，對周的後事安排是最不利的。

「四川石化 AV 女優體驗特大醜聞曝光」

據網路曝光，這起「史上最牛性賄賂案」發生在 2011 年 6 月後的夏天，主角人物是中國石油四川石化有限責任公司的三位官員、以及案發後決定寧願花數百億隱瞞、也不處理犯事官員的中共高層。

貓撲網的帖子《嚇尿了：四川石化 AV 女優體驗特大醜聞曝光》文中稱，作為中國石油壟斷行業的代表，中國石油天然氣集團公司（即中石油）近來醜聞不斷，先是大連石化一年四次發生火災，接著有中石油高管的「百萬豪車門」登場，而最近爆發的「AV 女優門」特大醜聞更是將中石油推上了輿論的風口浪尖。

四川石化是中石油在成都彭州投資 380 億元新建的一個集煉油和乙烯為一體的大型石化企業，是國內一次性單體投資最大的煉化一體項目。按計畫，四川石化的生產監測部需要購買上百台色譜儀用於質量監測，而正是採購這些色譜儀的過程爆出了震驚中外的特大醜聞。

內部人員稱，在國際上眾多的色譜儀廠商中，日本島津公司的產品不論是質量還是性能都表現平平，與同行業的美國廠商比起來有很大的差距，也缺乏在大型石化企業，尤其是大乙烯項目中的成功經驗。

2011 年 6 月份，惠生工程（中國）有限公司作為總承包商，主持了色譜儀的招標。兩家在業內享有盛譽的美國廠商直接參與了投標，而日本島津公司則是通過北京華爾達科貿有限責任公司作為代理商，參與

了投標。很快惠生公司就宣布華爾達以最低價中標，雙方簽訂了總價格約 200 萬美元的色譜儀購買合同。

簽訂合同後，華爾達和島津公司就邀請四川石化生產監測部分管色譜儀採購的夏某、李某和惠生公司的項目採購經理侯某去日本「參觀訪問」。消息人士透露說，夏某、李某和侯某在日本受到了超規格的接待，華爾達更是為這三人專程安排了「AV 女優體驗」，三人都觀看了熱辣的鋼管舞表演，分別與幾位小有名氣的 AV 女優進行了身體互動，體驗了 3P、SM 和「制服誘惑」等諸多節目，還帶上面具作為「志願者」分別與 AV 女優拍攝了 A 片作為紀念。貪杯好色的夏某回國後就在喝多了的情況下幾次大談日本 AV 女優的美豔風騷，這位生產監測部的副部長曾醉眼朦朧地說：「玩了日本 AV 女優才算真正的男人啊！」

華爾達精心安排的「AV 女優體驗」得到了豐厚的回報，夏某、李某和侯某在回國後很快就代表各自的公司與華爾達和島津簽訂了一份項目變更協議，在供貨價格不變的情況下大幅度降低了訂貨合同中色譜儀的配置，據稱降低的配置價值超過了 60 萬美元，當然，這 60 萬美元最後都變成了華爾達公司的利潤和夏某、李某和侯某等人的「佣金」，還有那些日本 AV 女優的服務費。

但如此低價拿標、再降低投標貨物配置的做法不僅嚴重違反了招投標法，也影響了將來色譜儀的正常使用，更大大增加了整個四川石化項目失敗的風險。島津公司負責石化色譜應用的技術團隊在得知這一消息後，認為在如此降低配置的情況下自己根本無法完成色譜儀的安裝調試工作，為了避免成為替罪羔羊，整個團隊竟然在兩周內集體憤然辭職離開了島津公司，一時間在業界引起轟動。

爆料：涉及級別太高 案子查不下去

該文作者感嘆，中石油的官員們「為了自己與日本 AV 女優片刻的歡愉而置國家的數百億投資於不顧的做法真是令人嘆為觀止，堪稱中國貪腐案例中的至尊經典！」不過接下來的後續處理才是中共貪腐案例的「至尊經典」。按理說這樣的醜聞被曝光後，一般單位馬上就會開除和調查相關人員，60 萬美金的貪腐足夠把當事人送進監獄。然而中石油沒有這樣做。

正如中石油總部一位北京官員對海外媒體爆料說，「AV 女優門」關係到中石油高層各方的利益輸送，如果真正查下去，涉及的官員級別就太高了，所以只能收手。於是中石油處境尷尬，案子查不下去，又不敢闢謠。無奈之下只好悶聲刪帖，希望將影響降到最低。而各大論壇和博客網站見是中石油醜聞，就像發現了金礦，樂得合不攏嘴——遇上這「不差錢」的大戶，當然得好好撈一把。

於是刪帖費從 900 到 3000 塊的行規被抬高到幾萬直至幾十萬，一口價、不許還價，有個知名論壇竟把跟帖也算進去，每個跟帖算一筆，刪一個上千跟帖的要價 1000 多萬！有的網站上午說好幾十萬刪了帖，下午又再貼上去。再刪？對不起，再交幾百萬。還有網站在這個欄目上收了錢刪了，又在其他欄目貼出來，趁亂海撈一筆。

史上最昂貴的「全球網路第一大案」

因為事關中石油醜聞，大家都知道不會打官司。所以一個月下來，刪帖還不到總量三分之一，中石油卻花費 120 多億了，但老總們還是下令不惜一切代價刪除與「AV 女優門」相關的全部帖子。

　　某網路高管笑稱，這是迄今最昂貴的網路事件。一高管還透露說：網路刪帖生意讓不少多年虧損的網站一個月就把幾年的錢都賺回來了，算是「AV 女優門」的貢獻。目前各論壇和博客網站的主要收入不是廣告，而是刪帖，過去全國每年的刪帖總收入不過 20 到 30 億，而中石油一個「AV 女優門」就過百億。這齣由「女優門」引出的醜聞，帶出了一個鮮為人知的、令人震驚的「中國特色」網路吸金黑洞。

　　6 月 8 日，又有知情人爆料說，中石油「AV 女優門」醜聞還在持續發酵，已演變成「全球網路第一大案」。不僅累計刪帖費已達 370 億元，而且所涉及的後台已經遠遠高於中石油總裁，直達中共政界最高級別人物。

　　有消息稱，惠生工程正是中共政法委書記周永康之子周斌的公司。

中石油財務黑帳　小金庫是「刪帖門」來源

　　不了解中石油經濟黑幕的善良人會覺得，一個月光花在 AV 女優上的刪帖費就高達上百億，中石油的財務報表怎麼做呢？仔細分析中石油公開的財務數據，人們不難發現，他們一直在造假。既然帳目都是編造的，假中添假也就不足為奇了。

　　至於中石油為女優門花費的具體刪帖費是多少，外界無法證實，也許沒有 370 億，這裡面不排除有人炒作，因為目前百度網上還有很多這樣的帖子出現。不過不管是多少，這筆花銷都是不該存在的。到目前為止，人們從中石油混亂的財務報表中，看出很多違規的地方。

　　2012 年 3 月，官方公布的年報顯示「中石油 2011 年淨利為 1329.84 億元，日賺 3.64 億元；2011 年，中石化的淨利潤 716.97 億元，平均日賺 1.96 億元。中海油的淨利達 702.6 億元，平均每日賺 1.93 億元。

其中中石油年報顯示，2011 年中石油實現營業額 20038.43 億元，共實現淨利潤 1329.84 億元，其中勘探與生產板塊，盈利 2195.39 億元；煉油與化工板塊虧損 618.66 億元，天然氣與管道板塊實虧損約 214 億元。」

對比中石油、中石化公布的 2011 年業績報告，人們發現，中石油加工原油 1.33 億噸，虧損 600 億元，每噸虧損 450 元；而中石化加工原油 2.17 億噸，虧損 348 億元，每噸虧損 160 元。按照中石油宣稱的「生產越多，虧損越多」，為什麼中石化生產量比中石油多，而每噸虧損量只是中石油的三分一呢？

2012 年 4 月 16 日《證券市場周刊》發表文章《中石油中石化被曝轉移利潤索要巨額補貼》，披露「兩桶油」吸錢大法：「轉移利潤向國家索要巨額補貼。中石油至少超過 1000 億元轉移到上游的生產與勘探板塊，而中石化至少有 500 多億轉移到生產與勘探板塊。為此，煉油業務是虧損的，年年以此為由向國家要巨額補貼。」

於是出現了這樣的怪現象：中石油日賺 3.64 億元，成為最賺錢的公司，但與此同時，中石油依然向中央政府申報虧損，要求國家補貼，並要求政府減稅。在 2010 年 10 月，中石油、中石化甚至製造「油荒」，脅迫政府提供成品油的零售價。很明顯，以周永康為首的石油幫高官，自成一個無法無天的獨立王國。

有員工爆料說，中石油有很多小金庫，很多收入都沒有納入會計審核，假如高層要用小金庫裡的數百億為自己遮醜以保住官位，這有什麼不可能呢？而且這些嫖娼費用最後都會「轉移」成生產成本，由百姓分擔。

第三節

色情治國　政法委書記多養情婦

　　2013 年 4 月，大陸網路瘋傳民眾嘲諷中共喉舌央視和《人民日報》的大樓照片和帖文，稱之為「單從建築就明白了中共為什麼淫亂」，引爆網路鬨笑。其實中國大陸社會如今色情泛濫，中共官媒更是助長淫亂歪風，跟前中共黨魁江澤民的「黃色治國」不無關係。

　　人們或多或少耳聞央視的淫亂，大陸色情泛濫也是眾所周知，不過人們並不知道其根源在哪。曾是一國之首的江澤民帶頭淫亂是國恥，「國臉」羅京（前央視主播）死於愛滋病，中央電視台的色情新樓，成千上萬中共官員的聲色犬馬，帶動上萬民眾一起看黃片等，這些都是國恥。

　　據《江澤民其人》一書中寫道，在江澤民的主政下，中共軍隊前所未有、前所未聞的大搞黃色產業，總參、總後、總政色情泛濫，沉溺於聲色犬馬之中。

　　而且在江澤民故意助長此等淫亂風氣中，其心腹鐵桿個個是「淫

棍」，以下列舉三人部分淫亂事跡。

周永康有「百雞王」之稱

前中共政法委書記周永康是江澤民的最鐵桿之一，在其任職期間不但頑固執行江的迫害法輪功政策，更承繼了江的腐敗淫亂。

自 2012 年重慶事件爆發來，伴隨薄熙來被停職、調查和雙開，在政變密謀以及活摘器官罪惡曝光國際的同時，其後台人物周永康的荒淫人生也不斷被曝光。

據海外媒體引用消息人士說，王立軍出逃美領館時，掌握了許多證據，其中包括許多周、薄兩人染指女孩的情色錄影帶，而這些女孩都是薄熙來的富商密友、大連實德集團總裁徐明所提供。據已被捕的徐明供稱，他負責安排女性與薄熙來淫亂。

據稱，周永康長期接受薄熙來提供的女性，包括歌手、女演員以及大學女生。周永康光是在北京，就有六處「行宮」可供淫樂。知情者稱，周早期從事石油工作時，便因性好淫樂被外人譏為「百雞王」。

《大紀元》曾報導，被中共官方吹捧為「中國時尚民歌天后」的湯燦是薄熙來和周永康兩人的「共用情婦」，更是捲入周永康、薄熙來政變的核心人物。

湯燦透過賣身監督中共高層，為薄熙來和周永康收集高層情報和「打通」要害關節。消息稱，自 2012 年王立軍闖美領事館以來發生的中南海一系列重大事件中都有湯燦的影子，都與她有各種關聯。而湯燦自 2011 年底、王薄事件爆發前就沒了蹤影，傳聞她已被判刑。

薄女郎 100 多？薄熙來荒淫令人瞠目結舌

　　前重慶市委書記薄熙來為了官場高升，在遼寧、大連充當迫害法輪功的「急先鋒」，而得到江澤民的「賞識」，為延續江派在 18 大的權力繼承，江澤民祕定薄熙來接任周永康的政法委書記職位，但此計畫被王立軍逃館打破。

　　2012 年 9 月 28 日，中共當局公布前政治局委員薄熙來涉入的「六宗罪」中，「與多名女性發生或保持不正當的性關係」這一控罪，尤為引人關注。

　　薄熙來生活糜爛、與眾多女人有染的傳聞一直在網路流傳甚廣。薄熙來家人幕後金主徐明也承認，他負責安排提供百名女姓供薄熙來淫亂，其中有 28 人為公眾人物，荒唐淫亂的生活令人咋舌。原大連電視台美女主播張偉杰與薄熙來之間的曖昧關係在大連曾引起轟動，令薄谷開來醋勁大發，至今張神祕失蹤。

　　有消息稱，已經明確與薄熙來有性關係的女性即有幾十名，其中六名是他的祕書與重慶當局的幹部，包括一名重慶市的「全國最漂亮女警」。徐明也為他安排過三位明星，有幾名是薄在北京任商務部長時有人送給他的，他「一直沒有玩膩」。

　　英國《電訊報》則報導，中共高層 2012 年 9 月 28 日開會決定薄熙來的命運時，很可能被一系列熟悉的名女人的名字勾住。薄熙來被指控有多名情人，包括一些最著名的中國女星。而且他也提供女人來性賄賂其他官員和商人。

　　報導並引述觀察家的分析說，央視和各地方電視台早就淪為中共高官的「後宮」和「煙花巷」。

　　因揭露薄熙來而遭到其迫害的前香港《文匯報》駐大連記者姜維平

多次撰文揭露薄熙來貪腐淫亂的黑內幕。他透露，薄熙來的祕書吳文康為討薄熙來歡心，在大連五星級富麗華酒店開豪華客房，提供數十名美女供其淫樂，荒唐淫亂的生活令人瞠目結舌。

劉志軍玩弄三美女 付出 30 億

《大紀元》此前報導，中共官方內部通報稱鐵道部部長劉志軍道德敗壞，玩弄多名女性。調查稱，僅山西商人丁書苗就為劉志軍提供了三名美女，這三位美女為丁書苗帶來了 30 億元的大項目。而劉為了三名美女居然付出 30 億元天價大項目的代價，讓人怵目驚心。

山西女商人丁書苗與劉志軍利益關係十分緊密，丁書苗獲得利益，劉志軍通過其介紹獲得眾多情人，其中包括她投資拍攝的電視劇劇組演員。丁書苗出資 5000 萬元投拍新《紅樓夢》，但用不用哪個女演員，讓哪個女演員演什麼角色，最終取決於誰願意陪劉志軍上床，誰願意當劉志軍的情婦。

據港媒報導，除了釀成世上最嚴重的高鐵事故外，劉志軍還被牽扯出重大的經濟腐敗案件，據悉劉志軍還有 18 個情婦。網上曝光的情婦有女列車員、女護士、新版《紅樓夢》的女演員、俄羅斯美女等。劉志軍的情婦數量恐怕遠不止目前網上曝光的這些。

據財新《新世紀》周刊報導，2011 年 2 月的一天，一群執行特別任務的警務人員當天接到了北京高層「交代」下來的任務，前往六朝古都南京的老牌五星級酒店丁山賓館，帶走下榻於此的一名半禿的中年男子，此人即劉志軍。當時，他的房間內還有兩名提供特殊服務的女性。

有媒體報導稱，大陸貪官有 90％以上同時是色官，博主李守雲在博客中說：「劉志軍，原鐵道部部長，政府高級幹部，他腐敗程度著實

令人震驚。在生活腐化上，他『嫖宿』不計其數，情婦達到兩位數。這個並不可怕，因為 96％腐敗官員有情婦。」

受賄養情婦政法委書記有多少？

2013 年 4 月 30 日，曾被薄熙來非法審判關押的北京著名律師李莊在微博盤點了一些落馬的政法委書記：「因受賄索賄、徇私枉法、包養情婦等，諸政法委書記紛紛落馬。原湖北政法吳永文、原常州政法孫國建、原黃山政法汪建設、原茂名政法倪俊雄、原汕尾政法陳增新、原韶關政法葉樹養、原蕪湖政法周其東、原福州政法宋立成、原安徽政法李和中、原永康政法朱兵、原上虞政法嚴永泰、原蓮都政法潘世敏……」

中共 18 大後，前政法委書記周永康下台，被稱為「第二權力中央」的政法委遭降級，政法系統頻發地震，多名高官被調查免職。

吳永文是政法委書記周永康的心腹，有報導稱吳永文也是薄、周政變集團的參與人之一。吳永文被捕進京後，已供出周永康的問題。此外，吳永文也積極迫害正法修煉的大陸法輪功學員。

孫國建是周永康的馬仔。2008 年任常州政法委書記後，積極配合周永康對法輪功學員的打壓，並超越於中共現行法律之上對眾多法輪功學員進行非法抓捕、判刑、勞教、關洗腦班等，有人因此失去了生命。2010 年 12 月，孫國建已被「追查國際」列為迫害法輪功學員的追查對象。

2012 年 12 月，中共安徽黃山市原市委常委、政法委書記汪建設，因嚴重違紀違法被查處。一些受害人和網友在網路上揭發，汪建設在擔任黃山市政法委書記期間，帶出了一支世界罕見的「政法隊伍」，製造出冤、假、錯案，迫害法輪功。

　　據明慧網消息，黃山市政法委書記汪建設和黃山市綜治辦主任汪秀霞是夫婦，兩人一直參與迫害黃山市的法輪功學員，汪建設、汪秀霞因貪污受賄已被中紀委雙規審查。其妻汪秀霞已經遭惡報，前不久患癌症在合肥醫院治療。

　　李莊列舉的這些淫亂政法委官員，很多也已被「追查國際」列為迫害法輪功學員的追查對象。

政法系統官員自殺頻傳

　　政法委官員自殺的消息也不斷。2013 年 1 月 8 日 18 時許，廣州市公安局黨委副書記、副局長祁曉林自縊身亡，終年 55 歲。據廣州市公安局宣稱，祁曉林生前身患疾病，有抑鬱症狀。

　　1 月 9 日，甘肅武威市涼州區法院副院長張萬雄下班後沒有回家，一直滯留在辦公室。當晚九時跳樓自殺。警方在張萬雄身上發現其自殺前留下的遺書，但未透露內容。出事的原因據分析與勞教制度遲早要被廢除，以及司法部門欠下法輪功無數血債有關。

　　中共政法委系統官員近期頻頻因「抑鬱」自殺。還有一些官員在職期間非正常死亡，但未標明是抑鬱症。據財新網報導，近年來，官員自殺、並被歸因為「抑鬱症」的案例非常多。

　　2011 年 4 月 28 日，河南省洛陽市公安局紀委書記張廣生跳樓，時年 54 歲。9 月 21 日，浙江省高級法院副院長童兆洪自縊身亡，時年 56 歲。

　　2010 年也發生多起政法官員自殺事件：2 月 5 日，廣東省茂名市檢察院檢察長劉先進跳樓，時年 59 歲。

　　2009 年 11 月，重慶市高院執行局原局長烏小青在看守所上吊自殺。

　　2007 年 6 月 3 日，天津市政協主席宋平順於天津市委大樓內自殺。宋平順長期掌控天津政法系統，曾任中共天津市委副書記、政法委書記等要職。當時，外界亦多方揣測其死因，中共官方則嚴屬封鎖消息，大量刪除網民關於宋死因和背景的帖子。

　　《新紀元》2013 年 2 月曾報導，有北京消息人士透露：原政法委某位高官向胡錦濤遞交報告，其中內容包括，僅過去三個多月以來，各級政法委官員被雙規、逮捕人數多達 453 人，其中公安局系統 392 人，檢察院系統 19 人，法院系統 27 人，司法廳（局）五人，非公檢法司系統的有 10 人。另外，還有 12 名政法高官自殺身亡。

第十四章　色情淫亂大曝光

周永康塌台驚天內幕　暗殺習近平另有圖謀

第十五章

接死亡威脅
習拿下周永康

從一連串江集團和習陣營透過傳媒相互撂話、警告，一來一往，中共高層分裂已到了生死威脅的地步。周永康被捕消息在海外媒體傳得沸沸揚揚，儘管中共方面還沒有出面證實，但周永康身處絕境已無懸念，江澤民也陷入深深泥潭了。

第一節

接死亡威脅後
習決定拿下周永康

　　儘管很多大陸百姓還被官方渲染的中共大團結假象所蒙蔽，但能夠突破封鎖看到海外真相信息的人們都在驚嘆：如今中南海的分裂到了前所未有的程度，很多都公開化了，比毛澤東搞的陰謀加陽謀的手法要嚴重得多，很多已經升級到生死威脅的程度了。

　　2012 年 2 月 6 日，前重慶公安局長王立軍出逃美國領事館，掀開了這齣大戲的序幕。薄熙來及其幕後主使周永康、曾慶紅和江澤民，暗中謀劃政變，要用類似除掉華國鋒的手法，逼迫習近平下台。周薄政變的計畫方案是，利用重慶的「唱紅打黑」把薄熙來樹立成左派的旗幟，等到 2012 年底，扶持薄熙來接替周永康成為政法委書記，從而進入 18 大政治局常委，使薄熙來成為江澤民派系的代表，繼續維持江澤民遭人垢病的各種惡行，特別是對法輪功的鎮壓暴政，因為薄熙來是當時政治局裡欠下法輪功血債最多的惡毒官員，是少數幾個和江澤民、周永康一樣被國際社會起訴的人權惡棍之一。

江澤民、周永康等人計畫，先讓薄熙來擔任政法委書記，上任後繼續搞高壓維穩，繼續把比國家軍費還要高很多的國家財產投入到所謂「維護穩定」的政法委手中，利用這些錢大搞武裝建設，把武警、保安、民兵等力量迅速擴大，搞成自己的武裝力量，對抗習近平掌控的軍隊。同時在輿論上大肆散播習近平、溫家寶等人的所謂貪腐色情醜聞，等 2014 年條件成熟後，用文攻或武力的方式，迫使習近平下台。

不過，王立軍的出逃令該政變半途夭折。隨後，胡溫習李採取了一系列反擊江派的措施，中共高層內鬥白熱化，分裂加劇、短兵相接，已到了生死威脅的地步。

2012 年 7 月，在薄熙來倒台、胡溫正在猶豫是否把打擊面擴大到周永康時，江派通過海外控制的媒體威脅胡錦濤和習近平，稱：周永康是中共情報頭子、特務頭子，他有極為充足的資源和便利的條件，收集所有常委及其家人貪腐的證據。這些證據一旦披露出去，那時，就不是誰上誰下的問題，而是大家「同歸於盡」的問題。傳話人公開說：「周永康比王立軍和薄熙來心狠手辣不知多少倍，把他逼急了，說不定會上演比王立軍闖美國領事館那樣的更破釜沉舟的事件，那時，所有的常委都會吃不了兜著走。」

於是，人們看到中共官方在審判薄谷開來時不得不做出讓步，隻字未提薄熙來。2012 年 10 月 26 日，還出現了「溫家寶家族財產 27 億美金」的《紐約時報》的報導，全世界都被帶動、摻和進來了，雙方鬥爭刀刀見血。

習近平密友在香港遭江派毆打

等到了習近平上台後，江派的挑釁和反撲依然不斷上演。2013 年 6

月 3 日，和習近平關係密切的香港《陽光時務周刊》創辦人陳平，在其雜誌社附近遭兩名蒙面男子以亂棍襲擊，送院治理。《陽光時務周刊》此前已經停刊。

香港警員翻查攻擊現場的錄影，顯示襲擊者手法極為專業，「他們行凶的路線，採取什麼位置和逃跑的路線都避開那個沿途的錄影頭，很專業的一種行為。這麼專業的襲擊的手法那是要花重金購買的，不是一般人能做得到的。」

此前，《陽光時務周刊》曾獨家刊出劉夢熊爆料訪問，揭發曾慶紅一手培養起來的特務頭子梁振英，靠江澤民派系上馬以及勾結黑社會等黑幕。

「德國之聲」也曾提到，陳平與胡德平私交甚篤。2012 年 9 月，在 18 大召開前夕，人們都在猜測習近平能否接班時，《陽光時務》在對胡德平做出獨家報導後，曾向德國之聲確認習、胡會面，並預言習肯定會進行政治民主改革。他也表示習在權力交接前不會出現意外。

同時，陳平與習近平關係也很密切，《陽光時務周刊》也頻頻在廢除勞教、南周事件等問題上幫習近平發聲。華府的中國問題專家石藏山說：「江派也很清楚，陳平是習近平的密友，在梁振英的醜聞被陳平揭露後，打了陳平，實際就等於是打了習近平本人。」

劉雲山等江派勢力對習發死亡威脅

2013 年 4 月曾經發生了轟動一時的「習近平打的」的假新聞事件，而據知情人透露，這是以曾慶紅和劉雲山為首的江派殘餘勢力對習近平發出的死亡威脅。

習近平一切出行都有專門的機構負責，習的安全是中南海頭等大

事。「習近平帶祕書打的」根本就違背了中共高層運作的慣例。而且習的所有出行都會有專人進行複雜高效的決策，需要保障其「萬無一失」，絕不可能出現只帶一個祕書出行的事情。如果真的為了考察民情，派一個身邊可靠的人去就足夠了。

以曾慶紅和劉雲山為首的江派陣營，藉助偽造「習近平打的」新聞的相關題字的意圖釋放信息，對習近平陣營傳遞「死亡威脅」。假習近平留下的「一帆風順」的題詞，故意被寫成了類似「八 b（寶）山風順」的字樣。同時「帆」這個字，上面還故意多了一橫，更是暗示習近平再這麼搞下去，八寶山就會再多躺一個人。

在江派不斷出手的同時，習近平陣營也不斷回擊，其中一個典型例子就是對周永康的處理。2013 年 6 月 28 日，《大紀元》發表了題為《周永康 18 大後失蹤，連中共內部都在急找》的文章，引起社會的關注和江派的回應。

文章稱，近日周永康的大祕被調查引起關注，周永康一直被外界認為是習近平打大老虎的對象之一，外界留意到周永康自 18 大後就鮮少公開露面，失去蹤影。對比上一屆中共政治局常委，胡錦濤、溫家寶前不久被黨媒高調報導大唱讚歌，多家官媒跟風轉載，外界認為這是在當前中南海高層分裂、混戰下，胡溫陣營釋放出力挺習近平的明顯信號。

另外，前人大委員長吳邦國曾在清明節前夕在網路「露面」；曾主管意識形態的李長春先後在江蘇廣東兩度露面；原政協主席賈慶林亦多次露面。唯獨曾一時權傾朝野的周永康幾乎沒有公開露面。

中共體制內有一些獨特的現象，其中之一是所謂的「望風站隊」。當一名高官將倒，或者已經倒掉，就會有很大一部分人再對其「踩上一腳」，甚至猛揭其罪行，作為向當權者表忠心的政治資本。

前政法委書記周永康在其他的退休常委頻頻露面之際，依然處於失蹤狀態，再加上此前已經有對周永康立案調查的傳聞，使得黨內部分人不安心。據說，政法委內有一些人寢食難安，急於找到周永康，好「看清風向」，「決定下一步」。

文章還表示，民間紛紛舉報周永康，要求清算政法委罪行。比如北京著名律師浦志強網路實名舉報周永康，稱其「禍國殃民！」「若想從維穩的陰影下走出，就必須清算他的社會治安綜合治理模式，太多的人間慘劇、悲歡離合，跟該周直接、間接有關了（聯）。此人秉政十年，竟然荼毒天下，實民賊也！」很快其微博被銷號。隨後他用另一帳戶在 2013 年除夕日（2 月 9 日）許願說：堅持挺一年，熬到粉絲過十萬，舉報個更大的老虎。並跟進回應說一定要是噁心我們好多年的虎王！但很快其微博再被封號，不過除此之外，浦志強一切正常。官方並沒有抓捕他。

從 2012 年年底，很多上訪民眾在北京大學、清華大學、國家信訪總局及北京的地鐵站口舉牌，要求公布原中共政法委書記周永康個人財產及鎮壓民眾的維穩經費。他們認為最邪惡的就是政法委，其管轄的公、檢、法靠製造冤假錯案、殘害老百姓、打壓法輪功學員來賺錢。周永康就是劊子手，應該被追究，公開法辦、公開審判，他給中國人帶來了空前的災難。

訪民們還披露他們針對周永康的活動，沒有受到警告和威脅，這說明是被習近平官方默許的行為。針對民間對周永康的抗議活動，不但周永康本人沒有任何回應，官方也沒有任何的說法，不過公開新聞中，人們看到，習近平藉反腐打下去的官員，大多都是和周永康有關聯的人。

周公開「露面」被官方緊急刪除

就在《大紀元》報導周永康失蹤的第二個工作日，即 2013 年 7 月 2 日，被外界視為中共在香港小喉舌的《文匯報》在其「文匯網」上，以快訊的形式連報兩條周永康回母校「露面」的消息，然而耐人尋味的是這條突然報出來的消息原文很快被官方緊急刪除。

7 月 2 日，文匯網以《周永康 4 月回江蘇書記省長陪同》及《周永康 4 月回母校蘇州中學訪問》為標題，並以快訊的形式推出同一內容的新聞。其中《周永康 4 月回母校蘇州中學訪問》這篇報導轉載了《蘇州中學校友網》的原文，報導稱 4 月 29 日上午，周永康校友在省委書記羅志軍、省長李學勇、市委書記蔣宏坤、市長周乃翔、教育局局長顧月華等陪同下，來到母校蘇州中學訪問，張昕校長、戴克明書記出面接待。而該報導從頭至尾沒有提及周永康的原官銜。

奇怪的是，消息談的是 4 月 29 日的事，但校友網上的文章卻是 5 月 27 日才發表出來，延後了一個月。有深圳民眾對此評論說：「4 月的事現在登報是在安撫一些人，別緊張，放輕鬆，再等等。哈哈哈，策略而已。」也有人說：「看看劉鐵男遭舉報後還頻頻露臉，看看薄哥在王立軍跑掉後，他還到昆明去餵鳥，就知道中央非常英明，經常用『欲擒故縱』這一招。」

不過這條在蘇州中學校友網上的新聞只露面了不到一天就被刪除了，從該校友網上消失了。而在周永康的母校、江蘇省蘇州中學的官方網站上，卻一直沒有任何有關周永康回母校的新聞。按理說，假如周永康沒出事，假如周永康真的回了母校，該中學網站上一定不會放過這個「榮耀」的機會。

從《大紀元》的報導到文匯網的回應，從蘇州中學網站上的「隻字

未提」，到校友網站的「被刪」，這一連串的疑問都讓人感覺，這背後有很多祕密。耐人尋味。

江澤民與周永康「緊相連」

中共官場一向有「祕書幫」的說法，中紀委調查也時常從高官的祕書查起，因為祕書是知道高官最多政治祕密的人，同時也可通過祕書對其進行震嚇，也給中共在處理高官問題的進退和討價還價留下更大空間。

比如前政治局委員、上海市委書記陳良宇，出事前跟隨他十多年的祕書秦裕突然被調任寶山區區長，一個月後被中紀委宣布涉及社保基金進行調查、免職。秦裕 2007 年被以受賄罪名被判無期徒刑，次年陳良宇則被以受賄罪、濫用職權罪判監 18 年。而前國務院副總理黃菊的祕書王維工，在黃菊 2007 年 6 月去世後，8 月即傳出王維工被調查，最後被判死緩。

這次中紀委先拿周永康大祕書郭永祥開刀，意在將反腐目標指向周永康。北京資深媒體人高瑜曾表示，「聽說 18 大後高層已對周立案，後來因有前朝老人反對不了了之。現在看來要重新立案。」

不過，周永康還不是最大的老虎。18 大以後，中共政壇大事不斷，落馬的高官有：前四川省副書記李春城；前湖北政法委書記吳永文；前四川省副省長郭永祥；前國家能源局局長劉鐵男；前農行副行長楊琨；前大連中院院長李威等。這些人的共同特點都是屬於江派。

周永康一直被視為是江澤民的左膀右臂。1999 年江澤民迫害法輪功後，周賣力充當打手，被江澤民看中，在 17 大成為政治局常委。作為曾經掌控中共最大的間諜系統的「政法王」，周永康手中也掌握了很

多高官的黑材料。習近平動了周身邊的人，其實就是動了周永康，也動了江澤民。

習整治「官場病」 江澤民危急

2013年6月28日，在中共組織工作會議上，習近平發出狠話：「對跑官要官、買官賣官的絕不姑息，發現一起，查處一起。」官媒稱這代表習李陣營下決心要整治「官場病」。如今至少有三位官員被曝光參與的買官賣官，他們是李春城、劉志軍和江澤民。

本書此前已經詳細介紹了李春城和劉志軍的貪腐行為，這裡主要談江澤民的買官賣官惡行。

前中共黨魁江澤民的「悶聲大發財」被指是貪腐的始作俑者和黑旗手。2000年10月27日，香港記者張寶華在中南海問江澤民關於董建華在2002年香港特首選舉中是否已經「欽定」，江澤民暴怒而譏諷香港記者「簡單、幼稚」，並不失時機的「教導」他們：「中國人有一句話叫『悶聲大發財』，我就什麼話也不用說了……」

臭名昭著的中共官場貪腐風是怎樣颳起來的？除了共產極權制度的根本因素之外，江澤民是始作俑者和黑旗手。在江澤民任中共總書記13年和通過政變留任兩年軍委主席期間，中共官場空前糜爛，從上至下吸金成風，官越大越敢幹。

據《動向》雜誌曾發表署名燕友軻的文章《中共面臨全面信仰危機意識》披露：前鐵道部長劉志軍貪腐案給整個社會出了一個謎：已經官至正部級的劉還準備花錢買官，他會向誰買副總理（政治局委員）級別的職位呢？謎底簡單：省部級幹部要想升級，至少要向一半以上的政治局常委行賄，賄額不少於每個受託常委1000萬元人民幣。至於向有

干涉能力（美其名曰建議權）的退位元老如江澤民買「開口」，則以3000 萬元為起步。

經濟學家何清漣在其《中國現代化的陷阱》修訂本前言裡，引述了一位深圳官員的話說：「我們沒辦法，身在衙門，不由自主。一個社會如果十個人中有七個做賊，剩下的三個也得跟著做，要不然你就會被真賊當做賊來抓，因為你不貪污腐敗，別的人心裡就不踏實。」

江澤民時代「總書記也賣官」，十多年前就成了中共官場祕而不宣的事實，也成了社會對中共徹底失望的最形象評判。如今習近平高喊反腐，假如不敢從江澤民這個大老虎下手，一切都是空談。

剝洋蔥戰術　抓捕周永康

在抓捕周永康的過程中，習近平採取剝洋蔥的戰術，先從外圍削去其親信和爪牙，最後抓捕周永康。

2013 年 8 月 28 日，據大陸財新網援引接近中石油集團的人士透露，除前任中石油集團公司總經理蔣潔敏升調中共國務院國資委主任後例行的離任審計之外，四名高管涉嫌嚴重違紀被調查，目前國家審計署和中共中紀委系統還有多個調查組正在中石油內部調查。

《大紀元》在 2013 年 3 月兩會期間報導：蔣潔敏因涉嫌驚人貪腐和幾宗命案，已被中紀委盯上，兩會後拋出，作為打擊周永康的前戰。華府中國問題專家石藏山表示蔣潔敏被「明升暗降」調離中石油，是為了中紀委更方便介入和深入調查中石油貪腐問題。

8 月 27 日，新華社發通稿稱，從國務院國資委紀委獲悉，中石油集團副總經理兼崑崙能源董事長李華林、中國石油股份副總裁兼長慶油田分公司總經理冉新權、中國石油股份總地質師兼勘探開發研究院院長

王道富等三人涉嫌嚴重違紀，目前正接受調查。

　　而在 8 月 26 日，中共中紀委亦發布消息，另一位中石油集團副總經理並兼任大慶油田有限責任公司總經理的王永春，同樣因涉嫌嚴重違紀，目前正接受調查。

　　繼收拾周永康的四川幫之後，習近平開始圍剿周永康的石油幫，據消息人士透露，中石油是周永康發跡和家族財產主要來源，被捕的石油幫四人中包括周永康在大慶時的助理、大慶油田有限責任公司總經理王永春。

　　海外中文網引述消息稱，中石油被捕核心是高管將 1000 億的資產轉移給周永康和其兒子周斌。特別是，蔣潔敏掌管中石油時期支付周斌妻子王婉的父母超過成本一倍的價格。這些交易都是透過表面上由外國人（多數是美國人）擁有的實體運作。

　　例如，僅俄羅斯的一個油田，蔣潔敏和王永春就支付了王婉的父母超出成本八億美元的好處。王婉的父母在洛杉磯已經生活多年，擅於利用美國的代理人管理他們的資產，只需支付不到百萬美元的好處費，但管理著數以億計的巨大資產。

　　官方媒體《21 世紀經濟報導》報導王永春被捕時稱，「我們也感到很突然，雖然已經有段時間沒見王總了。」一位中石油內部人士匆匆掛上電話，之後再也無法接通。

　　王永春是繼劉鐵男後，又一位涉嫌違紀被調查的能源系統高官。

第二節

震驚中南海的手印事件開庭

信庭超

2013 年 12 月 2 日，首例「聯名手印進京」事件的河北法輪功學員信廷超案在北京朝陽區溫榆河法庭非法開庭，數十位鄉親及親屬到現場聲援，當局恐慌。

　　2013 年 12 月 2 日，就在周永康被曝雙規的同一天，被海外媒體稱為首例「聯名手印進京」事件的河北法輪功學員信廷超事件，其家鄉民眾不懼中共的打壓、恐嚇，目前要求立即無條件釋放信廷超的聯名手印已增加到 2838 人。2 日上午九時 30 分，信廷超案在北京朝陽區溫榆河法庭開庭，數十位鄉親及親屬到現場聲援，當局恐慌。

中南海最懼中國農民都公開為法輪功站台

　　此手印事件曾在中南海中共高層圈內傳播，引起北京高層震驚，由於中國農村農民已經公開不畏中共對法輪功的恐怖打壓，公開站出來聲援，這是中共最恐懼的事情。因為法輪功曾在中國大陸有一億人學煉，中共 14 年來持續的血腥鎮壓仍未奏效，中南海最恐懼的事情是因法輪功事件引發全民反迫害。

另外，還有一件法輪功案同樣引起轟動，據北京知情者透露，天津民眾為營救法輪功學員平玉榮，1000 人簽名聲援，正準備向外發布聯名簽名的前夕，當局出於恐懼，趕緊釋放了平玉榮。

非法開庭 聲援的親友遭扣押

信廷超在北京打工時，因發一張神韻光碟，2013 年 6 月 14 日遭亞運村派出所綁架，先後在朝陽看守所、北京第一看守所非法關押，又轉回了朝陽看守所。家屬多次要求看望，遭到拒絕。

為營救信廷超早日回家，先後聘請了三位北京正義律師。有 2000 多名鄉親簽名、按手印聯名營救信廷超。12 月 2 日，該案在溫榆河法庭非法開庭。

信廷超的辯護律師郭海躍表示：「他發一張、二張、三張光碟都沒有錯，我認為證據跟它指控的罪名，跟他沒有關聯性，我替他做了無罪辯護。」

當天，信廷超的妻子、女兒及家鄉的幾十個鄉親租車到現場聲援，但只有其妻子、女兒、妹妹被允許進法院旁聽，親友們則被拒絕入庭；法庭外，聚集了三輛警車及十幾名警察在警戒，還有便衣不停地走動。

中午 12 時 30 分，法官宣布休庭。這時，法院外警車又增加到五、六輛，還有幾部黑車，車裡的人偷偷地給信廷超親友們拍照。

大約中午 13 時，信廷超的親友準備返回家鄉，大客車高姓司機竟把他們拉到朝陽區樓梓莊派出所扣押，警察要求查身分證，遭到拒絕後，警察就把車門鎖上，把司機叫走。

直到下午 14 時許，警察才同意放人。運送親友的客車返回家鄉時，有兩輛車在後面跟著，一直到出京。17 時許，大家全部順利到家。

家鄉人力挺信廷超 簽名按手印救人

2013 年 6 月 14 日，利用農閒時間在北京打工的河北省淶水縣東南租村農民、法輪功學員信廷超，免費贈送一位北京老太太一張自費製作的海外神韻藝術團 2013 年全球華人新年晚會光碟，沒想到老太太祕密向北京朝陽區公安局告密，信廷超遭到北京亞運村派出所警察綁架，被非法關押，拒絕家屬會見。

信廷超夫婦純樸善良，多年來，他們一直義務照顧村裡的孤寡老人、殘疾人，幫他們挑水、送水，照顧他們洗澡，冬天還上房頂為他們掃雪。他們是村民們公認的好人。

信廷超有修房防水的手藝，凡是他修好的房子，雇主都非常滿意。當他被抓捕的消息傳回家鄉後，鄉親都為之鳴不平；更有看過神韻晚會的村民說：「光碟裡的文藝節目，咱們中國人誰不愛看？很多家都有神韻光碟，要是因為（神韻）光碟就抓人，那就讓公安把咱們全淶水縣、全東南租村的人都抓起來吧！」

「走，咱們上北京上訪去，找北京公安、找習近平評理去。讓北京公安給信廷超賠禮道歉，給賠償損失。」

有村民代表數次陪同信廷超的家人、妻子到北京看望信廷超，鄉親們對北京公安、檢察院人員說：「我們幾位代表全村父老鄉親來證明信廷超是個好人，要求你們趕緊放人，你們抓錯人了。希望你們趕緊無條件放人，這是我們全村父老鄉親的共同願望，如果你們長期不放人，免不了還會來更多的人找你們評理要人。」

面對村民們善意的請求，北京警察無言以對，有惡警威脅說：「你們要是再為信廷超說話，就連你們一塊抓起來。」而北京朝陽檢察院的檢察官面對村民代表「希望你們能堅持良知依法辦案的」請求，冷冷地

回應：「我們不講良知，我們只講『法律』。」

於是，村民開始紛紛簽下自己的名字、按下自己的紅手印，要把信廷超救出來。有一位村民說：「簽，全家都簽，出嫁了的女兒也要叫回來簽。」有村民氣憤地說：「簽！就為張（神韻）光碟就關人不放，什麼法啊？都給當官的預備、迫害咱老百姓的吧。」

北京老闆仗義遞信 河北村委會加蓋公章

第一批簽名在三天之內就達到 500 個，一星期就簽到 1247 多個。為營救信廷超，其在北京打工的工地老闆也向北京市公安局及相關機構遞交了要求朝陽公安局放人的申請信，並出具證明信廷超是一位好人的證詞，還把村民們簽名按手印的聯名信親自遞交給北京朝陽公安局（看守所）。

與此同時，信廷超家鄉、河北淶水縣淶水鎮東南租村委會也出具了證明信，證明信廷超是好人，並要求北京朝陽公安局立即放人，並在鄉親們簽名按手印的聯名信上加蓋了公章。

當局恐嚇威脅 簽名按手印的人越來越多

2013 年 9 月 18 日，在《大紀元》、《明慧網》等海外媒體以《河北手印進京》為主題報導後，僅僅半天時間，信廷超的妻子遭到淶水鎮的宋志強等人的恐嚇、威脅。第二天，淶水公安局又來了五個人，在東南租村委會大呼小叫，威脅恐嚇村民，「誰讓簽的？」

在中共的恐嚇威脅下，信廷超的妻子被迫一度離家出走，有家難歸；淶水縣公安局的戴春杰還打電話威脅她：「這回抓住她，就把她直接弄

到公安局。」

　　面對恐嚇威脅，村民們無所畏懼說：「早點讓他們回家。」淶水縣公安局對東南租村村幹部一再施壓，逼迫他們把村民召集起來，在所謂「我們被欺騙了」的字據上簽名；更荒謬的是，還召集周圍村子開村幹部會議，預防「簽名擴散」，怕無人出席，給與會者每人發 50 元。

　　然而，事與願違，東南租村周圍的鄉鄰 280 人再簽名營救信廷超，還有知道此事的村民幫助徵簽。後來參與給信廷超簽名按手印的人越來越多，已擴大到淶水縣的鄰縣——涿州市，甚至擴大到衡水市。

　　截至 11 月 24 日，又有第三批、1311 位民眾不懼中共的打壓、恐嚇，簽名、按手印聲援；目前，聯名手印達 2838 人。

　　最近兩年多來，從被中共政治局傳閱、震動中南海的河北泊頭村法輪功學員王曉東的「300 手印」事件到黑龍江 1 萬 5000 手印為秦月明申冤、2012 年唐山 562 手印、石家莊 700 手印及天津 2800 手印等等事件，使越來越多的大陸民眾了解到真相，明白中共是一切苦難、災難和罪惡的根源，為營救被非法關押的法輪功學員，不懼中共的恐嚇，在徵簽書上簽名畫押，全民反迫害的序幕已經拉開。

第三節

風暴降臨 習江都在做最後準備

　　2013 年 12 月 2 日，台灣《聯合報》報導說，中共前政治局常委、中央政法委書記周永康於 12 月 1 日以「貪污腐敗」罪名被中紀委拘捕。周永康成為中共 1989 年後首位落馬的政治局常委。《聯合報》援引北京消息人士表示，中共中央做這個決定是艱難的，其產生的後續震動將會很大。

　　「周永康遭拘捕」的消息傳出後，一時間網路沸騰，海外多家媒體紛紛轉載。不過，該消息在大陸微博仍被嚴密封鎖，「周永康」、「康師傅」等關鍵詞被封殺，局勢詭異。

　　12 月 2 日，也有媒體放出消息稱，因為周永康是以前的特務頭子，他一旦被抓，其他所有常委的黑材料或也會被釋放。在過去，《紐約時報》多次引用周永康陣營在海外拋出的黑材料，放出習近平陣營中的前總理溫家寶的負面消息。

　　顯見的，習近平與江澤民陣營都在為周永康被抓做最後準備。

中國問題專家石實解讀指，抓捕周永康是個遲早的問題，因其背後涉及中共層層黑幕，消息一旦釋出，會對中共整個政局產生劇烈震動，甚至面臨倒台危機。習近平政權既要打擊江澤民集團同時又要保證政權的穩定，因此，對於處理周永康的手法可以看見的是採取一步一步地釋放消息，通過這種緩衝的方式，減少該事件對中共政權的震盪。

兩大陣營角力不斷

2013 年 11 月 22 日，大陸「財新網」獨家特稿《白手套米曉東》再次升級揭露周永康家族貪腐黑幕。此前同樣是「財新網」製作的《拉古娜海灘的黃家》報導也曾大幅揭露了周家的黑幕。

11 月 24 日，浙江省政協原副主席、教育家王承緒的喪禮，周卻與習近平、胡錦濤等中共中央領導對王表示「慰問及弔唁」。

早在 2013 年 8 月中共北戴河會議期間，有關「絞殺周永康」的傳聞流傳甚廣。

海外消息人士爆料稱，「天庭已經達成共識，一周之內，最多十天，很快就有暴雨驚雷降臨。」但是最終卻沒有周永康被抓的消息，只是有部分媒體稱周永康遭到調查，同時也有媒體稱周遭到軟禁。

8 月 8 日，港媒亦放出消息稱：中共前政治局常委周永康大祕書、大管家相繼被捕，其子周斌跑到海外避風。據北京消息來源說，為周永康家族打點資產的關鍵人物吳兵，8 月初傳出試圖逃離中國時被抓，實際上作為周永康之子周斌的生意總管，吳兵的行蹤早就遭到監控。

據稱，在周永康擔任公安部長和政法委書記期間，中國的刑事案件每年以 17% 至 22% 的幅度上升，公安部門成了百姓公認的最腐敗、最黑暗的衙門，中國大陸嚴重刑事案率居高不下，黑勢力橫行，各地民眾

對社會治安不滿意程度上升；而周永康的罪行也是罄竹難書，包括下令迫害普通的良善百姓，如失地農民、維權人士、媒體記者等。

逮捕周永康和江澤民曾是 17 屆七中全會焦點

2012 年 10 月，周永康陣營向海外拋出有關中共前國務院總理溫家寶「貪腐」的黑材料。10 月 26 日，《紐約時報》就拋出了抹黑溫家寶的文章，引發中南海大震盪。此後，周永康陣營再釋放「下一個目標是胡錦濤」的威脅，震盪籠罩著北京將要召開的 17 屆七中全會。

在《紐時》報導出現後，中共中央將薄熙來案升級，逮捕周永康和江澤民成為當時局勢的焦點。

當時，胡錦濤罕見展示軍權，軍方通過下設的《解放軍報》直接發出「槍桿子出政權」的警告。同時，胡錦濤高調地關閉了中共前總書記江澤民在中央軍委大樓「八一大樓」裡的辦公室。

破除「刑不上大夫」 習陣營進一步「下雨」

從 2013 年年初開始，網路有關周永康被調查甚至被雙規的信息一直不斷。2 月，北京著名維權律師浦志強在中國三大微博上實名舉報周永康禍國殃民後，引發關注，此後其微博遭封殺。

浦志強先前接受「美國之音」採訪稱，在這 10 年，中國的社會矛盾沒有一項真正得到了解決，比如說「六四」問題、法輪功問題等等。他認為，維穩是中國不穩定的最大一個禍患，改變現狀必須要清算維穩思路，而周永康明顯要承擔責任。他在其微博聲討周永康「荼毒天下，實民賊也！」

此後，破除「刑不上大夫」的言論不斷，為抓捕周永康進一步造勢。2013 年 6 月港媒曾刊出《習近平褫奪新舊常委「免死金牌」》一文。報導說，習近平在一次中南海政治局常委擴大會議上表示與總理李克強一起草擬了一份反腐意見書。意見書中要求，總結反腐肅貪的成績和阻力，反腐必須打虎。同時，也給「大老虎」的概念做了定位，即升級為中共中央政治局常委。

同時，習建議取消 15 大以來「常委不得立案調查」的內部規定，只要舉報證據確鑿、國內外影響惡劣者，無論現職的還是退位的政治局常委，都必須接受立案調查。

周永康的黑材料如「雨後春筍」般大量釋出

2012 年 2 月 6 日，原重慶公安局長王立軍闖美領館事件，觸發中南海高層海嘯。4 月 10 日，中共官方正式公布薄熙來被停止中央政治局委員和中央委員會委員的職務。其後，網路有關周永康的黑材料如「雨後春筍」般大量被放出，周、薄貪腐、謀殺、淫亂、謀反等種種醜聞一夕曝光。

2012 年 2 月份，習近平訪問美國期間，美國媒體《華盛頓自由燈塔》發表報導稱，王立軍告訴美領館官員，薄熙來和周永康密謀聯手想搞掉習近平再奪權。

同時，海外中文媒體也引述消息人士的話表示，王立軍在北京正被調查，他應該已經交代薄熙來和周永康祕密計畫阻止習近平接班的細節。消息說，他們擬定了一個完整的攻擊習近平的計畫，該計畫在中國新年後實施，即通過海外媒體釋放出對習近平的各種指責和批判，削弱習近平的權力，然後幫助薄熙來接任政法委書記。薄熙來掌握武警、公

安系統後，時機許可時，強迫習近平交權。

事實上，法輪功問題才是中共最核心的問題。《大紀元》多次報導，由於鎮壓法輪功，江澤民與很多中共高層意見分歧，造成中共內部分崩離析。而江澤民恐懼血債被清算，退而不休，安插親信在高層，維持巨大資源鎮壓法輪功，並延伸至異議人士、藏人、新疆人等，誰上台都無法正常執政，而中共高層間的激烈博奕也因此展開。

習近平召集 201 名省部高官進京學「重要講話」

據陸媒報導，2013 年 12 月 2 日至 6 日，201 名省部級高官參加了第二期研討班，要求集中學習中共總書記習近平「重要講話」。這是繼11 月 4 日至 8 日，三中全會前夕，334 名省部高官在北京西郊的中共黨校內接受封閉式輪訓的又一次「變相軟禁」。

據報，這次的輪訓 201 名省級高官被安排住在一張床、一個書櫃、兩張書桌的宿舍，吃飯在食堂，不互相宴請。報導稱，白天聽課、晚上自學，而參加研討班的學員，只在去宿舍的路上或就餐期間，有些交流。

中國問題專家石實認為，傳聞指 12 月 1 日周永康被雙規，中共再一次把這麼多高官集中起來學習習近平講話，事實上是中紀委的「吹風會」，在對周永康事件上，人人要表態，並為下一步處理周永康做鋪墊。

石實分析說：中共當局在三中全會承諾「全面深化改革」，會後又拋出「東海防空區」，現在又急忙把「周永康被雙規」的消息拋出來，與中共處於巨大政權危機有關。

自 2012 年王立軍事件後，中共高層你死我活的廝殺便拉開了序幕。每次中共最高層要有所動作時，總是以封閉式輪訓等方式，把手裡有權力的官員集中起來，以防止官員間搞串聯或者合謀，來化解危機。

334 名省部高官三中全會前被「軟禁」

三中全會之前，11 月 4 日至 8 日，334 名來自中共中央和國家機關、省區市、中管企業和金融機構、高校省部級高官被編成 17 個小組在北京西郊的中共黨校內封閉式輪訓，重點學習中共總書記習近平系列重要講話，要求「統一思想」、聽從「中央權威」。

在輪訓期間，該批高官集體吃在食堂、住在宿舍。早上七點鐘起床，早、晚通讀習近平系列講話，下午分組討論三個小時，晚上不准串門聊天，只能在宿舍內自學，準備第二天討論發言提綱。形同軟禁，人人都要表態過關。

2012 年 3 月底，中共兩會後，薄熙來被軟禁，北京發生「3‧19」事件周永康失權，胡錦濤出國外訪前，也突擊把各地 3000 政法委書記調到北京封閉式輪訓，防止這些官員串聯及合謀，手法如出一轍。

趙洪祝研討班談反腐敗　被指大動作前奏

2013 年 12 月 4 日，中共中央書記處書記、中央紀委副書記趙洪祝在第二期研討班期間作了報告，稱要進行「黨風廉政建設」和「反腐敗鬥爭」。

趙洪祝會中表示，反腐敗鬥爭形勢「依然嚴峻複雜」，強調要「堅定不移反對腐敗」，並把習近平的講話提到「黨和國家生死存亡的高度」。這些話被外界解讀是為正式宣布抓捕周永康做鋪墊。

海外有消息稱，中共在反腐方面將很快有重大消息公布，而且應該是海內外一直猜測的周永康。海外的消息人士牛淚也稱：「看旬日內有無暴雪降臨。」

百度搜索現周永康腐敗信息

隨後，海外多家媒體傳出中共前政治局常委周永康遭到「雙規」的消息，但中共官方尚未證實。不過，一向被認為是反應中共高層態度的中國最大搜索引擎百度網，卻可用英文搜尋到周永康涉及貪腐被調查的報導，相當罕見。

同時在百度使用英文「zhou yongkang corruption（貪腐）」，不僅出現了相關的英文報導，而且出現少數中文報導，內容是中央社的《陸網路可搜尋周永康涉貪報導》，甚至還出現了該社的《報導：周永康被控涉謀殺習近平》等消息。

中央社報導對此現象稱，這是否顯示中共中央對於周永康可能涉及貪腐的消息管控有放鬆跡象，引起注意。

有分析稱，在中共統治下的中國，言論自由與網路空間都受到嚴格限制，尤其對於國家領導人的批評聲音幾乎難以出現在公開網頁，幾乎都會遭到刪除。而如今，周永康近來遭到「雙規」的消息持續出現，其中玄機不言而喻。

中共有意通過非正式渠道釋放「周永康被雙規」

據報導，在拜登訪華之際，「周永康被雙規」的消息是中共有意在海外通過非正式渠道放料。習近平擇日會宣布「周永康被雙規」。但是，何時宣布、以何種方法宣布，一直爭議不下，未達到共識，事態如何發展，取決於局勢演變。

消息稱，中共 18 屆三中全會後，改革措施遭遇巨大的阻力，拋出周永康，是為了推進落實三中全會的決議，2014 年 5 月份還有大動作。

周永康在重慶王立軍、薄熙來事件發生後、18 大之前，已經因為政變未遂而被迫交出所有的權力。此後，周永康所有的露面都是迫於政權需要，平衡局勢，其實早就被軟禁。

消息還稱，周永康曾策劃政變，並安排刺殺習近平，18 大後的兩年內用薄熙來替代，然而沒成功。

周永康更大的罪惡還在於參與迫害法輪功學員——活摘法輪功學員器官，不僅王立軍、薄熙來、薄谷開來都參與其中，周永康的兒子周斌也倚仗其父的權勢，父子一起犯下活摘法輪功學員器官的罪行。

因此中共高層和民間都在傳，當下解決中國問題的唯一出路，就是逮捕江派三常委、逮捕江澤民，平反法輪功，解體中共。

抓周敏感時刻 軍方發聲亮槍桿

2013 年 12 月 7 日，就在周永康被傳雙規之時，中共軍報連發三篇有關習近平與軍隊之間互動的報導。在其頭版刊出《總參舉辦師以上單位黨委書記集訓》和《南京軍區國動委召開第 16 次會議》兩篇報導，在第二版刊出《學習貫徹習主席視察國防科大重要講話研討會》。

在習近平陣營與江澤民集團較量的尖鋒時刻，軍報在頭版刊發的兩篇報導，更像是習近平藉此亮出他兵權在握，大有警告、威嚇江派的意味，為他下面的後續動作清除障礙。

抓捕周永康敏感時刻 房峰輝表態

中共總參謀部隸屬中央軍委，是中共軍中最高的軍事指揮機關，負責執行軍事指揮和下達作戰任務。

據軍報對《總參舉辦師以上單位黨委書記集訓》的報導，總參謀長房峰輝在講話中再次向外界釋放信號，強調軍隊聽從習近平的中央指揮，並會落實習近平提出的「各項任務」。在這敏感時刻，習近平再次通過總參亮出了「槍桿子」。

現任總參謀長房峰輝原是胡錦濤的親信，也是江派的死敵。房峰輝從 2007 年 7 月到 2012 年 10 月的五年間，為胡錦濤掌管著北京軍區，他曾在中共 16 大上挾防守北京城的兵權阻擊了當時江派提出的一項人事任命，此事件被外界稱為「兵變」，而後房峰輝更加得到胡錦濤的賞識而步步高升。

在江派欲發動針對習近平的政變奪權計畫被曝光後，習近平與胡、溫形成了新的政治同盟，被外界稱為習李陣營或習近平陣營。當習近平上台後，房峰輝又過渡到習的麾下，在打擊江派的過程中再為習近平起著「槍桿子」的作用。

中共軍隊最高軍事指揮所「西山軍事指揮中心」是總參作戰部所在地，連它周邊的軍事禁區都受總參控制。近來有諸多消息來源稱，在北戴河會議前後的時間段裡，習近平遭到兩次暗殺，為了安全，習曾一度住進軍事禁區「西山軍事指揮中心」。這一消息傳遞出局勢緊張的同時，也佐證了房峰輝與習近平的關係和習對他的信任。

習近平藉江派的對頭亮出「槍桿子」

在中共軍報頭版刊出的另一篇文章中，中共國防部和南京軍區藉開國防動員會議之機，再度高調提及習近平的「中國夢」，向外界展現習近平對軍隊的控制力。

報導稱，2013 年 12 月 5 日，在上海召開了南京軍區國防動員委員

會第 16 次會議，上海市委書記韓正，中共國防部長常萬全出席並講話。

文中表示，這次會議的主要任務是學習 18 大和習近平提出的國防動員思想，以及以後國防動員的布署。

南京軍區過去一直受江派的控制。中共 18 大前，胡錦濤把他在軍中培養的親信，原副總參謀長蔡英挺派往南京軍區任司令員。加之在南京軍區內原有的一些軍官與習近平的私交，18 大後，南京軍區收歸到習近平陣營的手中。蔡英挺履新後，多次在公開場合向習近平表態效忠，習順利的從江派手中接管了南京軍區。

現任中共國防部長常萬全曾是胡錦濤的親信，也是江澤民的對頭。常萬全在主掌中共的「神八飛船」工程期間，踢走江澤民的兒子江綿恆，因而受到江派人馬的嫉恨。此時常萬全與南京軍區同時發聲挺習，也是習近平藉此展現他對「槍桿子」的控制。

有關周永康具體如何落網的，《新紀元》將在下一本書中詳細介紹。

中國大變動系列 **017**

周永康垮台驚天內幕
暗殺習近平另有圖謀

作者:新紀元編輯部。**執行編輯**:王淨文 / 張淑華 / 黃采文。**美術編輯**:吳姿瑤。**封面設計**:R-one。**出版**:新紀元周刊出版社有限公司。**電話**:886-2-2268-9688(台灣)852-2730-2380(香港)。**傳真**:886-2-2268-9610(台灣)/ 852-2399-0060(香港)。Email:mag_service@epochtimes.com。**網址**: www.epochweekly.com。**香港發行**:田園書屋。**地址**:九龍旺角西洋菜街56號2樓。**電話**:852-2394-8863。**台灣發行**:高見文化行銷股份有限公司。**地址**:新北市樹林區佳園路二段70-1號。**電話**:886-2-2668-9005。**規格**:21cm×14.8cm。**國際書號**:ISBN978-988-12360-9-8。**定價**:US$29.98。**出版日期**:2013年12月。

新紀元
NEW EPOCH WEEKLY

www.ingramcontent.com/pod-product-compliance
Lightning Source LLC
Chambersburg PA
CBHW060220030726
47499CB00004B/1129